痕迹

毕蔷◎著

长江出版社

图书在版编目（ＣＩＰ）数据

痕迹 / 毕蔷著 . — 武汉：长江出版社，2020.6
ISBN 978-7-5492-6951-8

Ⅰ . ①痕… Ⅱ . ①毕… Ⅲ . ①长篇小说—中国—当代
Ⅳ . ① I247.5

中国版本图书馆 CIP 数据核字 (2019) 第 083404 号

痕迹 / 毕蔷 著

出　　版	长江出版社	
	（武汉市解放路大道 1863 号　　邮政编码：430010)	
选题策划	天河世纪	
市场发行	长江出版社发行部	
网　　址	http://www.cjpress.com.cn	
责任编辑	陈　辉	
印　　刷	北京楠萍印刷有限公司	
版　　次	2020 年 6 月第 1 版	
印　　次	2020 年 7 月第 1 次印刷	
开　　本	710mm×1000mm　1/16	
印　　张	21.5	
字　　数	360 千字	
书　　号	ISBN 978-7-5492-6951-8	
定　　价	48.00 元	

自序：一切生死，皆有痕迹

2011年，我从旅居多年的英国回到家乡，面临人生的又一次抉择。

在无数个为重新规划人生而发呆的日子里，我发现自己的思维开始频频"跑偏"，本该严肃思考未来的人生走向，可脑海中却不断地闪现出一些与自己完全无关的故事。很多故事来得突然，却又在我还未来得及打开电脑记录时就变得支离破碎。那时，我突然有一个奇妙的想法：也许，我可以成为一个写故事的人。

回望我的前半生，我发现自己在职业的选择上一直在不断地"归零"和"背叛"。我本科毕业于法学院，却转行做了记者，在英国学习了传媒，却又在那里做了多年的老师，尽管从未间断过写作，但我从未想过去做一个专职写作的人。

为了检验自己是否适合做一个写故事的人，我开始尝试跟自己玩一种游戏：在某个环境中闭上眼再猛然睁开，再从目光所及的第一个物品开始，然后快速地讲述一个故事……没想到，这种游戏竟让我乐此不疲，而早期创作的很多剧本和小故事，竟也是因这种方法而来。

多年以后，我产生了一个疑问，不知是否所有的写作者都曾有一个通病——先给他们听一首干净的歌，再让他们站在舒爽的微风里，他们立即会把自己当成这个世界的主角，仿佛这个世界存在的意义，就在于配合自己演一首 MV。

我就是这样一个人。骨子里总是存有那种幻想，那种常在音乐与微风之中"自恋"的幻想。

直到后来开始正式创作，我才明白，这些幻想并非凭空而来，它们不光是发呆之后的思维留白，也可能是人群中对某个场景忙忙一瞥后的心头一紧，或是在读过某个惨烈新闻后几分钟内的震惊与惋惜，或许还可能是某个深度失眠的夜晚挣扎入睡后的某个梦境……它们从一个瞬间的匆匆感受开始，在多年以后，幻化成了故事中的某一个人，或者是某种命运……

在成为职业的写作者之后，我开始意识到，并非所有的写作经历都会像玩故事游戏般轻松愉悦。坐在咖啡馆中发呆，一上午只写了十个字，下午还可能删掉九个的时候也是常有。有时行云流水，有时深陷沟壑，也许，这才是这个职业的常态，而回望时，却很难说清哪种日子更值得怀念。文字如此，人生亦是如此。

幸运的是，我这样一个产量极不稳定的人，仍有幸遇到了很多信任我的人。正式开始长篇创作，正是源于伙伴们这种"不计后果"的信任，当然还有自己无知者无畏的勇气。

于是，就有了《痕迹》。

《痕迹》的创作是从剧本开始的，而小说是它的另一种表达方式。感谢所有相信我并为我搭建讲述舞台的人。

我并不是一个法医，也不是一个犯罪心理专家，先有故事而后有钻研，这是一个逆向创造的过程，这一过程，让我对刑事专业领域的作家们更加心怀敬畏和景仰。也许面对他们从严谨实践中产生的故事，我的作品永远也无法比肩。我虽然曾乖乖地坐在大学教室中完成了法律本科的学业，但我毕竟是这个专业的"叛离者"。只希望法律学习所赋予我的逻辑在写作中依然受用，我渴望这种思维经得起些许推敲。

"一切生死，皆有痕迹"是这部小说的生命线。

愿这本书中，不仅有死亡、厮杀、推理和揭秘，还有许多令你能沉思片刻的人性痕迹。那是每一次毁灭之前，毁灭者发出的求救信号，那是他们曾经的爱与失落，欲望与挣扎。也许，一切的罪恶都曾有过预告，只是我们视而不见……

愿这书中的文字对得起您宝贵的时间与兴致。

毕蔷

2020年5月于北京

目 录

第一章　UFO

凌晨露天的停车场，晚归的男人一边走，一边对着手机发语音。

加班的疲惫，令他感到有些委屈。对着电话另一边的朋友，男人感慨着工作的辛苦和生活的不易。语音对话的间歇，男人环顾四周，这个破旧停车场的安静和昏暗突然让他有些恐惧。

男人抬头望向天空，头顶上方渐渐传来一种奇怪的噪声，他循着那声音的方向看去，猛然看到前方不远处飘浮着一片奇异的红光，那光正向他一点点靠近……

男人揉了揉眼，可这一切并不是幻觉。那红色的光突然向他直冲过来……

男人在电话里留下了最后一句话："我看见 UFO 了。"

有人在黑夜中死去，有人在黑夜中醒来。

廖岩在夜半猛然惊醒，剧烈的心跳声如同在黑暗中撞击着四壁。

又是那个梦。他走在英国一条僻静的小路上，那条路向一片迷雾间延伸，路的尽头，他打开了一扇恐怖的门……

廖岩努力地睁大双眼，寻找着房间里的光亮，并渐渐让自己平复下来。窗帘细小的缝隙里，透过微微晨光。这时，廖岩的电话响了，黑夜终于被屏幕的亮光撕开。廖岩听到翻页钟发出了一声清脆的咔嗒声，借着手机的微光，他看到此时正是凌晨5点。

能在这个时间打来电话的人，只可能是刑侦队队长贾丁，而贾丁带来的一般不是什么好消息……

当晨光完全洒进城市，廖岩见到了那个"看到 UFO"的男人。此时，他正躺在停车场冰凉的地面上，他的头只剩下了一半，细碎的面部组织分散到方圆几十米的地方。廖岩蹲下来看他，这或许是一个法医与一具尸体之间哀伤的缘分。

廖岩是兰江市最年轻、学历最高、英文最好、发表论文最多的副主任法医，可在 IT 技术刑警陆小瞳眼中，以上这些"最"都不重要。在她眼中，廖岩只是全省公安系统中最帅的一名法医，他的举手投足，似乎都有与众不同的魅力。此时，小瞳就站在廖岩的身后，盯着廖岩英俊的背影看。在廖岩换了个姿势观察后，小瞳的目光才落在了那具只有半个头的尸体上。虽然已做了两年的技术刑警，但眼前的这一切，还是让小瞳忍不住后退了一步。

廖岩显然早已习惯了这些，确切地说，尸体血肉中的细节会令他兴奋。那种细节于他而言，有一种特别的吸引力，能将他引入一个安静的"微观世界"。

"廖岩。"贾丁第四次试探性地叫道。廖岩从他的"微观世界"中回过神来。

"是从脑袋里面爆开了吗？"贾丁问。

廖岩摇头："是近距离的爆炸源，应该是一种有极强杀伤力的小型炸弹在他脸上'开了花儿'……"廖岩一边说，一边以他修长的手指比拟着"开花"的动作，这种"优雅"与眼前的血腥现场极不相称。

这种时候，贾丁总是努力憋着，不让自己笑出声来。眼前这位外形清秀的海归法医，很多举止常会让他哭笑不得。但在技术上，贾丁却必须依赖于这个"优雅"的怪胎。贾丁转过身去做自己的工作，把眼前的"舞台"暂时留给廖岩和死者。

廖岩站起身，扫视周围的环境。这是一个老小区的停车场，到处都是年久失修的痕迹，亮着的路灯已经所剩无几，停车场中唯一的监控摄像头吊挂在明显老化的电线上。

"不用看了，我查过了，早就坏了。"陆小瞳一副"我早就猜到"的表情，"而且案发是在凌晨，没有目击证人。"

廖岩沿着物证号码牌的边上走。小瞳跟在他的身后，小心地分析着："那是什么样的炸弹呢？投掷的，C4塑胶？怎么能炸掉了半个头而身体其他部位却很完整呢？"

廖岩并不说话。

物证牌下，除了散落的血肉，还有一些破碎的金属碎片，很细小，完全看不出原本的形态。廖岩蹲下身仔细观察，随后，他吸了吸鼻子，好像在嗅着土壤中血肉的味道……

"你的猜测可能都不对……死者死亡前呈站立姿势，身体没来得及做出任何反射性保护反应……危险来得突然，又安静……"廖岩回望死者的尸体，淡淡地说，"悬浮的炸弹。"

"悬浮？"小瞳不解，"你是说，在空中飘，就像是……"

"飞碟。"廖岩突然调皮地笑了……

陆小瞳一直认为廖岩所说的"飞碟"只是个玩笑，当她坐在办公室调取死者通话记录时，她仍在回味着廖岩的幽默感，直到她听到了死者最后的语音留言："我看见 UFO 了……"

小瞳的手猛然一抖，手中的半杯咖啡洒到了地上。

廖岩的法医室里，回荡着悲伤的小提琴乐曲。音量很小，不细听很难听得出具体旋律。自从他成为这间法医室的主人，他就一直保持着这样的习惯，至于原因没人知道，也无人深究。

廖岩正在解剖尸体的头部，法医助理魏然端着钢盘站在一旁，钢盘里面已有很多大小不一的金属碎片。

廖岩用镊子从死者的头部夹出一块相对较大的碎片，迎着灯光仔细观察，再将碎片放到托盘中，试着与其中的一些碎片拼在一起。看着自己拼好的"作品"，他笑了："还的确是个'飘浮'的炸弹。"

魏然伸头去看那些与血肉混合的金属片，一脸疑惑……

小瞳站在贾丁的办公桌前仍然满脸惊奇，她把死者最后的遗言放给贾丁听。

"UFO？"贾丁疑惑地抬起头，苦笑着看向面前一本正经的小瞳。小瞳又按下电脑的空格键，死者最后的声音回荡在整个办公区。

"我看见 UFO 了……我看见 UFO 了……"

贾丁疑惑地看着电脑中的音频波动，回头看向同样目瞪口呆的刑警郭巴和蒋子楠。

"我们都开始接手外星人的案子了？"蒋子楠一脸天真。

郭巴也跟着添油加醋："小瞳，快把哥的宇宙战袍拿来！"

贾丁正要发飙，廖岩推门进了办公区。他一边走，一边无情地打断了几个人的臆想。

"不是UFO！"廖岩将一打照片拿给贾丁看，那是一些碎片拼出的小型螺旋桨，"这是死者面部和脑内取出的爆炸物碎片，我将它们与爆破组现场搜到的碎片进行了部分拼接。"

"产地？"贾丁问。

"地球。"廖岩干脆地回答。

小瞳、郭巴和蒋子楠脸上原本兴奋的光芒瞬间散去。

"廖岩，你真没劲！"小瞳失望地坐下。她当然也不相信UFO作案，但在这个23岁女刑警的心里，没有了"外星人"的猜想，这个案子突然就不那么酷了。

"一架带着炸弹的小飞机？"贾丁看起来放松了许多，在他心里，"外星人"一点都不酷，接近真相才更酷。他转向仍在发呆的蒋子楠和郭巴："你们俩……不要再发挥什么想象了，继续调查落实死者的社会关系，凶手能在凌晨4点守候死者，证明他对死者的生活或工作规律很了解。"

几秒后，两人就已走出了门口。这两个人的行动力，贾丁还是满意的。

郭巴和蒋子楠走了没几分钟，爆破组传来的信息就证实了廖岩的猜测。那枚做工精巧却威力很大的小型炸弹为自制弹，它使用了市面上最常见的遥控飞机外壳，但内部经过了改造。从所能承载的重量看，它的遥控范围最多30米直径。

"凶手肯定是可以看到死者的，只有这样才能准确地操控飞行器并且引爆，但他所在的地方又必须是一个安全距离，要确保他自己不会被爆炸所伤……这样的地方哪里有呢？"廖岩在头脑中复制着那个停车场的位置图。

贾丁刚要说话，廖岩却自问自答了："当然，这样的地方有很多，停车场周围有很多高大的树木可以作为掩体。"

有时候，贾丁真的很讨厌廖岩的这种说话方式。他经常抛出问题，却并不是为了问别人，而是为了自我解答。这种自言自语还常会配上在屋内来回溜达，很多时候，跟他分析案情，就像在看他一次次梦游。

"对了，我从死者头部取出的碎片中，有一块很特别。"

当贾丁在心中抱怨时，廖岩又跳入了另一个话题。他拿起遥控器，大屏幕上出现了一张放大的照片，那是一块很小的金属碎片，上面有一块被锉磨的痕迹，尾部隐约露出半个数字，像是6。

贾丁眯着眼贴近看："凶手把零件的编号都磨掉了？这是反侦查能力极强的人！"

廖岩点点头，凑近贾丁，看着他却欲言又止。

"又有什么新想法？快说。"贾丁着急。

"想法还不太成熟……"

"说……"贾丁提高了声音。

"我有一点不理解，如果是有目的的仇杀，凶手在杀人工具上花费的精力似乎有些过多了。黑暗的停车场，破碎的监控器，凶手隐蔽、高效地杀死死者的方法有很多，可他偏偏用了这么复杂的方法……凶手在意的好像不光是结果，他在制作杀人工具的过程中一定投入了巨大的热情，从而收获了极大的乐趣……他的杀人手法有些过于有趣了。你们觉得，他真的是针对死者吗？"

"有趣？针对死者？"小瞳重复着廖岩的话。

"你的意思是随机？"贾丁突然明白了廖岩的意思，他用力拍了拍额头，在贾丁看来，随机杀人比"外星人"作案更让人头疼和愤怒，"难道，他只是在随机寻找受害人进行有趣的实验？"

"然后，他的实验成功了……"廖岩的语气更加沉重。

贾丁和廖岩对视了足有几秒。

"实验之后，还会有实践？"贾丁说出廖岩想说的话。

廖岩点头："也许，他还会有下一个目标。也许，下一个才是他真正的目标。"

贾丁倒吸了一口凉气。有时候，他真的很怕廖岩的这张"乌鸦嘴"。

夏天的兰江因燥热而变得慵懒。中午，正是这个城市最安静的时段，每一条街道似乎都在闷热中喘息。廖岩坐在临窗的茶水间里，看着手中尸检的照片，在头脑中一遍遍重复"解剖"着那具尸体。

楼下，偶尔走过几对表情甜蜜的情侣，廖岩这才想到，今天正是农历七夕。

一个女孩手拿红色玫瑰从楼下经过。廖岩的目光落到那束玫瑰上，他突然打了个冷战，这是廖岩的一种奇怪的生理反射。身边的人都没留意过，这个见识过无数恐怖尸体的法医专家，一直害怕一种东西，那就是玫瑰。

廖岩深吸一口气，自嘲地摇了摇头，他拿起杯子喝了一口，却发现那杯子早已经空了。

廖岩抬起头，向窗外更远的地方看去。就在此时，他似乎听到城市的远方传来一声闷响……

那响声来自中正街，距离兰江市公安局并不算远。刚刚外出调查回来的贾丁和郭巴，在市局门口也听到那响声。

"爆炸了？"贾丁惊恐地抬头，正看到廖岩从二楼的窗口向外张望。贾丁看着廖岩，一边招手一边快速上楼。

廖岩的"乌鸦嘴"又一次应验了……

贾丁等人赶到中正街现场时，消防人员已将被炸汽车的火彻底熄灭了。

防暴队老张远远跑向贾丁他们，一边小跑一边高声说话："多亏是午休时间，现场只死了一个，是车里的司机。周围有几个居民受了点轻伤，主要是划伤和耳朵鼓膜损伤。周边排查结束了，你们可以进去了。"

"只有一个！谢天谢地！"贾丁掀起警戒线弯腰向里走，廖岩紧跟着他。

已看不出原本模样的轿车里面，坐着一具高度碳化的尸体。从外形上看，死者应该是男性，他应该是在剧烈的爆燃中快速死亡的，但目测还无法判断爆炸点到底在哪儿。

廖岩的目光扫视尸体的每一个细节，死者的胸前，残留着一些金属线，看似是爆炸物的物质，可仔细看尸体的残损情况，爆炸点却绝不可能在这里，这又是为什么？

廖岩一边想着这个问题，一边弯腰凑近尸体的头部，就被死者右耳位置内一块黑色烧焦物吸引了，那是一枚扣子形状的物体。

"这是什么？"贾丁探过身来。

"像是蓝牙耳机。"廖岩将它装进物证袋。

廖岩则将头整个伸进车里，他正努力从死者的角度向车窗外看，却发现车头的上方有一个监控探头正闪着红光，那监控正常运转，应该已经记录了爆炸发生时的一切，而且会相当清楚。

身边的贾丁也同时注意到了这个摄像头，回头用瞬间变得轻松的语气指示小瞳："查一查，这个监控归谁管。"

贾丁又转回身问廖岩："你觉得，这个跟前天的案子有关联吗？"贾丁现在有点怀疑这次的爆炸只是个意外。虽然是相隔一天发生的两起爆炸案，可另一个是"UFO"的神秘袭击，这一个却只像是普通轿车的突然爆燃。目前看来，这两起案件的相似性并不明显。

廖岩没有回答贾丁的话，他依然保持着刚才的姿势，他弯腰贴近死者尸体，从已破碎的车窗向外看。

贾丁有点急："你这样腰不痛？别看了，摄像头小瞳已经去调查了。"

可廖岩依然没动。

廖岩并没有看摄像头，他在看着摄像头下站着的一个年轻女人。

听到贾丁的声音，廖岩将头缓缓地从驾驶室抽离开，站直身子，看着前面的女人。没错，就是她，可是她怎么会在这里？

廖岩仍然盯着那个女人看，一种冰冷感瞬间沿着廖岩的脊背向上蔓延，几秒后他在这燥热的天气中打了个冷战。

那个女人似乎并没有看到廖岩，她正在观察着警戒线外的围观者。之后这个女人又抬头向周围的高处看，扫视每一个打开的窗子。然后，她向更高的楼层看去。

三楼的顶楼平台上，一个戴墨镜的身影此时正向下张望。那人的嘴角掠过一丝微笑，他拿着一个长方形的乳白色物品，冲着楼下人群的方向，按了下去。

那女人突然高喊："快散开！有危险！"

现场内围的所有警察都警觉地蹲下身来，可是混乱之后却一片安静，什么都没有发生。

顶楼平台方向，已完全没有人影，那女人突然向那楼房的方向跑去。

贾丁这才反应过来，一边追那个女人，一边喊："怎么回事儿？你是谁啊？"郭巴也马上追去，二人一边跑一边从腰间抽出手枪。

"你给我站住！"贾丁气愤地高喊。

廖岩依然站在那里，愣愣地。一片混乱之中，没有人注意到廖岩吃惊的表情。

那个奔跑的女人叫梁麦琦，七年前的那个夏天，廖岩在英国第一次见到她。如今她又出现了。

顶楼平台上此时空空的，女人站在那里环视周围的众多出口。郭巴和贾丁跑上平台，看着眼前这个奇怪的女人。她很漂亮，可是她过于警觉的眼神让人望而生畏。

郭巴喘着气，持枪查看一切可能藏身的角落，什么人都没有。

贾丁的枪也一直紧紧握在手中，却并未指向面前的女人。"你是谁啊？"贾丁有些气愤，但直觉告诉他，这个女人并非敌人。

女人举起胸前的胸牌，上面写着：省公安厅犯罪心理学顾问梁麦琦。

贾丁定睛看了看，却并没有收枪："你就是李厅长说的那个犯罪心理学顾问？"

梁麦琦点头，心思却已不在贾丁身上，她走到刚才那个可疑人站着的位置。护栏的水泥台上，放着一块乳白色的夹心饼干，中间有一块似大拇指按下的凹陷地方。

"你把这当成炸弹遥控器了？"贾丁的嘴角掠过一丝不屑，"看错了吧，一场虚惊。"

梁麦琦皱眉向下看："我没有看错，谁会在这种情况下，微笑着按下一块饼干？那是设置炸弹的人，他在欣赏我们的慌乱……"

贾丁和郭巴一脸疑惑地看着这位漂亮的女顾问。

"这栋楼出口太多，要不然一定能逮住你说的那个人，问问就知道了，可惜……"说这话时，郭巴的脸上也是不屑。

梁麦琦并不在乎这两人的不屑。

"他不会罢手的！"梁麦琦甩过一句话，转身向下面走。

郭巴向贾丁递了个眼色，小声嘀咕："又一个乌鸦嘴。"

楼下爆炸现场，廖岩仍木然地望向楼上的方向，视线始终停留在梁麦琦身上。

一直纠缠着廖岩的那个噩梦，其实与这个女人有关。

第二章　战争

梁麦琦从楼顶下来，站在廖岩面前，并给了廖岩一个含蓄的微笑，平静、得体，又恰如其分。她说："廖岩，好久不见。"

廖岩从半张的嘴唇中机械地挤出同样的话："好久不见。"

的确好久，整整七年。

贾丁从梁麦琦的身后走过来："廖岩，你刚才是吓傻了吗？怎么一动不动的？"贾丁这才注意到廖岩注视梁麦琦的眼神不对，"怎么，你们认识？"

廖岩机械地点点头，贾丁有些生气："那你刚才怎么不早说？害得我们拿着枪追了半天！"

陆小瞳从远处抱着电脑跑过来，打断了这三个人尴尬的对话，她一边跑一边大着嗓门喊："太清楚了！都录下来了！"小瞳还没站稳，已将手中的电脑打开，"你们看！"

大家快速向小瞳聚拢来。贾丁突然下意识地看向梁麦琦，他发现梁麦琦向他使了个眼色。贾丁会意，并迅速合上小瞳手中的电脑："你小声跟我说，剩下的我们回去看。"

贾丁明白梁麦琦的意思，她也怀疑这个现场或许依然处于凶手的监视中。贾丁不禁皱了皱眉，他搞不清自己刚才为什么要眼神"请示"梁麦琦。这个女人看起来不到30岁，他们见面也仅仅十几分钟，可他竟然开始有点"相信"她了。

廖岩转身，再次回到尸体旁边，他努力地用尸体上的"微观世界"平复自己，可是，很多疑问依然在冲击着他的头脑——梁麦琦为什么回到中国？过去的七年她到底经历过什么？她为什么会成为一个犯罪心理学顾问？她又为什么要跟他在同一个城市？她现在是一个什么样的人……

尸体的"微观世界"终于使廖岩渐渐平静。他的目光再次落在尸体已残缺的左手上，那手中似乎还紧握着一样东西，那是一块已经熔化了的塑料板，里面隐隐露出一些金属物质。

梁麦琦走在刑警队的走廊里，她对廖岩的工作环境充满了好奇。梁麦琦知道，此时廖岩就走在离她不远处的身后，他一定在注视着自己。

梁麦琦从廖岩见到她的第一反应就可以看出，她的出现让廖岩紧张，甚至有些恐惧。很明显，廖岩并不想回忆七年前的那次"奇遇"。

大会议室里，贾丁正式将梁麦琦介绍给大家，介绍得很"官方"。他夸梁麦琦是颇有成就的心理学博士，是全省犯罪心理专家顾问团最年轻的成员，所以省厅才会派她来协助调查这起危害公共安全的重大案件。贾丁还说他特别希望刑警二大队能经常获得梁博士的帮助。贾丁的话说得明显不够真诚，但梁麦琦却露出了真诚的微笑，面对这样的笑容，贾丁突然感觉有些许愧疚。

所有的人都看向梁麦琦，她身着浅咖啡色的西服套装，面料和款式虽看起来大方、得体，但在警察局这样的"粗犷"氛围里，仍显得过于隆重。令小瞳不解的是，经过刚才的那一番楼上楼下的奔跑之后，梁麦琦不仅发型没乱，而且衣服上也没有褶皱，甚至那双坡跟软皮鞋也仍是一尘不染，她是怎么做到的？

当所有人的目光都集中在这位貌美的女博士身上时，却只有廖岩没有看她。他在低头看资料，那是两起爆炸案的基本资料。

"廖岩，你不用看了，过一会儿我们会汇总的。"小瞳从廖岩手中拿过那份资料。廖岩无奈坐直，但目光却依然回避着梁麦琦。小瞳一边琢磨着这两个人之间有趣的关系，一边汇报这两起案件的基本情况……

看到 UFO 的男人叫李海涛，35岁，是一家广告公司的部门主管，加班回家被遥控飞机负载的特制小型炸弹炸死。

而刚刚死在车内的死者，叫李小兵，38岁，是个小私企的老板，昨天半夜与朋友饮酒，据说离开饭店后叫了代驾，然后失联。陆小瞳在城市监控中找到了李小兵的车，可开车的并不是他，而是一个戴着帽子和口罩的人。

"那李小兵在哪儿？"贾丁盯着监控录像看的同时打断小瞳。

廖岩看着大屏幕上的截图："死者死亡时血液里的酒精含量仍高达每毫升80多毫克。扣除他的自然代谢，此时的李小兵，应该已醉得不省人事。那么他的位置，应该是……这里。"廖岩手指李小兵车的后座位置。但从街道监控的角度，无法看清这个位置是否有人。

"然后，开车的人拉着他消失在城市的监控之外。"小瞳接着说。

交通指挥中心的道路监控显示，这辆车最先离开了地处金银街内的"餐饮一条街"，随后开上了中央街，之后就拐进了小路，从此脱离了交通监控的范围。

李小兵再次出现在城市监控中，已经是第二天中午，也就是案发之前。此时，已换成了李小兵本人开车。他神色慌张地开车从小路转入大路，最终停在了中正街这个监控的下面。而那个神秘人，却不知去向。

"为什么说是神秘人，不是代驾吗？代驾公司那边有消息吗？"贾丁再次打断小瞳的介绍。

"不！根本没有代驾，李小兵根本就没叫代驾。"小瞳说。

"那这个冒牌代驾有重大作案嫌疑！只可惜，完全看不清容貌……就连性别都不能确定啊……"贾丁失望地看着这辆车行驶中的截图。

"最奇怪的并不是这段录像，"小瞳将大屏幕的画面切换到另一段监控上，"这个，是李小兵死前的监控录像……"

视频中，李小兵神情紧张地开着车缓缓停在了路边。然后，他努力看向上方的监控摄像头。他瞪大了双眼，伸出右手食指，然后他以十分夸张的口型说了一句话，一句猜不出内容的话。

再之后，李小兵的表情突然变了，他看起来比刚才更加恐惧、紧张，李小兵浑身发抖，低头向下看了一眼，随后闭上了眼睛……爆炸发生了。

"他自杀了？"贾丁看着李小兵在视频中的这一系列动作，"他就这样自杀了？"

"可是他明显很怕死啊，是不是？"小瞳看向梁麦琦。她对这个新来的心理学博士很好奇。当然，她更好奇的是廖岩的表现。自从这位梁博士出现在刑侦二队，廖岩似乎话少了许多，他看起来还有那么一点紧张。

他和这位美丽又霸气的女博士到底是什么关系？小瞳越发好奇。

梁麦琦并没有马上回答小瞳的问题，仍盯着视频的画面看。

"他说的是什么？"贾丁的目光扫视在座的每一个人。

郭巴使劲地摇着头："看不清啊，可是，总觉得他又很想让别人看清他。"

"更夸张的是他说完这句话之后的表情变化，似乎是预感到了什么。"梁麦琦突然说道。

"他可能是'听'到了什么！"廖岩终于又开口说话了。

"也可能是一种指示。"梁麦琦补充道，两个人对视。在谈起案情时，这两个人的谈话终于有了几分自然。

廖岩拿起物证箱中一个透明物证袋，那里面装着一个已变形的迷你蓝牙耳机："这是从死者的耳朵中发现的，你所说的指示，可能来自这里。"

"陆警官，麻烦您把录像再放一遍。"梁麦琦请小瞳帮忙，然后目不转睛地看着大屏幕上的回放。

"紧张的表情，刻板的动作，夸张的口型……他是在重复别人教给他的话。说完这句话之后，他的表情变得更加恐惧了，这也许是因为他听到了一条更加恐怖的指令……"梁麦琦皱着眉看视频，伸手指向小瞳电脑上的进度条，"这里！"

小瞳将视频停在了梁麦琦指示的地方，视频中死者正低头向下看。

"他向下看了一眼什么？"贾丁也似乎发现了问题。

"他紧咬嘴唇，深呼吸，闭眼，这一系列动作都在证明，他在做抉择，事关生死的抉择……"梁麦琦语气缓慢，但每一个字都透着自信。

"两个按钮……"廖岩突然说，"那个特制的爆炸遥控器上，有两个按钮。这就是你说的抉择？"

其余的人，目光都在梁麦琦和廖岩之间快速移动，就像在看一场紧张的乒乓球比赛。

"你们在说什么？"蒋子楠急切地问道。

"我们可以做一个这样的假设，那个隐形耳机一直在给死者指令，而最后的指令应该就是，从炸弹遥控器的两个按钮中选一个。"廖岩看向梁麦琦。

"一个代表生，一个代表死？"梁麦琦也看着廖岩。

"可是，为什么他一定要按，不按不就得了？"小瞳不解，插话问道。

"那一定是因为，不按也得死。"廖岩苦笑着回答。

"对！比如凶手手中还有一个遥控器，你不按，我来按，那就必死无疑，但选一个，或许还有一半生还的希望。"梁麦琦接着说。

"死者死亡时，腰身缠着类似炸弹的物品，可是爆破组证实，那根本不是炸弹。真正的爆炸源，其实是在车底。"廖岩走到大屏幕前，手指车底的位置。

"我明白了！"贾丁追上了这二人的思路，"他被骗了，有人在要他！那这个李小兵所说的这句话，有没有可能是在指责凶手，而且，他激怒了凶手，从而导致了爆炸的发生？"

小瞳再次将视频回放，同时将死者的脸部放大、锐化，再换成慢镜头，李小兵以夸张的口型慢慢说出了那句话。

"不，他不是指责凶手。"梁麦琦直接否定了贾丁的想法，"他的表情不是愤怒，而是胆怯！"

"爱……我……哟？我觉得他说的好像是'爱我哟！'"郭巴小心试探，却引来了小瞳的耻笑："你这个是不是有点太幼稚了？"

"那你说是啥？"郭巴不服。

小瞳皱眉不语，一时也想不出更好的答案。

"这应该是英文！"梁麦琦再次将目光从视频移向廖岩的脸。

"I want you! 这句话是'I want you'！"廖岩恍然大悟，随后又紧皱眉头，"可是……I want you! BUT，Who are 'you'？"

小瞳仍然不解，再次将画面反复播放，一不小心，退到了视频的开头。

小瞳突然从爆炸发生之前的画面中发现了一个移动的物体，像是某种动物快速钻进了车底。

"这是什么？"廖岩手指画面的那一角。他和贾丁快步走到大屏幕前。

因为这个移动的影子一直在画面边缘，而且模糊又微小，所以刚才一直没人注意。

小瞳将那个不明物体慢慢地放大。

那是一辆迷彩玩具坦克，正缓缓驶向了汽车下方。

"炸弹，又一个玩具？"贾丁吃惊地看着那玩具坦克。

他终于可以确认，这两起爆炸案可以并案了……

廖岩在法医室准备尸检，贾丁走进来，却问了一个和案件完全不搭边儿的问题："你和那个梁博士认识？"

"算是吧……几面之缘……"

贾丁等待廖岩继续。廖岩却不再说话，反复认真地洗手。

"你们是同学？"

"只是校友，我们那时在英国同一所大学上学。"

"哦……不同专业？"贾丁突然意识到这个问题很傻，马上自我解嘲，"哦，当然是的。"

廖岩不再说话，这反而发激起了贾丁的好奇心，他的表情突然变得有点调皮。

"你们俩不会是……那个关系吧？前……那个？"

廖岩冷笑着摇了摇头。

贾丁努力猜测这笑的意思：不屑？不靠谱？猜对了？

魏然从里间打开门："廖博士，准备好了！"

廖岩转身进了里间的解剖室，留下贾丁尴尬地站在那里。这时，小瞳将门推开了一条缝儿。

"问清楚了吗，头儿？"

"去！"贾丁赶走小瞳，"从早到晚，就知道八卦！"贾丁也离开了法医室。

廖岩面对那具完全碳化蜷缩的肢体，想着爆破专家的话。他们说，那个遥控坦克就像是个油箱的引燃器。

廖岩不能理解，以凶手的能力，制造一个围在死者身上的真炸弹似乎更容易，可他为什么偏要使用遥控玩具来引爆油箱？难道，他想为死者制造更多的精神痛苦？

狭小空间的突然爆燃，猛烈的冲击，剧烈的疼痛，有毒气体的吸入，无限的恐惧……这种死法的确比立即被炸成碎片更痛苦……

每次尸检之前，廖岩总会忍不住与死者做这样的换位思考，想象自己正在经历死者所经历的一切。而每一次，他都会感受到那种真切的痛。廖岩的老师曾多次劝告他不要这样做，将自己的日常思维与工作感受剥离开来，是一个法医对自己最基本的保护，可是廖岩偏偏做不到。他本在英国知名大学习临床医学，回国后却突然改学法医，其原因本就与这种切身经历有关。想到这儿，廖岩下意识地又看向大会议室的方向……

大会议室里，梁麦琦正在那面巨大的白板前踱着步。她的高跟鞋发出有节奏的敲击声。小瞳盯着梁麦琦的高跟鞋看，几乎出了神，她在想："穿高跟鞋到底是种什么样的感觉？"在小瞳的审美世界中，从来就没有高跟鞋这种东西，但不知为什么，今天她觉得高跟鞋如此美妙。

高跟鞋的敲击声停止了，梁麦琦在白板前站定，写了两个词："飞机"和"坦克"……小瞳看了看，忍不住笑了。首先，这两个词毫无意义。其次，这位博士的字可真够难看的。梁麦琦回头看了看小瞳，好像猜出了小瞳此刻的想法，她自嘲地笑了，这笑容真诚又可爱。小瞳突然觉得，她与梁麦琦之间的距离感正在慢慢地消失。

法医室里，廖岩站在尸体前问魏然："见过高度碳化的尸体吗？"

魏然摇头："还真是第一次。"

"什么感觉？已经扭曲碳化的同类躺在这里，屋子里飘着烤肉的味道。"

魏然被廖岩这一说，不禁打了个冷战。

"你来的第一天曾对我说，你有与生俱来的冷漠气质，所以非常适合做法医。"廖岩一边检查尸表，一边和魏然聊着天。

魏然想起第一次在法医室见到廖岩的情形，不禁有点不好意思。说实话，魏然觉得廖岩的颜值与气质和这个职业以及整个法医室的气氛都有点不太相称。当时为了证明自己更像法医，魏然说了很多不自量力的话。

"我当时的意思，可能是说我冷静……面对死尸能保持冷静。"魏然急着解释道。

"但在我看来，那时的你缺乏面对一具尸体的想象力。"

"什么想象力？"魏然不解。

廖岩贴近尸体的面部，吸了吸鼻子："想象他们临死前那一刻的心理挣扎，想象如果换作是你来面对死亡的一瞬间……或者想象躺在这里的是你自己，而另一个自己在解剖这具尸体……"

魏然的脸上掠过一丝惊异。

廖岩用镊子夹起尸体上残存的一小片布料，仔细观察："麻木的冷漠和缺乏想象力的勇敢，都不是法医的优秀品质。"

廖岩侧头看魏然："来，握着他的手，做一个换位冥想。"

魏然轻轻伸出手，握住了死者那只已经残缺烧焦的手。廖岩还在看着他，魏然只能闭上眼睛，隔了一会儿才缓缓睁开，脸上依然还是不解。

"你和我所有的老师都不一样，他们都在教我克服恐惧。而你，却偏偏教我学会恐惧。"

"不是恐惧，是敬畏。普通的人只是恐惧死亡，只有我们才是敬畏死亡。这种敬畏会给你灵感。"

"噢，知道了。"魏然轻声应着。

廖岩露出他特有的冷笑："你不知道，慢慢体会吧……"

魏然点点头，显然还有点蒙。

"开始吧。"廖岩终于发出指令。

对一具碳化的尸体进行解剖并不是一件轻松的事，即使是经验丰富的法医。在体表观察结束之后，法医要做的就是先将蜷缩的尸体恢复到正常姿态。这是需要力量的动作，全没有精细和美感可言。

廖岩按住尸体的腿部，魏然努力将身体的力量压向尸体的上半身。突然魏然的手一滑，尸体借着肌腱剩余的弹性猛地弹了回去，死者李小兵就这样突然"坐"了起来。刚刚被压直的右臂直接指向了廖岩的脸。

魏然慌乱道："对不起啊师父，我没按住。"这是魏然第一次叫廖岩师父。

廖岩却并没有显得很意外，他正愣愣地看着那具"坐"着的尸体。尸体伸直的右臂直指廖岩的脸。廖岩的表情和动作僵住了。

魏然看着廖岩："廖博士，师父！"看到廖岩还愣在那里，魏然调皮地笑了，"师父，你也怕了？哦，对了，不是怕，是敬畏。"

廖岩还是没动，眼前的情形突然变得好熟悉。

廖岩想起了一个画面。确切地说，是一张海报，一张很有名的海报。那是二战时期美国的一张征兵海报，海报上代表美国的"山姆大叔"伸出右手食指指向前方。海报上写着醒目的口号，正是"I want you"！

"I want you！"廖岩迅速摘下手套和口罩，转身离开了法医室，留下一脸疑惑的魏然和那具坐着的尸体。

廖岩快速在走廊里走着。此时不光那张海报，还有很多画面突然闯进了他的头脑——黑夜中飞行的飞机，缓缓驶入汽车底部的遥控坦克，此时都在他眼前晃动。尚未进入会议室，廖岩已将头脑中的那个词脱口而出。

"战争！是战争！"廖岩冲进会议室，正看到梁麦琦对着白板，手中拿着白板笔，吃惊地回头看向廖岩。

梁麦琦面前的白板上写着三个词——"飞机""坦克"和"战争"。

第三章　船

梁麦琦好奇地看向穿着解剖服的廖岩。这是她第一次见到廖岩的工作装束，这种职业装在梁麦琦的眼中有种莫名的优雅。

廖岩躲开梁麦琦的注视，拿起自己的手机，屏幕上出现了廖岩搜索到的那张征兵海报。

"I want you! 这是美国二战期间的一幅征兵广告海报，后来成了二战期间最著名的海报之一，即使是现在，仍被广泛引用。凶手逼迫死者说出的话，做出的动作，应该就是来自这里。我觉得，我们这两起案件与某种战争的概念有关。"

贾丁站起身来，快速向梁麦琦面前的那块白板看去。那白板上早已写好了"战争"两个字。

"战争？这可能吗？梁博士，你也这么想？"贾丁的脸上写满了疑问。

梁麦琦点了点头："不是现实中的战争，也许，是这个凶手心里的战争。"梁麦琦看着大屏幕，那上面正是死者李小兵手指监控的画面截图，"这个人的这句话，可能就是要说给我们听的。而这个人的死，对于凶手而言，也许只是一张给警方的'便笺'。"

廖岩吃惊地看着梁麦琦。眼前的这个女人，她的气质、言语中的抑扬顿挫，她眼睛中闪着的光，与他七年前所认识的那个女孩，完全不同。

"是时候给凶手画一幅画像了……"梁麦琦深深吸了一口气，她此时的表情吸引了所有人的目光。几秒钟的沉默之后，梁麦琦似乎已做好了准备，她以一种让听者无法喘息的语速，开始了她的发言。

"凶手，男性，年龄在25岁至30岁之间，身材相对瘦弱，智商很高，接受过高等教育，却可能有过辍学经历……他是个军事迷，在朋友或军事论坛中常有激烈言论……"

贾丁拿着大茶杯的手僵在半空，他虽然早就听过很多犯罪心理专家关于凶手的画像，但这种果断他还从未见过。

梁麦琦看向白板上的那几个字，想了一下，继续说："他在日常生活中表现低调、内向、冷傲，常常不被重视……但他的内心却装着一个大得可怕的虚拟世界。他可能会迷恋军事类游戏、战争沙盘、武器模型……"

所有人都吃惊地看向梁麦琦，梁麦琦却将目光转向廖岩："凶手的童年先是受到溺爱，因此，他才能保存如此童真而又奢侈的想象力，但童年的后期却受过重大挫折，比如亲人离世、父母离异，于是这种想象力便走向邪恶……"

大家都沉默地看着梁麦琦，不知该如何评价。仅仅凭着两具尸体和两个玩具就得出这样的结论，似乎还很难令人信服。

梁麦琦走到白板前，拿起笔，在"飞机"那两个字的上面写了一个"空"字。

"空？"贾丁终于放下手中的保暖杯。

梁麦琦又在坦克的下方写了一个"陆"。

"凶手极有可能把这几次杀人当成了一个游戏。我们面对的既是一个高智商的冷血杀手，又是一个没有长大的巨婴！"梁麦琦又看向廖岩。

廖岩表情平静，梁麦琦的画像似乎并没有让他很吃惊："那么，他还有一个战争没有完成！"廖岩手指白板。

梁麦琦快速拿起笔，在白板上写了一个字："海"。

"海、陆、空……"贾丁重复这几个字却摇了摇头。"我还从没听过有人做过这样的侧写……"贾丁看着白板上的字，"你的意思是，这个连环案可能还会有一个'海战'……"

贾丁的话说到一半时，手机突然响了——那是他手机上特有的彩铃，声音来自他老婆。这个个性化铃声除了梁麦琦，在场的每个人都熟悉，可每一次听到，大家还是忍不住想笑。

"唠十块钱儿的呗，么么哒……唠十块钱儿的呗，么么哒……"这个欢快的声音在大会议室里回荡，打破了刚才紧张又严肃的工作氛围。

贾丁不好意思地笑了，接起电话听了几句，就有点不耐烦："我买那个干啥？没买！……邮错了呗……哎呀，回去再说，我忙着呢。"虽是责怪的语气，贾丁的脸上却挂着习惯性的幸福微笑。贾丁宠老婆，这件事全市局都知道。

贾丁回头看到大家都在笑他，立即清了清嗓子："刚才说到哪儿了？"

小瞳马上接上："说到海战。"

"对，海战，下一个可能就是海战，也就是说有一个与海战有关的玩具……比如一艘船……"说到这儿，贾丁突然愣住了，他猛然从座位上站起，几秒后又坐下，口中自言自语，"不会吧？"

大家都好奇地看着他。

贾丁的脸色渐渐变了，他突然拿起手机拨打电话，手竟然有些发抖，没有人见过贾丁这样。

"快接电话！"贾丁一连对着手机喊了三遍，电话终于接通了，贾丁大喊，"先不要碰那个玩具船！"

所有人都吃惊地站了起来，贾丁依然拿着电话，却不知说什么好。

"我老婆，她收到……收到了一个玩具船！一个没有地址来源的玩具船！"贾丁说完转身向外跑去……

贾丁的妻子一只手握着手机，一只手拿着一个玩具遥控器，满眼恐惧地望着桌子上那艘已经拆封的玩具船。电话里传来贾丁努力安抚的声音，贾丁告诉她，只要轻轻放下遥控器就不会有事。可是，她偏偏在丈夫的声音里听到了不自信，她努力稳住自己的呼吸。

半个小时前，她从一个快递员手中捧过这个快递，充满好奇地打开盒子，仔细研究，可是现在贾丁突然告诉她，这可能是一个炸弹。而且，她必须谨慎放下手中的这个遥控器，这一放可能就是生死边缘。想到这儿，她的眼泪突然涌了出来……

"快！"贾丁的声音再次从电话里传了过来了，可贾丁紧接着又说，"不，慢慢地……"妻子闭上眼睛，慢慢放下遥控器，接下来，竟然是安静的，有那么一刻，她已经做好了死的准备，可是什么都没有发生！她拔腿向外跑去。

贾丁家小区楼外拉着警戒线，贾丁正紧张地向里张望，妻子在快跑到警戒线时才看到被拦在外面的贾丁，见到丈夫的那一刻，妻子瘫软的身子倒了下去。

爆破专家拆开了贾丁家中的那艘遥控船，却发现里面什么都没有，就是一个普通的玩具。

这让贾丁突然又开始怀疑起自己的判断来。当大家正在谈论一艘玩具船炸弹时，妻子恰巧收到了某个寄错的快递，这两者之间可能只是巧合，而他们只是过于紧张了？

贾妻坐在市局的茶水吧，双手紧握着一杯热茶，手还在不停地发抖。

贾丁看着惊魂未定的妻子，大脑中完全没有任何头绪。

"嫂子，再想想，送快递的人长什么样儿？"郭巴再一次试探性问贾妻。

"就是快递员，他穿着橙色的快递工作服，把包裹递进来……长什么样，真是记不清了，只记得是个男人。"贾丁妻子带着求助的眼神看着丈夫，可没想到贾丁先急了："你再好好想想，怎么会一点儿印象都没有？"

"我光看包裹了，没看快递员！"

"怎么可能？谁给你送东西你都接啊？"

大家都紧张地看着这夫妻二人。

贾妻委屈地看向小瞳："小瞳，你也是女人，你说说，你接快递时是不是只会盯着包裹看，想一想这是我买的啥呀，谁还会看快递员？"

贾丁差点被老婆的理论气乐了，可小瞳却一本正经地点了点头："嫂子说得有道理啊……可惜小区的摄像头也完全看不清人脸，那就只有两种可能，要么送船的真是个快递员，要么是他想办法弄了一件快递员衣服。"

梁麦琦和廖岩在整个询问过程中都一言未发，仿佛约好了一样。

廖岩一直在皱眉思考，而梁麦琦一直在暗中观察着贾妻。

"嫂子可能的确没有看快递员。"梁麦琦突然说了这样一句话。她走到贾妻面前，看着她："嫂子，咱们去我办公室坐一会儿。"梁麦琦的语气十分温柔。

贾妻像是看到了救星一样，乖乖地跟着梁麦琦走了。看着二人的背影，贾丁一脸不解。

梁麦琦还没有真正意义上的办公室，队里临时将法医案情研究室让给梁麦琦用，行动能力极强的梁麦琦摆放了些奇奇怪怪的小物件，竟将一间普通的办公室弄出了几分温馨。

路过梁麦琦的临时办公室，廖岩忍不住向百叶窗的缝隙里看。

贾丁的妻子此时正坐在梁麦琦对面的软椅上，看起来十分放松。她们两人似在悠闲地说着什么，梁麦琦一直微笑着，感觉就像是一个心理医生在面对一个患者。

"她怎么这么放松了呢，不会是被催眠了吧？"贾丁的声音突然从廖岩身后传来，把廖岩吓了一跳。里面的梁麦琦似乎听到了外面的动静，走了出来轻声对门口的贾丁说："嫂子回忆起了一个细节，那个快递员的手上，有一颗黑痣……"

贾丁吃惊地看着梁麦琦："那她刚才怎么就回忆不起来？"

梁麦琦给了贾丁一个神秘的微笑，这让贾丁更摸不着头脑了。

快递公司的调查果然发现了问题。

一个叫张有财的快递员突然人间蒸发了，这让许多等快递的人心急如焚，他们不断打电话到快递公司催问何时到货。公司这才发现，一向勤勉的张有财竟然将快递车丢在了离贾丁家不远的地方，而人却不知去向。

只是张有财的手上并没有什么黑痣。而且他的人生经历几乎没有一点符合梁麦琦的凶手画像，当然除了性别和年龄。

张有财生在地道的农民家庭，已在快递公司工作了两年多，生活简朴，特别能吃苦，也几乎没请过假。周围的朋友、同事都没听说过他有过任何军事方面的兴趣，他们断定他完全不懂军事，甚至一点都不关心国家大事，他最大的兴趣就是赚钱。

张有财与凶手画像之间的巨大差异让案件再次陷入了僵局，但廖岩和梁麦琦关于"海陆空"的推断却开始变得让人信服起来，毕竟三种玩具都已经出现了。

小瞳的手在电脑键盘上快速地敲击着，一行行编码不断闪过，可小瞳的工作却明显进行得不太顺利："战争论坛上的言论大都很激烈，每个人都像你说的人。"小瞳明显有些沮丧。梁麦琦坐在她的身边，目光却并不在电脑上，整个下午她一直皱眉思考。

"我可不可以用本市 IP 作为限定？"小瞳又问。

梁麦琦似乎半天才回过神来，直接回答了小瞳的问话："应该就是本市的。他了解这个城市的大街小巷，能准确地选择损伤范围相对较小，但却依然可以产生较大社会影响的地域，比如中正街。中正街是一个比较宽阔的街道，但在特定的时间内又比较安静。另外，他能准确地将遥控船送进队长家，证明他有条件观察并了解贾队长。"

梁麦琦望了望玻璃墙外，远处的两张沙发上，坐着贾丁和妻子。贾丁似乎在想办法逗妻子笑，此刻贾妻阴沉的脸上终于有了笑容。

"如果这个张有财不是凶手，那他就可能是被控制了，或者已经被杀了。可是，为了一身快递员制服和一张快递单杀人值得吗？"梁麦琦突然问小瞳。小瞳有些吃惊，这好像还是梁麦琦进入刑警队以来第一次征求她的意见。

"快递单随手就能弄到，快递工作服也完全没有必要，因为大部分快递员是不穿工作服的啊。"小瞳认真地想……

这一晚刑侦二队的许多人都在思考着这个问题。

廖岩当晚没有回家。他躺在办公室的躺椅上，一直处在半梦半醒的状态。法医案情分析室的灯关了，梁麦琦早就离开了。

第二日清晨，快递员张有财浮出了水面。

这不是一句比喻，他是真的"浮出了水面"。几个清早游湖的游客发现了他漂在水面上的尸体。

水上巡警将他的尸体从湖中打捞出来，他们很快认出了他，这就是市局协查通告上要找的那个快递员。

廖岩和魏然拎着法医勘查箱走近尸体，廖岩站在那里看着死者的脸，然后蹲下来拍了张照片。他用手轻轻地撕开死者身上的塑料保鲜膜，死者的身体露了出来，死者身上，穿着一件白色的 T 恤，胸前是一艘战舰。

廖岩突然愣了一下。魏然将手伸向尸体的胸部，那里有一块奇怪的方形隆起。"咦！这是什么？"魏然好奇地问。

廖岩的脑中突然闪过梁麦琦在白板上写的那个字"海"。廖岩一把抓住魏然的手，拉着他向外扑去。

一声巨响，尸体炸开了！

廖岩将魏然压在身下。血和着尸体的碎片落了下来，落在廖岩和魏然的身上。廖岩的视线模糊起来，他看到贾丁和郭巴向这边跑过来，梁麦琦也跑过来，他们焦急地向他喊着什么，可是他什么都听不见。他能看到梁麦琦焦急的表情，她用手擦着他脸上的血。他知道这种关切，是真实的。

廖岩的视线渐渐清晰了，贾丁的声音似是从远处传来："没事儿，那血不是他的……他只是被震晕了……"

隔着人群的缝隙，廖岩看到了那具已被炸得破碎的尸体，从口中费力地吐出了几个字："原来，这才是那艘船……"

第四章　地图

将张有财重新拼成尸体该有的样子，花了魏然几个小时的时间。这时，廖岩也差不多"满血复活"了。这个炸弹的威力还不算大，但尸体爆炸的场面甚至让一个看惯生死的法医都终生难忘。

魏然看着穿好解剖服的廖岩从休息室里走出来，脸上还贴着创可贴，他又愧疚又感激。

"廖博士，要不是你救了我，现在躺在这儿的就是我。"魏然指了指尸检台上的那艘"人肉船"。

廖岩摇摇头："是咱们俩……"他戴好手套，观察着这艘"船"。

"死，就这么简单？"魏然看着这尸体，想象着当时的场景。

"再简单不过了，几乎没有预告。"

魏然不禁打了个冷战，看着全神贯注观察尸体的廖岩："我就是不明白，你怎么能这么快恢复正常？就好像什么都没有发生过一样……今天不是你第一次经历死亡吧？我是说亲眼看到，或者差一点就死掉。"

廖岩触碰尸块的手突然停顿了一下："第一次？我的第一次，更是惊心动魄。"廖岩自嘲地笑了，目光却不易觉察地看向了对面梁麦琦的办公室。他想起梁麦琦用手擦掉他脸上血迹时的样子。"你不应该这么关心我吧？"廖岩皱眉对着那扇窗说。

"什么？"魏然不解地问。

"哦，没什么……"廖岩摇摇头，想了想，按下头顶上方的录像按钮，正式开始解剖。

廖岩确定了张有财的死因，他死于钝器从后脑处连续多次猛击造成的重度颅脑损伤。可疑的是，廖岩从他头部受伤皮肉中间剥离下来一些细小的沙粒，而理化实验室的检测人员证实，这种沙粒是一种人造沙，常见于景观沙盘。这似乎印证了梁麦琦关于凶手可能会有战争沙盘的推测。

"如果 Maggie 关于沙盘的推测是对的，那么第一案发现场很有可能就是凶手的住所。"廖岩一边将尸检报告交给贾丁，一边说道。他并没意识到自己第一次用了 Maggie 这个名字来称呼梁麦琦，小瞳快速向郭巴和蒋子楠递了个八卦的眼神。

廖岩完全没留意大家的反应，继续说道："从死亡时间上看，那个时间段，能从后脑多次打击死者致其死亡而不被发现的地方，一定是隐秘的。而且能将尸体隐匿十几个小时，并将它做成炸弹的地点，对凶手而言也一定是安全的，那最有可能的地方就是他的家。"

"从后脑，也就是说死者对凶手没有防备。死者是个快递员，那么最合理的设想会不会是死者去凶手家送货？"贾丁很少成为第一个提出假设的人，但他的顺势推理能力一向很强，他能很快读懂廖岩的意思，"凶手先是将张有财引入家中将他杀死，随后穿着他的衣服冒充快递员到我家送船。"

"对！然后，在所有人惊慌失措的那段时间，他将尸体做成了一个炸弹，也就是一艘船……"廖岩继续说。

"那凶手给我家送船的意义呢？"

"让我们误以为海、陆、空三种战争都已经结束？"小瞳插话道。

"可能不仅如此吧。"梁麦琦的语气中有一种悲观，"凶手把他的谋杀当成一场真人的游戏，而游戏于他的魅力，不仅在于'闯关'，更要有'互动'和'角逐'，就像他在闹市的楼顶按下的那块饼干……"

贾丁想起第一次见到梁麦琦的场景，那时他还完全不相信梁麦琦，可如今，他开始欣赏她的自负。

梁麦琦还在继续："他时刻都想要把他的'游戏'升级，甚至是做到极致，他不仅要赢，而且要戏弄他的对手。这就是为什么他一定要亲自去送船，为什么一定要在第二爆炸现场观看。他享受地看着我们，看着我们在他制造的混乱中跑来跑去。他要戏弄的对手就是我们！"

啪！贾丁的手掌狠狠地拍向桌子，大家都被他吓了一跳，立即坐直了身子，二队的人都懂，这个时候贾丁是要下命令了。

"郭巴、子楠！马上去快递公司查清张有财负责的快递范围。具体找出在凶手去我家送船之前，也就是11:30之前张有财还去哪里送过货！"

贾丁又转向小瞳："小瞳，根据张有财的送货范围重新进行 IP 筛查，先将重点放在各大军事论坛中有过过激言论的人。再按照梁博士的嫌犯侧写，进一步缩小范围。"

在收到贾丁指令的几秒钟之后，几个年轻的警员都快速进入了行动状态。大会议室瞬间就空了，只剩下廖岩和梁麦琦两个人，带着几分尴尬互相对望。

"这个时候该说些什么吧？"廖岩心想并努力在头脑中搜索着适合开场的话，可越是努力，头脑中越是空白。

这时，梁麦琦却先说话了，只不过说的还是关于案子的话："海、陆、空都已经结束了，你觉得他会就此收手吗？"

廖岩快速摇了摇头。

"是啊，目前我们有两件事情还没有搞清楚。第一，三个被害人之间是否还有别的联系？这完全是一种随机选择，还是一种有限定的随机选择？"

"限定？什么限定？"廖岩追问。

"第一受害人，那个看到 UFO 的男人，是夜归的人，限定仅仅是出现的时间。第二受害人，替凶手说出'I want you'的男人，是醉酒的人，限定的仅仅是精神状态。而第三受害人，被做成了'船'的张有财，是送货的人，限定条件只是职业。所以，这三个所谓的受害人，在凶手眼中并不是受害人。"

"那是什么？"

"材料、媒介、游戏的道具……所以我在想，你和贾队长会不会才是他真正要攻击或者吸引的对象？"

"你说凶手要攻击的是我和廖岩？"贾丁快速走进会议室，直接走向梁麦琦，显然他在门外时就已听到了二人的对话。

"其他人都是随机，而有目的的是我和廖岩？可是，他并没有向我下手！"

梁麦琦突然被贾丁问到了哑口，这还是第一次。的确，凶手并没有伤害贾丁和他的妻子，但却差点将廖岩置于死地。

"不对！"廖岩突然打断了梁麦琦的沉默。

廖岩走向会议室墙上悬挂的那张兰江市地图前，站在那里，仔细看："你刚才说，凶手攻击其他人，只是随机。可是，这应该不是随机！"廖岩拿起红色的白板笔，快速在地图上画了几个圈，那是三起爆炸发生的地点。

"他所选择的作案位置，并不是随机的！"廖岩将那三个红圈连接起来，那三个地点正好形成了一个等边三角形，"太整齐了，不是吗？"

还未等贾丁和梁麦琦反应过来，廖岩又接着画起来。

"还有两个重要的地点，一个是贾队长您的家，另一个是我们的脚下，刑警队！"廖岩将这两点连接在一起之后，地图上赫然出现了一个箭头。

梁麦琦吃惊地看着地图："一张完美的'作战图'？对！他的确需要一张完美的'作战图'！"

"如果凶手还有大行动，那么很可能会发生在这个箭头所指的沿线上！"廖岩用笔在地图上画上了一条延伸的虚线。

贾丁刚刚燃起的信心此时又被浇灭了："这个沿线这么长，他的行动到底会在哪里呢？"

陆小瞳抱着电脑走进会议室，看起来有些失望。"队长，快递公司的系统中显示，张有财在失踪之前只送了12家快递，这12家人大多是主妇和老人，没有一个符合梁博士所说的身份特征。"

贾丁焦急地在屋内来回踱步："有没有可能某个快递没有进入系统呢？比如说……快递员接了个私活儿？"

依然盯着地图的梁麦琦突然笑了："的确有一种可能，在系统中暂时没有登记快递单，因为那不是送，而是取！"

小瞳愣了一下，紧接着拍了自己的大腿："对啊！我们会给熟悉的快递员直接打电话，让他们上门取走包裹。如果是常联系的快递员，那就暂时不需要进入系统了。"

贾丁不禁感慨"还是女人网购的经验足"，同时迅速拿起手机，给蒋子楠打了电话。

仍在快递公司调查的蒋子楠领了任务，立即赶往快递公司的休息区，从张有财的生前好友那里得知了张有财的一个小秘密。

张有财的确还藏了一部私人电话，登记的并不是自己的名字，这是他专门用来接私活儿的。而这部电话里，昨天上午的确接到了一个可疑来电，一个将他引向死亡的来电。

仅仅用了几分钟，陆小瞳就查到了这部电话与一个网店之间的关联，尽管这个网店早已关闭——可那是一个销售军事模型的网店！

军事爱好、玩具模型、沙盘……所有的一切，似乎都在按照梁麦琦所描述的因素一点点聚拢。就像许多零散的拼图，渐渐拼出一个邪恶的画像。

"军事论坛，小瞳查一查军事论坛 IP 地址有没有重合的！"贾丁大声对小瞳说。

"已经在查了！"小瞳快了贾丁一步。大家都屏住呼吸，大会议室里只有小瞳敲击键盘的声音，她的眼睛闪着光，心跳越来越快。她有预感，他们已经离凶手越来越近了，而这个谜底最终要由她陆小瞳揭开了。

"找到了！"小瞳深吸一口气，"这个网店的 IP，在一个军事网站上也有过登录，这个网站叫世界阵地军事论坛。天啊，其中的一个精华帖就来自这个 IP……我找到 IP 地址了！队长，你绝对想不到，这个 IP 就在你家的小区！"

"原来他一直都在我的身边观察我，还有我老婆！"贾丁盯着小瞳电脑上的地图，那上面闪动的地址正在他家附近。

"我可以打开这个网店的页面了……"小瞳继续以惊人的速度敲击着键盘，"出来了……"

一张朴素的网店页面出现在屏幕上，网页上各种军事商品的照片以极快的速度扫过，梁麦琦突然喊停，直接伸手抓过小瞳手中的鼠标。页面返回时，停留在一张很不专业的商品照片上，那张照片上有一只右手。梁麦琦放大这张照片，这只右手上有一颗小小的黑痣。

"黑痣，我老婆提到的黑痣，竟然真的存在！就是他，绝对是他！他是谁？这个店主是谁？"贾丁似乎一刻都不能等了，他要马上见到这个恶魔的样子。

"他叫吕木。"在小瞳进入的人口资料系统中最终出现了一个年轻男子的照片，这是一个消瘦的年轻人，棱角分明的脸上带着几分英俊，然而那眼神中却有一种说不清的冷漠。

小瞳以极快的语速读着这个年轻人的身份和经历："吕木，28岁，单身。大学毕业，研究生辍学。"小瞳停顿了一下，随后吃惊地看向梁麦琦，所有这些，竟然都符合梁麦琦的侧写。

贾丁盯着吕木的照片看，眼神中尽是愤怒："我必须马上抓住他！小瞳，把地址发给我。都准备好，跟我出发。"

贾丁最先冲了出去，可冲出两步又退了回来："廖岩和梁麦琦，你们两个留下，把吕木在论坛上的所有言论吃透，把这个疯子脑子里的东西都给我挖出来！"

贾丁用手做出打电话的手势，带领其余人快速离开。

廖岩与梁麦琦互望了一眼，各自打开电脑，开始快速阅读。

办公室中突然安静下来，而这场"战争"，其实才刚刚开战。

……

吕木居住在一个连有地下室的二层房里。从房后那个狭长的小窗向下望，整个地下室一片漆黑。没有人敢硬闯，因为里面很可能藏着无数炸弹。

贾丁带着郭巴和蒋子楠安静地埋伏着，贾丁慢慢抽出手枪，握在手中。另外几个方向上，特警也在从多个角度进行观察。

"找谁呀？"一个大妈路过，突然大声说话。

贾丁等人一惊，紧紧揣住手枪，贾丁原本一脸严肃却瞬间变成了傻笑："我……我找吕木玩儿，臭小子好像不在家。"

"中午就出去了！"大妈满脸疑惑地看着面前的三人。

"哦……"贾丁赶紧回头。大妈看了一眼这三人继续往前走，一边走一边自言自语："奇了怪了，还能有人找他玩儿？"

"真走了，糟了……"贾丁小声地说道。

三人绕到房屋正门，贾丁示意另一侧的特警打开门锁。

门正对着一个下行的楼梯。一行人紧张拔枪冲入屋内，警觉地检查着每一个角落。

房屋内没有人，吕木并不在这里。爆破组警员以特殊仪器检查房间内部，暂时没有发现爆炸物，贾丁、郭巴、蒋子楠这才沿着台阶向下，进入了相对阴暗的地下室。

他们吃惊地看着眼前这一切，而这一切又似乎曾经见过……

第五章　疯狂

眼前的这个房间，曾经出现在梁麦琦和廖岩的描述中。

沙盘、海报，地图，还有墙角已然发黑的喷溅血迹，那应该是快递员张有财留下的死亡信息。然而在吕木的眼中，张有财本就没有生命，他只是一种"特殊材料"，用来被他做成一艘有趣的船。那船在警察的目光中血肉纷飞，而那时的吕木，或许正躲在某个阴暗的角落里得意地笑着。想到这里，贾丁的呼吸因气愤而急促起来。

在这个由吕木制造的阴暗世界里，既没有吕木，也没有炸弹。一些零散的、可用于制造炸弹的材料整齐地摆放在墙角的一个柜子里，爆破组已排除了爆炸的可能，可这间地下室为贾丁等人制造的恐惧感，不亚于一个装满炸药的房间。

"吕木在哪儿？"贾丁的声音因激动而颤抖。

吕木极有可能在去往下一个爆炸地点的路上，去完成他心中的另一次"杰作"。

"这张地图，与廖岩画的一模一样！"小瞳站在一张巨大的地图前，吃惊地看着那张廖岩早已画过的"作战图"，那个没有终点的箭头也跟廖岩画的一样。

"马上让廖岩看到这张图！"贾丁看着小瞳手中的电脑，"凶手恐怕已开始行动了！可是这个箭头到底指向哪儿？"

廖岩和梁麦琦并肩站在会议室的大屏幕前，看着他们曾经设想的凶手世界在这个屏幕里成为现实，贾丁紧张的脸出现在大屏幕上。

"你们看到了吧！吕木失踪了，他很有可能已经开始下一步的行动了，智能城市系统现在已经启动了，可找到吕木的行踪还是如大海捞针。"屏幕上出现了吕木的那张城市地图。"廖岩，这张地图是你推测出来的。现在，咱们得马上推测出他去了哪儿，听到没？"贾丁似是在命令，也似在请求。

会议室此时异常安静，这让廖岩的神经绷得更紧了，现在的每一分、每一秒，在城市的某个角落都可能突然爆发出恐怖的爆炸声。

"小瞳，我要看吕木密室的全景！"梁麦琦突然说。

小瞳立即将视频角度转向全屋，廖岩和梁麦琦目不转睛地看着。

墙面上，密密麻麻地贴着二战时期的历史图片，各种各样的战争武器照片。廖岩看到了他推测的那张二战时期的征兵广告，和那上面醒目的英语"I want you"。

小瞳的视频转向了沙盘，那是梁麦琦侧写中的沙盘——一艘艘军舰，海岸，陆地，密密麻麻、姿态各异的士兵。吕木的世界在廖岩和梁麦琦的眼中旋转。

"诺曼底登陆……"廖岩缓缓说出几个字，梁麦琦吃惊地看着他，目光再次转向视频中那个沙盘。

"诺曼底登陆？"梁麦琦重复着廖岩说的话。的确，吕木墙上的海报，很多是关于诺曼底登陆的，而那个沙盘所描述的那海岸、那些船，也是在复制诺曼底登陆的场景。

廖岩拿起手中的资料快速分类，吕木曾在军事爱好者论坛中发表的帖子共有32篇，其中有11篇是关于"诺曼底登陆"。

"霸王行动，1944年6月6日，Operation Overlord，英吉利海峡，历史上最大的海上登陆作战……"梁麦琦快速地读着那些关键词，"是的，他曾写过大量关于'诺曼底登陆战'的帖子。还有他房间里的那些照片！对，他的最后一战，就是要向'诺曼底登陆'致敬！"

廖岩看着梁麦琦的眼睛，这双眼睛他在七年前就曾注视过，在那个恐怖的夜晚，曾给过他片刻的平静……

梁麦琦没有陷入与廖岩的对视，她回到了自己的语境和思考当中："水、海岸、巨大的船只、很多很多的人……这是诺曼底登陆的要素，那凶手要去的地方，就会有水，有船，有岸，还会有很多很多的人！地图，我要看那个地图！"

廖岩强迫自己的思路重新回到地图上。

"小瞳，把吕木所画红线上的地标一个个说给我们听。"梁麦琦边说边看向廖岩，"廖岩，你比我更了解这座城市，你要认真听，这里哪一个地标包含我们所说的关键词，可以是具体的，也可能是某种隐喻！"

廖岩盯着地图上的红线，那红线在小瞳的电脑中不断延伸。兰江的地图在不断放大，亮点在那些可疑的地标上闪烁着。

"大东超市……万全写字楼……"小瞳努力放缓自己的习惯性语速，尽量给廖岩和梁麦琦留下更多的思考时间。可是时间真的不多了，一旁的贾丁隐隐感到自己的手心正在冒汗。

"东方大酒店……新兴家具城……心乐儿童城……金聚广场……"小瞳继续念着。

"心乐儿童城……"廖岩重复着这个地名。

廖岩去过那里，那里没有水，可是有一个巨大的海洋球池，有数不尽的蓝色和白色混合的塑料球，那是孩子们眼中的大海。那里有海盗船，那里还有很多很多的人，确切地说是很多很多的孩子。想到这里，廖岩不禁打了个冷战："心乐儿童城，三楼是海洋主题乐园！"

"水、海岸、巨大的船只、很多很多的人……"梁麦琦几乎是对着屏幕喊出了这些话，"他的战争，还有他想象中的童年！"

廖岩听到电脑那一边贾丁快速奔跑的脚步声，他听到贾丁一边跑一边对着对讲机在喊："心乐儿童城，马上调取心乐儿童城内外部的全部监控！"

110指挥中心的智能网络果然在心乐儿童城找到了吕木的身影，他在45分钟之前进入那里，面带微笑，却在进入内部之后失去了踪影。尚不成熟的人脸识别系统在环境嘈杂的游乐场内部迷失了方向。而此时的吕木，正和一群孩子在一起，准备着他的"诺曼底登陆"。

一个玩具空气炮突然发射，发出"砰"的闷响声。泡沫球打中了远处的一个靶子。

一个男孩站在空气炮旁边兴奋地高喊："耶！打中了！"

吕木从空气炮后面缓缓地站了起来："怎么样，叔叔厉害不？"

"厉害！"小男孩满脸崇拜地看着吕木。

吕木快乐地笑着："过一会儿叔叔给你看更厉害的！"

吕木慈爱地摸了摸小男孩的头，小男孩跑远了。吕木看着小孩的背影，像将军看着他的战士环视着整个儿童城。

巨大的海盗船在空中摆动，上面的孩子和大人随着摆动而兴奋地尖叫着，如过山车般呼啸而过。旋转木马发出美妙的音乐，孩子们天真的笑脸从他眼前划过……他过于专注地欣赏着眼前的画面，却没有意识到游乐场里面的人，正在悄悄减少。

一些便衣警察一边在寻找吕木的身影，一边在悄悄地疏散着边缘的人群，这种疏散必须快速而安静地进行，一丁点响动都有可能让混在人群中的吕木警觉，让他提前行动。

消防通道内，小瞳的特制手机里显示着乐园内的动态监控图，像一只只眼睛，搜寻着吕木的行踪，然而这么多眼睛却完全看不到吕木。"他肯定做了伪装。"小瞳频频摇头。

这个号称全省最大的室内儿童乐园里，有太多的人太多的游乐设施，它们与成百上千的目标受害人成为吕木最好的掩护。

"看来只能近距离排查了！"贾丁以手势指挥布局，随后拉开手枪保险，插在腰间。

郭巴拉住贾丁："师父，他可能认识你！"贾丁点点头，将棒球帽的帽檐拉得更低，"我会先在外围，里面情况复杂，我们只能混在群众里保护孩子！"贾丁开始快速脱掉身上的防刺服，郭巴看向贾丁。

贾丁明白郭巴眼神的含意，里面很危险，如果与吕木近身肉搏，这防刺服是唯一的保护。

贾丁直视着郭巴，以更利落的动作脱掉防刺服。

郭巴点了点头，毫不犹豫地跟着脱。一众刑警看着这师徒二人，也开始快速脱掉防刺服。大家默契对视点头，随贾丁进入乐园内。

各种游乐设施正常运转着，但游乐场中的人却越来越少，人少得越明显，被吕木提前发现的可能性就越大。

小瞳拾起地上一顶被遗忘的卡通帽子戴在头上，她必须稳住自己的呼吸，即使吕木就在她一步之遥，她也必须看起来像个普通的游客。她只能这样，整个游乐园中看似悠闲行走的所有便衣刑警也必须这样。

小瞳举起手机，同时做出剪刀手，她慢慢旋转着身体，看似沉浸在自拍的快乐中，而她的手机中，一个更精确高级的人脸识别软件正在运行，吕木却依然不知在哪里。

游乐场的另一入口处，廖岩和梁麦琦悄悄加入了人群，他们都巧妙地遮盖了自己的容貌，吕木也可能认识他们。或许吕木正在等待他们，就像前一天他一定要让张有财的尸体在廖岩眼前爆炸一样，廖岩心里忍不住这么想。

廖岩将目光投向小瞳，此时的小瞳依然在假装自拍，她的表情突然有些变化，她手机上的人脸识别软件似乎有了发现。

吕木的身影出现在迷你摩天轮的一个即将降落的轿厢内，吕木从轿厢的座位上缓缓站起身来，他的脸出现在小瞳手机的放大图片中。小瞳的手忍不住紧张一抖，又立即稳住。她努力保持着微笑，小声对着耳机说：“摩天轮，红色轿厢。”

游乐场中分散在各个角落的刑警目光转向迷你摩天轮，远处相对较高的“城堡”中，狙击手努力瞄准摩天轮的红色轿厢，可是目标被群众挡得严严实实。

红色轿厢落在地面，门开了。

迷你摩天轮上，吕木的表情发生了变化。他突然发现游乐场中的人正在减少。

吕木的右手伸进上衣口袋，似将某物握在手中，他的表情告诉人们，他要提前行动了！廖岩的头脑中闪过一声巨响，那一刻所有的血液都冲向头顶。

还好，那只是想象，什么都没有发生，可廖岩明明看到吕木的嘴角闪过一丝得意的微笑！

离吕木最近的郭巴和蒋子楠飞冲向吕木，这时一切的隐藏和伪装都已没有意义，以最快的速度制服这个疯子是唯一的行动方案。群众的疏散也必须以最安全迅速的方式进行。很多家长和儿童并不知道发生了什么，无数便衣警察只能直接冲过去以身体护住儿童。不能发生踩踏，却要让他们以最快的速度远离这个可怕的战场。

吕木开始逃跑，可是他的表情诡异又疯狂。

"他得手了！"梁麦琦的声音在这混乱中显得格外镇定。

"你说什么？"廖岩不敢相信自己的耳朵。

"他得手了。他的炸弹应该已经被启动了！"梁麦琦突然向抓捕吕木的方向跑去。廖岩也快速奔跑，他的脑海中闪过吕木刚刚的微笑表情。是的，梁麦琦说得没错，吕木的微笑带着胜利的沾沾自喜。

更多的刑警飞奔过来，许多人几乎同时将吕木稳稳压住。贾丁掰开吕木的手，那手中有一个微型遥控器，那上面绿色的灯在闪烁。

"绿灯是怎么回事！说，绿灯是怎么回事？！"贾丁愤怒地喊着，同时看向仍未完全疏散的群众。

吕木的半张脸被紧紧地压在地面上，却压不住他得意的笑，他以奇怪的声音说着让人难以理解的话："1944年6月6日，英吉利海峡，世界上最大的海上登陆作战……"贾丁将他的头拉起来，让他的声音更清楚些。"伟大的战争就要开始了！"吕木开始咆哮，"5分钟……不，只剩下4分钟了！哈哈……"

贾丁看向吕木刚刚离开的摩天轮轿厢："快去搜摩天轮，那个红色的！"特警已经在搜查了，可他们向贾丁摇了摇头，炸弹不在那里。

贾丁的巴掌打向仍然癫狂的吕木："炸弹在哪儿？在哪儿？"贾丁绝望的表情让吕木更加兴奋，可就在此时，他突然发现游乐场中的群众几乎被清空了。

"不！"吕木大喊，"战士们呢？人呢？"

此时，场内只有快速搜寻炸弹的防爆破警察和贾丁等人。贾丁看了看表，又看向自己的组员："来不及了，你们带着他先撤！"

没有人动。

廖岩和梁麦琦快速地扫视着整个游乐园。

"快撤！"贾丁再次命令，几个特警冲上来拉起小瞳和梁麦琦向外走，其他人依然未动。

梁麦琦回头看向那个仍在摆动的海盗船，船上并没有人。梁麦琦挣脱特警的束缚突然高喊："船！诺曼底登陆战，最重要的就是船！"

贾丁带郭巴和蒋子楠向船的方向冲去。后面的拆弹专家也快速跟上，海盗船停了下来，可是上面并没有炸弹。

吕木的脸上闪过一丝冷笑，他似乎从这种惊悚紧张的氛围中找到了新的乐趣，他斜着眼睛看了看贾丁的手表，他的声音如此平静："还有3分钟。"吕木笑着。

防爆人员开始指挥贾丁等人离开，廖岩的目光却继续搜寻着整个游乐场："稍等！留下一分钟撤离就够了，我们还有两分钟！"

黑暗中，某个隐藏的炸弹正在倒计时。

贾丁再次拉住即将被带离的吕木："炸弹在哪儿？要不就跟我们一起死！"

吕木突然笑得像个孩子："我不怕死，可是我没想到你们也不怕。这太好玩了！让我们一起尝尝战争的滋味！"吕木变态地笑着。

廖岩扫视整个空间。在他的身旁，站着同样紧张思考的梁麦琦："诺曼底登陆！所有的一切，还应该与诺曼底登陆有关！"

廖岩点头。他努力回忆着刚刚在警车上读过的关于诺曼底的资料，并以极快的语速说给自己听："登陆是在1944年6月6日……"廖岩闭上眼睛努力思考，再环顾四周，他看到一个叫作"降落伞"的游乐设施，"除了登陆艇……最重要的就是空降，东西两线空降的伞兵！"

廖岩手指向那些降落伞，防爆破警察快速检查，十几秒后，他们摇着头向着贾丁等人高喊："没有！我们最多还剩一分钟！一分钟后，所有人必须撤离！"

吕木得意地看着他们笑。

梁麦琦开始紧张地自语，就像刚才的廖岩一样："登陆日是在6月5日，确定在那一天是因为潮汐……"

"是的，各兵种对登陆时潮汐的要求不同。"廖岩的语速快得惊人，目光扫过弯曲起伏的过山车轨道，"而最科学的方案就是在高潮与低潮间登陆……"

梁麦琦看向过山车中间的灯光："而当时空军必须有月光，以便于空降部队识别地面目标，1944年6月6日正是满月……"

廖岩和梁麦琦同时看向停在地面的过山车，过山车的车厢上，有字母排列。

廖岩的声音突然高了起来："唯一符合要求的登陆时间当时被确定为6月6日，也就是诺曼底登陆日，而那一天的代号是'D日'！"

"字母D！"廖岩和梁麦琦同时喊出这句话。

那过山车上，有一节车厢上写着大大的字母D。

梁麦琦看向吕木，他的表情从平静变为绝望的癫狂。廖岩与刑警、特警冲向那节过山车车厢。车厢里面，有一枚正在闪动的定时炸弹——那上面的时间只剩下1分30秒……

贾丁终于发出指令："快，所有人立即撤离！"

爆破专家小心取下了那枚炸弹。还剩59秒。

贾丁带领所有人撤离，回头时，他看到了爆破专家自信的动作和表情。

吕木被特警拉扯着走向安全出口："你们破坏了登陆，你们破坏了最伟大的登陆战争，历史上最长的24小时，最伟大的24小时，必须有火光，必须有牺牲！"吕木的声音消失在楼道中。

那枚定时炸弹的时间定格在了最后的5秒。

心乐儿童城楼外，所有人从远处紧张地望向大楼，一切平静，什么都没有发生。

贾丁将浸满了汗水的帽子扔在地上，回头问仍在喘气的郭巴："带烟了吗？"郭巴点点头，掏烟的手却一直在抖。

陆小瞳望着大楼突然哭了："我们都还活着，还活着，所有人都活着……"她猛然抱住了身边的廖岩，哭得更大声了。廖岩看着小瞳，像在安抚一个无助的孩子，他拍了拍小瞳的头。梁麦琦看着他们笑了，她的目光移向远方。

被紧急撤离的儿童和家长此时才知道刚刚发生了什么，很多家人紧紧地拥抱在一起。

吕木被多名特警押着，在围观者憎恨或惊恐的目光中走向一辆警车。他徒劳地挣扎着，在经过贾丁、廖岩和梁麦琦时，他的挣扎更加猛烈。

吕木盯着贾丁突然咆哮道："算你赢了，我的警察邻居，你以为你是英雄是不是？"他努力让自己站稳，"和平年代根本没有英雄，只有战争才能造就英雄，是我造就了你们！"

"去你的英雄！"贾丁被激怒了，他冲向吕木，但被廖岩和后面的郭巴死死拉住了。

呼啸的警车载着这个疯子远去。

梁麦琦看着警车离开突然有些伤感："他是个疯子，法律可能没办法严惩他。"她看向廖岩。

"但我们救了上百个孩子的命。"廖岩淡淡地说，他看向远方的一对母子，母亲全身发抖紧紧地抱着孩子，一遍遍亲吻着孩子的额头，好像再也不想松开。

梁麦琦点点头，她再看向廖岩时，眼神中多了一种真诚的钦佩："你很棒。"

廖岩侧头看向梁麦琦，他突然意识到，在刚刚结束的这场"战争"中，他与身边的这个女人携手共同完成了一次近乎完美的推理。

"携手"，这个词陌生又亲切。

"你也很棒。"廖岩微笑着说。

身边的这个梁麦琦，与七年前相似，却又不同。

七年前，廖岩在英国 L 大学的创意写作小组第一次见到梁麦琦。半年后的一个诡异命案，改变了两个人的命运。

第六章　梁麦琦

梁麦琦走进她位于西望河边的公寓，疲惫却又兴奋。

她站在落地窗前，看着前方的西望河。这里虽然叫河，却只是条不足二十米宽的人造河。两岸建起许多错层公寓，无论从外观还是内部的构造都很像欧洲的民居，只是色彩更加艳丽了些。

一个月前，梁麦琦第一次站在这里，她对中介经理说了句令人费解的话，她说："还好，不像英国。"那经理纳闷儿地看着她，她于是又加了一句消除了那人的全部顾虑。她说："我买了。"

梁麦琦决定住在这里的原因有两个。一个是这里既类似欧洲又有别于英国的特质，还有一个原因，就是廖岩住在河的对面。如果梁麦琦有一架望远镜，她应该可以看到廖岩的一举一动。当然梁麦琦还没有决定这么做。

廖岩并不知道梁麦琦就在河的对面，此时的他正坐在窗口的写字台前，外衣还没脱。自从回到家，他就一直这样安静地坐着，几乎连姿势都没有变。

廖岩的房子总体很整洁，他是个有洁癖的人，可他的书房空间却偏偏极其混乱。整面墙是一直到顶的书架，上面参差不齐地堆满了各种图书和资料，脚下的地板上也全都是书，与之相对的另一面墙上，则贴满了各种恐怖的尸体照片……

廖岩打开身前的抽屉，从里面拿出一个大号的速写本。那本子的封皮早已破旧。他将书桌上原有的资料直接推落在地上，似是为这个本子开辟一片更宽阔的场地。廖岩打开速写本，只看了一眼却又快速合上。

他闭上眼睛，努力梳理这几天里所发生的一切，关于吕木，而更多的是关于梁麦琦。

"我决定留在刑警队了……"这是今天梁麦琦与廖岩分开前所说的最后一句话。贾丁其实早就跟廖岩透露过一些信息，但梁麦琦的决定仍然让廖岩吃惊。

贾丁要请梁麦琦做刑侦二队的驻队顾问，上面已经同意了。刑侦二队在市局有绝对的特殊性，分到这一队人手中的案子常常有一个共性，那就是"怪"。有怪案就需要怪人的头脑。贾丁说，光有廖岩一个怪人还不够，他还想要梁麦琦。

可是廖岩还没有准备好成为梁麦琦的同事，因为他们之间还有一个不为人知的故事。

廖岩深吸了一口气，终于打开了面前的那个速写本。

速写本里画满了大大小小的思维导图，字迹潦草，一页页密密麻麻地写满了除了廖岩谁也看不清的内容。

廖岩终于找到了那一页，整本中唯一清晰的导图。一个简单的圆形，像一张会议桌，周围写着七个人的英文名字。对向的两侧画着两朵小巧的玫瑰花，一朵黄色一朵红色。

"双色玫瑰案……"廖岩缓缓地对自己说，"真没想到，我与其中的一位当事者即将成为同事……"

双色玫瑰案，就是那个改变了廖岩和梁麦琦命运的事件，这也是他要极力保守的秘密。

廖岩的手指在那个圆圈周围的名字上移动，他经常重复这个动作，以至于那张纸上，每个人的名字都有明显的磨痕。

"七年前，七个人，创意写作小组……"廖岩继续自语，"Jerrod……Ivy……Leo……Lim……Sarah……然后，Jack Liao，是我……还有 Maggie Liang，是你……"

七年前，英国。梁麦琦20岁，廖岩23岁。

在他们正式认识之前，应该有过无数次的擦肩而过。L大学的中国留学生本来就少，每一张黄皮肤的脸都足以引起廖岩的注目。更何况梁麦琦真的很美，她讲着流利又优雅的英语，眼睛里闪着智慧的光。然而在各学院分散的校园中，这样的偶遇并不常有，直到有一天廖岩欣喜地发现，他们两个人竟然有一种共同的爱好，那就是写作。

无论是过往还是现在，在大多数人眼中，廖岩话少。可大部分人不知，廖岩曾喜欢在另一个世界里表达，那就是写作。在那个世界里，他自负、健谈，甚至喋喋不休。

廖岩从未敢告诉父母他很想成为一位作家，因为他的"定制未来"只能是医生，直到在远离父母控制的英国，他才敢把这种热爱展示出来。大四那年，他加入了一个由英国学生 Jerrod 组织的"创意写作社团"。

那个晚上，他第一次"正式"见到梁麦琦。她用她美丽的英文自信地介绍她自己，那时她正在心理学院读大二，满眼都是对文学创作掩不住的热情。

写作社团活动的第一晚便让廖岩完全沉醉。

社团活动的地点在大学附近的一家名叫 Moly 的土耳其风格咖啡馆，那里平时并不营业，据说主人早已搬去了西班牙。小组成员只有七人，他们席地而坐，吸着土耳其水烟，喝着薄荷茶和土耳其咖啡，说着有趣的话，做着最喜爱的事——在彼此的陪伴中安静写作。

每次活动前，Jerrod 都会准备一些备选的写作题目由社团成员来抽签，然后每个人有一个小时来创作自己的故事，并在随后讲给大家听。

廖岩的位置正与梁麦琦相对。创作故事时他总忍不住抬眼看她，她的专注让廖岩钦佩，而她的每一个故事也都如此特别。

在与梁麦琦失去联系的七年里，廖岩也偶尔会想：如果那件事情没有发生，如果创意写作社团一直持续下去，他会不会爱上这个叫梁麦琦的女孩？

可他们的缘分却停留在了七年之前。在创意写作社团活动的第五个夜晚，Jerrod 和 Ivy 死了。他们手握玫瑰，手边是装着氰化钾的注射器。而其余的五个人，包括廖岩和梁麦琦却陷入了一场突如其来的睡眠。他们什么都不记得了……

廖岩意识到自己的手仍在不停地画圈，这个思维导图的本子上已布满了这样的圈，就像那一张张圆形的锡制咖啡桌。

这一段已是廖岩关于双色玫瑰案的最清晰记忆，其余的渐渐像那些凌乱的导图一样无法理清，再剩下的变成某些噩梦中的碎片，或是在某个特定的场景下突然袭来的恐惧感。

那之后，廖岩再未写作。那之后，廖岩开始研究死亡。

河的对岸，梁麦琦坐在客厅的沙发上专心地敲击着键盘。她写好最后一个字轻轻地舒了口气，却并不回看自己写下的文字，而是快速合上了电脑。梁麦琦利落地收拾好一切坐在梳妆台前，一片片地撕掉了自己指甲上的指甲油形成的膜，直到不留一点痕迹。

她起身走向里间的一扇门。那门紧闭着，梁麦琦站在门前，神情中突然有几分忧郁，她似乎不愿走进这扇门却又不得不走进。她弯下腰从门旁一尊精致的小石佛手中，取出一把精致的钥匙打开了那扇门。

门内没有开灯，里面漆黑一片。梁麦琦走进了那片黑暗……

梁麦琦正式入驻刑警二队成为犯罪心理顾问的那一天，阳光异常美好，橙色的晨光从会议室的格子窗照进来将连日阴雨的沉闷一扫而光。

上午9点，梁麦琦的高跟鞋准时敲响，从门口一路敲进刑警队的走廊，这自然引来两侧办公室里众多刑警的注目。梁麦琦的高跟鞋似乎敲得更起劲儿了，她喜欢被人注视也爱注视别人。

几天前，贾丁正式代表市局说服梁麦琦留在刑警支队成立犯罪心理中心，梁麦琦追问贾丁："中心？几个人？"

贾丁一时尴尬，半天才憋出几个字："目……目前还只有你一个人。"

贾丁却没想到，梁麦琦竟回了他一个温暖的微笑："那太好了，我就喜欢以我一个人为中心！"贾丁有些蒙，可反应过来时，梁麦琦早已转身离开。

"就这么愉快地决定了？之前不是还在犹豫吗？"贾丁心里嘀咕着。

这个叫梁麦琦的，确是个与众不同的女人，她说话的风格、衣着以及毫无预兆的情绪转换，都让贾丁说不清是一种欣赏还是一种惧怕。

贾丁想到这些时，梁麦琦的高跟鞋正"敲"到他的门口。一身乳白色的职业套装在刑警队蓝绿色的空间中显得有些刺眼，换个词也可以说是光彩照人。贾丁拿起桌上那块早已准备好的门牌，举到梁麦琦的面前。

牌子上写着梁麦琦的中文和英文名字"Maggie Liang"。

贾丁笑得灿烂："怎么样？没拼错吧？"梁麦琦笑着点头。

"那就好，跟我来。"贾丁说着领路，带着梁麦琦走向西南角的一个房间，走到门口直接将牌子挂在门上，二人推门进入。

这是一间非常宽敞的办公室，各种先进的办公设备已装配好。梁麦琦环顾四周竟有些感动。

"最近委屈你了，让你一直用临时办公室，现在我把咱们队最好的办公室给你！"

"真的是最好的？"梁麦琦看着贾丁，脸上有几分调皮。

"真的！"

"是一直没人敢要吧？"梁麦琦说着猛然拉开玻璃墙上面的窗帘。

走廊对面，正是廖岩的法医实验室。

贾丁的眼睛骨碌一转，语速快到根本不给梁麦琦插话的机会："这话怎么说的？咱们可是刑警队，谁会害怕这个？这屋就是特意给你留的！你看这儿离咱们茶水吧近，卫生间也近，进出方便！过一会儿我让郭巴他们帮你搬东西……"

贾丁快速转身离开，假装要立即帮梁麦琦搬家。梁麦琦被这个举止可爱的队长逗笑了。

贾丁走到门口，突然又回头补了一句："这情儿你可得领啊！"

梁麦琦看着贾丁"逃"出办公室，才看向对面的法医室。刚才还挂在脸上的笑容一点点消失了。

对面的法医室，此时并没有拉窗帘。

梁麦琦透过玻璃墙看着在法医实验室里工作着的廖岩，廖岩此时正在用显微镜观察什么，还戴着口罩。

廖岩抬头也看到了梁麦琦，他先是一愣，然后拉下口罩僵硬地笑了一下，又把口罩戴上。直到梁麦琦又缓缓地拉上了窗帘，廖岩才停下手中的工作，愣愣地看向对面。

他与梁麦琦不仅成了同事，还成了工作上的邻居。

此时的公共工作区内，郭巴等人正在热烈地讨论着廖岩与梁麦琦的关系。

"肯定是前某某某的关系！"郭巴自信地说。

小瞳却完全反对："不可能，眼神中到底有没有爱，我们女人一眼就能看出来。"

"我也觉得他俩对视的眼神有点冷，有时候就像是故意假装有恨似的。可是如果现在有恨，那自然是之前有爱喽！"蒋子楠故作高深地评价着。

大家都对他的话嗤之以鼻，原因很简单，这小子基本没谈过恋爱，也不知多少潜在女友最后都被他处成了闺密。蒋子楠撇了撇嘴，算是接受了大家的"鄙视"，随后陷入自己失恋史的回忆中。

"我总觉得，廖岩有些害怕梁麦琦，你们有这种感觉吗？"小瞳试探地问。

"害怕？哪种怕？是不是咱们头儿怕老婆的那种怕？"郭巴过瘾地笑着，完全没有注意到小瞳正在努力跟他使眼色。

一卷报纸重重打在郭巴的头上。

"说什么呢？"贾丁一脸严肃地站在郭巴身后，郭巴回头，马上满脸谄媚："爱情，师父，我们在说爱情，就像你和师娘的爱情！"

"办公室是谈论爱情的地方吗？公安局是谈论爱情的地方吗？犯罪分子给过我们多少时间谈论爱情？"贾丁仍在假装生气。

"对，师父，你说得都对！"郭巴起身去帮贾丁倒茶。

大家各自溜回座位，假装忙碌着。

贾丁还真的说准了。

吕木爆炸案之后的和谐与放松并未持续多久，新的罪恶就在城市的另一个角落发生了。

一个女孩凌晨死在酒吧的背街里，她的一块皮肤诡异地"丢"了。

而且她不是第一个丢了皮肤的人。

第七章　丢失的皮肤

女孩的尸体是被垃圾车司机发现的。

当时她正躺在垃圾箱的缝隙中，血液从她断裂的颈部动脉慢慢地流尽。收垃圾的司机在她黏腻的血液上滑倒了，直接摔在她冰凉的尸体上。

廖岩又一次被贾丁凌晨的紧急电话吵醒。

同时被叫醒的还有梁麦琦。梁麦琦对于贾丁这种"夜半夺命"电话还不太习惯，坐在黑夜中愣了半天神儿才按下了接听键。

"我觉得，你最好也来一下。"贾丁电话中的语气十分沉重，"这可能是个连环案……"

听到"连环案"三个字，梁麦琦竟莫名地感到有些兴奋。

"这样的感觉不对！"梁麦琦在黑暗中告诫自己。

梁麦琦快速穿上衣服，不禁抬头向河对岸的方向望去。对岸的一栋楼中，有一间房的灯也亮着。"这个时间还亮灯的，应该是廖岩吧？"梁麦琦心想。

梁麦琦与廖岩几乎是同时赶到了刑警队。二人在门口台阶前偶遇，廖岩感觉有点尴尬。他注意到梁麦琦几乎是素颜，却有一种特别的美丽，是那种清秀和苍白，很像她七年前的样子。

郭巴从办公楼里走出来，打断了廖岩的沉思。

看到这二人一起赶来，郭巴努力压制着自己八卦的好奇心，直接说工作："尸体是今天凌晨4点半左右被发现的，就在市区 COCO 酒吧后门的小胡同里……队长他们还在现场那儿，但尸体已经运到了，身份还不清楚。这种情况，队长想先让你初步判断一下死因和死亡时间。"

三个人一同拐进了法医实验室的入口，廖岩发现梁麦琦竟然也进来了，马上站在门口问她："你也要进吗？"

梁麦琦点头："有一种侧写叫受害人侧写，先了解一下尸体的情况对我有帮助，我跟组长申请过了。"

"你确定？"廖岩看着梁麦琦，明显有些替她担心。

梁麦琦坚定地点点头，笑了："这不是第一次，放心！"

"OK……"廖岩的语气还有些犹豫，但已看到梁麦琦直接拿了一套简易防护服熟练地穿上。

廖岩在水池前反复地洗着手，这个过程明显比平时长了一些。他感到自己有些莫名紧张，这种感觉并不常有。

他为什么要紧张？他虽然只有30岁，却已跻身全省顶极法医专家的行列，他从来不怕围观，因为他的手术刀几乎没出过错。可是现在他身后多了这个女人，这让他多少有些不自在。

廖岩拿起自己的解剖服从前面穿上，正打算从身后系上带子，他的手碰到了另一只手。梁麦琦正站在他身后，很自然地伸手帮他系上了后面的衣带。廖岩的肌肉不由自主地紧张地抖动了一下，他屏住了呼吸，再回头时，那个帮忙的人已经离开了。

魏然将放着尸体的手推车推进解剖台，正准备打开裹尸袋时，被郭巴喊住了。

"这不是来新人了吗？"郭巴瞄了眼梁麦琦，表情有点兴奋，"让梁博士见识见识！"

梁麦琦纳闷儿地看着这几个人。

"梁博士，你应该是第一次进我们的法医室吧，所以你可能还不知道，我们的廖博士有一种特殊技能，叫'隔袋观尸'。"郭巴故作神秘地说。

廖岩有些不满地看了郭巴一眼。

可郭巴的语气几乎是在祈求："不影响我们正常解剖，我们就是事先推理一下。"

廖岩不语，却也算默许了，他围着裹尸袋慢慢转了一圈，随后站定观察，又低头嗅了嗅，伸出右手食指。

郭巴马上提醒："老规矩，只许碰一下。"

廖岩以一根手指轻轻触碰尸体上臂的位置。随后，他似乎又有所发现，快速拿起镊子，一点点夹起裹尸袋拉链上的一根头发，迎着灯光看了看。

廖岩突然开始说话："女性，身高1米65，年龄27岁上下，皮肤粗糙，有粉刺。体重48到49公斤，当然，我是指失血前。死者生前曾大量饮酒，具体一点儿，德国或者爱尔兰的黑啤，还有大量的劣质威士忌，食用过韩式烤肉。死于失血过多的可能性在80%以上，失血部位应该在颈部。"

梁麦琦吃惊地看着廖岩，又看了眼依然包裹严实的尸体，完全不明白廖岩何以得出这样的结论。这时廖岩猛然拉开了裹尸袋，露出女死者被干血糊满的脸和头发。

梁麦琦的脸色多少有点变了，但却依然站定。

廖岩不经意间瞄了一眼梁麦琦："你还不错。"

梁麦琦努力压制着喉咙里翻涌的感觉，这的确不是她第一次进解剖室，但离尸体这么近却是第一次。

廖岩似乎再也不顾及梁麦琦的感受了，一旦开始尸检工作，廖岩就会进入一种极致的专注之中。

他的动作又轻又快，活动着尸体大小关节，检查指甲、看尸斑，最终他的目光停留在尸体的脚踝处。

"又一个？"廖岩倒吸了一口凉气，这种伤口他上个月见过。

"是啊，现场初检的法医也是发现了这块特殊的伤口，感觉情况有些严重。"

"你们是说这块缺失的皮肤？"梁麦琦凑上前来。

"对，那时你还没来队里。"郭巴在平板电脑上快速地查找相关信息，"是上个月8号的一具无头女尸，一大队那边的案子也通报过我们。死者年龄推测25岁左右，头部至今未找到，尸源也没确定。尸体是在市区内的一片小树林里被发现的，案发后下过雨，又引来大量的人围观，现场已被严重破坏。初步断定，死者死于大量失血，躯干没有明显伤痕，因为头颈部都被割除了，因此只能判断失血部位在头颈部……然后就是这两个死者的一个共同特征……"

郭巴操控电脑，显示器上出现了无头女尸的照片，那个尸体的右臂有一个方形的缺损。

"这个也缺了一块皮肤？"梁麦琦问。

"对。"郭巴手指照片，"形状也差不多。"

"这个位置，会不会是……"梁麦琦似是在自言自语。

"要无头女尸！我要二次尸检。"廖岩打断了梁麦琦的话。

"那我去申请。"郭巴快速离开去打电话。

廖岩继续检查尸体，却开始以极轻的声音说着话，似是在对尸体也像是对他自己："我们每天都在努力经营着自己的生活，想象自己在别人眼中的样子……"

梁麦琦充满兴趣地看着他，但廖岩却好像已经忘了梁麦琦还在身边。

"他是在跟自己说呢。"魏然小声对梁麦琦说。

廖岩继续观察尸体的面部："粉底浓淡如何，最近是不是长了几斤肉。"

廖岩拨开死者的嘴唇，继续他的感慨："昨晚酒后说的那些话是否得体，可突然某一秒生命就停止了。这种残忍不在于死亡本身，而在于被瞬间剥夺……你会觉得你之前如此费心经营的一切生活细节，是如此的可笑……"

梁麦琦看着廖岩，像在看一个陌生人，她轻声对廖岩说："你的语言风格，和当年一样……"

廖岩正在用镊子从死者口腔内摘取一条棉线，听到梁麦琦的话，动作突然僵在了那里，这是梁麦琦第一次主动提起"当年"。

廖岩看了一眼梁麦琦，二人的对视有些奇怪，郭巴正好返回看着两人，一脸好奇。

"师父，开始吗？"魏然问廖岩，此时，他的手里已拿好了记录本。

廖岩将镊子中的棉线放入小试管中，又将目光移回到尸体上。

廖岩开始口述，魏然快速地记录着："尸体表面的切割伤主要在颈部和右脚踝处。双膝和左肘、左手掌部有明显擦伤，从擦伤的部位上看，应为奔跑中跌倒造成的……"

廖岩的语速越来越快："死者颈部气管和主动脉同时被割断，尸体肤色苍白，是失血过多的典型症状。由于体内血液几乎流尽，尸斑很浅，但仍能从形成的位置推断死者死亡时呈仰卧状态。面部是否有皮下损伤，要等清洗和解剖后确定……"

魏然已几乎跟不上廖岩的语速，廖岩停下来等他。尽管现在的法医室主要靠录像和录音记录，但廖岩坚持让魏然保持这个传统，他说这能帮助魏然思考。

廖岩看着魏然写完，又继续说道："从尸僵的程度上初步判断，死者死亡的时间应是五个小时前，也就是凌晨两点左右。准确死亡时间还要解剖判断……"

廖岩又看向那个方形的伤口："而这块矩形的皮肤缺损切线整齐，但皮肤剖面有明显梯状割痕，证明这把刀十分锋利但锋刃较小。"

"手术刀？"梁麦琦问。

"也可能是小型美工刀。"廖岩将医用放大镜移至死者右脚踝上方，仔细地观察，"死者的脚踝有充血和肿胀症状，应该是生前奔跑跌倒过……稍等……"

廖岩的手停住了，死者皮肤缺损的下方有明显的淤血，似是有图案规律的印记，他招手让大家过来看："你们觉得这些印记像什么？"

"鞋印！"郭巴兴奋地说，"我知道了！是凶手踩了死者的脚踝又怕留下鞋印，所以动手割下了皮肤。"

"扔鞋不是更方便吗？"梁麦琦淡淡地问。

廖岩被梁麦琦的话逗乐了，但这观点听起来的确很有道理。

郭巴一脸尴尬，廖岩也收起笑容，他用镊子从尸体皮损的地方轻轻取了一小块组织，放在放大镜下看，那里有一些黑蓝色的点状物。廖岩想了想，将那些组织放入小试管。

"我可能猜到这两块丢失的皮肤是什么了……"廖岩盯着试管看。

贾丁仍带着几位刑警在 COCO 酒吧附近勘查，希望能获得更多有价值的痕迹。蒋子楠很快有了新发现。他从小路的另一头一路小跑过来，用镊子夹了一个塑料袋。

"下条街的垃圾箱里发现的，不知跟这个案子有没有关系。"蒋子楠喘着气将袋子递给贾丁。

贾丁打开塑料袋，里面是一团带血的纱布。贾丁用鼻子使劲闻了闻，摇了摇头。

"不行，我这鼻子不灵，带回去让廖岩闻闻。"贾丁让蒋子楠将物证装好。蒋子楠一边装物证，一边笑："你这是把廖岩当警犬了。"贾丁用手电筒打了蒋子楠的头。

法医室里，魏然用喷头小心地冲洗着死者面部。干糊的血液冲掉后，露出了死者苍白的脸，那脸上有大量的粉刺。梁麦琦吃惊地看着这些粉刺，想起廖岩刚才的"隔袋观尸"。

"廖岩，你觉得是专业医生干的吗？"郭巴问。

"不排除，但手法也不够专业，非专业但略有解剖知识的人也能做到。你们看这些切痕，有明显的锯齿状，而且凶手割喉时可能使用了纱布避免血液喷溅，但依然造成死者面部的大量血痕。另外还有个重点，要看呼吸道及血液内是否有乙醚成分。"

"也就是活体割喉？"说这话时，梁麦琦似乎能感受到死者的疼痛。

廖岩点头，开始正式解剖。

梁麦琦犹豫地看着廖岩，还是忍不住问了："你能解释一下'隔袋观尸'吗？"

廖岩看了眼梁麦琦，算是默许。

"首先，你怎么隔着尸袋判断死者的身高和体重的？"

"裹尸袋虽薄厚不一，但总会透露一些轮廓，头脑中的计算公式，这个很简单。"

"那年龄呢？"

"虽已尸僵，但皮肤和肌肉的弹性仍能透露信息，这是长期经验总结的触感，但这个不准，这种方法不主张也不推广。"

梁麦琦更加好奇，继续追问："死因，还有其他细节呢，比如酒的种类？"

"嗅觉。这个因人而异，老天爷未必给你们这个能力。"廖岩脸上是难掩的自负。

"还有就是粉刺，你怎么知道死者是有粉刺的？"

"拉链夹住的那根头发……头发的毛囊显示她有脂溢性皮炎。"

"那你怎么能确定那就是死者的头发？"

"发丝夹住的方向，以及味道……还有我夹起头发时，郭巴表情的变化。"

"什么变化？"郭巴急问。

廖岩扬起眉毛，带着几分得意看着郭巴："懊悔和自责，怨自己疏忽给我的判断降低了难度。"

"哼！"郭巴嘴上不服心里服，偷偷看梁麦琦的反应，他其实就是想让梁麦琦见识一下廖岩的能力。

"还有问题吗？"廖岩侧头看了一眼梁麦琦。

梁麦琦摇了摇头，廖岩转回身继续工作。两个人都不再说话，但梁麦琦的目光却一直都在廖岩的身上，她充满好奇。

尸检进行得很顺利，按廖岩的说法就是"死因简单明了"，可是目前他们仍不知道这两个死亡的女孩是谁。

第八章　文身

尸检结束后，梁麦琦跟着廖岩和郭巴去找贾丁汇总信息。

走廊里，梁麦琦一直在想一个问题：为什么常会有无法确认尸源的情况？人失踪了，总会有报案的，现在的 DNA 库、指纹库和智能城市网络这么发达，确认尸体身份本应该比想象的更快才对。这时，廖岩正好也问了郭巴类似的问题。

郭巴快速翻看着手中的报告："今早在酒吧后街遇害的这个女孩身上没有任何证件，而且死亡时间短，还没有接到失踪报案，但应该很快就能查到，麻烦的是那个无头女尸体。"

"是因为丢了头和指纹吗？"廖岩问。

三人一边聊着一边向大会议室走。"不光是这样，这个尸体的 DNA 在失踪人口库中都比对过了，但没有符合的。"郭巴皱眉道。

"难道真的是个没人关心的人吗？连个报案的人都没有？"梁麦琦同情地摇着头。

走廊的另一侧，正好贾丁带着蒋子楠和小瞳从现场赶回来了。贾丁见到廖岩就问："怎么样？初检结果如何？"

进入大会议室，廖岩快速打开平板电脑，将部分尸检照片投在大屏幕上。

廖岩十分简要地总结道："死于割喉，失血加气管切断的窒息，生前曾大量饮酒，踝部扭伤，气管残留的毒性检测也刚出来，是乙醚……"

"麻醉，然后放血？"贾丁气愤地拍着大腿。

这时，检验科的张艳艳直接走进大会议室，一边走一边找廖岩："廖岩，你猜猜……"

贾丁清了清嗓子，张艳艳下意识捂住嘴。

张艳艳有个口头禅，是"你猜猜"。无论何时何地情况多么紧急，她都要求送检的人先"猜猜"，因此人送外号"猜猜姐"。私下里大家爱拿这事开玩笑，但关键时刻贾丁挺烦："猜什么猜，直接说！"

张艳艳也不生气，伸伸舌头，换了语气直接说结果："廖岩刚才传过来的尸体脚踝照片我们已经比对过了，上面的压痕与现场留下的其中一种鞋印是一致的。现场的足迹本来是比较乱的，但有了这个特殊的足迹，我们就有了重点，我们暂叫它一号嫌疑人足迹，你猜……"张艳艳硬是把另一个"猜"字"咽"了回去，从表情上看，还噎得够呛。

"这个一号嫌疑人身高在1米72到1米75之间，体重80公斤左右，走路习惯性左跟部蹭地，不是残疾人的那种蹭，是走路习惯。"张艳艳一边说着，一边在地上演示着走了两圈儿。

不是说刑警队爱养"怪人"，确实是因为"怪人"真有能力。

张艳艳在痕迹鉴定和微量物证检验两方面都是市局的"腕儿"级别的人物。她的鉴定结果，不仅准确，而且"生动"。能说爱演，也算是对了贾丁的脾气。

贾丁满意地点点头，张艳艳转身走了。可能入戏太深，直到走廊，她还依然左脚跟蹭地。

看着张艳艳的背影，廖岩有些纳闷儿："能是凶手踩了死者的脚踝吗？总觉得哪里有些不合理。"

如果廖岩没有猜错的话，那个被踩位置应该是已被割除的文身。他刚刚在显微镜下看到的皮肉残留色素最有可能就是来自文身，而检验科刚才也证实了部分成分符合。但关于文身，他还没来得及跟别人说过。廖岩刚要张口，却听到梁麦琦说出了自己的疑惑。

"到底是憎恶还是迷恋？这不合常理！"

贾丁虽然还不太懂梁麦琦的意思，但他觉得梁麦琦的想法有点刻板："变态杀手哪有常理可言？这个你应该最了解。"

"但变态连环杀手却常会有他们自己的规则，找到这种规则，也正是心理画像师存在的意义。"梁麦琦给了贾丁一个十分肯定的表情。

贾丁看着梁麦琦，他意识到自己还不太了解这个顾问。如果爆炸案中她的作用只是个巧合呢，这个心理学博士会不会太依赖于书本上的知识了？

在遇到廖岩之前，贾丁带的队伍靠的是实战经验总结出来的规律，靠的是与犯罪分子近身厮杀培养出的"嗅觉"，而现在，他们却在不断地被劝说去相信一些奇怪的书本理论。

"不合理，那你们说一下，为什么凶手要切掉死者的一块皮？"贾丁看向廖岩和梁麦琦。

"那可能是一块文身。"梁麦琦说。

廖岩吃惊地看向梁麦琦，没想到她也有这样的猜测，而廖岩自己却是要依靠显微镜和成分检验。

"文身？"贾丁想了几秒，"那证据呢？"

"我没有证据，只是靠推测。两个死者如果真是被同一连环杀手所杀，凶手取走的皮肤应该会有某种共性。这两块皮肤位置不同，我想不出空白的皮肤对凶手的特殊意义，而第一个进入我头脑的假设就是文身。"与平时不同，梁麦琦说这些话时语速很慢，她好像是在努力说服自己。

"我有证据。"廖岩接过梁麦琦的假设继续说。听到"证据"二字，贾丁的眼睛亮了。

"我在显微镜下观察皮损部分的一些真皮组织，发现了一些点状的色素痕迹，检验科又恰巧证实其中含有文身墨水的化学成分。"廖岩说，同时将检验科那边发来的短信给贾丁看。

贾丁点了点头道："嗯，暂且这样分析也行。一旦尸源确定了，也就可以证实了。可是，这是死前还是死后割的皮？"

"死后。通过尸体上的痕迹，现在可以初步断定，凶手行凶的过程是这样的……"廖岩停顿了一下，他看了看贾丁，又将目光转向郭巴和蒋子楠。贾丁突然明白了廖岩的意思。

"对啊，怎么把这个规矩给忘了！情景重现！快！小蒋、郭巴，走起！"

蒋子楠和郭巴无奈地对视着。

情景重现是刑警二队分析案情时常用的手段，这也得益于廖岩的一种能力。他能从尸体死亡前后留下的痕迹推断出部分凶案发生的过程。而事实证明，这些推断大多时候是准确的。至于为什么要用表演的方法，则可能是受了"猜猜姐"的影响。

"怎么又是我俩啊？"郭巴一脸不情愿，却也马上起了身。

蒋子楠举起双手："稍等，我得先确认一下，没有强奸情节吧？"

大家都笑，只有廖岩一脸认真地回答："没有。"

看到两个人准备好了，廖岩才开始他的描述。

"凶手先是尾随在死者身后，随后被死者发现，死者奔跑、跌倒……"

蒋子楠表演女子醉态，奔跑、跌到，表情恐惧，还带着女性的娇羞。蒋子楠随后趴在地上，等待廖岩的进一步指示。

"凶手先以高浓度乙醚将死者麻醉，死者此时有短暂挣扎，指尖内有轻微的淤血，但甲缝中并无皮屑组织，因此断定凶手的衣着包裹较严。之后，凶手抱住死者腋下，将其拖至无人处。"

蒋子楠被郭巴架着胳膊拖走。

"这之后的顺序，应该是拿出事先准备好的医疗敷料和手术刀，右手持刀，从左至右割开颈动脉。此时，血液的大量喷溅可能让凶手有些措手不及，刀口在此处有停顿，而后，才顺势割断了气管和部分食道。待确定女子已死后，凶手又下手割下了脚踝的皮肤。"

郭巴表演割喉没有道具，顺手从桌上拿起一支圆珠笔竖握在手中，走到蒋子楠身前，在蒋子楠的脖子上一划。

"哎！你轻点儿！"蒋子楠尖叫着起身，脖子上留下一条细细的圆珠笔印。

"不好意思，哥们儿，这个……我没练过……"郭巴急着解释。

廖岩不理二人的小插曲，继续讲述："关于凶手踩踏死者脚踝的时机，我现在还不能确定，但从力度和方向上看，肯定是有意踩踏。"

贾丁看了一眼梁麦琦，以为她还会有什么补充，可梁麦琦并未说话，一直在看廖岩。而此时，陆小瞳却一直在看梁麦琦。

贾丁打断这三个人的注视环节："小瞳，死者身份调查现有什么新线索？"

小瞳的反应一向很快，看似走神却常能快速正确回答问题："目前已经查到死者在遇害前去过附近的一家酒吧，但不是最近的COCO酒吧，而是一个叫'自由岛'的夜店。那里人很多，问过昨晚酒吧的工作人员，没人对死者有印象。我是从监控中看到她的。"

小瞳得意地看着自己的电脑："死者第一次出现在监控中的时间是0点35分，此时已是醉态，但似乎并没有同行伙伴。"

大屏幕上显示出这段视频，被害女子摇晃着在人群中跳舞。

"那她最后一次出现在监控中是什么时候？"梁麦琦问道。

小瞳拿起遥控器，屏幕上再次出现一段受害女子的画面，画面被小瞳放大，女子在一张小桌上趴了一会儿，之后摇晃着起身走出了镜头视野。小瞳的激光笔在屏幕右上角的时间上晃动了一下，时间是凌晨1点22分。

"只有这两个地方的视频吗？"廖岩追问。

"是的。这个酒吧非常大，但监控却布置得稀少。"

"有没有能看清她右脚踝的镜头？"梁麦琦贴近大屏幕细看。

"摄像头的角度很难照到这里，我已经都放大过了，没有，甚至看不清是否有文身。"

"你们在检查这些监控录像时，是否留意到人群中有人注意她的脚踝？"梁麦琦依然抓着脚踝的问题不放。

"应该没有吧。"小瞳的这句话说得有些没有自信。

"那我建议再仔细看一遍视频。"梁麦琦又将目光移向廖岩，"廖岩，麻烦你把上月8号那个无头女尸的图片再给我看一下。"

大屏幕上出现了无头女尸现场的照片。

小瞳和郭巴的目光在廖岩和梁麦琦之间移动，然后两人又吃惊地对视了一下。眼前的场景的确让他们吃惊，梁麦琦刚刚明显在命令廖岩，而廖岩则立即执行了。在刑警队，还没有人会这样命令如此高傲的廖岩，而廖岩也很难乖乖听命于任何人。但刚才这一切，看起来却如此自然。

梁麦琦手指无头女尸的照片："凶手第一次行凶时，切掉了死者的头颈，割除了死者的文身，甚至剥离了死者的指纹。很明显，就是要造成警方尸源寻找的困难。但第二次，却只割除了文身。如果确定两次谋杀的手法一致，可以并案的话，那么第一次行凶主要针对的是人，而第二次针对的却是文身……"

"所以，你是怀疑，在酒吧就有人盯上了她的文身？"贾丁问。

"对，这种方法最简单。"

"可为什么要割掉她的文身？"贾丁不解地看着梁麦琦。

梁麦琦表情凝重，她在众人期盼的眼神中思考了有半分钟，缓缓地答道："不知道。"

贾丁叹了口气。廖岩却忍不住笑了一下，他喜欢梁麦琦这种随时"反转"的风格，这让她看起来更像是个普通的女人。

梁麦琦没有顾及大家失望的表情，转身到小瞳的电脑前："我同你们再看一遍视频。"梁麦琦坐在小瞳身边。

梁麦琦的香水味飘进了小瞳的鼻孔。

"警察不应该喷香水……"小瞳心里想。小瞳又瞄了眼梁麦琦染着暗红指甲的手，心里又想："警察也不应该涂指甲。"可这香水味道很好闻，饱满的指甲色彩也使梁麦琦的手指显得更加纤细白皙。小瞳下意识看了眼自己的双手，由于常年在业余时间打游戏，有几根手指已磨出了茧子。小瞳忍不住将手向袖口缩了缩。"同样是女人，我是不是有点对不起自己的身体？"小瞳不禁浮想联翩。

"小瞳……小瞳……"梁麦琦在跟她说话，叫了几声之后，小瞳才回过神来。梁麦琦手指屏幕，"这儿，往回倒一下！"两个人继续专心地看视频。

魏然在门外敲了几声门，随后将头伸进会议室："廖博士，无头女尸运到了。"廖岩起身，跟着魏然向法医室走去。

无头、无指纹、无名，死在漆黑的小树林中，至今还没人寻找她。如今，这具残缺的尸体就躺在解剖台上。这是一个微胖的青年女性，皮肤苍白到晃眼，这是失血死亡者最明显的特性。她的右臂上，那块方形的缺损显得更加醒目。廖岩贴近细看，他似乎可以从那锯齿形的割痕上看到凶手的紧张和兴奋。

关于之前尸检的结论，廖岩并无异议，他要来这具尸体的主要目的，是让这个无头的尸体告诉他"她是谁"。

廖岩也不穿解剖服，只是搬了把高椅子，放到解剖台前，坐在上面一动不动地看着尸体。

"你是谁？"廖岩说。

魏然早就习惯了这些场景，也搬了把椅子，坐在离尸检台再远一点的地方，看尸体，也看他的老师廖岩。

魏然渐渐喜欢上了这种与众不同的感觉。过去上学和实习的时候，他也跟过许多别的老师，大多按部就班，一板一眼，他们的技术也是令魏然崇拜的，但他看不到廖岩身上这种另类的激情，看不到法医对这个职业的自我崇拜，看不到廖岩带给法医学的这种带着戏剧化的魅力。

廖岩向无头女尸探了探身，魏然知道廖岩又有了些发现。廖岩站起身，围着尸体缓缓转了一圈，他抓起死者的左手，看着死者手背上的一些细节。随后，他走向尸体的另一侧，再次拿起死者的右手背观察。

"你看这些白点像什么？"廖岩问魏然。

"……瘊子？……哦，我的意思是说，软疣。"

"形态不像。"廖岩摇着头，随后却满意地笑着。魏然想，看来关于这些白点，他应该已有了自己的答案了。果然，廖岩果断地说："这是针孔。"

他拿起之前的尸检报告快速查看："死者很健康，却有如此密集的输液针孔……而且，这应该是几年前的针孔疤痕。"廖岩将死者的两只手并排放在一起侧头看着……

玻璃门外，梁麦琦、郭巴和小瞳此时正好走过。蒋子楠手里拿着一支圆珠笔，习惯性地咔嗒咔嗒按着，左手还在一直蹭着脖子上的圆珠笔印。

梁麦琦的经过似乎让廖岩的思路断了一下，梁麦琦向里面看了一眼，并未停留。廖岩的目光再次落在蒋子楠手中的圆珠笔上，一个画面突然冲进他的头脑。那是会议室中，郭巴在表演割喉，圆珠笔在蒋子楠的脖子上一划，然后蒋子楠抱怨，郭巴道歉……郭巴说："不好意思，哥们儿，这个……我没练过……"

廖岩刻板地重复着这句话："我没练过，我没练过……"

魏然完全被他说蒙了："什么没练过？"

廖岩拿起无头女尸的左手，"练过！"廖岩的语气更加肯定，"这是'练过'的痕迹！"

廖岩再次拿起尸体的两只手对比："一般的输液，为了保证血管质量，会在两手间轮流进行。而这个女人，针孔却主要集中在左手。那是因为，她是在用她的右手给她的左手打针，她是在练习！所以，她的职业极有可能是……"

廖岩微笑着抬起头看魏然，魏然恍然大悟："护士！"

"对！而且几年前在护校时是个很刻苦的学生！通知他们排查全国失踪人口库中的女护士，25岁左右，体形偏胖，惯用右手。"

"好嘞！"魏然兴奋地往外跑。

贾丁和蒋子楠联系失踪人口排查时，梁麦琦正带着郭巴和小瞳一遍遍地看着自由岛酒吧的监控录像。

梁麦琦让小瞳在各种画面上暂停、回放、慢进，搞得小瞳心里都有些烦了。在她看来，那屏幕上没什么特别的，有的只是夜店里密密麻麻的跳舞人群。

梁麦琦却以手指快速指出了其中的三个人，小瞳在三个人身上分别画了个红圈。

"有什么特别的吗？你能看清他们的表情吗？"郭巴不解地问。

"看不清，只能通过肢体动作来判断。有些动作，是与特定的表情相连的。比如，这个人……"梁麦琦指向右上角一个摇头跳舞的人，"他是在模仿服用摇头丸后的动作，而实际上，他并没有吃摇头丸。"

小瞳将跳舞男人的动作放慢。

"你们应该也能注意到，他的头部向右摆动的时间比较短，而向左侧停留的时间却比较长。慢慢地，他的动作开始没有规律，只不过是在以这种姿势做掩护，他在向左下方看。"梁麦琦手指的位置，正是死者脚部的方向。

"咦！我之前怎么没注意到？"小瞳自责道。

屏幕中，摇头跳舞的男人开始故意向左侧移动。然后，他将自己的腿伸向了死者前方另一个女人的腿部，他用腿蹭那个女人的小腿，然后靠向那女人的两腿之间，那醉酒的女人竟毫无知觉。

三人同时失望地摇了摇头。"可以排除了。"梁麦梁肯定地说，同时手指向刚才画面左下角的红圈，"观察一下这个女人，慢放……"

屏幕中的一个女人愣愣地站在那里，似乎正在看着什么。

"她保持这个动作已经15秒了，这有些违背常理，目光方向也很可疑。"可梁麦琦话音未落，视频中的女子就突然醉倒在地。梁麦琦自嘲地笑笑："现在……就合乎常理了。"

"还有，就是这个清洁工。"这是刚才小瞳画的最后一个红圈。

监控中，那个清洁工正在捡拾舞池中遗落的空酒瓶。他走到死者身边，缓缓地蹲下。清洁工从女死者脚下拾起了酒瓶，然后离开。

郭巴刚要叹气，梁麦琦却眼睛一亮："倒回去，放大……就这里！小瞳，还能再放大吗？"

小瞳将画面尽量放大，并尝试做光线处理。清洁工的手上动作渐渐清晰起来，他手上，除了那个空酒瓶，还有一个黑色的钱包。

蒋子楠和小瞳惊喜对视。

梁麦琦满意地笑笑，手指那钱包："死者身份至少能快点确定。"蒋子楠有点兴奋，转身向贾丁办公室跑去。

清洁工偷偷拿走的钱包中，装着死者的身份证。她叫张宁，这一天正好她27岁生日。

张宁是大光商场的出纳。她的朋友说她失恋了，请了两周的假，这几日每晚都去酒吧，每天都是凌晨或者早上才回，喝得一塌糊涂，然后在宿醉中呻吟一天。生活如此往复，室友早已习惯了她的颓废和呻吟，以至于她一夜未归也无人在意。

张宁朋友圈的照片在会议室的屏幕上缓慢播放，几分钟里，没有人说一句话。梁麦琦看着这些照片，又看了看廖岩，她想起了廖岩在检查张宁尸体时所说的话："这种残忍不在于死亡本身，而在于被瞬间剥夺……你会觉得你之前如此费心经营的一切生活细节，是如的此可笑……"梁麦琦想，身为一个法医，廖岩对生命的感慨，还真是深刻……

这时，大屏幕上的画面停在张宁几个月前的一个朋友圈上。那一天，张宁在展示自己的新高跟鞋。

她的脚踝上方有一块清晰的文身。那是一个太阳的图腾，炙热的火焰中央，有一只目光深邃的眼睛。

文身，果然是文身。

第九章　死亡巧合

廖岩坐在"自由岛"酒吧的吧台边上。他衣着休闲，面前放着一杯黑啤和一杯加冰的威士忌。这两杯酒，廖岩只看不喝。他还不时地瞄一眼吧台上的手机，随时等待贾丁的召唤。无头女尸的身份正等待确认，他还有大量的工作要做。但利用这段等待的空当，他想来张宁死亡前来过的地方看看。

廖岩看着面前的两杯酒，心里想象着张宁喝这酒时的感觉：黑啤口感应该不错，可喝这杯威士忌时，她一定是一心求醉的。廖岩想着，又闻了闻面前的两杯酒。那黑啤的味道很纯正，很像他在英国时常喝的那种爱尔兰黑啤；相比之下，那杯威士忌的品质却差了很多。

他看着舞池里迷醉的舞者，目光扫向人群的脚部，仿佛能看到张宁那有文身的脚踝在舞池中晃动，可这个文身和张宁的死到底有什么关系呢？

廖岩将目光扫向舞池中人的脸部，每个人的脸都是兴奋或者沉醉的。廖岩不能理解，在这种嘈杂混乱的环境中蹦跳到底有什么意义？这时，他在跳舞的人群中看到了一张熟悉的脸。

那是梁麦琦，她衣着性感，散着长发，随着音乐的节奏忘我地摆动着。这个梁麦琦与白天工作时的判若两人，更与廖岩七年前认识的梁麦琦完全不同。

廖岩没有注意到，舞池中摇动着的梁麦琦正在模仿着死者张宁生前的样子。只是那时的张宁是迷醉的，而现在的梁麦琦却是清醒的。去死者曾去过的地方思考也是梁麦琦的一个工作习惯。她不停地摇摆，想象着张宁临死之前的疯狂，同时也在理清自己的思路。张宁身上的太阳文身，以及无头女尸身上可能存在的另一块文身到底藏着怎样的故事？或者，它们对于凶手而言，到底意味着怎样的疯狂？凶手又为什么要带走那些文身？

跳舞的梁麦琦一直闭着眼。这时，她的电话响了，梁麦琦快速接起手中的电话，表情瞬间变得严肃起来。她快速走到舞池边上，麻利地用手拢起头发，脸上的表情又回到了工作状态。梁麦琦消失在人群里。

廖岩吧台上的电话也响了，果然是贾丁。

廖岩一边听电话，一边寻着梁麦琦的身影往外走。廖岩能猜到，梁麦琦所接电话的内容应该跟他的一样。

贾丁告诉廖岩，无头女尸的身份确定了。正如廖岩的推测一样，她是个护士，但却与梁麦琦推测的不一样，她有亲人，也有人爱。她是养父母从福利院收养的弃婴，由于家人报案时提取了错误的生活 DNA 样本，才导致尸体与失踪信息一直无法匹配。

梁麦琦在酒吧门口拦了一辆出租车，坐进去正要关门时，廖岩突然从外面拉住了车门，示意梁麦琦往里坐，并十分自然地对出租车司机说："一起的。"

二人同时坐在了后排，车开了半天，廖岩却仍在努力搜索着一句恰当的开场白："你……还是那么喜欢来酒吧？"

梁麦琦用了几秒认真回忆了一下自己来酒吧的频率，得到的结论是：廖岩应该不是很了解她。梁麦琦还是认真作答："我喜欢到死者生前曾经去过的地方，这是个工作习惯。"

廖岩扬起眉毛笑了笑。或许真如小瞳之前所说的一样，他与梁麦琦有些地方的确很像。

又是一段尴尬的沉默。廖岩有点后悔自己一时冲动挤进了梁麦琦的车。还好，这时梁麦琦先开口了，但她比较擅长的仍是谈工作。

"你好像提到过，无头女尸被割除皮肤的下方有一条斜向的刀口，而且很深。那么，这是凶手故意划的，还是误伤？"

"从深度和切面上看，故意划过的可能性更大。"

"带有情绪的那种吗？比如，愤怒。"

"百分之九十吧。"

梁麦琦很快陷入了思考，随后她把她的疑虑告诉了廖岩："凶手在取走无头女尸文身之前，故意用刀划破了文身，而取走张宁文身之前，又故意踩了一脚，这些都不合常理……"

"你之前说过，不懂凶手到底是憎恶还是迷恋，就是这个意思？"

梁麦琦点点头，又开始皱眉沉思，但廖岩却发现他无法像梁麦琦一样专注于对文身案的思考。在如此狭小的空间里与梁麦琦独处，对他的专注力的确是个考验，好在从酒吧到刑警队的路程并不长。

出租车停在了刑警队的门前，廖岩要推开车门，却又停顿了一下。他一直很想问梁麦琦一句话，突然现在就想知道答案。

"你现在还写作吗？"廖岩突然说。

梁麦琦先是一愣，随后摇了摇头，自嘲地笑了："早就不写了。"

廖岩有些失望，点点头，打开车门。

廖岩与梁麦琦一前一后进了办公室，贾丁看着二人，直接就问："你们出去约会了？"

廖岩和梁麦琦异口同声地回答："不是。"

贾丁的目光扫过二人的穿着，廖岩倒是没什么，只是梁麦琦里面的衣服领口开得有点大，好像有点不太得体。

"喝酒了吗？"贾丁又问。

廖岩和梁麦琦又是同时回答："没有。"可与此同时却又互问彼此："你没喝吗？"接下来的回答又是一样的："没有！"

在这段奇怪的对话中，贾丁偷偷嗅了嗅空气的味道，他的确没有闻到酒味，只是嗅了一鼻子的香水味，那味道来自梁麦琦。他本想说警察不能喷香水，可转念一想，梁麦琦又不是警察，只好含含糊糊地说道："哦……没喝就好，其他的我不管，也管不了……"这句话说得廖岩和梁麦琦都有点尴尬。

贾丁递给他们二人一些资料，同时以最简洁的语言讲述了这具无头女尸的身世。

她叫董爱勤，是个妇产科的护士，在父母和朋友眼里，是个温柔善良的好姑娘。她的养父母视她如掌上明珠，母亲接到警方的电话后已经哭晕了几次。

董爱勤上个月从 S 省南江县城离开，跟父母说是去看一个朋友，父母竟然也没问目的地。因为他们知道，玩心并不重的女儿时常去全国各地"看朋友"，其实是去寻找亲生父母了。对他们而言，这件事董爱勤早晚会去做，不问就不会挑破，不挑破也就不会伤心。被收养的孩子早晚要去找个答案，但他们相信这个家不会散。

可是，这个家以另一种方式散了。

"那董爱勤真的是来兰江寻亲的吗？"梁麦琦问。

"还真是。董爱勤去过华南镇派出所查过一对寻女的老夫妻，结果发现并不是自己要找的亲生父母，本该就此无功而返吧，但却从此失联了，这条线也断了。"贾丁摇了摇头。

廖岩站在贾丁面前仔细看资料："没有她文身的照片吗？"

"郭巴那边还在了解，"贾丁看了眼表，"董爱勤的父母也应该快到了。"

这时，郭巴从门外匆匆进来，带来的却不是董爱勤父母的消息："队长，死者张宁的前男友带来了，蒋子楠在问了。"

张宁前男友软塌塌地坐在询问室的椅子上。蒋子楠看见他的第一眼就知道，张宁爱上了一个"渣男"。蒋子楠在他的脸上完全没有看到悲痛，当然，也没看到紧张。这位前男友似乎不怕被怀疑，而且对张宁的死表现得无所谓。

尽管贾丁多次跟蒋子楠和郭巴强调过，不要把太多的个人情绪带入到询问或讯问中，那会先入为主而影响判断力，可蒋子楠常常做不到。

"今天凌晨1点到3点之间你在什么地方？"蒋子楠努力压制着自己对面前这个男人的厌恶。

"我在我家开 party，昨天是我生日，一屋子人都能做证。是不是要我的不在场证据啊？我过一会儿把他们的电话都给你。"

"你最后一次见到张宁是什么时候？"

"有一个星期了吧？上个星期吧？我告诉她别来烦我。她四处宣扬我是她男朋友，其实我就是跟她玩玩儿，就她那一脸粉刺……"

蒋子楠实在无法压制自己的情绪："她已经死了！你能不能放尊重点！"

前男友第一次表现出惧怕，他闭了嘴，不知该怎么说。蒋子楠努力平缓了语气。

"凌晨1时10分，张宁给你打了个电话，都说了什么？"

"听不清，她好像喝多了，一听是她，我……就给挂了。我自己也喝多了，要不然，我可能不会接她电话……"说这句话时，前男友胆怯地看了蒋子楠一眼。

"你把她的微信也拉黑了？"

"嗯……我们已经分手了，可她不愿意，每天不停地缠着我……不信给你看看之前她都给我发了什么……"

前男友忘了手机放在哪儿，开始全身翻找，由于动作大，紧身衬衫的一个扣子松开了，露出胸前文身的一角。

那个图案好眼熟！蒋子楠猛然起身，抓住前男友的衬衫，拉开，那文身的全貌露了出来。那是一个太阳图腾，跟死者张宁脚踝上的一模一样！

透过询问室外的单向玻璃，廖岩和梁麦琦也看到了这个文身。

张宁前男友吓了一跳，"哎，你干什么？你……你变态啊？我告你性骚扰！"

"这是你和张宁的情侣文身吗？"蒋子楠也突然意识到自己的动作过猛，他松下手来。

"这算什么情侣文身？我这个都文了好几年了，张宁不知什么时候跟我文了个一样的，都让我女朋友看见了，最近一直跟我吵，说绝不会放过这个贱人……"前男友突然愣在那儿，他意识到了什么。张宁死了，最恨她的人又可能是谁？

前男友一脸恐惧："这傻娘们儿不会……真……"

蒋子楠回头看向单向玻璃，他猜想贾丁他们应该也听到了这段话。

张宁有仇家，而且，这个仇家还是憎恨她文身的人。

蒋子楠推门出来，手里拿着张宁前男友的手机："你们看，张宁的这位前男友的现女友……总之，这个女人有重大嫌疑。这是她的朋友圈。"

蒋子楠打开手机上一个叫"叶心"的朋友圈："就是她。"

"叶心"的朋友圈今日只有一句话：小贱人不得好死，痛快！

"这句话应该是在说张宁。"贾丁看向单向玻璃内呆坐着的男人，"而且，从这个男的表情上看，这个叶心能干出这种事儿。"

"这条朋友圈的时间也的确有问题。"廖岩手指朋友圈的发布时间，"它的发布时间是凌晨3点，尸体最初被发现并报警是在凌晨4点半……"

"也就是说，她比警察和那个收垃圾的环卫工更早发现了尸体？"贾丁笑道，"或者说，就是她'制造'了尸体！快，通知各分局，马上找到这个叶心，而且要立即控制！"

蒋子楠领了指令马上行动。

梁麦琦皱眉看着手机："如果是她杀了人，为什么还敢在朋友圈里这样叫嚣？"

"现在的年轻人，可是难说啊……哎，怎么回事儿？"贾丁又看了一眼那手机，却发现，就在他们说话时，叶心关于"小贱人"的这条朋友圈突然被删掉了。

"难道是叶心突然意识到了什么。"梁麦琦看着叶心的头像，突然觉得很眼熟，她用手放大了这个头像，突然想到了，"这个女人我见过！"

梁麦琦的确见过叶心，是在自由岛酒吧的监控录像里，而且她还记住了她出现的时间。

"小瞳，把监控视频调到第一段第8分钟。"梁麦琦果断地说。

视频在第8分钟被锁定，叶心出现在镜头中，但只在视频里出现了几秒，她似乎是看了一眼张宁的方向，很快离开了监控范围。

"真有过目不忘的人！"小瞳崇拜地看着梁麦琦。

"小瞳，你的任务又来了，在酒吧的全部视频中再找一下这个女人。"贾丁命令小瞳。

就在蒋子楠询问张宁前男友时，董爱勤的养父母也到了兰江。

询问室里，郭巴一张张地给董爱勤的母亲递纸巾，直到看到老人似是把眼泪哭干了，郭巴这才小心翼翼拿出张宁和叶心的照片："阿姨，这两个人你见过吗？"

董母绝望地睁着红肿的双眼，仔细看："她们跟我女儿的死有关？"

"现在还不能确定……"

董母看得更仔细了："可是，我不认识她们啊。"

郭巴并不急于收回照片，而是把两张照片并排摆在董母面前。人在极度悲痛时会出现记忆偏差，这样放着也许可以让董母再想想。"还有一件事儿，"郭巴继续小心地问，"董爱勤的文身是什么时候文的？"

说起女儿，董母的眼泪又止不住流了出来："那都是很久以前的事儿了，那时候她还上高中，有一天就被同学撺掇着去文了个文身，这孩子就是耳根子软。我发现了，还骂了她一顿，她哭了好几天。后来她挺后悔的，从来没敢露过文身。她前一阵子还说，想把文身洗了。"

"您有女儿文身的照片吗？"

"孩子从来不露文身的，更不可能照在照片上。"

"那您能画一下吗？"

郭巴将一张白纸和一支铅笔交给董母，老人拿起笔，手却一直在抖，根本没法下笔，突然又失声痛哭起来。

"好了，阿姨您不用画了，不用……您就跟我们说一说就行，我找我们的画师来画……"

半个小时后，画师按董母的描述画出了那个文身，那是一只形状质朴的小鸟。

"大体是这样吗？"画师问董母。

董母悲伤地点点头，但又想了想："还是差点什么……对了……这里，翅膀上的这个圆形是实心的。"

画师将翅膀中间的圆形涂成黑色。

"对，就是这样！"董母点头，看着文身，又悲从心来，她突然问，"为什么还要画呢？她身上不是就有吗？"

郭巴刚要如实回答，却马上闭了嘴，看着董母苍老的脸，郭巴缓缓地说："有点看不清……"郭巴不想再说下去，转身离开……

走在走廊里，郭巴还在想，他们该如何告诉那对老人，他们心爱的女儿尸首分离，而她的头至今不知在哪里。

无头女尸董爱勤的小鸟文身与张宁的太阳文身并排放在会议室的桌面上，大家都皱眉看着，可谁也没发现什么问题。

"无论是图案、颜色，还是大小上看，都有很大的差别对不对？这两个文身有联系吗？而且，除了都有文身、还都是女的这两点以外，两个人也没什么联系……"贾丁环顾四周，等大家的反应，却发现大家都在看廖岩和梁麦琦。

这两个人此时做了个很相似的滑稽动作，他们都向右歪着脖子，而两个人的表情却都很严肃。

大家都觉得莫名其妙，又都模仿两人向右歪脖子。廖岩看着图案笑了，他将小鸟图案向右倾斜了约45度。

廖岩与梁麦琦相视一笑，廖岩又立即将目光移开。

"眼睛！"小瞳也发现了问题。

"可是小鸟的眼睛有什么特别？天哪……不是眼睛，是翅膀！"贾丁惊呼。那小鸟的翅膀，正像一只半睁着的眼睛，几乎与太阳文身中的那只眼睛一模一样！

梁麦琦起身，将两张纸拿起来，迎着阳光将纸叠在一起。透过明亮的日光，小鸟的翅膀与那太阳图腾中的眼睛几乎完全重合在了一起。

这只"眼睛"带着莫名的邪恶，注视着它面前的人。

第十章　悲伤的小鸟

繁忙的兰江机场。一个头戴棒球帽的女子在登机口排队，她神色紧张，不停地左顾右盼。

两个警察拿出证件，快速通过了安检口，到达登机口时，目光扫向排队的人群。那女子看到警察，紧张地拿出墨镜戴上。可警察早已看到了这个心虚的女人。

"叶心！"

"你……你们认错人了。"

警察抢过她的登机牌，那上面明晃晃地印着叶心的名字。

"你们干什么？我要去旅游的，这飞机票挺贵的，作废了，你们赔吗？"

"你应该没什么心思旅游了。"警察说着，拉着叶心就走。

叶心在警车上一会儿哭闹，一会儿喊冤，一会儿装疯卖傻，可车还没开出机场5公里，叶心就安静了下来，估计她是想明白了，瞎折腾也没用。还没下机场高速，她就交代出一个同伙叫鞠老七。

叶心指着警车顶篷发誓，她没让鞠老七杀人，她就想教训张宁一下，让她别总缠着前男友不放。可她没想到这个鞠老七竟然是个变态，今天早上她听说张宁死了，她才知道这事儿闹大了。

警察带叶心回刑警队的路上，小瞳已在"自由岛"夜店的监控中发现了这个叫鞠老七的男人。视频中，叶心与一个40多岁的男子在酒吧的一个小角落里耳语，她还给了那男的一个信封。不难推测，这应该就是买凶的酬劳。

贾丁听了那边刑警的汇报，乐得直拍大腿："真没想到，竟然这么顺！"

可是，事情有点过于"顺"了。特警出动一大批，抓住鞠老七时，他居然就在自家小区的麻将馆里打麻将。

听到这个消息，贾丁突然觉得有点不对劲儿了。

"他为啥不跑？叶心都跑了，他为啥还在这儿？"他问郭巴，郭巴也纳闷儿地摇了摇头。

叶心被带到审讯室时，鞠老七还在路上。贾丁带着梁麦琦和廖岩站在审讯室外向里看。叶心在里面不停地叫喊着鞠老七的名字，说这个变态杀了人。贾丁叹了口气："嗬，喊得还挺真的，这时进去审，估计也是这套话儿……"

梁麦琦看了看贾丁，问道："我能不能进去会会她？"

贾丁想了想："行，你先非正式谈谈。"

梁麦琦进门，叶心看了她一眼，突然静了下来，并不是叶心害怕梁麦琦，而是面前这个女人的身份不太好确定。看着衣着性感的梁麦琦，她小声嘀咕："现在警察都穿成这样了？"

梁麦琦假装没听见，直接拿出董爱勤的生活照给她看："她，你认识吗？"

审讯室外，贾丁一愣："她怎么问的是董爱勤，不是张宁呢？"

廖岩没说话，认真向里看。

叶心仔细看了照片："不认识。"梁麦琦把照片收回，放回手中的文件夹里，似乎不经意间露出了文件夹中董爱勤无头女尸的照片。

叶心一惊，马上把头扭开，她的声音开始有些发抖了："你们抓住鞠老七了吗？抓住了吗？快去抓他啊！"下意识地又瞄了一眼董爱勤无头的照片，带着哭腔，"我真没想到他……他这么狠！"

审讯室外，贾丁恍然大悟："叶心可能把无头女尸当成张宁了？"廖岩也点了点头。

梁麦琦不管叶心的反应，在她正对面坐下，开始假装翻资料，又露出董爱勤小鸟文身的素描画。

叶心偷偷瞄了眼文件夹，看到小鸟文身，并没什么特别的反应，梁麦琦一直盯着叶心的表情看。

郭巴走到贾丁面前，小声说："鞠老七押回来了。"贾丁想了想，又向里面看了看，好像在计划着什么："要不我也使一招儿？"

"什么招儿？"郭巴不解。

"把鞠老七带进来，我要'错个车'。"贾丁一脸坏笑，他似是受了梁麦琦的启发，他决定先不审讯，只试探。

鞠老七动作猥琐，一脸的地痞无赖相，身高和体重都符合"猜猜姐"对现场痕迹的推测。刑警押着鞠老七从走廊另一侧摇摇晃晃走过来时，贾丁还特意地观察了他的脚，他的确习惯性地左脚跟蹭地，跟"猜猜姐"演示的动作几乎一模一样。贾丁纳闷儿地看着面前这家伙。

鞠老七此时已被拉到贾丁和廖岩面前，廖岩侧头看他的鞋，鞠老七摸不透廖岩动作的含意，一脸紧张。

"麻烦把脚抬一下。"廖岩扬了扬头。鞠老七颤巍巍地抬起一只脚，廖岩看了一眼，向贾丁点了点头，极小声说："连鞋都没换……"贾丁皱眉。

那鞋印的图案廖岩记得很清楚，这极可能就是踩了张宁文身的那只脚。

"这就坐实了？"贾丁小声说。尽管所有的证据都指向了鞠老七，可贾丁的语气中却是不确定。

郭巴和贾丁带着鞠老七直接进了审讯室，门一开，叶心就像疯子一样扑向鞠老七："你个变态！你个杀人犯！"

没想到，鞠老七竟也不示弱："谁杀人了？两千块钱惹了老子一身臊！谁杀人了？你瞎喊啥？"

鞠老七说着就要往叶心那儿冲，要打人，无奈手被铐着，又被郭巴按住。

叶心吓得一缩，嘴却依然不依不饶："谁让你杀人了？你个变态，你还把她头给砍了！"

鞠老七直接就要冲上去："我杀什么人啊？你再瞎说，我现在就把你砍了！"

梁麦琦一边努力保护着叶心，一边观察着这两个人的反应。无论直觉还是理性都告诉她，这两个人的反应是真实的。

贾丁狠拍了一下桌子，两个人瞬间安静了下来。贾丁小声对郭巴说："行了，把他们分开吧，我和梁博士应该都看够了……"

叶心被带走，梁麦琦离开审讯室前对着贾丁摇了摇头。贾丁基本明白她的意思。

鞠老七依然在骂着不堪入耳的脏话，郭巴受不了，拍了拍桌子："嘴巴干净点儿！这是公安局！"

鞠老七马上压低了声音，依然愤愤地："这娘们儿说我杀人！她敢在公安局说我杀人！我杀人？我就收她两千块钱，我犯得着杀人吗？说不准就是这娘们儿干的，她恨不得那小三儿死呢！"

"说昨天晚上的事！"

"我和这个姓叶的娘们儿也不认识，一个朋友介绍的，说是有个小活儿……昨天晚上她给我打电话，说让我马上到自由岛酒吧，给了我两千块钱，让我帮她出出气，还给我看了张照片。"

"照片里是这个人吗？"郭巴举起张宁的照片。

"对，她当时就在那儿蹦迪呢。她特好认，一脸青春痘。"

"然后，你收了钱，就杀了她？"贾丁沉着脸问。

"我没杀她！"鞠老七一激动，将手铐甩得哗啦啦直响，"这个姓叶的让我给这女的挂点彩儿，我就拿了她两千块钱，这也不是杀人的价啊！"

"你杀人啥价啊？"贾丁声音一高，鞠老七更慌了："没……没价，我不敢啊……"

"你先说清楚，叶心到底让没让你杀人？"贾丁盯住鞠老七的眼睛。

"那倒没有。我也的确没杀啊！"鞠老七改为小声嘀咕，"大约凌晨1点多的时候，这女的醉醺醺地从'自由岛'出来。门口人多，我就跟着她，想等到没人的地方再动手揍她一顿……"鞠老七看着张宁的照片，好像有点害怕这照片。

"我跟着她走到了一条小背街，没想到她没醉透，发现我在跟着她，撒腿就跑，结果就摔了……是她自己摔的。我一想，这下好了，扭了脚也就挂了彩，我这任务不就完成了吗？我转身就要走，可又一想，还不成，姓叶的那娘们儿说了，文身必须挂彩……谁知道这文身咋得罪她了，我就在她文身上踩了一脚，然后就跑了。"

郭巴和贾丁冷冷地看着鞠老七，贾丁冷不防地拿出张宁死亡现场的照片，鞠老七突然吓得一哆嗦："哎呀妈呀，这真……真不是我干的！我哪儿敢杀人啊？我连鸡都没杀过。"

贾丁转身走出审讯室，看到廖岩和梁麦琦还在外面。

"这小子还穿着案发当晚的衣服，跟视频里一样，也不像洗过的样子，可他身上，连一点血迹都没有……"贾丁摇了摇头，三人对视，都有一点失望。

贾丁向办公室走去，梁麦琦追上他："我觉得重点还应该查第一受害人，也就是无头女尸董爱勤的社会关系！凶手和她应该是有关联的，否则割除头部和指纹没有意义！"贾丁站定，想了想，感觉自己的思路又被梁麦琦理清了。

"我已经派蒋子楠和小瞳带几个人去南江了，"贾丁看了看表，"也应该快有消息了。先都到办公室集合吧！"

这时，蒋子楠来电话了。

贾丁接起来，表情变得十分震惊："什么，三个！"

南江市，是距离兰江四百多公里的县级市，美丽又宜居的小城，因盛产一种味道清新的绿茶而出名。小城里，人与人之间关系较近，不管住城南还是城北，绕几个弯总会绕上些共同的亲戚或者朋友。董爱勤的死几乎是一夜之间传遍了整个县城，而关于她的死亡细节也开始以各种版本不断流传，可小瞳综合了各种流言版本，却没有关于她文身的传闻。

好像真的没有人知道董爱勤有文身。

蒋子楠和陆小瞳先后调查了董爱勤工作的医院，她家周围的邻居以及和她熟识的亲友，大家对她的评价全是赞美。她似乎是这个年代少有的模范女青年，保守、羞涩、善良，人们都说，这些优秀的品质也得益于养父母对她良好的家庭教育。

这让蒋子楠和小瞳的调查变成了一次次对董爱勤的缅怀，直到他们二人走进了董爱勤毕业的高中，才偶然从一位老师的口中获得了一个十分有价值的信息。

蒋子楠和小瞳去南江之前，梁麦琦曾嘱咐他们，要重点查文身的故事。而董爱勤文身正是在高中时期，于是他们就去了董爱勤就读的南江三中。

"这么乖巧的孩子，怎么可能有文身呢？"董爱勤当年的班主任老师很肯定地说。但小瞳却发现，恰巧来办公室取材料的另一位女老师听到文身二字，表情有些变化。

小瞳随后追出了教室，在走廊里拦住了那个人，她是董爱勤当年的音乐老师，姓王。王老师想了想，把小瞳叫进了她自己的办公室。

"这文身和董爱勤的死有关系吗？"音乐老师小声地问。不知为何，小瞳感觉到她提起文身时脸上闪过了一丝恐惧。

"可能有一点吧……"小瞳说。

"唉……三个好好的女孩子，怎么就死了两个？"音乐老师一脸惋惜。

"什么，三个，死了两个？"蒋子楠也紧随二人进了办公室，"她们都有小鸟文身吗？"

"是啊……当时三个孩子偷偷文了身，在厕所谈论时被我发现了。她们求我保守秘密。"音乐老师一边说，一边从卷柜里翻东西。

小瞳从包里拿出董爱勤文身的素描画："是这个吗？"

"对！三个孩子都说喜欢音乐，所以就文了这个像音符一样的小鸟……可这哪里像音符啊？"音乐老师快速瞟了眼文身图案，又继续找东西。

"那你觉得像什么？"小瞳马上追问。

"说不清……这个图案，有一点瘆人。"音乐老师快速将目光从文身上移走，"你们不觉得吗？"

这话说得小瞳后背发麻，不禁和蒋子楠对视了一眼。

"哦，找到了。"音乐老师翻出一本影集，那影集里都是几年来学校合唱团的集体照，她终于找到了有三个女孩的那张。

"看，这就是当年的合唱团。"

合唱团的照片上有三十几个人，音乐老师用手指在上面搜索着，最终找到三个紧挨着的女孩。

"喏，就是她们仨，天天形影不离的……如果我没记错……最左边的这个，就是董爱勤，一直胖乎乎的，不笑不说话，特别可爱……唉，谁能想到啊……"

音乐老师的手指向右移动，指向董爱勤身边另一个戴眼镜的长发女孩："这个叫蓝兰，可是那一年数一数二的学霸，聪明，歌唱得也好，当年以全学年第三的成绩考上了京津大学。对了，二楼走廊，学校的光荣榜上就有她的照片。可惜啊……"

"怎么？"小瞳问这话时，感觉汗毛都竖起来了。

"这个蓝兰在上大二时出了个意外，也死了。"

"意外？"小瞳在重复这句话时，有些不确信，"哪一年？"

"两三年前吧，好像在一个什么酒吧。你们警察一查不就能查到吗？"音乐老师又将手指移向蓝兰旁边的女孩，"这个孩子叫黄安丽，就是她们三个一起文的身……唉，作孽啊……"

"这个黄安丽现在在哪儿？您知道吗？"蒋子楠问。

"不太清楚，前几年听说好像是在你们省城吧！富二代……从来不用心学习的。"

蒋子楠和陆小瞳离开音乐老师的办公室，正好路过走廊，那里的光榜荣上张贴着学校历年高考的佼佼者。小瞳找到了蓝兰的名字，照片上是一个戴着眼镜、清秀又质朴的女孩。

小瞳实在无法将眼前这样一张笑脸与酒吧惨死联系在一起。

第十一章　注视

有小鸟文身的第三个女孩黄安丽，竟然也失踪了！

所有人都觉得这个黄安丽是危险的。这种"危险"包含着两层含义，一个是她成为被害人的潜在危险，另一种含义，她也可能是个危险的凶手。

三只文身小鸟的存在，再次打破了廖岩在头脑中努力构建的两起文身杀人案之间的联系。他看着梁麦琦在白板上画的文身案关系图，那图上的逻辑也开始混乱起来。左侧是有小鸟文身的三个女孩，一个是三年前意外死于酒吧的学霸蓝兰，另一个是如今变成了无头女尸的董爱勤，还剩一个，是唯一可能还活着的文身女孩黄安丽。在这三个文身女孩的右侧，孤零零地写着死者张宁的名字，她和她的太阳文身似乎正在被这个案件"边缘化"。

张宁与这三个女孩到底有什么关系？这个问题一直盘绕在廖岩头脑中，不得答案。

被贾丁紧急从南江召回的小瞳进门就打开电脑，并第一时间查到了学霸女孩蓝兰死亡事件的详情。

"是三年前的8月5日，在京津一家叫奇克的酒吧内，起因是有两伙年轻人打架，据调查与蓝兰完全无关。蓝兰是被误伤的，死因是被飞出的破碎酒瓶玻璃割伤了颈部，救护车赶到时，已经失血过多死亡。案子很简单，因为有监控，相关的嫌疑人也已服法。"

小瞳一边说，一边向大屏幕投出一张张现场照片。

"颈部失血过多？"廖岩在心中默念着这句话，对于一个法医，没有比"死因"更敏感的词了。

廖岩感到梁麦琦在看他，果然，她也想到了这个问题。"跟两个死者死亡的方式一样。"梁麦琦轻声说。

"董爱勤和蓝兰的死有关系吗？"廖岩问小瞳。

"好像没什么关系。董爱勤从来就没去过京津。两个人高中毕业后，也几乎没有来往……"

"那黄安丽呢？"梁麦琦又问。

"基本案情中没有提到过黄安丽的名字，其他的还要查……"小瞳的手在键盘上忙碌着，廖岩紧盯着她的电脑屏幕看，突然说："不用查了！"他手指屏幕上的一张照片，对小瞳说："放大这张照片。"

那是蓝兰死亡现场的一张照片，光线很暗，小瞳将那照片放大，可依然不知廖岩是什么意思。

廖岩拿起激光笔，向尸体旁的一个角落晃了晃。那里蹲着一个女孩，满脸恐惧和悲伤。

"这是谁？看不清啊。"贾丁问。

廖岩拿起三个文身少女高中时代的照片，举起来，手指其中最右面的黄安丽。大家的目光都在这两张照片上来回移动。他们终于发现了相似之处，那个在蓝兰死亡现场吓坏了的女孩就是黄安丽。

"蓝兰死亡时，黄安丽就在现场？"贾丁快速走到小瞳的电脑前，"案卷中竟然没有记录？"

小瞳终于找到了一份来自黄安丽的笔录，可这份笔录很简短，似乎在整个案件中并不重要。小瞳复述了笔录的大体内容："黄安丽与蓝兰一同来酒吧，事发时她去了洗手间，回来时看到蓝兰已经受伤死亡了……"

"就这么简单？"梁麦琦问。

"就这么简单。"小瞳回答，"当时的酒吧监控可以清晰地证明一切。"

"也许没那么简单……"贾丁看向廖岩和梁麦琦，发现大家似乎都有这样的感觉，可是，一时又没什么有价值的线索。

黄安丽仍然没有踪影。据了解，她在兰江开了一家咖啡馆，可是咖啡馆的员工已经有好几天没有见过黄老板的身影了。两个服务员在谈论老板失踪时表情轻松愉悦，似乎完全不在乎。因为黄安丽一向行踪不定，不定期人间蒸发是十分平常的。郭巴将小鸟文身的图案给她们二人看，两人竟觉得十分陌生。

"你们老板没有文身吗？"郭巴急着问。

"不是没有，是太多。"一个女孩笑着说，"她是花臂，这么一个小文身藏在里面，估计也看不清。"

"黄安丽是故意用这种方法隐藏文身吗？"郭巴忍不住想。

大会议室此时已几乎空了。大家都加入了追踪黄安丽的行动，如今，只剩下了小瞳和梁麦琦还在办公室。

梁麦琦依然盯着白板看，上面依然是四个女孩的名字，还有她们的文身图案。当时大家都认为小鸟翅膀与太阳文身中的眼睛十分相似，可现在这种相似，似乎又没了意义。

梁麦琦还有一点没想清，那就是董爱勤丢失的文身上的一个细节。廖岩曾很确定地说，那文身曾被愤怒地划过一刀。

连环杀人案的凶手，可能会取走死者身体上的某个物品，或是割除身体的一部分作为战利品或是纪念品，但他们通常会极为爱惜，不会破坏。可眼前这一系列案件中，凶手先是愤怒地破坏文身，然后又小心割除了文身，这种反常的举动极有可能说明这个文身对凶手有某种特殊的意义，比如，又爱又恨……

坐在梁麦琦身后的小瞳突然说话，打断了她的思考。

"我看过一个美剧，有几个女孩上学时一起杀了个人，然后就一直隐瞒着，长大后又总是担心有人泄露秘密，然后就开始互相残杀。我们的案子有没有可能也是这样呢？"

小瞳是个美剧迷，她的想象力与她的专业特征常常并不相称，梁麦琦觉得这样也挺好。

"也有可能啊，这个案子本来就离奇。"梁麦琦淡淡地说，"我们现在想知道的，的确就是这三个女孩的故事……"

蒋子楠此时正留在南江市深挖三个文身女孩的故事。

黄安丽在南江早已没有亲人，董爱勤的家人还在兰江等待着将女儿的尸体带回家。现在的南江就只剩下蓝兰的家人了。蒋子楠按照贾丁的指示，赶往蓝兰的家。

听说要找蓝兰的母亲，当地民警为难地摇着头："半个家都不能算，现在只剩下一个半疯的妈妈。"

自幼聪颖好学的蓝兰一直是蓝家的骄傲，像很多为孩子而活的父母一样，蓝兰的父母曾把全部希望都寄托在蓝兰的身上，而蓝兰也的确是那种令人羡慕的"别人家的孩子"。这个普通的知识分子家庭，从蓝兰四岁开始就已为她立定了目标，要考全国顶级的大学。只要孩子一放学，这个家庭就房门紧闭，邻居们说，他们夫妻俩平时走路都是轻手轻脚的，就是怕影响孩子学习。蓝兰也的确不负众望，一路重点。

"可惜，蓝兰大二就死了。本来是大好前途的……"民警同情地摇着头，"这之后大约一年，蓝兰他爸得了抑郁症，跳了河，她妈妈也很少出门了。她也不算是精神失常，平时邻居们跟她聊天，她也聊得挺正常的，只是不能提蓝兰，提起来就又哭又笑的，半天也停不下来。过一会儿你也得注意点儿。"

蒋子楠叹了口气："不能聊也得聊啊……哦，对了，蓝兰上大学后，性格有没有什么变化？比如，学坏了，逆反了。"

"这可没听说……假期回来时我见过，还是穿得很朴实，讲话很有礼貌的样子……"民警想了想，又问，"你们省城新发生的案子，还跟蓝兰当年的意外有关系？"

"现在还不确定……对了，你听说过蓝兰的文身吗？"

"文身？没有啊……什么文身？蓝兰有文身吗？不可能吧。"

郭巴没再追问，二人此时已到了蓝兰家的门外。

蓝兰家在一个老小区内，满眼是人来人往、吵吵闹闹的生活气氛。楼与楼之间离得很近，很多人开着窗"吼"着聊着天。尽管门外很热闹，而且还是阳光正暖的午后，可站在蓝兰家门外，蒋子楠还是莫名感到一种寒意。

民警站在门外，有点犹豫："要不，我在外面等你吧，人多了，她可能更烦躁。"

蒋子楠点点头，敲了门。

"有人吗？"蒋子楠问。

"谁？"一个苍老的声音从里屋传过来。

"请问，这是蓝……先生的家吗？"蒋子楠话一出口，已感到明显的不妥。

"蓝先生？"蒋子楠清楚地听到里面的女人冷笑了一声。隔了几秒，门开了。

蓝兰的母亲站在蒋子楠的面前，与蒋子楠想象的不太一样。她很整洁，她注视蒋子楠的眼神中既没有恶意，也没有躲闪。只是，她花白的头发与她还不算苍老的脸有些不太相称。

"我是兰江市刑警队的，想跟您了解一下情况。"蒋子楠举起警官证。

蓝母的动作僵在那里，可几秒后，她还是机械地将门打开，让蒋子楠进了门。蓝母转身向里走，动作仍很机械。她一边走，一边自言自语："跟三年前一样……跟三年前一样……"

屋内的窗帘都拉着，光线昏暗。蓝母坐在沙发上，看着蒋子楠，突然问："我的那个老头子，你们找到了？"

蒋子楠一愣："老头子？"

"还能有谁？三年前……也是这么个中午，你们警察来敲门，告诉我，说我们家兰兰死了……现在，你们又来了，还能是什么？肯定是告诉我，找到我那个老公的骨头了……"

"您……丈夫是怎么去世的？"蒋子楠明知故问。

"跳河，一年前，他倒是一了百了……我可不能死，我死了，谁给我家兰兰扫墓啊……"蓝母的语速很平缓，静静地坐在沙发上，此时，有些失神。

蒋子楠环顾这个房间，片警曾提醒过他，在蓝母面前提蓝兰，她会失控，那他就晚一点再问。

蒋子楠走到蓝兰的遗像前看着，那旁边还放着一个倒扣着的相框。蒋子楠背对着蓝母，把相框扶了起来，上面的玻璃已经破碎，那是一家三口的合影，那时的蓝兰约有十五六岁，三人笑得很灿烂。

"这时候蓝兰多大？"蒋子楠很小心，担心这样一句话也会刺激到蓝母。

蓝母并没有马上爆发，但也没回答，只是木然地看着照片。

"我看到三中走廊里，也有一张蓝兰的照片……全校的人都以她为骄傲……"

"有什么用呢？"蓝母忧伤地说，她似乎陷入了回忆。

蒋子楠假意在客厅里随便转悠，突然看到墙角有一个大号冰柜，很新。蒋子楠的脑子突然一动，那冰柜太大了，大到让他有些警觉。几年前，蒋子楠曾经勘查过一个现场，当他打开一个冰柜时发现里面躺着一个硬邦邦的尸体。

蒋子楠猛然掀开了面前那个冰柜，还好，里面是空的。蒋子楠以手测温，并不凉，细看墙角，插头还没插。蒋子楠觉得自己是中了邪了，好在蓝母没有注意到他的这个动作。

蒋子楠走到一个房间门前，从房门上的小窗向里看，里面除了简单的家具，并无多余的摆设，但从粉色的墙纸上可以判断，这里，曾经是蓝兰的房间。蒋子楠轻轻碰门，发现门是上锁的。

"你要干什么？"蒋子楠的举动终于引起了蓝母的注意。

"我能看看蓝兰的房间吗？"

蓝母原本蜷缩在沙发的一角，这时突然坐起来。

"你要找什么？"

"蓝兰高中有没有记日记的习惯，或者纪念册之类的？不知能不能让我看看？"

"现在什么都没有了……都让我烧了！"蓝母的情绪已有些变化，蒋子楠决定抓紧问文身。

"阿姨，我想问问蓝兰的文身。"

"别跟我提文身！我们蓝兰不喜欢那文身！都怪那个黄安丽！那就是个恶魔！恶魔！死的应该是她！她为什么不死？她为什么不死！"蓝母的眼睛里闪着凶光。蒋子楠相信，如果黄安丽这一刻站在蓝兰母亲的面前，她一定会杀了黄安丽！

蒋子楠已经管不了那么多了，在蓝母彻底失去理智之前，他必须问几个重要的问题："黄安丽为什么去京津找蓝兰？她们为什么要去酒吧？事后黄安丽有没有联系过你们？"蒋子楠将所有问题一并提出。

蓝母的情绪彻底失控了，她在怒吼："我也想知道啊！这个黄安丽哪儿去了？她不敢见我们！她连个面儿都不敢露！当年死的为什么不是她！"

蓝母突然用力猛推蒋子楠，将他推向门口："别跟我提兰兰！别跟我提文身！别跟我提那老头子！你出去！你给我出去！"

蓝母撕扯着蒋子楠的警服，蒋子楠一边努力挣脱，一边防着不让蓝母跌倒。门外的片警冲进来解围。

蒋子楠拽平衣服往外走，路过门口时，从卧室的玻璃中看到了里面的墙，墙壁上，挂着蓝兰父亲的遗像。

蒋子楠站在门口，惊魂未定地喘着气，房门里还能听到蓝兰母亲哭喊的声音。他不知该如何给贾丁汇报，虽然见到了蓝母，可他并没有获得有用的信息。

"不对啊！"蒋子楠突然反应过来，他获得了一个十分重要的信息，那就是关于蓝兰的父亲蓝海洋！

蒋子楠回身问民警："蓝兰的父亲蓝海洋是自杀，可尸体并没有找到是吗？"

"当时好多人眼看他跳进了河，岸边还留下了遗物和遗书。当时河水特别急，打捞队捞了好几天也没捞到尸体。那个季节，河里死不见尸的事是常有的……"

"那么，'人没死，所以不见尸'的可能性也是有的了？"蒋子楠反问道。

片警想了想，点了点头，却说："有倒是有，但可能性不太大……"

蒋子楠回头望向蓝家的窗子，不知蓝母现在平复了没有。想到蓝兰的家，蒋子楠的眼前总是闪现遗像中蓝海洋那张阴郁的脸……

第十二章　消失的文身

贾丁正在听电话，那是蒋子楠从南江打来的。贾丁基本没说话，而是一直皱着眉听。他放下电话，闷声想了半天。

会议室里飘着浓浓的烟气，这一下午，大家都吸了不少的烟。

"梁博士，你刚才说过，这个杀手可能是一个很爱蓝兰的人，对吗？"贾丁突然问。

梁麦琦点点头。

"廖岩，你从尸检中发现这个人曾经先故意用刀划开文身，后来才又把文身割下来带走，也就是说，他最初是恨这个文身的，对吗？"贾丁又问廖岩。

廖岩也点了点头。

"爱……恨？那我跟你们说一个人，你们看看是否符合你们的侧写。"贾丁说着，竟郑重地站起身来，"他身高1米75左右，体重75公斤左右，52岁，男性，中学生物老师，有一定的解剖学基础，曾受过强烈的心理刺激，而这个刺激，与文身有间接关系。而且，他爱蓝兰，可能比世界上任何一个人都爱。"贾丁看着廖岩和梁麦琦。

"你说的是蓝兰的父亲。"梁麦琦已猜到了。

贾丁点头。

"可他已经死了。"廖岩纳闷儿地看着贾丁。

"但他也可能没死……蒋子楠刚才说，两年前的确有十几个人目击蓝海洋跳河自杀，而且，他跳进的那条河也极其凶险，可是至今也没人找到他的尸体。"

"你怀疑他现在还活着？而且，他因为恨那个跟她女儿一起文身的小女孩，也就是董爱勤，所以杀了她？"廖岩皱着眉问。

贾丁点头。

"可董爱勤跟蓝兰的死并没有关系！"廖岩觉得贾丁的怀疑中，有很多因素并不合理。

"他的确是最符合凶手侧写的人。"梁麦琦紧张地站起身，"可是，如果蓝海洋是凶手，他杀死的应该是黄安丽，而不是董爱勤。"

贾丁想了想，也犹豫起来，可他最终还是做出了决定："现在时间紧迫，管不了那么多了。我们现在要把追踪的目标分散为两个人！一个是黄安丽，一个是可能还活着的蓝海洋。不管黄安丽是凶手还是潜在的受害人，也不管蓝海洋是死，还是活！因为关于文身案，我们能抓住的线索就这些，那就都不能放手！"

廖岩看着贾丁，不禁有些佩服。

关键时刻，廖岩常常跳不出自己的逻辑纠结，但贾丁却总能快速计算出时间成本，而对于命案而言，这就是受害人的生命成本。

廖岩虽然自负，可是他常愿意听命于贾丁，也是这个原因。尽管他很少把这种敬佩表达出来。

各区配合抓捕工作的刑警手中，如今又多了一个人的照片，那就蓝海洋的照片——当年那个已经跳江自尽，被许多人目击死亡的重度抑郁症患者蓝海洋。贾丁将这些照片发放出去时，其实心里也没底。

蓝海洋消失两年多，他肯定已经隐姓埋名，他的面容肯定会有变化。如果他的消失和假死本就是为了报复杀人，那他一定早已隐匿自己的行踪。找到他，一定如大海捞针。

贾丁这样说服各区的警察兄弟："我们之所以一定要找到这个可能已经死亡的蓝海洋，是因为他符合这个连环杀人案凶手的全部画像特征。"那些跟他很熟的区里同事笑他说，贾队长自从用了两个洋博士，整个人都洋气了不少，说话也是文绉绉的。贾丁不以为意，以同样的语气笑骂回去。

说笑归说笑，警察兄弟们找起人来还是不遗余力的，谁都知道命案不等人。蓝海洋、黄安丽，无论先找到谁都是本案的重大突破。

最先有消息的，是黄安丽。安乐区的民警确定黄安丽上个月在郊区租了一个带小院的平房。

一个衣着气质不同的城市女性出现在民风质朴的乡下，很快就会被人注意到，但坏消息是，这三天来，没有人见过黄安丽出入过那个平房。

贾丁和郭巴带着特警快速赶往那个小院。路上，贾丁内心矛盾："黄安丽在兰江有多处房产，为何还要在农村租个平房？这个房子里肯定装着秘密，当然，也许装着死尸……"贾丁心中默念："不要这样，千万不要这样……"

　　当贾丁和郭巴去往郊区追踪黄安丽时，廖岩坐在刑警队的茶水吧里喝了他今天的第四杯速溶咖啡，他总觉得哪里不对。

　　这个案件中还有很多的疑点，比如，张宁的死到底是因为什么？又比如，蓝海洋与董爱勤生活在同一个小县城，如果蓝海洋蓄谋已久要杀董爱勤，为什么不在当地就动手，却要演一场假死，而且一演就是两年？为什么要等待董爱勤独自来兰江再动手？这对凶手来说没有意义。

　　换位思考是一个刑警，特别是一个法医该有的技能。有时候，廖岩会将自己换位成一个死者，而更多的时候，他将自己换位成一个凶手。

　　廖岩端着他的第五杯咖啡走向法医办公室，正路过梁麦琦的办公室，那里的百叶窗帘此时半闭着，里面开着一盏昏黄的小台灯。梁麦琦坐在圈椅上睡着了，她的双臂紧抱着自己的身体。

　　廖岩看着她，突然感到此刻的梁麦琦如此弱小，尽管她面容沉静，但她蜷缩在圈椅中的形态给人一种令人怜惜的不安全感。这种感觉，是清醒时的梁麦琦不会带给别人的。

　　聪明的女人总让人警觉，智力和理性带给她的光环，也在她和旁人之间制造了难以跨越的距离感。

　　"她也是孤独的吧？"廖岩心想。他有些出神，早已忘记自己是在隔着百叶窗帘偷偷看着梁麦琦。梁麦琦的身体在圈椅上轻轻翻动了一下，廖岩这才有所意识，他快速转身，尴尬地向对面自己的办公室走去。

　　梁麦琦继续沉沉地睡下，依然像个不安的刺猬，紧紧拥抱着自己。

　　郊区小院的门外，郭巴带一队特警悄悄站着，郭巴试探性敲门。

　　"黄安丽！黄安丽在吗？"

　　贾丁将手枪紧紧地握在手里。

　　"黄安丽！开一下门，我们是物业的。"郭巴灵机一动。

　　那一刻，贾丁真想揍他，因为眼前这种农村哪里有什么物业？果然，这话似乎惊动了里面的人。院内突然传出细碎的响声，随后有瓦片掉落的声音。

经验告诉贾丁，这是有人要翻墙了。贾丁一脚踹开了大门。

一众特警持枪跟随贾丁进入小院，马上以手电照明，四处查看。一个黑影很快被特警从房顶拽下来。贾丁以手电照亮那人的脸，那人不是蓝海洋。

除了那被抓的男人，院内再无他人。小平房内亮着微弱的光，贾丁来不及多想，跨步冲进屋内，他必须马上找到黄安丽！

黄安丽躺在屋内的地上，面无血色。贾丁快速以手测试黄安丽的颈动脉。

"黄安丽还活着！"贾丁高喊，"快，救护车！"

贾丁快速环视四周，凌乱的房间散发着酸腐的味道。贾丁的目光落在沙发前的茶几上，那上面放着针管和锡纸，桌面上，还残留着点点白色粉末。

看着这些，贾丁已意识到，他们的一部分计划落空了。黄安丽在这个房间里隐藏的秘密可能与文身案并无关系，她要隐藏的是，吸毒。

屋外，郭巴和特警正在搜查抓到的那个男人，一大袋白粉从他的腰间掉落下来。

就在贾丁他们在郊区追踪黄安丽时，城市的另一端，一条僻静的小巷里，一个黑影尾随着一个年轻的女人，走入了更深的黑暗里。

黑影在他认为恰当的时机向那个女人扑了上去，用手中的纱布捂住了那女人的口鼻，女人在短暂的尖叫、挣扎之后，再无声息。

贾丁他们的确走错了方向。黑暗中的那个冷血杀手，杀死了那个女人。直到第二日凌晨，那个女人的尸体才被发现。

现场一片血腥，女尸躺在血中，那姿态跟之前的张宁很像。廖岩放下法医勘查箱，弯腰看着这个女人，一种强烈的挫败感袭来。廖岩努力稳住自己的情绪。

女人的脖颈处有一条触目的刀伤。

"割喉。"廖岩心中默念。看着周围散乱的纱布，廖岩猜测，某一块纱布上应该浸过乙醚。这似乎就是文身杀手，可是，面前的一切，又太不一样。

那尸体的全身都浸满了血迹，凶手的刀曾经接连刺向死者的身体，带着愤怒的情绪，这一点，与之前的杀人方法完全不同。

"为什么多了这么多的刺伤？"廖岩自问。他看着死者身上的衣服，那衣服很凌乱，似乎凶手曾在尸体上努力翻找着什么。他在翻找什么？一定是文身。可文身在哪儿？廖岩目光所及的地方，看不到文身，也看不到缺失的皮肤。

魏然拍照后，廖岩开始翻看尸体的全身，但他依然没有找到文身。

"没有文身？"在廖岩身后的梁麦琦突然吃惊地问。

"不是他吗？"贾丁不解。

"像他……又不像他……"廖岩淡淡地说，"而且，用于杀人的手术刀，竟然就随便地扔在尸体的身边。"

梁麦琦蹲在廖岩的身旁，仔细观察尸体后抬头扫视四周："的确，这愤怒和混乱，不像他。"

梁麦琦看着廖岩，她能感受到廖岩此时的挫败感，因为这种感觉，她也有。杀人的是蓝海洋吗？蓝海洋真的还活着吗？

死亡的女子叫王琳琳，她遇害的地方距离她家不足200米。

王琳琳的尸体此时被放在解剖台上。廖岩在解剖尸体，梁麦琦在旁边一边走动，一边思考。

"乙醚，面部的压痕，割喉……手法是完全一致的。"廖岩一边解剖，一边解说给自己听。

"无文身，全身报复性伤痕，混乱的现场，遗留的凶器……却是完全不同的。"梁麦琦接着说道。

"21处报复性伤痕，用尽了全身力气，全部集中于躯干和下肢，一刀接一刀，直到……"廖岩不禁叹了口气。

"直到他累了？你确定这些伤痕都是死后形成的吗？"

"确定。"

"从有条不紊，到丧心病狂，这中间到底发生了什么？"梁麦琦说过这句话之后，便陷入了思考。

黄安丽此时躺在公安医院的病房里。医生说她是吸毒过量，生命体征虽已平稳，但依然处于昏迷状态。她的吸毒史至少半年。

贾丁走进病房时，黄安丽依然在昏睡，一只手铐在护栏上。

贾丁将黄安丽病号服宽大的袖子轻轻向上拉，露出了整个花臂。那精致的花臂文身中，隐藏着一只手法笨拙的文身小鸟。

想寻找潜在被害人，却破了重大贩毒案。贾丁从医院回刑警大队的路上一直沉默，他知道廖岩正在解剖王琳琳的尸体，郭巴电话里问他要不要也去看一眼，贾丁说不用了，他觉得自己没脸去看王琳琳。

贾丁回到刑警队，刚在办公室坐定，就看到郭巴急匆匆进来："头儿，从黄安丽的出租屋里一共搜到冰毒80多克，我们逮住的那个男人叫老八儿，是缉毒科盯了很久的毒贩，局里说要给我们请功呢。"

"请功？我们还要脸不？又死了一个无辜的女人！"贾丁气愤地将一摞资料扔在地上，王琳琳死亡现场的照片散落了一地。

郭巴吓得大气不敢出，正不知如何安抚贾丁，突然看到门外晃过一个衣着鲜艳的人影。

"谁啊？"贾丁皱眉大声问。

《江都晚报》的政法记者郑晓炯从门外探进半个身子，贾丁立即换了张热情的脸。这是贾丁每次见到郑晓炯的固定表情。

郑晓炯，郑大记者，是个不好惹的主儿。

"呦，贾队长，这是怎么了？发脾气呢？别说，你发脾气的样子还挺帅。"

"郑记者怎么来了？"贾丁强挤着笑容问道。

"给你宣传政绩来了呗。听说你们破了重大贩毒案！"

贾丁盯着桌上的材料，又是一脸愁容："唉，一言难尽。"

郑晓炯低头，看到了地上的资料和照片，好奇地捡起来，她突然看到那上面的尸体："哎呀妈呀！"郑晓炯吓坏了，将照片直接扔回到地上，仍然闭着眼睛。

郭巴一边捡资料，一边忍不住笑："郑记者一受惊，东北话都出来了！"

郑晓炯睁开眼打了郭巴一拳，忍不住还是瞄了一眼资料上的文字。

"文身女子遇害案？这可是一等稿的素材！怎么没人通知我？我可是咱们的战线记者！"

贾丁温柔地抢回材料："这个现在不能报，还在侦破过程中。等案子破了，第一个通知你！让你拿独家！"

郑晓炯抱怨："这也不能报，那也不能报！我这一周又是没稿！"

贾丁赶紧赔笑："贩毒案能报，好好给我们报！你去找小瞳他们要资料！"

郑晓炯嘟囔着离开。

贾丁看着郑晓炯的背影叹了口气。郑晓炯也是个让他摸不清思路的人物。她工作的风格常常让人觉得她就是在报社混日子，"完成当月发稿量"似乎是支撑她出门找新闻的唯一动力。可是经她手以"懒洋洋"的方式采写的稿子又常常与其他报纸的采写角度截然不同，比那些单纯表扬公安的稿子更耐看，常常让贾丁爱不释手。可如果你说她郑晓炯有水平，那也绝对不是，她平时说话常常言语肤浅，服装风格也是花枝招展，有时还有些过度暴露。

"有点辣眼睛。"贾丁对着郑晓炯的背影脱口而出，把郭巴都给逗乐了。

被郑晓炯这么一闹，贾丁刚才的不良情绪也慢慢散了。案子要破，就不能消极，刑警队长没有时间矫情，更没时间自怨自艾。

小瞳领着郑晓炯在走廊里走。郑晓炯侧眼望着小瞳，突然停了脚步。几周不见，她发现小瞳有点变化。

郑晓炯故意放慢脚步，看着小瞳走路的姿势。一向只穿运动鞋的小瞳，今天穿了双坡跟的尖头皮鞋，走起路来还一扭一扭的，带着几分小性感。

"哟，小瞳，你有变化呢！"

小瞳停下脚步，兴奋地问郑晓炯发现了她什么变化。

"你过去的'鸭子步'没了，你现在走路的姿势还真有点性感呢……"

小瞳也来了兴致："姐，你说对了。我最近对'性感'有了新的认识。我过去总觉得，女人如果智商高就不需要性感，但现在我才明白，性感，是可以让女人的智慧发光的……"

郑晓炯的脸上闪过自信的光芒："小瞳，你还真是说到点子上了！就像姐这样，智慧与性感浑然天成！"

小瞳竟然摇了摇头："姐，我们这儿有个人，比你还性感。"

郑晓炯不服："谁啊？"

说话间，梁麦琦拿着咖啡杯从茶水吧走出来，一边走，一边看着手中的资料。她今天穿了一件简洁素雅的黑裙，剪裁得体到让你觉得这衣服像是她身体的一部分。郑晓炯并没有看清梁麦琦的脸，可梁麦琦那双白皙纤细的双臂完美到让她不敢直视过久。

　　郑晓炯站定，看着这样一个女人从刑警队粗犷质朴的蓝色墙壁前走过，好像周围的一切都是平面的，而唯有她是立体的。

　　直到梁麦琦从前面的走廊走过去了，郑晓炯还依然愣在那里。她的余光扫过自己虾粉色的连衣裙裙角，第一次，她觉得这个颜色好刺眼。

　　"她是谁？"郑晓炯问小瞳。

　　"就是她，我刚才说的就是她！队长从英国'引进'的犯罪心理学博士梁麦琦，据说智商超高，可是她走路带过的风，都有浓浓的女人味儿……"

　　郑晓炯慢慢缓过神，又回到她慵懒自傲的气质中："嘿，别说男人，我看着也有点血脉偾张了……"郑晓炯又看了看小瞳，"其实这个不难嘛！"

　　她歪头仔细打量小瞳，突然用手将小瞳衬衫胸前的两个扣子解开，吓了小瞳一跳，还没等小瞳反应过来，郑晓炯又麻利地抓住她上衣的后腰拽了一下。小瞳胸部的线条凸显出来，自己极不适应，脸一下子红了。

　　可郑晓炯还没结束，歪头欣赏一下，又去抓小瞳头发，让她的头顶蓬松起来，最后，还一把摘下了她的眼镜："以后别戴眼镜了，换美瞳！来吧，姐扶着你，让他们看看什么叫真正的'制服诱惑'！"

　　二人挺胸扭臀继续走着，正好两个刑警从前面走来，靠近时，视线完全被这两人吸引。两个刑警笑着小声嘀咕："邪风四起啊……"

　　郑晓炯和小瞳继续向前走，好像都忘了要去干什么了。路过法医实验室，郑晓炯看着门上的字："法医实验室，怎么搬到这儿来了？还用了玻璃门，你们看了不怕吗？"

　　"地下室泡水了。咦！今天怎么没拉帘？"小瞳从窗口向里看。

　　郑晓炯也忍不住从细窄的玻璃缝往里看，不禁打了个冷战。

　　法医室内，解剖台空着，廖岩坐在空空的解剖台前，一动不动，完全陷入沉思。

　　"他对着空的解剖台干什么呢？"郑晓炯纳闷儿，心想，"这个男人好特别啊"。

廖岩仍在看着解剖台，完全没有注意到窗外有人，可他紧皱双眉的样子却已牢牢锁住了郑晓炯的目光。

廖岩站起身，郑晓炯这才发现，这位法医很高、很瘦削，是那种冷峻而坚实的瘦，这种瘦让他的动作看起来利落而流畅，尽管此时，廖岩只是在屋内来回走动。

郑晓炯很少会有怦然心动的感觉，她给人的印象总是慵慵懒懒、大大咧咧，那是因为她的兴奋点有些高。她极少相信欲望冲动和一见钟情，可这一刻她才明白，那是因为她还没有遇到能点燃她欲望的人。

廖岩似是听到了什么动静，他皱眉向窗外看了一眼，只这一眼，郑晓炯的心跳就开始加速了，她突然好紧张，快速转过身去，她还不知道，廖岩其实根本没有看到她。

郑晓炯不安地将了将额前的头发，快步走开，小瞳跟上她。

"他是谁？我怎么没见过他？"郑晓炯努力装作什么都没发生。

"廖岩，全省学历最高，也是最帅的法医。他过去主要在地下室的法医室工作，最近设备更新，才搬上来。"

"嗬，最帅的法医，他帅吗？"郑晓炯假装轻蔑地笑了笑，"可能有一点儿吧……他刚才看什么呢？他解剖靠想象吗？"

"没人知道，他做事比较怪，我们都习惯了……"

郑晓炯脚步更快地向前走着，却不再说话。小瞳都觉得有些奇怪，因为她认识的郑晓炯很少沉默。过了好一会儿，郑晓炯才又开口："真奇怪，今天见到了两个气质特别的人……"

廖岩此时又坐回解剖台前的椅子上，保持着刚才的思考状态。墙上的钟嘀嗒响着，窗外的天色逐渐暗了下来。廖岩似乎想到了什么，他突然起身，拿起衣架上的风衣，离开了法医室。

王琳琳被害的现场，依然拉着警戒线，但已无人把守了。地上干涸的血迹仍清晰可见。梁麦琦戴着手套，走近尸体曾经的位置。

梁麦琦蹲下来细看，用手电一寸寸仔细地照着地面，她在找一样东西，如果这个东西存在的话，这个案件就有了一个新的突破口。可这个概率不知会有多大，百分之一？百分之一她也不会放弃，梁麦琦就是这样的人。

梁麦琦就这样一寸寸地挪动着身体，现在，她离案发现场的位置已越来越远了。梁麦琦叹了口气："也许，它并不存在吧。毕竟，这只是个设想……"梁麦琦伸直酸痛的腰背，这时，她突然看到一个大号垃圾桶后面露出一点暗红。

梁麦琦的心里一阵激动，她走过去，挪开垃圾桶。那里有一团暗红色的针织物，梁麦琦将那团东西轻轻拾起。

胡同的另一侧突然发出细碎的声响，梁麦琦快速关掉手电筒，躲在一垛墙后。

一个黑影拿着手电筒扫视着整个现场，然后蹲下，仔细查看地面。这动作与刚才梁麦琦的动作一模一样。虽然还看不清人脸，但梁麦琦感到那个身影好眼熟。

黑影一点点靠近梁麦琦的位置，突然以手电照向梁麦琦的脸。

梁麦琦眯起眼睛，随后，两个人同时惊呼："是你！"

那个黑影，是廖岩。

廖岩看了梁麦琦半天，才开口说话："我来找一样东西，你在这儿干什么？"廖岩一边问一边环顾四周。

梁麦琦举起手里那团暗红色的东西："是这个吗？"

那是一双带血的丝袜，廖岩看着梁麦琦，吃惊地笑了。

第十三章　复仇者

一大早，廖岩就把所有人都叫到了法医室。

解剖台上的无影灯开着，照在一双展开的丝袜上。那丝袜上浸透的血迹如今已发黑变硬。廖岩、梁麦琦的脸上带着自信的笑，旁边围着贾丁、小瞳、郭巴和蒋子楠，这四人却是一脸疑惑。

"尸检结束后，我发现自己遗漏了一个特别的伤口。就在死者膝盖的外侧，有一个较浅的划痕，一开始，我以为那是凶手在疯狂举刀落刀时不小心划到的。但当我用高倍放大镜仔细观看后却发现，这个切口是精心切开的。"

周围的人，除了梁麦琦，谁都没有听懂廖岩的开场白。

廖岩看着那丝袜，继续说："这就像是，那人在准备精心地割除一块皮肤，可是第一刀切了一半后，却停止了。"

"你是说，凶手正在切割一块文身？可是，王琳琳身上并没有文身啊！"贾丁问。

"是的，那块文身消失了。"廖岩的目光仍在那双丝袜上。

"消失了？"大家都吃惊地重复着这句话。

"对，消失了。于是，我想到了这个……"廖岩手指着满是血的丝袜，却转向梁麦琦。

"不过，先拿到这双丝袜的却是梁博士，我很想知道，你又是怎么想到的？"

这两个人明显在故弄玄虚，可贾丁努力忍着。

梁麦琦笑了笑，进入她惯有的、不容置疑的自信状态："单从心理学角度分析，我无法解释凶手那种突然的愤怒由何而来。尸体上二十几刀的报复性伤痕，还有与之前完全不同的混乱现场，理论上分析只有两种可能。第一，那不是他；第二，他的计划被破坏了，因此激发了他无序的暴力性。而凶手最重要的计划，也就是他最在意的文身。"

梁麦琦走近解剖台，仔细看那双丝袜，仿佛它仍穿在死者的腿上。"其实，这不是我一个人的功劳，痕检组的张艳艳曾告诉我一个疑点。死者所穿的鞋子是系带式的高跟鞋，这种鞋很难脱落，即使是经过剧烈运动。可奇怪的是，这一次死者的一双鞋子却被脱下来了，这与之前的两起案件完全不同。凶手为何偏偏要脱掉死者的鞋子？"梁麦琦手指丝袜，"其实，他要脱掉的，是它。"

贾丁的目光在梁麦琦和廖岩之间来回移动。"消失的文身？"贾丁忽然恍然大悟，"文身是在丝袜上！"

梁麦琦点点头："不过，能从现场附近找到它，靠的就是运气了。"

贾丁将整张脸贴近解剖台，努力看着那丝袜，可是他只看到了发黑的血迹，闻到了难闻的血腥味道："这上面真的有吗？"

廖岩让魏然开始冲洗丝袜。当大量的血液流进下水槽时，丝袜渐渐露出了它本来的面目。当它再次被平铺在解剖台上时，那个"文身"出现了。

这是一只佛手，手背上，有一只眼睛。

"凶手被丝袜骗了！他以为那是王琳琳腿上的文身，可杀了人后却发现不是。于是，他疯了，接连捅了王琳琳二十几刀！"贾丁快速将他的推论倒出来，可说到结尾却泄了气，"我们知道了他的心理动机，却还是不知道他是谁，他在哪儿。"

"不，我们最大的收获不是这双丝袜，"廖岩的语气却是兴奋的，"而是这双丝袜上附着的短发。不是一根，而是很多根！DNA检测目前已确认，血迹属于死者，而毛发却属于另外一人。"

"什么？另外一个人，那就可能是凶手？也就是说，我们可能拿到了凶手的DNA？"贾丁下意识做了一个摸枪的动作，他有一个习惯，一旦想到抓捕行动，就会下意识地去摸枪，尽管此时，枪并在不腰间。

贾丁转向蒋子楠："你先联系京津警方，调取蓝兰的DNA图谱，如果能和丝袜上的DNA确定血缘关系，我们就基本可以确定凶手是蓝海洋，有了这个证据，我们就可以全国通缉他！"

"好嘞！"蒋子楠领命，兴奋地向外跑去……

贾丁、廖岩和梁麦琦都在办公室等待着DNA的消息，此时，郑晓炯正在办公室窗外看着他们。作为省级报纸的战线记者，郑晓炯有很多优势，她可以申请参与一些抓捕行动，或进行体验式采访，只是过去的郑晓炯从未重视过这种优势。

郑晓炯坐在休息区的长椅上，将目光平均分配给了廖岩和梁麦琦。这两个人，她都感兴趣，他们的存在，让整个二大队的气质看起来都与以往不同了。从公共休息区的大落地窗向里看，郑晓炯感觉眼前的画面充满了戏剧感，她的工作，也因此变得有趣起来。

窗内的几个人正在争论着什么，他们表情各异，但那两个人基本保持举止优雅，似乎都受过极好的表情管理训练，虽能看出情绪的波动，却从未见夸张的表情。

郑晓炯站起身，她决定参与到这个画面里去。她推开门，从容地走进去。

"咦！晓炯，你怎么又来了？贩毒的案子还没采访完？"贾丁吃惊地看着她。

郑晓炯清了清嗓子："关于这连环杀人案，我要说两句！"

廖岩和梁麦琦都吃惊地看着郑晓炯，他们还不认识这个女人，因此，她的出现对他们而言更加唐突。

"贾队长，恕我直言啊，你们对公众太不负责任！案子都发生三起了，还在封锁消息。资料我都看了，小瞳都给我了！"

小瞳从门外追进来，生气地看着郑晓炯，又求饶似的看着贾丁："她偷看的，我不知道！"

"我又不报道，等案子结了我再报，这不犯错误，我已经跟宣传处申请了。"郑晓炯依然理直气壮。

贾丁被郑晓炯给说蒙了，想发火又不知该怎么发。郑晓炯用余光瞄了一眼廖岩，她知道他在看她，这让她竟有一点紧张。人一紧张，语速就会变快，郑晓炯深吸一口气，继续阐述自己的观点。

"三起凶杀，不就是冲着文身来的吗？你们就该发条消息，让所有有文身的人最近都小心点儿，或者把文身都挡上再出门。还有，把所有做文身、洗文身的地方都关了。这样就不会有下一个受害者了！"

面对郑晓炯的业余言论，大家听了都想笑，但又不好意思马上反驳，可坐在角落里的廖岩却突然说话了："是啊！"

大家都不看郑晓炯了，将目光投向廖岩，可廖岩又不说话了。

郑晓炯感到自己的脸有些微微发烫，她身旁的这个英俊的法医，竟然同意了她的观点。

"廖岩，你在想什么？你不会同意郑记者的说法吧？这样会引起全城恐慌的，而且，反而会激怒凶手。"贾丁不解地看着廖岩。

"不是……我是在想这位郑记者所说的'洗文身的地方'……我为什么没有想到呢？你们还记得董爱勤的母亲曾经说过的话吗？"

大家一时没懂廖岩的意思。

"董爱勤的母亲其实说过一句关键的话，她说董爱勤'前一阵子还说，想把文身洗了'。当时，这只是她不经意间说的一句话，但现在想起来，却有了重要的意义。"

"董爱勤？你们说的是那个护士吗？那个无头女尸？"郑晓炯插话道。

"对，十几天前被杀的那个，头还没有找到……"贾丁回答，但他突然意识到郑晓炯有点知道得太多了，立即板起脸来，"郑晓炯，过一会儿我要跟你谈谈，你的某些行为已经违反了规定……"

郑晓炯第一次看到贾丁如此严肃，突然有点害怕，不敢再插话。

廖岩继续分析："我们可以假设，董爱勤来兰江寻亲，没有结果，但她决定顺便洗了文身。董爱勤平时从来不露文身，如果我们再假设蓝海洋是碰巧看到了董爱勤的文身，最大的可能是在哪儿呢？"

"你是说洗文身的地方？"贾丁终于明白了廖岩的意思。

"可哪里能洗掉文身？"小瞳问。

"较大的文身馆，或者医院。应该先查医院！我总觉得这个蓝海洋和医院有些关联。"廖岩回答。

"因为乙醚？"这是梁麦琦在郑晓炯进来后说的第一句话。她的声音很好听，郑晓炯心想。

"对啊，手术刀和医疗敷料随便就能买到，但乙醚就没这么容易了。"贾丁被廖岩的推理说服了，"小瞳，先查兰江能够洗文身的医院，对外做广告的优先。"

小瞳快速搜索，并很快得出结论："一共有五家。"

"还好不多！"贾丁抬头，正看到窗外蒋子楠快步走过走廊，手里拿着一张纸。

蒋子楠进门就说："确认了！丝袜上的头发属于蓝兰的血亲！"

贾丁兴奋地一拍桌子："好！全国通缉蓝海洋！"说完这句话，却犹豫了，转身问梁麦琦："这样会不会打草惊蛇？"

"这条毒蛇已经不需要惊了，他本身就已欲罢不能。他会马上行动的，而我们必须在他行动前找到他。"梁麦琦语气沉稳却极度自信，郑晓炯看着她，想到刚才自己因紧张而语速极快，不禁有些自惭形秽，可她突然又很纳闷儿，为什么她总是不自觉地在拿梁麦琦跟自己比较？

郑晓炯缓过神来时，办公室已经空了。

刑警们的行动总是这么快。郑晓炯过去参与的还是太少了，所有人都出发了，谁都没带她。

即使是把五个医院作为重点进行调查，找到有关蓝海洋的信息也仍然十分困难。仅凭着蓝海洋几年前的一张照片，贾丁他们把这五家医院翻了个底儿朝上，终于，第五家医院门口一位管收发的大爷认出了蓝海洋。

"这不是清洁工老王吗？"大爷笑眯眯地说，郭巴感觉到心脏快跳到嗓子眼儿了。

"您确定？"

"太确定了。你看，他头皮上长了个胎记，我们都管他叫戈尔巴乔夫。别看他就是个清洁工，但说起话来文绉绉的。没错，就是他……不过这两天都没见着他啊，是不是病了？"大爷好奇地看着郭巴，"他出事儿了？"

郭巴没回答，反问："他在这里工作多长时间了？"

"有个大半年了吧。"

"在哪个科工作？"

"清洁工不分科，分楼层。他负责门诊五楼和六楼，应该是……整形美容科和康复科。"

听到整形美容科时，郭巴的信心更足了。首先，蓝海洋还活着。其次，他可能在整形美容科见到去洗文身的董爱勤。

郭巴快速赶往医院后勤部门，并在那里得到了一份蓝海洋的住址。工作人员很确定蓝海洋就住在那里，因为他送过蓝海洋回家！

兵分两路。

一路是贾丁和郭巴带着特警们冲向蓝海洋的家；另一路，是小瞳和梁麦琦去整形科了解董爱勤与蓝海洋的"相遇"。

整形科一位女医生拿着董爱勤的照片左看右看，还是摇了摇头："这是个患者？这么多人，哪里记得清？这种长相普通的人，最难记住。"

梁麦琦拿出董爱勤的小鸟文身画像递给医生："那这个文身你有没有印象？"

医生眼睛一亮："这个可就记得了。一个女孩想洗掉这个，约了第二天做激光，可是没来。"

小瞳与梁麦琦点头对视。蓝海洋、董爱勤和小鸟文身，终于都对上了。

"能帮我们查一下具体时间吗？"小瞳马上问。

"您说一下名字。"医生打开面前的电脑。

"董爱勤。"小瞳说。

医生在搜索栏输入这个名字，却摇了摇头："咦！没有这个人啊，你们的名字是不是搞错了？"

　　小瞳疑惑："不可能啊。那您能帮我把7号和8号这两天的名单都找出来吗？"

　　医生点头，电脑上很快出现了长长的名单。梁麦琦和小瞳快速查看名单，突然都露出吃惊的表情。

　　这记录里，果然没有董爱勤，却有黄安丽的名字……

　　蓝海洋逼仄的出租屋内，人去屋空。

　　蓝海洋应该是匆忙离去的，房间内一片混乱。廖岩走到墙角，地上，有一块破碎的人头盖骨。廖岩拾起那头盖骨，将两块最大的拼合在一起。那头骨以蒸煮的方法制成标本，而且是一个新鲜的标本。

　　廖岩清楚地记得董爱勤照片上的模样，她有一颗小虎牙，因此笑起来很甜美。如今，廖岩手上的这枚头骨标本，也有这样一颗虎牙。

　　贾丁懊恼地从身后探过头来："这个不会就是……"

　　"董爱勤的。"廖岩语气沉重地回答。

　　蓝海洋再次人间蒸发了。依据从医院调查的结果，这半年多来，蓝海洋一直过着普通人的生活，他工作勤勉，虽然沉默寡言，但给人的感觉却是亲切有礼的。从没有人会把他想象成一个坏人。

　　蓝海洋的家，虽然物品被丢得满地都是，但贾丁拿起的每样东西都是干净的，厨房里的物品也是整洁齐全的。这就是一个普通独居男人的家，而且，这个男人生活规律，习惯良好。

　　侦查人员没有在屋内找到人皮或者乙醚这样的证据。蓝海洋可能把它们带走了，他丢弃了董爱勤的头颅，却带走了她的文身。

　　小瞳她们从医院带回了另一个疑问。

　　"医院登记的患者名单里没有董爱勤，却有黄安丽的名字。可黄安丽却说，她从来没去过那家医院。"小瞳说着，将医院打印的记录交给贾丁看。

　　"黄安丽是个花臂，关于文身的图案，医生应该不会弄错……"梁麦琦补充道。

"你使用了黄安丽的名字？"廖岩依然拿着董爱勤的头骨看，因此，这句话听起来就像是在问董爱勤本人。

"的确有可能，那个医院很小，很多时候不需要用身份证实名登记。"小瞳一边说，一边瞄了一眼廖岩手中的头骨，不禁打了个冷战。

"董爱勤一直不喜欢这个文身，可以假设，她在登记时想编一个名字，而她又不是一个善于撒谎的人。这样的人，只会联想，不会虚构。她能快速想到的可能是与文身有关的人，蓝兰，或者黄安丽。蓝兰已死，她不会用这个名字，于是，就顺手写了黄安丽。她可能认为，这是个无害的谎言。"梁麦琦说出自己的分析，她的分析十分流利，显然，她早就有这样的怀疑。

廖岩依然看着董爱勤的头骨："没想到，这成了你被杀的原因。"

廖岩终于抬起头："我怀疑，蓝海洋来兰江，可能本不是要预谋杀人。毕竟，他在兰江这么久，十几天前才突然开始行动。也许只是小鸟文身刺激了他，他看到了董爱勤的文身……然后，又听到了黄安丽的名字。"

"可是，他又躲起来了！我们这一次是真的打草惊蛇了吧？"说这话时，贾丁一直看着梁麦琦，他心里有一些不爽，是不是梁麦琦太过自信了，而他又过于相信梁麦琦了呢？

可梁麦琦以更加自信的语气说："他不会停止，他应该正在寻找下一个目标！"

"全城都是他的通缉令，他还会如此大胆地行动？"

"连环杀人案的凶手与普通凶手不同。一旦计划被破坏，除了再制造一次完美的谋杀，他们通常不会罢手。"

贾丁决定再信梁麦琦一次，他抬起头正要说话，却发现郑晓炯竟然又出现了："她怎么又来了！"

从玻璃墙望出去，郑晓炯还在大办公区与小瞳聊着天，眼睛却不时地瞄向会议室这边。

蒋子楠偷偷对郭巴耳语："她的眼睛好像一秒都没有离开过廖岩。"这声音却大到所有人都能听到。

廖岩面无表情，依然在思考。梁麦琦看着窗外的郑晓炯，突然说："我得跟这个郑记者谈谈。"

郭巴一惊:"啊!要决斗啊?"郭巴话音还未落,梁麦琦已走出了大会议室,却又回过头补了一句:"队长,我们可能需要这位郑记者帮个忙。"

公安医院的病床上,黄安丽戴着手铐,体力已恢复了不少,只是面容上依然有吸毒者的憔悴。

梁麦琦坐在她的对面,黄安丽刚刚听她讲了一个跟自己有关的计划。

黄安丽努力压制着自己的情绪,可她的声音依然在颤抖:"这是我赎罪的机会吗?"

"如果你愿意,可以这样理解。"梁麦琦真诚地说。

"我不能理解!"黄安丽有些激动,"蓝兰的死是个意外,我只是带她去了酒吧,我也不想发生那样的事啊……我们只是去了酒吧……"黄安丽抑制不住自己的眼泪,开始哭喊,"我想回家!我要回家!我只是吸了毒,我没有贩毒。我要回家!"

梁麦琦将手轻轻放在她戴着手铐的手上:"我所说的这件事,与你手上的手铐无关,但是,它和你的心有关……"梁麦琦看着黄安丽,黄安丽听到这句话,渐渐停止了哭泣,看着眼前这位自称为心理顾问的年轻女人。

梁麦琦的语速变得更加缓慢:"那种阴暗的感觉会一直尾随着你,在你本来很快乐的时候,突然让你的快乐停止。你开始惧怕血、红色……玻璃……香水和酒精混合的味道……红和蓝闪烁的灯……拉链拉上的声音……"

黄安丽似被梁麦琦的话击中了,当梁麦琦缓缓说出那些词,黄安丽似乎回到了蓝兰死亡的那个夜晚……满地的鲜血,沾着血肉的玻璃碎片,酒吧中特有的酒精和香水混合的味道……红蓝转换的警灯,裹尸袋上的拉链拉上的声音像刀割一般划过黄安丽的耳膜……

黄安丽用那只未戴手铐的手捂住了自己的耳朵,她拼命地摇着头。

梁麦琦直视着黄安丽的眼睛,还在继续:"这些生活中本来普通的事物,都会揭开你心底的那块阴暗,因为,它们会让你想起那个夜晚……"

黄安丽看着梁麦琦,呼吸越来越急促。

"是的,这些本来就与你无关,蓝兰的死本来就不是你的错。可是……我偏偏能看到你的愧疚。"

黄安丽看着梁麦琦，眼泪夺眶而出。她可能已经做了一个决定，但还有一件事，她没有想通："我要赎罪……欠蓝兰的罪……可是，却要去抓她的父亲吗？"

"还有董爱勤，还有她们……"梁麦琦缓缓地在床单上摆出三个受害者的生活照。"这是她们阳光下的样子，"梁麦琦说着，又缓缓摆出这三个人死亡后的特写，"这是她们留在这世上最后的表情……这样的照片，可能还有更多……"

黄安丽看着这些照片，失声痛哭。在哭声中，黄安丽坚定地点了点头。

第十四章　父　亲

梁麦琦的计划充满了戏剧性和冒险性，可贾丁还是决定再信她一次，因为他也别无选择。

按照梁麦琦的推测，蓝海洋很快还会有下一步的行动，而他的"最佳受害人"依然是黄安丽。前提是，蓝海洋必须知道，他的第一步复仇就杀错了人，而真正要对蓝兰的死负责的人，也就是黄安丽，她依然带着那个小鸟文身快乐地活着。

梁麦琦的计划需要两个人的配合。一个是黄安丽，她会在警察的绝对保护之下成为诱饵；另一个是郑晓炯以及她的媒体朋友们，他们要让蓝海洋知道，谁才是真正的黄安丽。

在郑晓炯的安排下，一场为好护士董爱勤祈福的活动在南江市快速发起，而这样的新闻也很快出现在了报纸和电视中，黄安丽自然会十分"巧合"地成为被采访对象，而她的花臂也顺利地出现在各种新闻图像中。

郑晓炯说，这些新闻也不算假新闻，通过对董爱勤生前事迹的了解，她觉得董爱勤配得上这样的祈福和悼念。

剩下的，就是等待。

黄安丽开始每天亲自打理咖啡馆，每个夜晚，她都在心情复杂地等着一个恶魔的到来，既恐惧，又盼望。她在心里无数次地设想过与这个恶魔对视的瞬间，也曾无数次地挣扎，九泉之下的蓝兰是否会更恨她……可梁麦琦一次次地提醒她，要坚定，她所做的一切都是对的。

就这样，到了第三天晚上，黄安丽开始怀疑警察们的计划是否已经落空了，想到这儿，她竟突然有点释然，就像一个生病的孩子突然被告知不用打针了。就在这时，咖啡馆的灯突然都灭了。

黄安丽紧张地从吧台下拿出手电筒，快速地四下照了一下，暗处埋伏的特警也同时接收到了她的信号。

他真的要来了吗？蓝兰的父亲真的要来杀她了吗？警察真的可以保护她吗？就在这些想法依次袭来的时候，一个黑影突然向她扑来，那一刻，黄安丽感受到了一种瞬间爆裂开的杀气。

黑影在冲向黄安丽的过程中轰然落地。郭巴和蒋子楠以最快的速度将那个黑影压在身下，那把尖刀从光滑的地板上滑行开来，被贾丁一脚踩住。

灯亮了，黑影暴露了他的脸，没错，那个人就是蓝海洋！

尽管在六七个刑警的控制之下，蓝海洋依然拼尽全力向黄安丽冲去，他的目光如烈火般注视着黄安丽右臂上的文身。

黄安丽的身体在几位特警的环绕保护之中，却依然剧烈地抖着。她看着警察将蓝海洋拉走，突然对着他的背影高喊："对不起！对不起……叔叔……对不起！"

蓝海洋挣扎扭动的动作突然顿了一下。他努力站稳，回头看向黄安丽，此时拉着他的郭巴突然感受到蓝海洋身体中的一种震颤……

这声"对不起"，带走了恶魔最后的抵抗。

蓝海洋坐在审讯室中，他看起来一直很平静，直到贾丁将他的文身收藏品整齐地摆在他的面前。蓝海洋变态地笑了，他试图将手伸向那些皮肤，可手铐限制了他。

"这些文身对你有什么意义？"贾丁问。

蓝海洋深吸了一口气，努力将目光从小鸟文身上移开。"意义？"蓝海洋苦笑着，"兰兰才是我的意义！她是我的命！"

蓝海洋有些走神，他的记忆回到了蓝兰高中的时候："我从来没打过她，就那一次，她竟然文了身……"

蓝海洋在记忆里看到蓝兰正在专心地学习，她突然掀起袖子，看着自己手臂上的文身，她不知道爸爸此时就站在她的身后。

"这是什么？"没等蓝兰解释，蓝海洋一个巴掌打在蓝兰的脸上。

审讯室里，蓝海洋看着那只小鸟文身，他突然问贾丁："挺好看的，不是吗？多好看啊！可我当时却打了兰兰……那一个巴掌之后，我的兰兰就再也不愿抱着我的胳膊撒娇了……"

蓝海洋停顿了一会儿，贾丁没有提醒他继续，他知道，蓝海洋还会接着讲。

"没几年，兰兰死了。这是她的命，而我，早晚也要随她去的。可是，我受不了兰兰她妈每天哭，更受不了她不允许我提兰兰，她竟然烧了兰兰所有的东西……我逃走了，逃到了一个可以随便怀念兰兰的地方。我离开她妈到了这里，谁也不知道我是谁……我从来没想过去恨谁，直到那天……"蓝海洋戴着手铐的手开始愤怒地抖动，"我看到了黄安丽……不，你们说那是董爱勤，可是那个医生叫她黄安丽……那个女孩露出了跟兰兰一样的文身，我的心，就像被刀刺了一下。"

蓝海洋指着桌上的小鸟文身："医生问她为什么要洗掉文身，她说她恋爱了，怕男友看到文身不喜欢……她笑得好幸福啊，她竟然那么幸福！"蓝海洋身上的手铐和脚镣因他的抖动发出很大的响声，"她凭什么可以幸福？这不公平！"

审讯室的单向玻璃外，梁麦琦观察着蓝海洋的每一个动作，分析着他的每一句话。"这就是罪恶的开始……"梁麦琦说。

廖岩与梁麦琦并排站着，他能感受到梁麦琦的热忱。她现在的眼神，就像当年那个在土耳其咖啡馆里写故事的梁麦琦，一模一样。

审讯室内，蓝海洋逐渐恢复了平静："黄安丽！我怎么会忘了这个名字呢？这个名字，我一共听到过两次。一次是在兰兰文身后，一次是在兰兰死了以后……兰兰的室友告诉我，那个领她去酒吧的朋友叫黄安丽……"

蓝海洋眼睛里闪出凶光，他再次变成了一个连环杀手"该有"的样子。

"我怎么能让她洗了文身，继续幸福下去？而我的兰兰却流干了血，躺在酒吧冰凉的地上！我得杀了她，我放了她的血，我要让她尝尝兰兰当年的苦，我割了她的头！然后，我要砍烂那个文身！"蓝海洋越说越起劲儿。

"可是，我没想到，对那个文身，我竟然下不了手！这只小鸟，让我想起了我的兰兰。关于兰兰，我什么都没留下，都让兰兰妈给烧了！那只小鸟好像在看着我，它想让我留下它……它看着我，不是用它的眼睛，而是用它的'翅膀'……我决定留下这块文身！"蓝海洋的目光从他面前的小鸟文身，移向张宁的那个太阳文身，"然后……我想要更多。"蓝海洋手指太阳文身中的眼睛，"它也看着我呢……我杀了她，也是想告诉她，酒吧就不是女孩子该来的地方！"

蓝海洋对着那块文身皮肤吼着，像一个发狂的父亲在训斥他的孩子。他的目光向下移动，仿佛那下面还有一块文身皮肤，可是，那里并没有。

"可是这第三个，竟然是丝袜！"蓝海洋气愤地拽着自己的头发，"她竟敢骗我！她骗我，她就该死得更惨！"

梁麦琦继续观察着单向玻璃里面的一切："这就是变态杀人狂，他正享受着自己的讲述。"

廖岩似乎并没听见梁麦琦的话，他正在用电脑快速浏览着一些视频。

单向玻璃里，蓝海洋抬头问贾丁和郭巴："我可怕吗？哈哈，我现在才知道，自从我家兰兰走的那天起，我已经变成了鬼……可是，做鬼的感觉，真是太好了！"

贾丁终于见到了蓝海洋的疯狂，而这之前，有几分钟的错觉，他竟然以为自己只是在面对一个失去了孩子的父亲。

"怎么样？我的故事精彩吗？"蓝海洋带着诡异的笑问贾丁，还未等贾丁回答，廖岩推门进来了，他的手里，抱着一台笔记本电脑。

"给你看样东西。"廖岩将电脑打开放在蓝海洋面前。

一张视频截屏照片出现在电脑屏幕上。照片上，一个50岁左右的男子正哭喊着往外冲，旁边的亲友拉着他。

"这个人，是被你当成黄安丽错杀的董爱勤的父亲。"廖岩平静地说。

蓝海洋木然地看着这照片，但脸上已没有刚才的疯狂。

廖岩点击屏幕，那上面出现了另一张截屏照片，那是一个中年男子，痛苦地跪在地上，双手捂着脸。

"这位，是你杀死的第二个女孩张宁的父亲。"

蓝海洋戴着手铐的手抖动了一下。

又一张视频截图，那是一个老人晕倒在法医室的门口。

"这位，是被你连捅了21刀的王琳琳的父亲。"站在蓝海洋的身边，廖岩感到这个恶魔的整个身体都在抖动，他在努力压制着自己越来越急促的呼吸。

"这最后一张，你还记得吗？"廖岩轻声说。电脑中出现了一张新闻照片。大学校园的一角，放满了悼念的鲜花，蓝海洋抱着蓝兰的遗像，绝望地、呆呆地站着……

蓝海洋努力将头靠近那个屏幕，他望着屏幕中的自己，看着遗像中的蓝兰，手铐深深地勒进他双腕的皮肉里，他却全然不知。

"兰兰，兰兰……"蓝海洋轻声呼唤着照片中的女儿，而照片中的自己，却变得如此陌生。

廖岩未再说一句话，他转身离开了审讯室，与玻璃墙外的梁麦琦并肩站在一起。

梁麦琦望向廖岩，却不说话。

"我的做法很幼稚是吗？试图去感化一个变态杀人狂的内心？"廖岩依然望着玻璃墙内痛哭的蓝海洋，却在问梁麦琦。

梁麦琦依然没有回答。是的，她曾经坚定地认为变态杀人狂无法被感化，可是现在，廖岩动摇了她的想法。

身旁的这个男人七年未见，如今已不再是那个在土耳其咖啡馆被死亡吓倒的男孩了，她并不了解现在的廖岩，不了解他外在的坚韧，更不了解他内心的温柔。

廖岩回头看梁麦琦。梁麦琦迎上他温暖的目光。

"不，也许他还没变，他还是英国校园里那个爱好文学的羞涩男孩。"梁麦琦心想……

"收工喽！"蒋子楠在走廊里喊。

一场紧张的战斗告一段落，有人放松，有人却心情复杂。

贾丁站在办公室顶楼的平台上看着远处的景色。他点上一支烟，慢慢地吸着。这是他两周以来最舒坦的一支烟了。贾丁深呼吸，好像要把这夜色也吸进肺里。

楼下不远的地方，一个妈妈带着下晚课的孩子回家，她们一路争吵着，那孩子应该正是青春期逆反的年龄，妈妈生气了，丢下她快步往前走，女儿也嘟囔着故意放慢了脚步，两人间的距离越来越远。

贾丁看着她们，笑了笑，心想："还闹什么呀，能一起回家多好啊。"贾丁在天台的护栏上捻灭了烟，随后叹了口气。

"我尽力了……"贾丁对自己说，其实他心里还是觉得有些遗憾，他觉得自己对不起那个叫王琳琳的女孩。如果他们的行动能再快一点呢？如果他们的判断能再准确一点呢？王琳琳也许不会死。她遇害时，距离自己的家只有200米，她本可以走过那200米，坐在温暖的家中，吃着普通的一餐饭。

贾丁不愿再想下去了。他也是个普通的人，一个从罪恶的手中抢夺生命的普通人。

贾丁快步从楼梯走下去，他知道，这种时候，郭巴他们应该在张罗着找个地方喝两杯，当然，这种时候，他们一般不会叫他。

小瞳坐在电脑前发呆。

蒋子楠推门进来："小瞳，下班了！还在这儿发什么呆呢？"

"蒋子楠，我突然想明白一个问题。"

"什么问题？"

小瞳将电脑屏幕掰到蒋子楠的方向，那上面是王琳琳家附近街道的一段监控。

"你看，这是蓝海洋跟踪王琳琳的监控视频。五个小时后，王琳琳从家里出来，被守候的蓝海洋跟踪杀害……"小瞳一脸惋惜，"如果她回家换了一套衣服，哪怕只是换了一双丝袜，她的命运都会完全不同。"

"是啊，有时候，生死只是一念之间的事儿。"蒋子楠也感慨着。

"不是，我得出的结论是这样的，女人，一定要多买衣服，勤换衣服，好好打扮自己，否则……是会出人命的！"

蒋子楠吃惊地看着一脸严肃的小瞳，不知如何接话："小瞳，队长说你说得真对，你真是个怪胎。"

"你什么意思？我说得不对吗？"

"对！你说得特别对。"蒋子楠急着结束这段没头没脑的对话，"我跟你说正事儿，郭巴刚才约咱们呢，出去喝一杯。快点关电脑，赶紧走。"

"不行，我得出去买新衣服。"

"走吧，连梁博士都去。"

小瞳似是动摇了："那廖岩去吗？"

"他啥时候去过啊？"

小瞳有点遗憾，如果能和廖岩一起喝酒喝到微醺，一定会很有趣吧。微醺的廖岩会是什么样的呢？可是与廖岩共事一年多了，这样的机会一直没有。

"小瞳，想什么呢？都在外面等你呢。"

小瞳随手关了电脑，梁麦琦也是她想了解的人，那就去吧。

"那我就先不买衣服了，正好问问梁博士买什么好。"

坐在临街的酒吧喝了几杯啤酒之后，小瞳庆幸自己来了。她没有想到，工作之外的梁麦琦竟是一个有趣的人。她讲起笑话来，就像是专业脱口秀演员。小瞳想，也许这跟她的心理学专业有关吧，梁麦琦知道她的听众什么时候想笑，什么时候会紧张，她能牢牢地把握着听众的情绪，因此能掌控一切。

这一晚，他们都喝了不少酒。郭巴和蒋子楠笑得像两个没头脑的孩子。

"你跟工作时一点儿都不一样。"郭巴对梁麦琦说。

"如果我们总跟工作时一样，恐怕会憋死吧。"梁麦琦笑道。

"是啊，咱们的工作太特别了，廖岩也跟我说过，他每次看到解剖台上的死者，总忍不住想象自己躺在那儿的样子。"蒋子楠故意学着廖岩说话的语气。

"他是忍不住去想，还是故意要这样想呢？"梁麦琦认真地问。显然，她对与廖岩有关的话题十分感兴趣。

"是故意。"小瞳得意地说，她急于表现自己比梁麦琦更了解廖岩，"他喜欢换位思考，把自己换位成死者，或者是凶手。"

"廖岩他今天怎么不来？"梁麦琦一直想问这个问题，现在才找到这个自然的机会。

"他说他今天脑子有点乱，想回家休息。也真是奇怪，从来没听他说过脑子乱。"蒋子楠说，"说实话，廖岩的确很少加入我们的这种活动，他这人，有点不太合群。"

"麦琦，你们上学时一定有很多趣事吧？"小瞳问，这才是她今晚最想问的话，她很想知道，梁麦琦和廖岩到底有怎样的"前史"。

"没有……其实，我俩并不熟，几面之缘而已。"

"几面之缘？"三个人未免有些吃惊。

梁麦琦却不再说话，她陷入了自己的思考。

其实，梁麦琦是有点醉了。人醉酒的症状千奇百怪，有的人醉酒想哭，有人想笑；有人狂躁不已，有人却昏昏欲睡。微醉的梁麦琦却总是会沉默，因为此时，她已陷入回忆。

第一次见到廖岩，是在L大学主楼图书馆的地下室里，那里是L大学唯一24小时开放的自习区域。那天正是期末，梁麦琦像所有习惯开夜车的同学一样，挤在那里通宵写论文。

在一块L大学专门为学生们讨论问题准备的白板前，梁麦琦第一次见到了廖岩，确切地说，是"见识"到了廖岩。那时，廖岩在医学系读大三，梁麦琦则是心理学院的一年级新生。

英国大学在研究方法上极其推崇思维导图法，那时的梁麦琦还在学习阶段，而廖岩写在那块白板上的思维导图，给梁麦琦提供了一个完美的范例。

那一晚，梁麦琦根本无心写论文，她完全被那张思维导图所吸引：精确、清晰、全面，还有，逻辑中蕴含着某种激情。那只是廖岩在为自己的期末论文理清思路。他应该不知道，那一晚，他已成功吸引了那个坐在图书馆角落里的大一新生梁麦琦。

第二次见到廖岩，是梁麦琦上大二时，在创意写作社团的首次见面会上她又看到了廖岩。梁麦琦十分吃惊，这样一个逻辑严谨的医学院学生竟然也爱好文学。那一天，梁麦琦一直在观察着廖岩，而她惊喜地发现，廖岩也在观察着她。

几个星期之后，他们共同经历了那次诡异的双色玫瑰案，再之后，梁麦琦就与社团的所有成员失去了联系，她去美国攻读了硕士和博士，直到某一天，她在一篇中文报纸上读到了关于廖岩的消息。

梁麦琦决定回到中国，其实与廖岩有关，而关于原因，她从未跟任何人说起⋯⋯

第十五章　"小浣熊"之死

罪恶常在人间行走，似乎从未停止脚步。

早晨7点，廖岩就已站在海边。向远看，风景很美，可惜他不是来看风景的。

远处悬崖的下方，躺着一具女人的尸体。贾丁远远向廖岩招手，廖岩走过去，放下手中的法医勘察箱，戴上手套。

女人的身上满是尘土和血迹，裸露的皮肤上布满了伤痕，头部已受创变形，凌乱的长发间糊满了已凝固的血。廖岩抬头向悬崖上方望去。

"从上面掉下来的？"贾丁问。

"应该是，但头部的伤有点奇怪。"

廖岩蹲下，展开女死者的双手，那双手上布满了条形的血痕，那应该是坠崖前拼命抓住崖上植被留下的。

"她曾经拼命挣扎……"廖岩说。

廖岩站起身来，四下张望。死者身边有很多碎石，廖岩起身走开，一块块查看，他很快被一块直径约20厘米的不规则石块吸引了目光，因为那石头上有明显的血迹。一步之外，还有另一块。

蒋子楠拍照后，廖岩将两块石头完美地拼合在了一起。放大镜下，那石块上墨绿色的藓状物变得更加清晰。

"砂藓？"廖岩自语，可他环顾四周，却没有发现类似的藓类。廖岩抬头看向悬崖上方，然后从斜坡路走上了悬崖。

悬崖上方，郭巴正向贾丁汇报现场痕检情况："从那边开始，到悬崖边上，有约3米的拖曳痕迹，到悬崖边时，足迹更加混乱。死者很像是被强行拖曳到崖边，又被扔下悬崖的。除了死者之外，还另有一种鞋印，属于一名成年男子的足迹。估算，这男人身高在178至180厘米之间，体重在80公斤左右。咦！廖岩在干什么？"

廖岩不知何时已趴在悬崖的最边缘，向下看着。贾丁冲上去拉住廖岩的腿，"不要命了！"贾丁气愤地说。

悬崖下方约两米处，有一块布条悬在峭壁生长的树枝上，贾丁一边拉着廖岩，一边向下看。树枝下方的崖壁上，可以看到一些血迹。

"死者的衣服碎片？"

廖岩回身站起来，点头。

廖岩努力在头脑中构想着死者死亡时的情景：她被强行拖曳着扔下悬崖，她死死抓住悬崖壁上的枝条，强烈的求生欲望和祈求的眼神都无法让凶手心软，凶手举起大石，砸向她，这是她生命最后一刻的痛，廖岩常能感受到这种痛，他越是努力想摆脱这种感同身受，这种痛就会越明显……

死者的身份很快确定了，她叫陆洋，25岁，是个时尚网络编辑，每天下班时间都在凌晨2点钟左右，大前天晚上一夜未归，电话也一直关机，家属今早报了案。

"今早才报案？是个没人爱的人吗？"廖岩冷冷地说道，说完这句话之后，廖岩突然觉得这句话好耳熟，梁麦琦好像也说过类似的话。廖岩自嘲地摇了摇头，他一般不愿意重复别人说过的话。

廖岩和魏然正做着尸检前的准备，法医室内回荡着大提琴曲的旋律，这音乐来自廖岩的音乐播放器。

有时，廖岩会在尸检前听一些音乐，至于什么时候听，并没有规律。魏然曾私下对同事说，廖博士可能是在给死者放安魂曲，但总会在尸检开始前关掉音乐，因为尸检需要全程录音录像，音乐声会影响录音效果。

廖岩关掉音乐，准备尸检，抬头时，却看到梁麦琦正站在自己办公室的门口。梁麦琦对廖岩笑了笑，廖岩回了一个尴尬的微笑，快步走回到尸检台前。

梁麦琦是在观察他吗？这种感觉让廖岩觉得不舒服。他感觉梁麦琦总在剖析别人，这种职业特点在她的很多行为中如影随形，常常让人对她有所警觉。"心理专家就一定要这样吗？"廖岩心想，"我就从未幻想过解剖自己的朋友或同事。"这个想法又可怕又可笑，廖岩忍不住甩了甩头，似乎要通过这个动作把这个想法甩掉。

这一次尸检并没有太大的难度。

死者头部的砖石伤直接导致了重度颅脑损伤，这是致死的主要原因，除此以外，死者全身多处粉碎性骨折，内脏破裂，符合高空跌落的特征。另外，死者身体上有生前捆绑和挣扎痕迹，但没有遭受到性侵。

"还有一点值得注意，死者的血液里残留了少量未代谢完的麻醉剂，异丙酚。"廖岩拿起桌上的一份检验单给贾丁看。

廖岩又递给贾丁一张照片，那是死者大腿部的一张照片，廖岩手指上面的那个极小的针眼。

"在死者大腿处，有一个极小的针孔痕，这应该就是麻醉剂的注射部位。按异丙酚在人体内的半衰期计算，她应该是死前两个小时被注射的麻醉剂。"

"死前两个小时？"贾丁感觉这句话有点蹊跷，"两个小时？那麻药的劲儿早过了！"

"是啊。如果要杀人，为何不在死者被麻醉的时候动手？却要等死者已完全清醒了才去杀人？凶手在等什么？"廖岩也没有想通。

"她什么时候死的？"郭巴突然问。

"目前通过尸僵、下腹部尸绿及腐败静脉网，结合死亡现场尸体下方植物折断的痕迹判断，死亡时间是在48个小时左右，如果可以确定她晚餐的时间，我能给你们更精确的时间。"

"48小时？也就是说，她当天凌晨就遇害了？这就……有点问题了。"郭巴纳闷儿地说。

"什么问题？"贾丁和廖岩同时问道。

"死者竟然在死后更新了朋友圈。"郭巴挠着头说。

小瞳抱着电脑冲进会议室，掩不住一脸的兴奋："听说死者在死亡24小时后更新了朋友圈？"小瞳最喜欢的案件，就是超乎常理的案件。

"什么内容？"梁麦琦进门就问。

"是一款小游戏的截屏，据说死者最近经常发这样的游戏截图，就是一款女生爱玩的小游戏。小瞳，你找到图片了吗？"郭巴问。

小瞳看着电脑，眼睛里闪着光："找到了。"

大屏幕上出现了死者朋友圈的截屏，那是一张卡通游戏截图。悬崖下，有一只小浣熊侧躺的背影，它面朝大海。

"这个游戏我也玩，叫《流浪熊猫》，是一款手机养成游戏，现在很流行的。"小瞳忍不住掏出自己的手机，打开那款游戏 App。

廖岩突然站起身，走近大屏幕，他的身影挡住了大家的视线。

"廖岩，你挡住我们了。"梁麦琦说着，往廖岩身前走，走到一半却愣住了。

廖岩突然深沉地说："这应该不是巧合……"

廖岩闪开身，屏幕上游戏图片再次展现全貌。贾丁看着屏幕，突然也愣住了："怎么这么眼熟啊……"

贾丁快速转身回到桌前，将所有的死亡现场照片摊开，大家都跟到桌前，看贾丁在照片中翻找，他最终将其中一张照片举起。

这是死者死亡全景照片，正好拍到了面对大海的方向，贾丁将那照片举得更高，并朝向大屏幕的方向。

从这张照片的角度看向大屏幕，两张图片几乎完全一样！除了那只卡通小浣熊的位置，躺着的是女人的尸体。

死者竟然在朋友圈以游戏图片的形式发布了自己死亡的现场！而且，还是在她死亡之后！

贾丁这样的中年直男，很难理解《流浪熊猫》这款手游在小女生群体中的火爆。为了向大家展示这款游戏的玩法，小瞳只好以自己的游戏作为范例。

大屏幕上，一只小熊猫正在"家中"吃竹子。小瞳的眼中闪着母爱的光芒。

《流浪熊猫》是目前流行的众多养成类手游中的一个，主角就是这只小熊猫。它四处流浪，几乎游遍全世界的知名景点，吃遍世界美食。然后，它会给你发来世界各地的明信片。而且，它还会在流浪的途中结交各种动物朋友……"

"死者朋友圈的这只小浣熊就是它的朋友之一？"廖岩问。

"完全正确。除了小浣熊以外，还有蜥蜴、猴子、蝴蝶、狮子、老鹰，等等。随着游戏时间的增加，动物朋友也会越来越多……"

屏幕中，小瞳的小熊猫正在喝水。

"而这款游戏的乐趣就在于'随机'，你永远不知道小熊猫会跑到世界的哪个角落，又会给你带回怎样的惊喜。这只是我的熊猫，雌性，我给它起名叫'么么哒'，我的小'么么哒'现在体重228公斤，它的爱好是吃。"

贾丁打断了小瞳的话。女青年陆洋的死到底跟这款游戏有多大的关系现在还不清楚，因此这款游戏有多好玩，他并不想了解太多。

"别说你的熊猫了，说死者的小熊猫，她的那只跟别人的有什么不一样？"贾丁问。

"不一样的地方多了。我们普通人养的熊猫，寄回的照片都是叫得出名儿的世界知名景点。比如，埃菲尔铁塔、大笨钟、自由女神像、长城、巴黎圣母院，唉，可惜现在烧坏了……"

贾丁假咳一声，提醒小瞳又跑题了。小瞳马上回到正题："但是……死者游戏中的这张照片，也就是陆洋死亡的现场，是魏家屯儿嘎子山，并非知名景点。"

"也就是说，这张照片不可能在游戏的图片库中？"梁麦琦问。她虽然也是都市女青年，但对于这种女孩的手游却很少关注。

"对！这极有可能是凶手根据犯罪现场自行绘制的。"小瞳提出自己的设想。

贾丁认为这是小瞳说的唯一有意义的话。

"是不是凶手有能力改变手机游戏的程序？或者，至少有能力绘制游戏图片？"贾丁追问。

"对！"小瞳向贾丁竖起大拇指。

"我们并没有在现场找到死者的手机，那凶手极有可能拿了陆洋的手机，并在死后在朋友圈中发出了这张照片。你可以定位手机的位置吗？"廖岩问小瞳。

"很奇怪，这个移动 IP，以我们现有的技术根本无法捕捉。"小瞳说这句话时声音极小，她痛恨自己说出这样的话，她陆小瞳在 IT 这个领域应该是无敌的，"无法"这个词对她来说就是耻辱。可是，目前的这条朋友圈的确给了她一个信号，死者陆洋的那部手机，并不简单。

几个小时后，死者的手机自己出现了。

一位出租车司机大前天报了案，称自己的车丢了。今天早上，巡警在离悬崖不远的一条荒路边发现了被盗的出租车，而从车牌号码上看，正是案发凌晨陆洋乘坐的那辆出租车，只是道路监控看不清开车人的脸。

郭巴戴着手套拉开出租车的门，座位上有一点血迹，随后，他就在座位下方找到了一支针管。

"这里面应该有残留的麻醉剂。"郭巴将针管装进物证袋。

"希望有指纹。"蒋子楠说，说完，自己也自嘲地笑了。入行的第一年，蒋子楠还时常相信丢弃的凶器上会有指纹。可如今这样想，就会觉得自己幼稚，关键证据绝不可能轻易拿到，这几乎是个常态。蒋子楠这样想着，顺手打开副驾驶位置前的储物盒，他立即看到了里面的一部粉红色的手机。

蒋子楠拿出手机，顺手按了一下屏幕，那手机竟然亮了。蒋子楠惊奇地发现，手机屏保正是死者陆洋的自拍照。

郭巴伸过了头，吃惊地看着手机："死者的！"

蒋子楠拿着这手机，不禁感慨："这关键证据来得还真是容易。这下，小瞳可高兴了。"

小瞳将电脑连接在陆洋的手机上，看着电脑上快速闪过的各种编码，小瞳开始越来越紧张。这部手机，的确不简单。

小瞳快速抱起笔记本电脑离开座位。走廊里，她几乎与迎面走过来的贾丁相撞。

"小瞳干什么呢？"贾丁责怪道。

小瞳平日里也会有些毛躁，但有一个规律，只要她手中有电脑，就不会毛躁。面向电脑工作时，小瞳总是自信、利落、精准。可是现在这个小瞳，却是充满了不确定和挫败感。

"我抓不住它！这个'流浪熊猫'一直在动。它的竹林有人收割，它的房间有人整理，它的厨房里有人在做饭……可是，我就是抓不住它，它一会儿出现，一会儿又跳走了！我陆小瞳竟然抓不到它！"小瞳气急败坏地说道。

"小瞳，别急……我有点不明白，你的意思是，有人比你还厉害？"

"陆洋的手机在她被害一周前就已被人复制了。这个人使用了一种很奇怪的 IP'跳板'，而且是以十分惊人的速度在'跳'，有时好像还故意停一下，可每次都在我马上能定位的时候快速消失。"

"他在逗你玩儿？"贾丁不太懂小瞳所说的某些术语，但却快速抓住了关键点。小瞳失落地点了点头："他一直在控制死者手机中的内容，他的山寨版熊猫手游的功能和趣味性甚至远远超过那个正版游戏！"

贾丁吃惊地看着小瞳："看来遇到高手了。"

就在小瞳努力与山寨《流浪熊猫》博弈的时候，正版《流浪熊猫》正在以惊人的速度快速传播，使用群体的数量正在以惊人的速度膨胀。而关于一个女孩在死后发布了《流浪熊猫》照片的消息，也在网络上不胫而走。

第十六章　隧道

小瞳把自己锁在她办公室内已经几个小时了，她还在跟一只奇怪的熊猫较劲。平日里嘻嘻哈哈的她一旦较上劲，几头牛都拉不回来，整个二大队没人能惹。贾丁着急，想进又不敢进，于是，硬拉上廖岩进去问问。两人还没靠近门口，小瞳却突然开门出来，背着电脑包往外走。

"干什么去？"贾丁追着问。

小瞳不回头："去见个人。"

小瞳要见的人，是她不愿见又不得不见的人。虽说"好马不吃回头草"，但她陆小瞳今天真的需要这把"草"。

小瞳站在城东创业产业园内的一间小工作室门前。三年前，她每天都出入这里，周围的环境，还有眼前这扇门，还跟三年前一样。门外的牌子是她亲手设计的，那上面写着五个字："黑瞳工作室"。

小瞳在门外站了足有三分钟，终于举手敲门。小瞳敲门的声音很大，动作几乎有些粗鲁，那种理直气壮，就像是忘带了钥匙的人要回自己的家。

隔了一会儿，里面响起不紧不慢的脚步声。小瞳心里嘀咕："哼，还是这副样子，松松散散，不可救药！"可当脚步声临近时，小瞳却感觉到自己的心跳莫名地加快了。

一个满脸胡茬儿、皮肤苍白的年轻男子慵懒地打开门，却在看到小瞳那一刻站得直直的，似乎原本慵懒的神经都突然振作。

"蛤蟆姐，你还是回来找我了！"男子含情脉脉地说。他的这份情感十分真切，那张原本苍白的脸此时因激动而变成了粉红色。

男人斜倚在门框上，等待小瞳的回答。小瞳一脸不屑地推开他："让我进去，我有事问你。"

男人深情地望着小瞳的眼睛："我知道你要问什么。我的答案是：是的，我还是单身。"

"滚，咱俩的事儿早就翻篇儿了。我有事要你帮忙。"小瞳猛推开男人，大咧咧地进了门。

这个男人叫黑子，是小瞳大学时的前男友。至于分手的原因，小瞳自己也有点搞不清，她只记得分手那天，她对黑子说："咱俩在一起，有点儿没劲了……"黑子什么都没有说，只是点了点头。

三年后，小瞳再次走进黑子的工作室，在屋里转了几圈儿，看着那些参差摆放的手办，不禁有些感动。不知是黑子太懒，还是太念旧，这房子竟跟她离开时一模一样。

小瞳用手把玩着书柜上的手办。自从进了刑警队，她就没再买过手办，她以为自己已经不再喜欢这些东西了，可没想到，再见到时竟还是爱不释手。

小瞳努力压制着自己对这个房子的喜爱和怀念。黑子看着小瞳微笑："想这儿了吧？这些我都没动，还是你走时的样子。"

小瞳马上放下手里的手办，做出不屑的表情："幼稚！"

小瞳坐在黑子的圈椅里，黑子半坐在工作台上看她。下面要说的话，小瞳在车上已酝酿了好久，她总觉得来求黑子有些难以启齿。

"说正事儿吧……我工作中遇到了点麻烦……"小瞳假装不经意地说道。

黑子看着小瞳，得意又惊喜。

小瞳给他讲了"流浪熊猫"案件的一些信息，但隐去了很多细节，然后将自己的笔记本电脑拿出来，把她遇到的困难给黑子看。

公安部门在侦破疑难案件中请求技术性外援是常有的，但小瞳对于黑子是否有能力帮她还持怀疑态度。毕竟，眼前这个看起来还有点英俊的前男友是个"黑客"，而她陆小瞳自己，曾经也是。

一遇到这种黑客技术问题，黑子就会产生自己是"王者"的幻觉，这种幻觉给了他无限的自信，他将小瞳"挤"出圈椅，以惊人的速度浏览着那个山寨版《流浪熊猫》的手游编码。

"我去，厉害啊！"黑子一边分析一边感慨，眼神中充满了对这个不知名同行的敬佩。

"你所知道的圈内人，有人能做到吗？"小瞳直截了当地问。

"当然有，不过不多，也就……百十来人吧。"

小瞳突然激动地手拍桌子，黑子吓了一大跳，差点从圈椅上跌落下来。

"什么？我蛤蟆姐做不到的事儿，竟然有百十来号人能做到！"

黑子温柔安慰小瞳："蛤蟆，你不做大姐已经好多年了……"

这话反而更深地伤害了小瞳，她表情失落，目光落在黑子电脑前的一张合影上，那是他们和几个朋友组战队 PK 时的照片，那时的小瞳笑得又傻又开心。

小瞳努力将自己从回忆中拉回来，一脸严肃地对黑子说："你帮我写个名单吧，能做到这些的圈内人名单。"

黑子十分为难："蛤蟆，我黑子为你上刀山、下火海都不算事儿，但你让我出卖圈内人，我真做不到。"

"谁说叫你出卖人了？如果这里面有凶手，你这叫出卖？如果这里没有凶手，我蛤蟆姐也不会冤枉谁！"

"是，是……我明白你的意思。但你真觉得你所说的凶手是在这些黑客里面？咱们接触的这些人真不算'黑客'，有能力但绝不做犯法的事儿，大部分都应该叫'红客'。"

小瞳脚踩黑子的脚面："你还跟我磨叽，是不是？"

黑子夸张地大叫，可嘴上大叫着，内心却是享受。这种感觉陌生又熟悉，让人怀念。小瞳抬起脚，黑子连忙解释。

"你听我说，如果不是一个人作的案呢？如果是掌握多种技术的几个人合作呢？那这名单我也写不过来啊。"

小瞳瞪着黑子看，有点被黑子说服了，表情变得有些沮丧。黑子一看小瞳不开心，反而心软了下来。

"好吧，我给你写一个，但你得给我保证，你千万不能冤枉任何人。"

"我懂。"小瞳郑重点头。

黑子开始在电脑上查找一些数据，可仍忍不住抬头看小瞳。小瞳比大学时瘦了好多，虽然，性格上还是那种粗线条的洒脱，可她的脸上多了些职业带给她的严肃感，还有年龄给她的成熟。三年的距离，让黑子更欣赏眼前的这个女人。

"你心里还有我吗？"黑子忍不住问。

"没有了，别惦记了。"小瞳直接回答，随后，她又脱口而出，"我心里有别人了……"

这句话一出口，小瞳自己也吃了一惊。她心里的人，是廖岩吗？可那不是崇拜和欣赏吗？

黑子的表情酸酸的："我了解你，你说你心里有别人，就说明那个人心里没你。"

小瞳想了想，觉得这话从逻辑上还挺有道理："你还真是放了个'精屁'。"过去，小瞳也常常这样"夸"黑子，黑子下意识叹了口气，小瞳转换了话题。

"手机复制这种技术，目前最先进的方法你了解吗？还有 IP'跳板'已经这么神了吗？"

"这事儿，难者不会，会者不难。"黑子淡淡地回答。

小瞳的目光又停留在那张合影上。黑子趁小瞳不注意，将他的手机与小瞳的手机靠在了一起，几秒后拿开。

与此同时，刑警支队二大队的许多同事都收到了一条莫名其妙的微信，那条微信来自小瞳。

贾丁看了一眼手机，气乐了："扯什么淡？"

郭巴走在走廊里，低头看了一眼手机，扑哧笑了："疯了吧？"

廖岩的手机也响了，正在专心做实验的他皱眉看了眼手机，吃惊又纳闷儿。

而此时正在卫生间的蒋子楠看了眼手机，脸却红了，毕竟，这是多年来第一次有女生主动向他表白。

"你的心里有我吗？"这是小瞳发来的微信……

黑子的工作室内，小瞳突然收到大量微信。小瞳拿起手机，这才发现她的手机刚才"自动"发送了好多信息。

小瞳抬头看黑子，恍然大悟，她一把拧住黑子的脸："你凭什么复制我手机！"

黑子痛苦地捂着脸："我就是想举个例子。我就是要告诉你，想要复制你的手机信息其实特别容易。当然，我没法复制所有的。"因为脸被拧着，黑子的吐字听起来十分搞笑。

"你怎么做到的？"小瞳松开手。

"其实这原理对你蛤蟆来说一点都不难，但你需要几个小硬件……你们警察可能不知道这个非法硬件。"

"只需要几秒？"

"对，就几秒，甚至可以更快。"

小瞳在头脑中快速构想着死者陆洋的手机被复制的情形。

只要有机会接近手机，那就可以做到，这可以是任何生活场景下的快速操作。"身边人……以及一切人？"身为"前"技术黑客，小瞳莫名地感到了技术的可怕。

就在小瞳在前男友的工作室中挖掘潜在凶手时，郭巴和蒋子楠赶去了陆洋所在公司，寻找可疑的监控视频。

"要5月9日全天所有跟陆洋有关的。"郭巴对保安队长说。

"她不是昨天死的吗？为啥要一周之前的？"队长问。

"这个……暂时无可奉告，你找就行了。"蒋子楠意识到在陆洋公司说话一定要谨慎。

保安队长快速调取出视频，郭巴和蒋子楠开启了刑警工作中最"烧眼"的活儿。好在半个小时后，两人就发现了可疑的人物。一个男人曾在5月9日中午偷偷接近了陆洋放在办公桌上的手机，在身体的阻挡下进行了不为人知的操作。

这个人叫杨东，是技术部的一个技术员，而公司的同事也证实，杨东暗恋陆洋。

郭巴立即将杨东控制在公司的一个小房间里，进行单独询问。

这个杨东心情低落，看起来，暗恋对象的死亡对他的打击很大。他抱着头，流下了特别伤心的眼泪。蒋子楠看着他哭，竟然也有几分感动。关于暗恋的感觉，蒋子楠还是能感同身受的。

郭巴用胳膊肘捅了捅蒋子楠，蒋子楠这才想起将手中的视频给杨东看。

看着视频，杨东表情紧张，终于停止了哭泣。

"你对她的手机做了什么？"蒋子楠问。

"我解锁了她的手机，看了她的私人照片。"杨东竟毫不避讳，"我想了解她喜欢什么，想看她自拍的样子……"杨东又哭了。

帮杨东洗脱嫌疑的，并不是他的眼泪。就在杨东被单独控制的时候，小瞳手中的陆洋手机，又收到了几条信息。

那是"流浪熊猫"发来的新的旅行图片——一只小蝴蝶，死在了阴暗的隧道中。

一只小蝴蝶死在隧道里，蝴蝶竟然流着血，它的后背上有轮胎碾压过的痕迹，隧道的尽头透着隐隐的阳光。

"这就是死者手机里刚刚收到的图片。"小瞳指向大屏幕。

"第二张……"廖岩深沉地说。

在陆洋死亡的案件中，廖岩多数时间处于沉默状态。陆洋的尸检结束后，他就感觉有些无所适从。在贾丁带领大家深入各处调查时，廖岩将大部分时间用在了玩手游上。他在自己的手机上也养了一只"流浪熊猫"，曾经有几个小时，他一度进入痴迷状态，完全忘了玩这款游戏的最初目的。抬起头时，几个小时就这样过去了，廖岩觉得，女人消磨时间的方法还真有趣。

廖岩偶尔会观察对面办公室的梁麦琦，她一直在看书，很专注，几乎不怎么变换姿势。"这书，与眼前的案子有关吗？"廖岩想了解，却没问。

小瞳气愤拍桌子的声音惊醒了廖岩。

"还是捉不到 IP 定位？"贾丁小声问小瞳。

小瞳气愤地点点头："审讯杨东的办公室是一间有信号屏蔽功能的房间，杨东不可能在里面做出任何操作。技术组的电脑我也全部排查过了，也没有这种操作的痕迹。"

"两位博士，有何见解？"贾丁这才发现，这两个习惯性自负的人今天十分沉闷。

梁麦琦没说话，好像根本没听到贾丁的问题。

廖岩伸出手，指着屏幕中的小蝴蝶，沉吟片刻。贾丁满怀期待，廖岩缓缓吐出三个字："碾压伤。"

"嗬！"贾丁无奈地捂着脸。

这时，郭巴突然又没头没脑地冒出一句："蝴蝶有血吗？"

贾丁的表情更加无奈。

"我们在等什么？"蒋子楠左顾右盼，有点蒙。

贾丁的目光落在会议桌正中的电话上："等电话！现在，全市都在找隧道！"

有新的图片，就可能有新的谋杀。按照陆洋死亡显示的规律来看，在城市或附近的某个隧道里，可能会有一具死尸。这种寻找，只能仰仗基层的兄弟们。各地派出所的民警第一时间都收到了市局发来的这张卡通图片，而每个人都在努力回忆或寻找着这样的隧道。

贾丁盯着电话。而小瞳则坐在桌子下面，她说，她需要冥想。

"凶手故意把死者的手机留给我们，并让我们关注死者的游戏，也许，他把这个手机当成了他和警察之间的通信工具。"廖岩终于开始分析案情了。

"没想到会是连环杀人案。"贾丁说。

"现在下这个结论还太早。"梁麦琦摇了摇头。

"为什么？现在全城的警察都在各种隧道里找尸体，我们接到消息也是早晚的事。"郭巴不解。

"可如果是杀人预告呢？"廖岩盯着蝴蝶图片。

"先让我们找到现场，然后，在我们眼皮底下杀人？他的胆子是不是太大了！"贾丁又拍了桌子，把桌下冥想的小瞳吓了一跳。

小瞳睁开双眼："我真是想不明白，竟然有人比我厉害……"

这时，电话铃响了。

裕福区的一个警察找到了那个隧道。

大家都站起身，准备出发。小瞳也猛然从桌子下站起，头重重地撞在桌板下，她捂着头钻出桌子，跟跟跄跄跟着大家向外跑……

这是一个废弃多年的隧道，很多照明灯已经破碎，只有微弱的灯光一明一暗，很阴森的感觉。

贾丁和当地派出所两名民警站在隧道的暗处，警觉地看着周围环境。隧道中似乎不能藏人。

民警小声对贾丁说："没有发现尸体。按你的指示，我们也在附近悄悄搜查了一下，也没有发现可疑的人。"

贾丁挥手，示意大家快速离开，随后悄悄埋伏在附近的隐蔽地带。

天色渐渐暗下来。

"是那张图片把我们引到这儿的，我们在明处，发图的人在暗处，这有可能是个圈套，大家心里都有数吧……"

郭巴和蒋子楠警觉地环顾四周，几个人不再说话。

廖岩、梁麦琦和小瞳虽未加入蹲守行动，但三个人也找了一辆私家车，隐藏在远处观察着隧道方向的动静。

小瞳坐在副驾驶位置，陆洋的手机就放在风挡玻璃前方，她戴着耳机，继续冥想。

廖岩拿着望远镜望着远处的隧道，梁麦琦表情中却没有一点紧张，她一直拿着自己的手机玩着《流浪熊猫》的游戏。

"今晚必将无功而返。"她淡淡地说。

"就因为小蝴蝶死亡的照片是在白天？"廖岩并未放下望远镜。

"Bingo! 连环杀手大多是有强迫症的，既然是他主动以照片向我们发出的'邀请'，照片的光感与他实际要求的效果就应该是一致的。"

说这话时，梁麦琦的眼睛始终没有离开自己的手机。

廖岩仍然拿着望远镜望着隧道方向，前面的树木似乎有了微微的动静。

"你好像猜错了……"廖岩有几分得意。

梁麦琦吃惊地放下手机，探过身子和廖岩一起向车窗外看。两个人此时挨得很近，梁麦琦一把拿过廖岩手中的望远镜，举起向远处看，廖岩被梁麦琦挤在窗口，梁麦琦的身体与廖岩紧紧贴在了一起。

两人相识七年，第一次挨得这么近。廖岩可以感受到梁麦琦的发丝轻轻拂过他的下巴，他能如此真切地感到梁麦琦的气息，还有他自己的心跳。廖岩的呼吸开始急促，但梁麦琦似乎并未觉察……

另一边蹲守着的贾丁、郭巴和蒋子楠听到了隧道口的声响，都快速掏出手枪。

从埋伏的地点向隧道方向看，正有三个鬼鬼祟祟的人影，手中拎着锤子向隧道里面走去。警察们随后从隧道口悄悄进入，那三个人完全没有发现。

"怎么会是三个人？"贾丁有些疑惑。以他的经验，群体作案的连环杀手少之又少。

梁麦琦放下望远镜，露出不解的神情。廖岩依然全身紧绷着，一动不动，又不敢看梁麦琦。

梁麦琦将望远镜递回给廖岩，廖岩机械地接过来，拿着望远镜向远处看，他其实只是假装在看，由于紧张，他的望远镜都拿反了。

梁麦琦突然说："不对啊，小蝴蝶是死于车祸。"

廖岩听了这话，一开始还有些蒙，但很快恍然大悟："对啊，这废旧的隧道既不通火车，也不通汽车，怎么制造车祸呢？"

小瞳摘下耳机，回头看他们两个，不知他们在说什么。

贾丁他们跟到隧道里面，也恍然大悟。那三个神秘的身影弯下腰，开始挥动手中的锤子和钎，撬开地面上的井盖，隧道里的安静瞬间被打破了。

贾丁几乎骂出声来："大爷的！好像是偷井盖的！"

强烈的灯光从隧道的两边照过来，那三个人立即以手挡光，惊恐地看着眼前这十来个拿着手枪的警察。

单向玻璃的审讯室里面，并排蹲着三个相貌猥琐的人。

贾丁的手一直在揉着膝盖，转身看向梁麦琦："梁顾问，这次就不麻烦你侧写了，我一看也知道，这仨人不是咱们要找的人。"

梁麦琦也露出无奈的神情，她正拿着纸杯喝咖啡。廖岩看她，又看她手里的纸杯。

郭巴看着里面的人，有点着急，他腿也痛，想快点审了早点儿回家洗个热水澡。"师父，你就让他们这么蹲着？这要蹲到啥时候啊？"

"我们在草堆儿里蹲了好几个小时了，我跟谁说去？！我现在腿还麻呢，让他们再蹲会儿！"

里面有一个人有点蹲不住了，突然举手，另外两人疑惑地看着他。"报告，我要自首！"那人说。

贾丁摇头笑了笑，起身带着郭巴走进去，同时示意蒋子楠把另两个人带出去单审。

那窃贼表情猥琐地坐在铁椅中，说着让人忍俊不禁的方言："说实话，就这么大点事儿，还惊动了这么多警察，还拿着枪，可吓死我了。"

"这么大点事儿……什么事儿啊？"贾丁一边揉着膝盖一边问。

"那隧道都废了十几年了，国家太忙，没时间拆里面的东西，我们就寻思着，帮国家拆了。我们不要工钱，就当学雷锋了……"

郭巴差点被他逗乐了："脸够大的！照你这意思，我们还得给你发奖状呗？"

"要啥奖状啊……我们活儿也没干成，咋能要国家奖状呢……把我们放了得了。"

贾丁一时竟被他给说蒙了，不知说啥好。他用手拍了桌子，把窃贼和郭巴同时吓了一跳："郭警官，给他背段法律条文。"

郭巴倒是张嘴就来："破坏交通设备尚未造成严重后果的，处三年以上十年以下有期徒刑；造成严重后果的，处十年以上有期徒刑、无期徒刑或者死刑。"

窃贼一听真的慌了："你看，我说不让他们来，他们非说要来！这下事儿大了，还整成个破坏交通。警察同志，我们咋破坏交通了？井盖儿跟交通有啥关系啊？我们一点都没耽误交通啊……自从那年死了个女的之后，都没人开车从这儿走了！"

贾丁一惊："什么女的？谁死了？"

"就自杀那个，不对，是两个……"窃贼胆怯地说。

单向玻璃外，廖岩和梁麦琦也意识到，这才是他们想要的信息。

第十七章　自杀

那个窃贼提到的事，是十年前这条隧道里发生的一起殉情自杀事件。当时是一男一女两人相约殉情，结果女的死了，男的残了。

过程不算复杂，却是个悲情故事。当年，女方是20岁的姑娘，男方是48岁的鳏夫，这段感情自然遭到了女方家人的反对。于是两人约好一起吃老鼠药殉情。女的没犹豫就吃了，但男的却害怕了。就在男人犹豫的时候，一辆车开进了隧道，速度很快，把当时已经毒发的女人当场撞死了，男人的腿永久残疾。

郭巴和蒋子楠立即前往事发地调查，当年殉情致残的那个男人，如今已年近六旬，后来又结了婚，所以并不愿提起当年这件事。从外围调查来看，无论从身形、作案能力、动机和时间，他都不具备作案条件，也查不出与死者陆洋之间的任何关系。而当年自杀死亡的女方那一边，父母亲人也早都没了。

陆洋案再次回到了原点。廖岩和梁麦琦也再次把推理的重点放在了那两张诡异的手游图片上。

小浣熊死亡图片的指向十分清晰，就是关于陆洋，但这张蝴蝶死亡的图片，到底要传达什么信息呢？梁麦琦百思不得其解。

梁麦琦让小瞳找到了关于当年殉情自杀的唯一新闻照片，黑白的，照片上正是出事的隧道，女人的尸体被打上了马赛克，看不清死亡时的姿势。

梁麦琦拿起桌上的游戏截图，将它与新闻图片进行对比，发现角度和环境丝毫不差。

廖岩和贾丁也走到小瞳跟前，看着那张新闻照片。小瞳的桌上，还放着一张照片，那是案卷中的真实现场照片。廖岩将这三张照片放在一起，看了几分钟之后，廖岩突然有了发现。

"现场照片上，死者是呈仰卧状态！"廖岩手指照片中的尸体。

"那又怎样？"贾丁不解。

"但游戏图片中卡通蝴蝶的尸体却是呈俯卧状态。"廖岩不停地用手指点着两张照片中的尸体。

梁麦琦终于明白了他的意思："他是用新闻图片做的！因为新闻图片被打了马赛克，看不清真实姿势，所以，他只能通过想象来画，于是，他把尸体的身体做反了。"

"再说清楚点儿！"贾丁有点着急。

"也就是说，发这个蝴蝶游戏图片的人对真实事件并不了解，甚至关联不大……他的信息来源是新闻，他可能只是要'引用'这件事。"廖岩继续解释。

"'引用'这个词用得好。"梁麦琦赞许地看着廖岩，"只是，引用的目的是什么，我们还不清楚。他可能是要告诉我们，陆洋的死，跟十年前的这个案子有关，或者相似？"

"或者，跟殉情和自杀有关？"廖岩说着，看向梁麦琦，他们似乎同时找到了新的突破口。

"陆洋的死跟自杀或者殉情有关，可目前我们调查的结果是，陆洋性格开朗，跟自杀这事儿完全不搭边儿。"贾丁终于追上了这两人的思路，"我们还能再深挖一下陆洋心底的秘密吗？"贾丁看向梁麦琦。关于挖心底秘密这种事儿，梁麦琦应该最擅长。

梁麦琦不说话，一直看着大屏幕，看了几秒，突然说："我得再去一个地方，但我需要个警察陪我去！"她环顾四周，手指廖岩："你陪我去！"

廖岩努力掩饰自己的喜悦，站起身，乖乖地跟着梁麦琦走了。

两人走得快，已到了走廊，贾丁才想起来追问一句："你们俩干什么去啊？"

梁麦琦的声音在走廊里响起："深挖死者心底的秘密……"

"我也想去！"小瞳突然说，贾丁挥挥手，小瞳飞快跑出去，跟上梁麦琦和廖岩。

小瞳刚离开，大屏幕上就突然响起了视屏邀请的声音，贾丁顺手点了一下小瞳电脑的按键，黑子出现在屏幕中。黑子在寻找小瞳的身影，却只看到贾丁的一张大脸出现在视频中。

"你谁呀？"贾丁大声问。黑子紧张，快速按断了视频。

"这什么人啊？"贾丁感到莫名其妙，他环顾四周，发现郭巴、蒋子楠都在低头看手机，贾丁拍了下桌子，"都干什么呢？"

两人齐刷刷地抬起头，几乎同时说"在工作"。郭巴的手机中传来了滑稽的游戏提示音："小熊猫回家了！"

支队长推门进来，贾丁看到，连忙起身。郭巴和蒋子楠也立即站起。

"陆洋的案子现在怎么样了？这都三天多了，一点进展都没有吗？"支队长进门就问，看到郭巴和蒋子楠也在办公室，有点不满意，"怎么还都在办公室里待着呢？"

"支队长，我们这是工作呢。这个案子真是邪了。该调查的都在进行，但嫌疑人一直在向陆洋的手机发送游戏图片。这不，都在这儿玩手机、养熊猫呢。还真是在工作，我连个屁都不敢放……"

"很多媒体已经在拿这个案子炒作了，你们自己有空看看新闻吧，这消息到底是怎么传出去的？"

"凶手一开始是发了死者的朋友圈，人死了，却更新了朋友圈，这种怪事瞬间就传出去了。现在这网络，就跟疯了一样，谁也控制不了！"

"凶手的谋杀手法现在正被戏剧化，甚至神化。再不尽快抓到凶手，就可能会有人模仿作案，这你们懂的。"支队长显然还有事，转身要走，贾丁马上站起来送。支队长走到走廊，突然又转回身，贾丁差点"追尾"。支队长小声问贾丁："这二次元谋杀，你懂吗？"

"说实话，领导，真没那么懂。"

"一队那儿还有个特大纵火案，我现在也没法儿分身帮你们。我刚才是不想给大家太多压力，但你必须知道形势的严峻性。"

"支队长，您这……刚才……还没给压力？"贾丁一脸委屈。

支队长掏出手机给贾丁看，那上面都是关于"流浪熊猫"的搞笑漫画，题目是："黑猫警长"大战"流浪熊猫"。

"现在的孩子真是闹起来没底线！"贾丁气愤地说。

"我没让你评价这个。"支队长表情严肃地抢回手机，"我是想问，黑猫警长能赢吗？"

"能！"这种时候贾丁必须说能。

"那我给你三天时间！"支队长没等贾丁回答，转身就走了。

贾丁焦虑地看着支队长的背影……

梁麦琦和廖岩站在女死者陆洋的书架面前，小瞳站在他俩身后。

小瞳和廖岩都没想到，梁麦琦要深挖死者内心故事的地方是死者的卧室，梁麦琦站在书架前已有十分钟了，只是看，却并不说话。

"一个私人的书架，就是一个人的人生。你正面所面对的，是她的现在……"梁麦琦终于开口了，一边说，一边抽出面前的书，那是一本鸡汤类书籍。她看了一眼，又将书放回去，目光随后扫向书架的最上一层："而那些束之高阁的，才是她的过去和未来。"

陆洋书架的最上面，放着一些哲学类书，比如《作为意志和表象的世界》《伦理学的两个基本问题》《生存空虚论》，还有一些欧美小说，以及几本与"轮回"有关的宗教类书籍。

梁麦琦站上梯子，手在最顶层的书架上移动。她的手停在了叔本华的《生存空虚论》上，抽出来，翻开看。

　　书的扉页上写着："陆洋，2013年1月"。

　　"喜欢哲学的女孩现在不多了吧。2013年？她19岁，那个时间，哲学给她带来了什么？"梁麦琦将《生存空虚论》递给下面的廖岩。

　　廖岩接过书："叔本华，悲观主义哲学的代表人物，生命无意义的倡导者……"

　　梁麦琦又拿出一本小说，封面上写着《马丁·伊登》。

　　"《马丁·伊登》，杰克·伦敦的代表作。"梁麦琦说道。

　　"小说的主人公，一个曾经的水手最终选择以跳海自杀结束生命，而作者本人的死亡也被怀疑为自杀。"廖岩似乎明白了梁麦琦来这里的目的，这可能就是陆洋心底的秘密。

　　梁麦琦的手又停在了小说《挪威的森林》上面。

　　小瞳半天没说上话，正急于表现："《挪威的森林》，作者村上春树，男主角的前女友的前男友先自杀死了，后来男主角的前女友也自杀死了！"

　　廖岩看了一眼小瞳："文学的质感全被你说没了。"

　　小瞳吐了吐舌头，又望向眼前的二人，她第一次觉得眼前的这两个人很般配。他们说起文学和哲学的样子，就像是舞台剧中的一对情侣。

　　"被束之高阁的东西，要么是留给过去的，要么是留给老去的……那时的她，和现在很不一样。"梁麦琦继续说。

　　廖岩正拿着叔本华的《生存空虚论》翻看，那书里面，有很多用铅笔做的注解，很多句子被画上了线。

　　梁麦琦也在另一本书里发现了类似的注解。梁麦琦看过以后，将书递给下面的廖岩和小瞳。廖岩打开一本书，里面掉出一张纸条，纸条上写着：当你凝视深渊时，深渊也在凝视你。

　　"尼采的名句。有人认为这是他悲观思想的极致，也有人认为这句话是说给我们这类人的。"廖岩说。

　　"这句话好像都被电影给用烂了。"小瞳不屑地回应。

　　"当你与魔鬼缠斗的时候，小心自己也成为魔鬼。这是尼采的另一句话，就像我们，与魔鬼撕扯的人。"梁麦琦在梯子上面继续搭着话。

一本书中掉出了几张照片，是陆洋与一个女孩的合影，三张都是这两个人。梁麦琦翻过来看照片背面，那上面只写着拍照的日期：2014年2月。

"我们没有询问过这个女孩吗？"梁麦琦急问。

小瞳和廖岩都摇头。廖岩拾起地上的一张大照片，那是一张全班的集体照，翻过照片，后面对应的位置上，写着每个人的名字。

"朱婷婷。"廖岩说，"11级设计学院，朱婷婷。"

廖岩举起照片给梁麦琦看，目光向上时，动作却僵住了。

"当你凝视……"廖岩欲言又止。

站在梯子上的梁麦琦回过头："凝视什么？"

廖岩表情尴尬，目光马上移开："我必须提醒你一下，梁麦琦，你今天穿的是裙子。"

梁麦琦一惊，以惊人的速度从梯子上下来，险些摔倒。梁麦琦故作镇定地整理了一下衣服，马上转移话题："走，去找朱婷婷！"

小瞳一个人风风火火地回到办公室，此时办公室里只有贾丁和郭巴，两人也正要出门。小瞳进门就看电脑，看到了黑子的视频聊天记录。

"谁动我电脑了？"小瞳气急败坏地问。

"我动了！怎么着？不行啊？有一个男的鬼鬼祟祟找你，我一接他就挂了，他谁啊？"贾丁咄咄逼人，小瞳立刻怂了："一个线人。"

"啥时候的线人？"

"呃……翻篇儿了。"

"哦……"贾丁和郭巴继续往外走。走到走廊，贾丁突然反应过来："哎，他跟一线人翻什么篇儿啊？"

郭巴坏笑："前男友呗。"

贾丁来了兴致，转身就要往回返："那我可得问问……"

贾丁最终被郭巴拽住……

咖啡馆餐台旁的架子上，放着很多精美的马克杯和保温杯。廖岩点完咖啡，目光一直停在这些杯子上。廖岩回头，看了一眼远处与朱婷婷对坐着的梁麦琦，想起梁麦琦用纸杯喝咖啡的情形。廖岩想了想，拿起一个精美又独特的杯子，快速地交给收银员。

收银员装好杯子，廖岩犹豫了一下，装进自己的包里，走去与梁麦琦她们会合。

朱婷婷是一个语速极快的利落女子，不像是轻易落泪的人，但提起陆洋，眼中还是掩饰不住悲伤。梁麦琦直接问朱婷婷，陆洋有没有过自杀的倾向。

"自杀？不可能！虽然毕业之后我们很少在一起，但是，我觉得她这种性格，绝对不可能。"朱婷婷果断地说。

"我们也只是怀疑。但是，我想让你回忆一下大学期间关于她的一些细节，特别是大二到大三之间。"梁麦琦放松地喝着咖啡，朱婷婷似乎也放松下来。

"大二？大三？这好难啊。我自己大三时啥样都想不起来了，你们能想起来大三的事儿？"

廖岩看着小花瓶中的一枝红玫瑰，真的想起了自己大三的事情，他快速瞄了一眼梁麦琦。

"终生难忘……"廖岩说。梁麦琦看了眼廖岩，自嘲地笑了笑。

梁麦琦又换了种方法问朱婷婷："她是不是那种玩起来很疯，安静起来又很吓人的人？她喜欢读书，你看的书，她会觉得幼稚，而且，她经常使用'意义'这个词？"

朱婷婷听着，表情一点点变化，她似乎被梁麦琦的描述吸引了。

梁麦琦继续说："某一阶段，她独处的时间开始变多，原本是爱与人争论的人，却突然不争论了，突然没了脾气，没了意见，总之就是，你说什么都好。也许，对于朋友而言，她可能是变得更好相处了，更温柔平静了……"梁麦琦紧盯着朱婷婷的表情。

朱婷婷张着嘴，不知说什么好，她这辈子，还从未听到过女人这样说话，特别是漂亮女人。"我觉得你好吓人啊，你周围的人不觉得你吓人吗？"

朱婷婷瞄了眼廖岩，廖岩做出了个"同意"的表情。梁麦琦却不说话，依然用眼神鼓励朱婷婷继续回忆。

朱婷婷终于想起了什么："的确有过这么一段时间，应该是大二，对！是大二下学期，因为那一年我们增加了一门新课，挺难的，她挂科了，但奇怪的是她觉得无所谓……这不是她啊……不过那应该只是很短的一段。然后，她又跟原来一样了。记得有一天，她突然跟我说了一句奇怪的话，她说：'婷婷，我重生了！'"

　　"重生？"梁麦琦和廖岩同时问。

　　"对，就是这个词，我记得很清楚，我当时还笑她：'你重生个啥呀？重生？你又没死。'"

　　"不，她死过一次！"梁麦琦突然肯定地说。

　　朱婷婷和廖岩都看向梁麦琦，梁麦琦的语气变得更严肃了："我现在需要你帮我想起她说这话的时间，最好有确切日期。"

　　"确切？这怎么可能？已经过去那么久了……"朱婷婷露出自责的神情，她很想帮警察找到杀陆洋的凶手，可是她不知该怎么办。

　　"比如，回忆一下当时说话时的时节、天气、环境背景……"廖岩的语气十分温柔，以至于梁麦琦都好奇地看了他一眼。

　　朱婷婷陷入沉思，反复重复着陆洋的这句话："我重生了，我重生了……"

　　"开学！当时是刚开学！校园很热闹……"朱婷婷终于想起了一些细节，"那是3月份刚开学不久的日子，可是具体是哪一天……"

　　梁麦琦露出欣喜的表情，这已经足够好了，可朱婷婷比她想象的更棒："军训，发服装！那一天，是大一学生军训发服装的日子……很多人在校园里走，怀里抱着军装。那一年秋天有洪水，我们学校的军训改到了3月，是那个学年第二个学期的第二周，发服装是军训开始前的那个周末！"

　　梁麦琦快速打开手机，查看当年的日历："2013年，3月，开学后的第一个周末，3月10日、11日两天之内。"

　　"对的，没错！"朱婷婷开心地笑了。

　　"你太棒了！"廖岩赞叹。

　　"我能帮上她对吗？我能帮你们找到杀陆洋的凶手对吗？"

　　"对！"梁麦琦自信地说。

　　朱婷婷笑中带着泪。

第十八章　隐喻

"抑郁"到底是一种什么样的感受？

回警局的路上，廖岩一直问自己。双色玫瑰案发生的那个夏天，他曾经历过人生最灰暗的阶段，那算不算是抑郁呢？

他利用暑假回到国内，却怎么也摆脱不了那个如影随形的噩梦。梦里，Ivy 和 Jerrod 正隔着咖啡桌互相传递着爱意，随后，他们毫无征兆地变成了裹尸袋中的两具尸体。那裹尸袋的拉链在二人的脸部拉开，他们的眼睛空洞地望着这个世界。

意义，梁麦琦刚刚在谈起抑郁时，反复提及了"意义"这个词，那段灰暗的日子里，廖岩也经常思考"意义"。如果生命可以随时终止，那么我们为什么还在努力经营着所谓的"意义"？

廖岩侧头看着与他并排坐在出租车后排的梁麦琦。梁麦琦自从上了车，就没再说话，她一直看着窗外流动的风景。上次与她从酒吧回队里，共乘一车时，她也是这个样子。

"我发现你特别爱看车窗外的风景。"廖岩轻声对梁麦琦说，他的手不经意间碰到了包中的那个杯子。廖岩这才想起，他刚刚还给梁麦琦买了个杯子，可是现在却突然觉得这件事情有些唐突。

"我不是喜欢看风景，我喜欢看人。他们每个人的表情背后，其实都有故事。"梁麦琦终于回过头看了一眼廖岩。

廖岩笑笑："我也喜欢看人。"想了想，突然又加了一句："活人。"

他的话把梁麦琦逗乐了，廖岩自己也觉得这句话说得有些诡异。于是，他努力寻找更得体的话，比如，谈论工作——

"你觉得陆洋曾经抑郁过，而且可能有过自杀行为？"

"应该是的，这种可能性非常大。"

"你觉得她年少时读了些哲学书，因此就看透了生死，产生了轻生的念头？我觉得你误解了哲学。"廖岩一直认为梁麦琦对于陆洋的判断太武断。

"不是我误解了哲学，而是陆洋误解了人生。"梁麦琦又将头转向了窗外。

出租车司机听着身后这两个人的对话，不禁撇了撇嘴。从一个局外人的角度去听，他们的对话的确尴尬又做作。

廖岩和梁麦琦带着陆洋"心底的秘密"回到了队里。

"精神学科上有一种很业余的说法，叫作'阳光型抑郁症'，虽然我讨厌业余，但这样说你能好理解一点儿。"梁麦琦向贾丁汇报工作，以这样的话开场，噎得贾丁直翻白眼儿。

"这种类型的抑郁症隐蔽而且凶险，这之后我也向陆洋的家属了解了情况，我觉得我的推测应该是正确的，陆洋一定曾经尝试过自杀。我们不妨以这种假设为突破口，也就是查找2013年3月10日左右的自杀事件，确定陆洋有自杀经历的同时，了解自杀过程中还发生过什么。"梁麦琦的上半身几乎是趴在了贾丁的办公桌上，将贾丁逼得直往后仰，"而且，一定要快！"梁麦琦强调。

贾丁的身体继续后仰着，却一直在点头。这不光因为他相信梁麦琦的专业能力，也因为，除了这一点，关于这个案子，他们还没有任何其他的突破口。

可惜，调查进行得并不顺利。

郭巴和蒋子楠一直在各区和街道了解情况，并未查到相关的报案，连小瞳进入的公安内部网络，也没有任何有价值的信息。

"队长，我现在很确定，我市甚至全国，那一年3月10日前后的一个月内，都没有与陆洋有关的自杀事件。"小瞳表情失望地向贾丁汇报。

梁麦琦在会议室来回走着："怎么会呢？陆洋应该是在五年前的3月上旬曾决定自杀，并且实施了行动，但她没有死。"

"她被人救了，或者是突然想通了，于是，她说她获得了'重生'。按流浪熊猫给我们的线索，整个事件中有人受到了伤害，所以，几年过后，有人要杀死陆洋。"廖岩接着梁麦琦的思路说。

"而且，这件事情还牵连了某个高级黑客，于是才有了'流浪熊猫'。"小瞳接着说，"多完美的逻辑啊，我们的推理没毛病啊！"

"没毛病，可就是查不到！"贾丁看着他们几个，扬了扬眉毛，"其实原因很简单，没报案呗。如果自杀没死人呢？那为什么要报案？你们几个啊，虽然聪明，可是没经验……当然，我刚才也没想到。"贾丁小声补充道。

"流浪熊猫"案再次走进死胡同。小瞳看着陆洋的手机，心里甚至暗暗盼望"流浪熊猫"能再次发来图片，但马上又将这种不良的想法压制下去。如果那图片的背后是另一次谋杀呢？小瞳不敢再想下去。

这时，小瞳的电脑视频突然响了，小瞳吓了一跳。视频中是黑子。

"蛤蟆，这个 IP 果然是会跳的。我已求了这一块最厉害的一哥们儿，他说，他做不到的，国内应该没人能做到。"

"那还可能是个国外高手？"

"难说……你也别急，实在不行，我帮你组个队弄他。"黑子马上安慰小瞳。

"组队？人手有吗？"

"相信我，你蛤蟆姐的余威还在！"

小瞳感激地点点头："黑子，那你准备吧，我跟上面申请！"

黑子很兴奋的样子，小瞳的表情却依然落寞："黑子，你觉得流浪熊猫是凶手吗？"

"你是不希望他是吧？我也不希望，你过去也玩过黑客，当然不希望黑客杀人。"

小瞳叹了口气："算了，你也休息吧。案子说深了你也不懂。谢了！"

黑子愣住了。

"咋了？"

"小瞳，你……当了警察之后，还真是变了。过去你啥时候跟我说过谢啊？"

"行了，滚吧！"

"哎，这像你。"黑子说着做出个隔空飞吻的动作，那飞吻的动作在电脑中定了格……

廖岩回到家，坐在书桌前，从包里拿出要送给梁麦琦的杯子，拿在手里反复看。

这一天，是几个月以来他跟梁麦琦相处最长的一天。他随着梁麦琦一起做受害人侧写，一起询问证人，又一起走进了死胡同。对于廖岩来说，这一天最大的收获，可能就是，他更了解梁麦琦了。他发现自己开始喜欢与梁麦琦同行，开始享受在思维上获得共鸣的感觉。过去的廖岩曾在工作中独享过很多赞誉和崇拜，但也常有孤掌难鸣的孤单，但现在，他遇到了一个可以和他击掌的人。

廖岩笑了笑，将那杯子又塞回到公文包中，又顺手拿出手机，开始玩《流浪熊猫》的手游。

廖岩的手划动着屏幕，以极快的速度浏览着小熊猫发回的世界风景以及"朋友"照片，他发现他手游里的照片已经达到了230张，按照网上的攻略，他应该是把所有的游戏图片都搜集全了。

廖岩反复欣赏着这些照片，他的手突然停住了。

廖岩猛然从黑夜中坐起身来，不对！陆洋的手游图片中还藏着一些特别的暗示，而这之前，他并没有留意……

"那是一只黑猫，陆洋的手机里有一只黑猫！"廖岩将电话打给了梁麦琦。放下电话，廖岩才意识到，过去他一般会最先通知贾丁的。

梁麦琦在电话里说，她很快就到，而且他们住得很近。梁麦琦没问他的地址，廖岩心中不解，难道梁麦琦早就知道他住在哪儿？

廖岩看了看表，已是晚上9点多，他要与梁麦琦独处一会儿，尽管他们只是谈工作，可廖岩还是隐隐感到哪里有些不妥。

他走进客厅等待梁麦琦，想了又想，走到书桌前，将其中的一个抽屉锁上了。那抽屉里装着双色玫瑰案的资料。

梁麦琦果然用了不到十分钟就赶到了。她扎着简洁的马尾，一身质地柔软的灰色运动服，额头上还微微渗着汗。她应该是跑步来的，一进门就问哪里有"黑猫"。

廖岩打开茶几上的笔记本电脑，那上面有小瞳为他拷贝的陆洋手游的平面资料。

"我今晚将正常游戏中能搜集到的所有'流浪熊猫'图片都搜集全了，但我发现，有一种动物是只在陆洋的手游中存在的，正常游戏中没有的。"

"就是你说的那只黑猫？"

"对，这些照片早就在陆洋的手游图库中，我们之所以之前没有发现，是因为，这只黑猫是藏在图片里的。而且，只有在收集到全部动物朋友之后，才有可能知道原始游戏中根本没有黑猫。"

廖岩将四张卡通图片分屏展示在电脑上。梁麦琦仔细看那些图，却没有什么发现。

廖岩将图片放大，四张图片分别是：小熊猫看书，小熊猫在地毯上玩积木，小熊猫坐在沙发上喝咖啡，小熊猫在睡觉。

"你看这里，这张图片的窗帘背后，伸出了一条毛茸茸的尾巴。"梁麦琦顺着廖岩手指的方向仔细看，还真是有一条尾巴。

廖岩将另一图片放大，手指着地毯上的一个影子。那只小熊猫在地上玩积木，可地毯上投射出的却是一只黑猫的影子。梁麦琦过去也看到过这张图片，但一直以为那是地毯上的某种图案。

"还有这只咖啡杯。"廖岩指着第三张图片上的咖啡杯图案。那图案太小了，梁麦琦眯起眼睛仔细看，才看清那是一张黑猫的脸。

"还有这张。"廖岩又打开一张小熊猫睡觉的照片，那被子下面伸出了两只黑色的猫脚。

梁麦琦现在明白廖岩的意思了："这里面虽然没有一只完整的黑猫，却有一只黑猫的拼图！而且一直都有！"

廖岩点点头："这个特别的游戏设计者在这只黑猫身上花费了很多时间，这就可以证明它的重要性。黑猫，一定是他要向我们传递的最重要信息。"

廖岩看着梁麦琦坐在电脑前专注的身影，看着她一身充满活力的装束，突然问："你从哪儿跑步过来的？"

"河边。"梁麦琦淡淡回答，依然在考虑着黑猫的隐喻。

"哪个河边？"

梁麦琦伸手指向窗外，然后又轻描淡写地说："我就住在河对岸。"

梁麦琦就住在河对岸！可她却从未跟廖岩提过。

廖岩顺着客厅的落地窗向河对岸的房子看去，他可以看到对面那排公寓的窗，有的灯亮着，闪动着模糊的人影。如果他有一架望远镜……廖岩想到这里，突然有点警觉，可是廖岩没有望远镜，那么，梁麦琦有吗？

廖岩回头看向依然在思考的梁麦琦，刚才那一瞬的警觉慢慢消失了。两间公寓的位置关系就像是他们在刑警队的办公室一样。对望，关注，彼此微笑，这很自然，不是吗？

当晚的讨论并没有结果，但这是梁麦琦第一次进入廖岩的家，停留了仅仅二十几分钟，梁麦琦又沿着河边跑步回去了。廖岩一直在窗内偷偷看着梁麦琦，直到看到她跑进河对面的一间公寓，公寓二楼的灯亮了……

那天晚上，廖岩又做了关于"双色玫瑰"的梦，这个梦已经有几个月没有在深夜里造访了。很奇怪，这次的梦并没有之前那么惊悚，却更像是一个第三者的冷眼观望。

当合成的黑猫图片被放在贾丁办公桌上时，贾丁有些蒙："又出来一个动物？为啥我们这个案子这么多卡通？"

郭巴伸头看着那只黑猫的合成图片："我也玩通关了，正常版的手游中的确没有黑猫这种设定。"

"你们有什么想法？黑猫要传递什么信息？"贾丁追问。

"我以'黑猫'为关键词搜索了我们的内部案件系统，还特别留意了五年前的那个3月有什么死亡、意外等事件，但还是没有结果。"小瞳向贾丁摊开双手。小瞳看向眼前的陆洋手机，补充道："而且，小熊猫昨天一直都很沉默，它不动，我就更抓不到它！"

贾丁这才发现，面前的小瞳面色苍白、头发凌乱，这个案子似乎在同时消耗着她的体力和自信。"你先休息一会儿，趁着流浪熊猫还没动。"贾丁看着小瞳，有点心疼地说。小瞳却摇了摇头。

此时，小瞳的电脑里突然发出了一声奇怪的提示音。同时响起的，还有桌上那个放在物证袋里的手机。

大家都是一惊。

小瞳的眼睛盯着电脑屏幕，那屏幕上，陆洋的"流浪熊猫"带回了一张新的游戏照片——那是一间白色的房间，一张雪白的床上，躺着一只黑猫，那只黑猫死了，它身体僵硬地侧卧在床上，眼睛无助地看向前方。

小瞳立即以极快的速度捕捉着那个跳动的IP，在小瞳的特殊软件上，有两个红点跳了一下，然后，都消失了。

"为什么这一次有两个信号？"小瞳皱着眉，想着刚才的两个红点。

贾丁试探着问："还是抓不着，是吧？"

小瞳茫然地点了点头。

廖岩的音响中，回荡着音乐剧《猫》的序曲，那旋律紧张又诡异。廖岩看着没有尸体的解剖台，那上面只放着那张黑猫死亡的照片。

梁麦琦走进来，脚步声很轻，当她出现在廖岩面前时，廖岩吓了一大跳。

"你不会敲门吗？"廖岩有些急躁，随后又马上意识到自己的语气有点粗鲁。

他从什么时候开始对梁麦琦不那么礼貌了呢？廖岩愣愣地想。可他又偏偏很享受这种"无礼"的感觉。

有时候，礼貌是一种距离，而粗鲁却意味着亲近。

梁麦琦并没有生气："我敲了，但被这只猫的'安魂曲'给盖住了……"梁麦琦仔细端详廖岩，看得廖岩心里直发毛。

"我发现你有神经敏感度过高的问题……你童年时受过惊吓吗？"梁麦琦说出了她观察后的结论。

廖岩敏感地看着梁麦琦："不要试图用你的专业知识剖析身边的人，就像我从来没用我的专业知识分析过你的三围一样，这是最基本的职业素养！"廖岩假装生气。

"你没分析过我的三围吗？"梁麦琦半分玩笑半分挑衅地问。可说完这句话，她自己也有些不好意思了。

廖岩的眼珠快速转了一下，有点心虚。梁麦琦"乘胜追击"。她手指音响笑着说："你这些所谓的'安魂曲'，其实根本不是给死者听的，这是你自我情绪调节的方法，对吧？如果没有这些音乐，我们的廖博士会紧张，我说得没错吧？"

廖岩的心似乎被刺了一下。没有人知道他解剖前为什么要听音乐，更没有人认为廖岩会在面对尸体时紧张。他是技高人胆大的廖大法医。

可是，梁麦琦竟然直接看透了他的胆怯。这种感觉，就像在寒风中被人强行脱了外衣。廖岩感觉今天的梁麦琦有些咄咄逼人，他必须还击。

廖岩故意上下打量了一下梁麦琦："你的真实三围其实是85、64、88，为了克服身体曲线上的不完美，你不得不使用特制的塑形内衣！我说得没错吧？"

二人挑衅地对视着，几秒后又都松懈下来。可是廖岩明白，这一轮，他已经败了。梁麦琦揭开的是他心底的秘密，而廖岩攻击的却是梁麦琦的三围！

是梁麦琦先做出了休战的手势，廖岩正好顺势闭了嘴。两人仍然对视着，又都有点尴尬，似乎都在忍着笑。

廖岩清了清嗓子，拿起黑猫的照片，努力接上刚才的思路："他为什么要让黑猫在游戏中捉迷藏，而不是像其他动物一样，直接出场？"

梁麦琦也清了清嗓子："那可能是因为，这只黑猫与其他的动物都不同……"

"哪里不同？"

"眼睛。"梁麦琦说，"这张图里有凶手的情感，这是第一次在照片中出现死亡动物的眼睛。"

廖岩拿起另外两张照片看。那只小浣熊是趴在地上死亡的，小蝴蝶已被碾压破碎。

"但黑猫的这双眼睛，凶手费了很大的工夫，也付出了极大的情感。这种悲伤，不是局外人可以画得出来的。"梁麦琦继续说。

廖岩看着那只黑猫的眼睛，那种绝望和无助的确是之前的两幅图画所没有的。"你的意思是，黑猫才是这个人最想讲的故事？可如果凶手很想让我们知道他的故事，为什么不直接告诉我们，比如告诉我们时间、地点？"

"时间？地点？"梁麦琦看向廖岩，"我们推测过时间，五年前的3月，我相信这个没有错！"

廖岩很羡慕梁麦琦的自信："那么地点呢？"

梁麦琦想了一下，手指黑猫的图片："也许，它已经告诉我们了！"

实验室里仍然回荡着《猫》剧序曲的旋律，此时，正是节奏的高潮。梁麦琦看着廖岩，廖岩似乎也想到了什么。

"如果黑猫本身就是一个关于地点的隐喻呢？"梁麦琦问。

"一个叫'猫'的房子？"廖岩反问。

这一刻，廖岩有种想跟梁麦琦击掌的欲望。

第十九章　黑猫之死

的确有一幢叫作"黑猫"的房子，它叫"黑猫旅社"，工商登记时间是2008年11月，但2014年，这个旅馆更名为吉祥旅舍，当时黑猫旅社的法定代表人叫王永祥。

当小瞳将当年旅馆的内部照片投射到大屏幕上时，大家的眼睛都亮了。这是当年"黑猫旅社"的网络广告图片，那个白色的房间与"黑猫死亡"的卡通图片一模一样。

黑猫旅社前老板王永祥看着蒋子楠拿出警官证，有些吃惊，他机械地点点头，开门让蒋子楠、廖岩和梁麦琦进屋。在梁麦琦眼里，这紧张还算正常，很少有人在给警察开门的那一刻是完全心安的，这是梁麦琦多年工作经验总结出的有趣结论。

王永祥上下打量着这三人，显然，除了拿着警官证的那位，另外两人看起来并不像警察。

廖岩进屋就开始四下走动，似乎漫无目的，可王永祥的眼睛一直瞄着廖岩，显然，廖岩的走动让他有些不安。

"……黑猫这个名字不好听，有人说这在国外不太吉利，所以我就改了个名。现在的这个吉祥旅社我也不做了，那一片儿早就要拆，政府给的补偿也不错……"

"您是说已经拆了？"蒋子楠问。

"应该是吧。去年就说要拆了，什么时候拆的我也不知道。"说这话时，王永祥看起来很放松。

贾丁带着郭巴等人赶到吉祥旅社时，一辆大号挖掘机正在挖二层楼的房顶，破旧的小楼外墙上，写着大大的"拆"字。一堆砖石废墟上，扔着一块破旧的牌匾，上面写着"吉祥旅社"。

贾丁冲下警车一路高喊："停！快停！"挖掘机的大铲子停在半空，拆迁的工人吃惊地看着冲过来的警察。

……

王永祥仔细看了陆洋的照片，然后一个劲儿地摇头："实在是想不起来了。开旅馆的，哪能每张脸都记住呢？"王永祥迟疑了一下，又说："不过，你们说的自杀的事儿，的确有过……"

廖岩停下四下走动的脚步，坐回沙发上听王永祥说话。

"差不多是四五年前吧，具体几月可就记不清了……晚上，我在前台看电视，突然闻到股怪味儿，我上楼去看，结果发现那个203房间冒了白烟。我打开房门，竟然看到标准间的床上躺着两个女孩，地上放着个炭炉。我马上开窗开门，正打算叫救护车时，两个女孩就都醒了。多亏我发现得早，两人都没事儿……"

王永祥发现梁麦琦一直看着他，就躲开了她的眼睛，看向正在记录的蒋子楠："她们两个隔了一会儿就缓过来了，向我道歉，说是一时糊涂，然后就走了。你们也能理解吧，我们开旅店的最怕的就是这种事儿，我也是怕麻烦，也就没报警。警察同志，我这可能是犯错了吧，你们该罚就罚……"

王永祥态度恳切，表述流利，看了他们三人一眼，礼貌地站起来："你看，都忘给你们倒水了……"说着起身去倒水。

"那当时的身份登记记录还有吗？"蒋子楠对着王永祥的背影问。

王永祥拿着两杯水回来："这么多年，哪还能留着啊？而且，那时也不是电脑联网。"

"发生了这么特别的一件事，人的名字和长相都不记得了吗？"梁麦琦突然问，她明显能感到王永祥有点怕自己。

"我当时真的是蒙了，你说她们要是死了，这可怎么办？我们这些开小旅馆的，最怕的就是这种事儿。哦，喝水，喝水……"

王永祥将水放在桌上时，又看看陆洋的照片："你们的意思是，这个女孩还是自杀了？唉，可惜啊……抑郁症吗？"

没人回答。

"一起自杀的两个女孩，你觉得她们是什么关系？"廖岩问。

王永祥一脸茫然，摇了摇头。

"那她们醒来后，彼此关心吗？"梁麦琦又问。

"没有那么关心吧……好像不太熟。不对，那为啥要一起自杀呢？我也真是想不明白。"

"您想想可能记住的细节，比如，比较突出的相貌特征，痣、文身；突出的五官或身体特征，比如，嘴比较大，耳朵很特别，割了双眼皮；或者声音特征，比如沙哑、结巴……"梁麦琦列举时，一直在观察着王永祥的反应，王永祥好像根本没在听，他急着摇头："我当时真是蒙了。"

停止拆迁的吉祥旅馆已经塌了一部分。贾丁和郭巴戴着安全帽向里面走，一路踩着碎砖，步履艰难。建筑里面已全部断电，半破碎的走廊里一片黑暗，好在两侧的房间墙壁还基本完好。贾丁拿起手电筒，向走廊的两边照，几人终于看到了203号房门。

"就是这间。"贾丁推开房门，灰尘扬起，光从破碎的窗口照进来，可屋内依然昏暗。贾丁的手电筒在屋内晃动，最终落在一张床上。

那床竟然还很整洁，一张雪白的床单蒙着一样东西，那种细长的轮廓让贾丁不寒而栗。

贾丁伸手示意郭巴停下脚步，以手电照着下面的足迹。贾丁再未挪动脚步，而是弯腰向前伸出右手，掀开了白被单。

被单下面，是一具捆绑成"木乃伊"形状的尸体……

蒋子楠接到贾丁的电话，表情变得更严肃，他看向王永祥。

王永祥突然紧张起来。蒋子楠故意放缓语速对王永祥说："我们赶在拆迁之前进入了你的黑猫旅社，在203房间发现了你的秘密。"

王永祥的脸上先是疑惑，进而转为震惊："我……没有秘密……"

蒋子楠没等王永祥解释，拉起他就走。

四个人走到门口，廖岩看到门口的餐边柜上，有一个倒扣着的相框，廖岩想了想，将相框扶起……

那具"木乃伊"此时已躺在廖岩的解剖台上，散发着一种比新鲜尸体更复杂的味道。

廖岩并未戴口罩，他想从这具尸体上嗅出其存放地的信息，可目前，他还没有结论。

廖岩并没有急于打开裹尸的布，而是一直在观察"木乃伊"的外部。裹尸布上附着着一种青苔，布面上隐隐可见一些黑绿色的渗出液体，廖岩隔着布捏了捏尸体。

"尸体为女性，年龄在25岁左右，尸体长期存放在阴暗潮湿的野外环境中，因此降低了尸体白骨化的过程。"廖岩缓缓说道。

"隔袋观尸"的训练，廖岩已经好久没有做过了。他用镊子夹起一片青苔来观察："这才是她的长期存放地留下的痕迹，青苔已失水干燥，从潮湿的环境移至干燥环境在七天左右。"廖岩放下镊子，轻轻拍了拍尸体的头部，"打开吧，让我看看她的真实面目。"

蒋子楠和魏然一点点打开棉布材质的裹尸布。尸体的真实样子渐渐展现出来，可是，她看起来并不像一具干尸体。

廖岩注意到了魏然的疑惑："尸体的存放环境很有趣：潮湿，阴凉，却又避风，所以，她跟你们想象的五年尸并不一样。"

"五年？那就跟我们推测的陆洋自杀时间完全相同了？"蒋子楠问。

廖岩点头。结合尸体腐化程度以及其存放地点和环境等因素，死亡时间应在五年左右。那么这有可能是那个与陆洋一起自杀的女孩吗？她去了哪儿？又为什么回到了黑猫旅社？廖岩心里还有太多疑问，这些疑问要靠尸检来解答……

"尸体告诉了我们什么？"贾丁看到走出法医室的廖岩，就马上追上去问，他明显有些急躁，"那个王永祥什么都不说，反反复复就是三个字'不知道'。你快告诉我，尸体'说'了什么？"

"死者的骨骼没有生前外力损伤的痕迹，部分骨骼错位可以确定是死后尸体移动的过程中造成的。而且，死者的身体中未检测出毒素残留。"廖岩一边走一边说。

"那她是自杀吗？一氧化碳中毒？"贾丁追问。

"不排除，五年的尸体，这种死因比较难断定。但有一点比较特殊，从死者胸廓的骨骼上看，死者生前似乎长期处于一种缺氧状态。"

"你说长期缺氧？是她有某种病？"

内脏已经腐烂，无法辨别原始状态，但她胸廓的形态异于常人，可以推测这与严重的心肺功能问题有关。但仅通过尸检，我们还没法确认死者是死于这种疾病，还是他杀或者是自杀。"

"没了？"贾丁有点失望，因为他从廖岩的话里反复听到的都是"不确定"。

"还有，死者的尸体在死后应该经历过两次移动，一次应该是在五年前，另一次大约在七天前。"

贾丁眼睛一亮："也就是说，一次是她死的时候，一次是最近，如果是七天左右，那不就是陆洋死亡的前后吗？"二人说着，进了大会议室。

小瞳正抱着电脑往外走，满脸兴奋。贾丁已经好久没在小瞳的脸上看到这种兴奋了。

"头儿，我找到了！"

"你找到流浪熊猫了？"贾丁也很兴奋。

小瞳眼里的光突然黯淡了下来："不是，但我可能找到了'木乃伊'是谁了……"

"太好了！"贾丁拍了拍小瞳的肩膀。

"你让我查找2013年3月前后的人口失踪记录，记录中有一个叫李乐乐的女孩，失踪时20岁，她的尸体至今没有找到。这就是李乐乐……"

照片出现在屏幕上——一个笑得很灿烂的女孩。打印机里同时打印出了李乐乐的照片。

"李乐乐身高163厘米，失踪时体重45公斤，她有先天性心脏病。"小瞳快速介绍着李乐乐的基本情况。

贾丁看向廖岩。这个女孩的确有慢性病，这与廖岩的判断完全一致。"马上找到女孩家属，加急进行DNA比对！"贾丁对小瞳说。

"现在也基本可以确定。"廖岩拿起激光笔指向照片上李乐乐的牙齿，"李乐乐的右侧尖牙有缺失补合的痕迹，这与尸体完全一致，其他牙齿的排列形状也基本吻合，死者应该就是李乐乐。"

听到廖岩的话，一直坐在角落里的梁麦琦突然站起身。

"那我们的故事是不是可以这样讲了？"梁麦琦拿起一支笔，开始在白板上画逻辑图，一边画一边说着。

"陆洋和李乐乐在黑猫旅社自杀，李乐乐死了，但目前死因不详，而陆洋却获得了所谓的'重生'，从此快乐地活着。李乐乐的尸体被搬走，可某个人却在七天前把她搬回了她的死亡地，这个人，还可能杀了陆洋……"

"而且，那个人还可能做了个《流浪熊猫》游戏……"贾丁补充道。

"那个人还把我们引向了黑猫旅社和王永祥。"廖岩再次补充。

想到王永祥，贾丁又皱了皱眉。现在，他们又掌握了新的线索，应该可以撬开他的嘴了。他突然站起身，快步走出会议室，一边走一边说："该看我的了。"

廖岩好像看到贾丁的脸上挂着一种坏坏的笑……

贾丁进了审讯室，直接将李乐乐的照片重重拍在王永祥的面前，然后，开始了一段"逻辑错乱"的精彩讯问。

"为什么杀她？"贾丁手指照片直接问。

"我没杀她！她是自己……"王永祥下意识停顿，转而问，"她是谁啊？"

"她是谁啊？"贾丁扬起眉毛盯着王永祥看。

"我不认识……"

"那你刚才说她'自己'怎么了？"

"她自己……我不知道啊！"

"你怎么杀的她？"

"我没杀她！"

"那谁杀了她？"

"她自己……"

"她自己怎么了？你不是不认识她吗？"贾丁突然提高声音。

"我的确是不认识她啊！"王永祥的表情已开始扭曲。

"她是不是你说的两个自杀女孩中的一个？"

"我不知道，我记不起来了，我不认识她！"王永祥的声音已带着哭腔。

"你不是说她自己死了吗？"

"对，她是自己死了！"

"你不是'不认识'她吗？你怎么知道她是自己死的？"

王永祥彻底被贾丁奇怪的审讯方法击垮了,瞬间崩溃:"我真的没杀人啊!她不是我杀的,她是自杀……"

廖岩和梁麦琦站在单向玻璃外,看着里面的审讯,面露敬佩。

"这叫什么审讯法?学术上有研究吗?"廖岩问梁麦琦。

梁麦琦笑着摇头。里面的贾丁向外面招手,示意再进来一个人。廖岩十分绅士地伸出手,请梁麦琦进去;梁麦琦又优雅地伸手,示意廖岩进。

廖岩笑了笑,向里走,梁麦琦顺手递给他一个隐形耳机。廖岩皱了皱眉,但还是将耳机戴上,走了进去。

梁麦琦抱着双臂,准备开始观看另一场"表演"。

王永祥终于开始大段地说话了:"当时的两个女孩,的确是死了一个,就是你们照片上那个。也是奇怪啊,两个女孩,一样自杀,一个啥事儿都没有,另一个就死了。"王永祥伸手指向李乐乐的照片,"另一个女孩走的时候,这个没死,也坐起来了……我就以为,她们都没事儿了。"

王永祥又指向陆洋的照片:"她,当时还说了些话,她说:'我想明白了,我不想死了,你们也别死了,活着挺好。'"

王永祥双手捂着脸,一副惋惜的样子:"可是没想到,她走后,两个女孩中,剩下的那个女孩就一头栽在床上,没气了。我害怕啊,这事儿我说不清啊,而且,我这店里死了人,别管是咋死的,我这店都完了!这是我家的老本儿啊……所以,我就想把她挪出去……"

"挪到哪儿了?"贾丁把李乐乐的照片举到王永祥的面前,王永祥不敢看,一脸恐惧。

"华清山后面,有个山洞……对不起,我错了!我对不起那孩子的父母。"

王永祥的腿在微微抖动,他戴着手铐的手依然不停地在脸上搓着。廖岩的耳机里突然发出响声,他吓了一跳。贾丁不知缘由,皱眉看着廖岩。

那是梁麦琦在对着廖岩的耳麦说话:"他在说谎。他一直在用手搓脸,是在极力掩盖他的表情。"

单向玻璃外,梁麦琦一边观察王永祥一边说:"注意他在用词上的不恰当重音,他好像一直在强调'两个女孩',他的重音不是放在'女孩'上,却不恰当地放在了'两个'上。想想为什么？"

廖岩不情愿地听着梁麦琦的指示，可她的话又很有道理。廖岩努力回忆王永祥刚才的话——

"当时的两个女孩，的确是死了一个……两个女孩，一样自杀，一个啥事儿都没有，另一个就死了……可是没想到，她走后，两个女孩中，剩下的那个女孩就一头栽在床上。"

"是三个！"廖岩突然说。贾丁和王永祥都吃惊地看着廖岩。

"陆洋离开的时候，她为什么会说'你们也别死了'？为什么是'你们'？"廖岩问王永祥。

梁麦琦没有想到，廖岩抓到了另一个疑点。

"因为，现场还有第三个人。不是两个人自杀，是三个人！"廖岩果断地说。

王永祥搓着脸的双手停住了，整个人僵在那里。

"你要隐瞒的第三个人，是谁？"

王永祥似乎屏住了呼吸，完全没有声音。

审讯室外，梁麦琦也在努力紧张地思考着，但暂时没有答案。

"你有一个儿子，对吧？如果我没有算错的话，他现在，应该是25岁左右。"廖岩起身，走近王永祥。

王永祥的手缓缓地从脸上拿开，放在桌面上，却仍不说话。

"你有一个儿子，这个信息对我们来说本来没有什么价值，可当你试图弱化你有一个儿子的事实时，这个信息就变得十分重要了……"

王永祥的手微微颤抖。

"你家门口餐边柜上有一个相框，当我们进入你家时，那个相框是立着的。但我们谈话的间歇，你突然要给我们倒水，我想，你是想去做一件事情，那就是把相框放倒，不让我们把视线放在你儿子身上……"

王永祥懊悔地看着廖岩。

"我的记忆力很少出现差错，离开时，我注意到了这个细微的差别，但当时我并不明白你为什么要这么做。"廖岩看着王永祥紧张的脸，缓缓地说，"参与自杀的第三个人，就是你的儿子。"

第二十章　黑猫旅社的秘密

王永祥的儿子王帅，的确是参与自杀的第三个人。

王帅25岁，是王永祥的独子。王永祥丧偶十几年，未再婚，只为专心培养孩子。王帅于2014年8月出国留学，后在 M 国的一个州立大学读书，但在去年7月辍学了。

小瞳的电脑上，关于王帅的信息快速向上滚动，小瞳大声念着："哈哈，他所学的专业竟然是软件工程！"读完这些，小瞳兴奋地抬头看贾丁。

胜利来得太突然，贾丁都有些措手不及。

"这个王帅，符合二次元杀手的全部特征！"贾丁拿起王帅的资料，转身走回审讯室。

"头儿，还没完呢。"小瞳叫住贾丁，"你看，王帅在这个月的5号回国了，这是他的入境记录！"

"漂亮！"贾丁感到自己已胜券在握。

小瞳顺手打印了王帅的入境资料，一并交给贾丁。贾丁昂首阔步，走向审讯室。

与此同时，蒋子楠也拿到了李乐乐的 DNA 报告："木乃伊"尸体确定就是五年前失踪的女孩李乐乐，家住西厂市，家属报案的失踪时间与王永祥交代的自杀事件时间一致。关于自杀的原因，家属也说不清。郭巴那边调查的结论是：陆洋与李乐乐在自杀事件之前并无交集，她们好像完全不认识。

贾丁拿着王帅的相关资料，放在自己的面前，也不说话，就盯着王永祥看。

从王永祥的角度，他可以看到印有儿子照片的资料，他的表情显得更加紧张，心理防线渐渐崩溃。

"我就这么一个儿子，他7岁没妈，我这心里总觉得他可怜，所以，我什么都愿给他……可是，他不会杀人的，他就只会用自杀威胁我！"

王永祥不再抗拒，悲伤地陈述着。廖岩看着他，眼前的王永祥似乎瞬间苍老了许多。

"那年，他说他不想读大学了，他要出国。我不是舍不得钱，我是舍不得他走啊……我们爷俩一直相依为命，他不在眼前，我心慌啊。可他跟我说，不让他出国，就死给我看，没想到他真这么做了……而且，还在网上约了两个陌生女孩，在我的小旅馆里集体自杀……"

这是王永祥关于"黑猫旅社自杀事件"的第三个故事版本。直觉告诉廖岩，这可能是最真实的版本了。

五年前3月的那天，王永祥推开了203房间的门，他看到了三个处于半昏迷状态的孩子：陆洋、李乐乐和他的儿子王帅。在王永祥打开窗子，熄灭炭炉之后，爱子如命的他首先选择救治自己的儿子。而此时，另两个女孩也醒了。

王永祥说，那时的儿子真的很善良，他清晰地记得儿子对他说："爸，我后悔了，我没事儿，你救救她俩，我不认识她们。"王永祥再回头看时，陆洋已经完全醒了，她说她想明白了，不想死了，还劝大家都要好好活着，而此时，李乐乐也醒着，只是手捂胸口，大口喘气。

王永祥将儿子扶到隔壁再返回时，正好看见李乐乐抽搐了两下，就不再动了。王永祥害怕，他蒙了。他当时只是在想，他不能让人死在他的店里，于是，他就给李乐乐的尸体"换了个地方"……

"剩下的事，你们都知道了。"王永祥满脸懊悔，"我说的都是实话……我儿子一直都不知道死了人，都是我瞒着他处理的……他半年后就出国了，一直都在美国……这事跟他一点关系都没有！"

"你说这事跟他一点关系都没有，是吧？"贾丁从资料下面拿出王帅的入境记录，推给王永祥。

"我们查到了本月5日王帅的入境记录，怎么就这么巧？两天之后，陆洋，也就是当年网约自杀的女孩之一，被杀了。这是巧合吗？"

王永祥直愣愣地看着那张记录单，那上面，有王帅从机场入境时的照片，他吓傻了。

"他杀她干什么？这怎么可能？王帅他不可能做出这样的事情啊……"

站在单向玻璃外面的梁麦琦突然对着麦克风说："不对，他知道王帅会回来。"

廖岩再次被耳机里突然传来的声音吓了一跳，他有些不耐烦："这个我知道。"

廖岩是在对梁麦琦说话，但这句话对贾丁和王永祥来说，却十分唐突，贾丁侧头看廖岩。

"如果你十分确定这事与王帅无关，为什么还会担心我们会怀疑到他，而且一再隐瞒真相？你从我们走进你家门的那一刻起，就在担心这件事发生，对不对？"廖岩说着，顺手敲了敲陆洋的照片。

王永祥沉默。

"他回国之后，你见过他吧？"贾丁问。

"我根本不知道他回国！他回国干什么啊？他这是要干什么啊？"

"你知道他要回来干什么。"廖岩坚定地说。

"我怎么会知道？他眼里哪还有我这个父亲？他要的只有钱！"王永祥再次情绪失控。

郭巴在监控器前揉着熬红的双眼。贾丁给他的任务只有这一个，就是查吉祥旅社附近七日左右的所有监控，他必须找到是谁将李乐乐的尸体带回了最初的死亡地。

待拆迁区域的监控大多处于停顿状态，郭巴只能心存侥幸，将查找范围无限扩大。自从李乐乐的尸体被发现，郭巴眼盯视频的状态已经持续了几个小时，就在极度疲乏快要放弃的时候，郭巴有了发现。

视频来自废弃工厂边上的一条偏僻小路，时间是凌晨1点40左右。那条小巷中，一个男人抱着一个巨大的布卷走过监控视野。

郭巴急忙将图像放大。视频中的男人戴着口罩和帽子，看不清面容。可是，那身影特别眼熟，那衣着与体态，与王帅入境时在海关的照片一模一样。

贾丁在审讯室里接到了郭巴打来的"报喜"电话，贾丁瞄了眼王永祥，故意大声说："好，打印出来，我给他爸看看！"贾丁同时将目光扫向廖岩，廖岩已基本猜到了郭巴电话的内容。

廖岩平静地问王永祥："你想过一个问题吗？那个女孩的尸体是怎么'回'到203房间的？"

王永祥一脸恐惧："她怎么会回来呢？我也想知道啊！"

审讯室的门被敲响了，郭巴探进身子，将一些照片递进来。贾丁将这些照片放在王永祥的面前。

照片上，一个红衣白帽的年轻男人扛着大布卷走在黑暗的小路上。

"这个……"贾丁手指着照片中男人抱着的布卷，"就是死在203房间的女孩李乐乐，五年后，她被人包成'木乃伊'，又抱回了你的黑猫旅社。这个男人……"贾丁指向那个男子，"你熟悉吗？"

王永祥一脸焦虑地看着那照片，越看越气愤，却依然紧咬着嘴唇不说话。

贾丁拿出另一张照片："这张，是王帅入境时的海关照片。"他将两张照片并排放在一起。两张照片里的男人，都穿着红色的衣服，戴着白色的棒球帽，衣着和身形完全一样。

"你现在明白了吗？你来说说，尸体是怎么回来的？"贾丁问王永祥。

"他这是要干什么啊？他这是要干什么！"王永祥戴着手铐的双拳砸向桌子，砸了几下之后，突然又愣住，"他怎么会知道我放尸体的地方？不对，这不可能……他不知道啊。"

"找到他就知道了，你可以自己问问他。"贾丁收回照片。

"他不可能杀人！他就是恨我！"

"他恨你什么？"廖岩追问。廖岩也想知道，是什么样的仇怨让一个儿子这样恨他的爸爸，不惜去杀人、搬尸，甚至自毁？

王永祥的防线再次崩溃，他已完全失去抵抗："半个月前，他来电话说需要钱。他知道旅社拆迁我拿到了一笔钱，他一直惦记着，可是我不想给了……这孩子到了美国也不认真学习，整天玩电脑游戏，他早就辍学了，竟然一直瞒着我！今年3月，我断了给他的汇款，让他赶紧回国，可他却跟我说……"

王永祥的话因气愤和哽咽几乎中断，他努力深吸了几口气才能继续："他说：'你要是不给我钱，我就死给你看，就跟五年前一样……我知道你做的所有事！你就当我五年前已经死了！'"

"他竟然拿五年前的事儿威胁我！他竟然拿五年前的事儿威胁我！"王永祥的整个身体瘫在椅子上，"我做的这一切还不都是为了他？他约人家女孩自杀，人家孩子死了，他是要负责的！人家的父母能饶了他？"

王永祥再也无力说话，他的身体瘫软在椅子上，一切表达对他来说似乎都失去了意义。

贾丁走过去，试图抓住他的双肩让他从椅子上坐起来，可王永祥仍像一摊泥，一动不动。贾丁放弃了努力，走回自己的座位，眼前的王永祥，让贾丁感受到了一个父亲的绝望。

"王帅可能在哪儿？你必须告诉我们。"

王永祥依然瘫坐在那里，一言不发。

"当年三个人相约自杀，一个当时死了，另一个也可能死于王帅之手……你认为他下一步最可能要做什么？完成三年前未完成的事情？那只能是自杀吧……"

贾丁说这话时，廖岩看到王永祥的手抖了一下，可随后，他从嘴里缓缓吐出几个字："让他去死！"

"那你不想知道他为什么要这么做吗？你不想知道他为什么这么恨你吗？"廖岩问。

两行眼泪顺着王永祥苍老的脸流了下来。

贾丁将一张白纸和一支笔放在王永祥的面前："他在兰江可能去哪儿？一个很隐蔽并且可能有很好的 IT 设备的地方。都写下来！剩下的事情交给我们，我们尽量……"贾丁顿了顿，"尽量保他的命……"

贾丁转身拉着廖岩出门。隔着单向玻璃，他们看到王永祥缓缓地从椅子上坐起，拿着笔，犹豫着……

"现在，所有的疑点都解除了。王帅发现了爸爸当年的秘密，于是，将李乐乐的尸体运回她死亡的房间，并用手机游戏的方式将父亲举报给我们，原因很简单，他恨他爸……"贾丁在审讯室外小声分析着。

"可是他为什么要杀死陆洋？"梁麦琦看着里面的王永祥，一直皱着眉。她似乎并不同意贾丁的观点。

"他想要制造跟当年一样的结果。"贾丁没想到，这么清晰的逻辑，梁麦琦竟然不能接受。

"就为了让他爸后悔，再剥夺一个人的生命？"廖岩也跟着问，没想到廖岩也心存疑虑。

"一个自私的父亲，教育出一个邪恶的儿子，怎么不可能？"贾丁觉得廖岩和梁麦琦还涉世不深，他们虽然聪明，但并未见识过真正的邪恶，他们还在以自己的善良推测现实的底线，贾丁必须阻断他们的幻想，"总之，现在所有的证据都指向了王帅，而且王帅也有复制'流浪熊猫'并隐蔽 IP 的能力。协查通告已经发出了，小瞳那边也在网上调查王帅的背景和行踪。"

"追踪王帅当然是必需的，但……"梁麦琦欲言又止，想了想，突然又说，"郭巴那边关于移尸的视频在哪儿？我想看看。"梁麦琦回头时正看到郭巴，直接向他走去……

王永祥面前的纸依然是空白的。贾丁安静地走回审讯室，他看到王永祥一直在盯着自己左手无名指上的一枚戒指。贾丁猜到了他在想什么。那戒指应该是他与亡妻的婚戒吧，如果此时的王永祥正在想着王帅的母亲，他应该已经动摇了。

果然，王永祥叹了口气，开始写字，一边写，一边轻声说着："他有几个朋友，他过去回国时就常去他们那儿打游戏，这是那几个朋友的名字……我去他们那儿找过王帅，我知道地址……"

王永祥越写越紧张，经常写错，写了又划掉，划了又写。他快速地写着，写下大约六七个地址之后，终于把能想起来的都写完了。

贾丁拿起那张纸，快速出了门。

梁麦琦一直反复看着郭巴找到的那段视频：红衣白帽的男子扛着大布卷缓慢地走着。梁麦琦反复地按着键盘，这十几秒的镜头她看了无数遍，慢进，快退，又慢进，反复了无数次。

梁麦琦目不转睛地看着，渐渐皱起了眉毛……

廖岩回到办公室，此时正在以极快的速度浏览着李乐乐生前的微博和朋友圈。

梁麦琦端着两个一次性纸杯从廖岩身后走过来，廖岩却未发现。梁麦琦站在他身后，也跟着看李乐乐的微博日记。

"她恋爱了？"梁麦琦突然说，廖岩吓了一跳。

"你什么时候进来的？"

梁麦琦将其中一个纸杯递给廖岩，里面是热咖啡。梁麦琦坐在旁边的椅子上，喝着咖啡，看着电脑里的字："我进来半天了，你的警惕性最近有点差。"

廖岩皱眉看着梁麦琦递给他的纸杯咖啡，显然对"容器"不太满意。他转身把咖啡倒进自己的马克杯中，喝了一口，满意地点点头："你觉得李乐乐恋爱了，为什么？"

"因为她的朋友圈。一个原本很低调平和的人，在某一阶段突然开始热衷自拍，无病呻吟，晒技能、示柔弱，而且还频繁更新，这种朋友圈，绝对不是给全世界的，而是给某一个人的……这是恋爱幻想阶段，也就是李乐乐爱情的第一阶段。"

"然后呢？"廖岩对梁麦琦的分析充满了兴趣。

"然后，李乐乐的朋友圈和微博又进入了低调温柔阶段。一会儿赞美阳光，一会儿感叹雨露，世界的每一个细节都温柔可爱，手里握着暖暖的幸福……这是第二阶段，李乐乐恋爱成功了。"

"这种分析准吗？"

"非常准。不信你看看小瞳和郑晓炯的朋友圈……当然，她们还是第一阶段。"梁麦琦坏坏地笑着。

廖岩显然没听明白。

梁麦琦言归正传："只是我不明白，李乐乐的身边竟没人知道李乐乐恋爱，她的爱人为什么是隐形的？"

"如果李乐乐真的恋爱了，那她的恋人有可能是王帅吗？"

"疑点就在这里……如果王帅就是李乐乐的隐秘爱人，那么两个人殉情，为什么要叫上第三个人？"

"所以，可能另有他人……而这个人与她的自杀有关？"

"还不确定，不过，我刚才一直在看红衣男人移尸体的那段视频，我一直想不明白，王帅有多大的胆量去移动一具腐尸？而且精心包裹，小心地抱在怀中，没有恐惧，也没有厌恶……"

梁麦琦手指廖岩桌上的那张照片，那正是白帽红衣人移动尸体的截屏。

"他抱着她的样子，就好像她还活着……这需要的不光是胆量，这需要的是爱！"

廖岩看着梁麦琦，似乎被她瞬间点通了："这个人根本就不是王帅，而是李乐乐的隐秘爱人！"

梁麦琦喝了一口咖啡，满意地点点头："我跟队长说了我的疑问，他分了一组人去查，但我总觉得，队长可能不会把重点放在这儿，他觉得我的推论太牵强……

所以，我私下又求了一个人帮我们调查。"

"谁？"

"小瞳的线人朋友。"

"为什么不找小瞳？"

"小瞳的权限很有限，但那个人，却完全不受限制……"梁麦琦对着廖岩扬了扬眉毛，廖岩心领神会。他们要寻找一个可能存在的神秘恋人，而他可能同时还是一个黑客。

寻找一个神秘黑客的最佳"猎手"，就是另一个神秘黑客。

第二十一章　二次元谋杀

跟梁麦琦猜想的一样，贾丁并不相信梁麦琦关于凶手可能另有其人的推断。但廖岩却被梁麦琦说服了，在他的理性原则中，梁麦琦的推论更加合理。

廖岩看着梁麦琦，眼神中流露出几分欣赏，但他的目光很快又落在了她手中的一次性纸杯上。廖岩想了想，几乎是"抢"下了她的纸杯："咖啡不能用一次性纸杯喝，这会破坏它的味道，而且，也不环保。"

廖岩将那纸杯咖啡放在桌子上，回身打开抽屉，快速找到为梁麦琦买的杯子，走到水池边刷洗了一下。梁麦琦纳闷儿地看着廖岩。

廖岩拿着杯子回来，将梁麦琦纸杯中的咖啡倒进新杯中，再递给梁麦琦，并用眼神示意梁麦琦喝。梁麦琦乖乖喝了一口，廖岩十分得意。

"这杯子送你了。"廖岩语速极快地说，他尽量让他这个行为看起来轻描淡写，说完这句话，他如释重负。

廖岩觉得，他终于找到了一个"自然"的机会将杯子送给了梁麦琦。可眼前的梁麦琦，却被他的连环动作彻底搞蒙了。她拿着杯子看着，终于在廖岩眼神的引导下尴尬地喝了几口。

黑子与小瞳并排坐在IT办公室里，兴奋得都有点发晕。自从三天前小瞳去公寓找他，他就一直盼着这一天，与小瞳并肩而坐，大干一场。他尽力帮着小瞳，也时刻提醒着自己收敛锋芒。他了解陆小瞳，她更喜欢同行的男人对她有技术上的依赖，这种强势能给陆小瞳更多的安全感。

申请进入刑警队作为单项任务的技术外援才仅有半天，黑子就认识了廖岩和梁麦琦，还有刑警二大队的所有人，他一直在努力寻找着小瞳口中的那个"心里有"的人。会是廖岩吗？黑子心想，这个消瘦帅气的法医从外形上看倒绝对是小瞳的"菜"，可是能力上不是。廖岩敏锐的观察力和严谨又大胆的逻辑推理能力会让小瞳黯然失色，从而使她成为技术上的附属者，小瞳不会爱上这样的男人，可是，如果小瞳变了呢？

黑子一直在想入非非，身旁的小瞳却一直紧张地看着陆洋的手机。"按照之前'流浪熊猫'的时间规律，王帅应该快开始下一步行动了。"小瞳又看了看手表。

几天之内，黑子真的帮小瞳组了一个战队，就像他们当年的CS战队一样，众多高手分散在全省的各个角落。一旦"流浪熊猫"动了，他们的黑客战队就会立即形成网状体系，在全区域内过滤干扰信号，最终实现真实IP的锁定。如今，这三十多位民间高手正在等待着小瞳发号施令。

还有一件事，让黑子有些不安。梁麦琦悄悄给了他另一个任务，让他去找一个曾与李乐乐生前频繁接触过的高级黑客。对于这条线索，黑子也正在"收网"。

梁麦琦怀疑凶手可能会另有其人，因为她认定给李乐乐移尸的人根本不是王帅，但这个秘密任务，黑子还不能告诉小瞳，因为梁麦琦不想影响她的正常任务。

贾丁调配了大量警力去查王永祥所提供的地址，结果全部落空了，如今，追踪"流浪熊猫"的真实IP就成了找到王帅的唯一办法。不管凶手是不是王帅，"流浪熊猫"都会在行动前发布信息，他曾如此费心地制造二次元谋杀的效果，在最重要的一步，就不可能没有预告。

又是一个办公室里和衣而睡的夜晚。

梁麦琦盯着墙上的时钟看。此时，已接近早晨6点。

"按规律算，它快来了。"梁麦琦心想。

一间暗室里，王帅做完了他最后一张图片。

那张图片中，他自己死了。游戏的主角，那只小熊猫，躺在一个巨大的水晶棺中，棺内烟气弥漫，就像当年的黑猫旅社。

王帅缓缓回过头，看着那个被擦拭得一尘不染的巨型玻璃鱼缸。王帅突然哭了，他还不想死，可是一个声音告诉他，他必须死。

墙上的时钟指向了6点，王帅用颤抖的手按下了鼠标……

陆洋的手机在物证袋中发出震颤，小瞳知道这意味着什么。

那张新的图片中，一只小熊猫死在烟气弥漫的水晶棺材中。而对小瞳而言，这张图却是另一种意义：那是"流浪熊猫"最后一次暴露行踪，它正走进一张由小瞳的战队织成的追捕网。

小瞳手扶耳麦，表情严肃。"行动！"她对着耳机发出指令。

黑子看着小瞳，仿佛又看到了三年前崇拜又喜爱的蛤蟆姐。小瞳表情坚决而专注，开始以惊人的速度处理编码。

兰江市的三维地图上，许多红点在四处跳动，这些红点正在逐渐减少，虚假信号正在被逐渐过滤掉。分块的城市地图上，很多区块已被清理、排除。小瞳镇定地核实着他们的战果："第一组排除……第五组排除……第十三组排除……"

地图上，跳跃的红点越来越少，直到只剩下一个，在兰江文山郊区的一处闪动着，这就是"流浪熊猫"真实的藏身之地。小瞳放下耳麦，强压着内心的激动，平静地说："锁定了！"

王帅躺在那只巨大的鱼缸里，绝望地闭上了眼。玻璃缸外，一只手一直在摩擦着一把"手枪"，他扣动扳机，枪口处闪出一缕火苗，火苗点燃了煤炉里的蜂窝煤，那煤炉通过一根粗管将烟气引向那巨大的鱼缸。

王帅在他的"水晶棺"中挣扎，这一刻，他才知道自己有多么留恋这个世界，他才知道，他的求生欲望有多强烈……拿着打火机的男人缓缓站起身来，对着那鱼缸中的王帅冷笑着："Game over."

男人转身离开了暗室。

小瞳放松地坐在圈椅上，她侧头看向黑子，满意地说："你总算是做了一件正经事儿。"却没想到黑子竟然没时间理她，伸手做出让她不要打扰的手势。

"任务已经结束，队长他们已经在抓捕的路上了。你还在干什么？"小瞳有些生气。

黑子并未停下手中的工作，因为梁麦琦要他找的人，似乎也正在浮出水面。"廖岩和梁麦琦让我查一个人，一个隐蔽的圈内人，我找到了。"黑子双击键盘，电脑上出现了一个人的照片。

"谁？"小瞳警觉地问。

"所有条件都对上了！死者李乐乐当年的一个隐秘男友！"黑子语速极快地说，同时将照片发给了梁麦琦和廖岩。"他与李乐乐秘密交往的过程中竟然跟别人结了婚，一年后又离了婚，但这时，李乐乐已经失踪了。"

黑子的电脑上是一张年轻又阴郁的脸。"他是新果信息技术公司的 CEO，上官宇。"黑子说，"这可能就是梁麦琦要找的凶手！"

黑子从余光中感到小瞳身上的隐隐杀气，他不敢看小瞳，也没时间看，他正在努力通过 IP 定位寻找上官宇的行踪。

"他们为什么不找我？找你干什么？你能干什么？"小瞳气愤地喊着。

"你当时还有别的任务，而且……你的搜索权限太受限，他们也不想让你犯规。"

黑子话还没说完，已被小瞳直接从椅子上推下去，黑子一屁股坐在地上，吃惊地看着小瞳。

小瞳飞快地坐在黑子刚才的位置上，瞬间进入了工作状态，飞快地敲击着键盘："廖岩和梁麦琦怀疑这个上官宇才是真正的凶手？"

黑子依然满脸委屈地坐在地上："对，他们认为王帅很可能只是下一个受害者。"

小瞳一边快速操控电脑，一边与坐在地上的黑子对话："那为什么不直接抓捕？"

"找不到，上官宇七天前已失去行踪。"

"主要是……没有证据吧？"小瞳说。

黑子点头，换了舒服一点的姿势，但仍坐在地上。电脑地图上，渐渐闪现出十分密集的明黄色亮点，最终只剩下两个。

小瞳语速极快，却表达精准："上官宇经常使用的两部手机，与'流浪熊猫'的'跳板'IP位置多次出现重合。而现在，其中的一部正在我们刚刚锁定的位置上……"小瞳的双手突然停止了敲击，"如果他是一个IP高手，他怎么可能犯这么低级的错误？"

"你怀疑他是故意的？"黑子坐在地上问。

"如果他故意引我们去那个地方，那就只有两种可能。第一，那是陷阱，或是声东击西。第二，他已经得手了！他让我们去收尸！"

电脑屏幕上，两个黄点，一个静止着，另一个却在闪烁和移动。"不对！我们的速度比他估算的要快许多！我们还有时间救人！"

小瞳突然站起来，拿山手机拨通了电话，同时抱上电脑，快速冲出办公室，留下黑子依然吃惊地坐在地上。

黑子满脸崇拜地看着小瞳离开的背影："蛤蟆姐回来了！"

贾丁接到小瞳电话时，正带着郭巴、梁麦琦和廖岩在去往文山的路上，他们已接近锁定地点，而特警已先行一步前往救人。

放下电话，贾丁从倒视镜里看着后排的梁麦琦，表情复杂："另一个人找到了！"接着，不太情愿地又加了一句："你又猜对了！"

蒋子楠开车拉着小瞳努力追赶贾丁他们的车。电脑屏幕上，闪动着一个明黄色的亮点。

"头儿，他还在现场附近！这个GPS信号被故意加强了，这可能是个陷阱，但除了这个，我们也抓不到凶手的其他痕迹……"小瞳的语气有些犹豫。

贾丁也迟疑了几秒，然后果断地说："增加警力，是陷阱也得跳！小瞳，保持追踪状态，我们先进现场，过一会儿看你了。"

此时，特警抢先到达了西山的地址，当他们持枪冲进现场时，巨大的玻璃鱼缸里已充满了烟雾。王帅的身体在剧烈地扭动挣扎着。

"他还活着！"特警队长大声喊着。特警冲到鱼缸前，掀开上面的盖子，快速从里面救出了奄奄一息的王帅。特警们还以为，他们是在救一个正准备自杀的凶手。

此时，真正的凶手正在小瞳的电脑上以一枚黄点的形式离开罪案现场。当贾丁的警车逐渐靠近这个黄点时，这个黄点瞬间分解成了三个。小瞳几乎不敢相信自己的眼睛。

"队长，GPS 信号突然分成了三个，不知道哪个是真的！"小瞳恐惧地望着山坡上纵横交错的小路，对着对讲机高喊。

贾丁的警车开到一片小山坡前，前方已没有车道，只有极窄的小路起伏交错。

"下车！"贾丁说着打开车门，四人快速下车时，蒋子楠和小瞳的警车正好赶来，六个人都在小山坡的边缘，看着小瞳电脑上诡异的三个信号。

"三个信号都在附近吗？"贾丁问。

"刚刚分散，就在这片迷宫里。"小瞳手指前面的山坡，"迷宫"这个词她用得非常贴切，面前这个山坡上错综复杂的小路，就像是一个迷宫。

"那我们就兵分三路！"贾丁看着面前的五个人，"郭巴和小瞳一组……"

廖岩看着梁麦琦："我们俩。"

"扯淡，法医和顾问吗？梁麦琦跟我，蒋子楠和你！"贾丁快速掏出手枪，郭巴和蒋子楠也拉开了手枪的保险，贾丁从后备厢拿出三根警棍，分别交给廖岩、小瞳和梁麦琦，"特警增援马上就到，我们的任务就是提供位置……我们是被他引来的，我们在明，他在暗。记住！就是要提供位置，不要冒险，不要恋战！"几个人点头。

"小瞳，给每个人定位，大家拿好手机，都跟着小瞳的动态地图走！注意安全！"

三组人就此散开。

小瞳的手机上，代表他们六个人的六个红点分散开，开始向三个黄点方向移动……

廖岩和蒋子楠在小路中一边观察一边前行，蒋子楠不停查看着手机上的动态图，廖岩将手中的警棍攥得紧紧的。他的心像一直被紧紧地攥着，他有些担心梁麦琦。一开始他还不能理解，贾丁为什么要把梁麦琦也带上，她根本就不是警察。直到环视了周围的环境，廖岩才突然意识到贾丁是对的，在大部队赶来之前，如果让梁麦琦单独留在警车里，她可能会更危险。

廖岩的目光紧随着代表梁麦琦和贾丁的红点。那两个红点一前一后，慢慢向前移动……

　　贾丁走在前面，梁麦琦跟在贾丁身后，二人都不停比照着手机中的地图。他们正与其中的一个黄点越靠越近，按照小瞳的嘱咐，这个黄点可能是凶手，但也可能只是个虚拟的假信号。这时，贾丁突然发现眼前似闪过一个人影，那身影与手机中黄点的移动方向相同。也许，他和梁麦琦跟踪的这个信号正是凶手。

　　贾丁想了想，对身后的梁麦琦说："你待在原处不要动！"说完话，他快速向人影消失的方向追去。

　　贾丁追到一个死胡同，看到手机上的黄点信号弱了下来，而那人影也不见了。贾丁环顾四周，发现此时的自己好像迷路了，每一条小路，看起来都很像。

　　贾丁再看手机，却发现刚刚的那个黄点正在向梁麦琦停留的方向移动。贾丁感觉不妙，而再看手机时，却发现原本三个闪烁的黄点突然只剩下了一个。

　　贾丁对着耳机大声喊："梁麦琦！你注意周围，有个信号正在向你移动……梁麦琦！梁麦琦！"可是耳机里并没有回复。

　　另两组人依然在其他区域小心追逐着黄点，他们也同时发现，凶手的定位从三个瞬间变成了一个，而那个信号正在向梁麦琦所在的位置移动。

　　"梁麦琦！"廖岩的心一惊，紧攥着手中的警棍向那个方向跑去。

　　……

　　梁麦琦手拿警棍，警惕地站着，此时，她突然听到身后的脚步声。梁麦琦回头，看到上官宇正在向她靠近。是的，他就是上官宇，那个真正的"流浪熊猫"，一个高级黑客，李乐乐的隐形恋人和复仇者。

　　上官宇手中握着一把尖刀，他笑着走向梁麦琦。很意外，梁麦琦发现，他的笑容里竟有几分凄凉……梁麦琦有一种奇怪的直觉：上官宇其实并不想杀她。

　　可是，那尖刀带来的恐惧还是让梁麦琦拼命挥动着手上的警棍，那挥动太无力了，警棍被上官宇一把抓住，扔到远处。梁麦琦转身逃离，跑了几步，便发现无路可逃，她的身体触碰到了死胡同的石壁。

　　上官宇手中的尖刀距离梁麦琦只有十几厘米了，梁麦琦闭上了眼睛……

　　梁麦琦听到那尖刀落地的声音，猛然睁开眼。

上官宇缓缓举起双手，做出投降的动作。他身旁一侧的岔路上，一把手枪顶住了他的头。那是蒋子楠的枪，他的身后，站着高举着警棍的廖岩。

第二十二章　良知

上官宇坐在审讯室的铁椅上，双手铐着手铐，平静地看着贾丁和廖岩。

"我没做错什么，这几个人必须给乐乐陪葬……"上官宇看着贾丁面前的电脑，竟得意地笑了，"就在你们对我围追堵截的时候，我向'快录平台'发布了一段视频，现在，这段视频应该很火了吧。"

小瞳抱着电脑跑进审讯室，她电脑中的画面正是上官宇所说的那段视频。

小瞳看着上官宇，愣了半天。这就是那个让她恨、让她恐惧、让她怀疑自己能力的"流浪熊猫"，如今近在咫尺，可她却失去了想要撕毁他的欲望。上官宇和她想象的不太一样，他看起来就是一个普通的人，一个看起来有些悲伤的普通人。

小瞳电脑中的那段视频开始播放了。那是关于黑猫旅社自杀事件的真实版本，与王永祥之前的描述，既像，又不像。

视频中，王永祥冲进了烟雾弥漫的203房间，他抱起自己的儿子，悲伤、悔恨，他似乎完全没有看到其他两个处于危险中的女孩……陆洋摇摇晃晃站起来，李乐乐手捂胸口从床上坐起来，她呼吸困难，她在挣扎。

陆洋摇晃着向外走，"我不想死了，你们也别死了，活着挺好。"陆洋说。李乐乐一把抓住陆洋的手，似在祈求："救救我，我有心脏病……"

陆洋好像根本听不见李乐乐的呼救，继续木然地向门外走。

李乐乐从床上滚落到地上，痛苦地呻吟，微弱地求救……可王永祥依然只关注着抱在怀里的儿子。

李乐乐一点点往前爬着，她抓住王永祥的手，王永祥却甩开了她的手："闺女，你可别死在我这儿啊，你快走吧，这责任我担不起！"

王永祥快速扶起儿子王帅离开。

李乐乐，就这样死了……

上官宇看不到电脑屏幕，可她能听到李乐乐最后的声音。

"她本来可以活的，她已经后悔了，她已经不想死了……如果有人能及时救她，她不会死的。可没有人在乎她！所以，我要让他们知道这种痛苦。而那对父子，我要让他们看到彼此的自私……"

"这个视频你是怎么得到的？"贾丁不解地看着那段视频，那视频很清晰，角度也正好可以看到房间的全貌，并不像是普通的监控或针眼摄像头能够实现的。谁会特意录这样一段视频呢？

上官宇笑了笑："这件事，实在太巧合，我有时觉得，这只能是上天的安排，让我亲手给乐乐报仇……"

"你们应该已经查过我的背景了，我是做 IT 公司的，我一直在偷偷给公司物色一个黑客，干我们这行，有时需要一些黑技术，而我自己也是个低调的黑客。今年 4 月，有一个黑客间的民间 PK，失败者的代价是让对手可以随意'黑'进他的电脑，而他电脑中的全部内容，将对参赛者及'围观者'公开 5 分钟。而我，恰恰围观了王帅的那场 PK，然后，我竟然在他的加密文件中看到了那个视频……于是，我做了一个特别的计划……"

病房里，王帅虚弱地躺在床上，断断续续将这一周以来的遭遇讲给郭巴和蒋子楠听。他满身是伤，满眼是泪，可郭巴却发现自己对王帅实在同情不起来。

"上个月，有一个人通过 QQ 联系我，要花 50 万买我的游戏道具。这个人，就是上官宇。我回国就被他关在了那个密室里，他折磨我……而且，他强迫我一张张地做手游的草图……一开始，我不明白他为什么要我这么做，直到有一天，他让我做一张黑猫死在旅馆里的图片，黑猫……黑猫……"王帅提起这两个字，浑身止不住颤抖起来，"那是我爸的旅馆，黑猫旅社……我突然明白，他为什么要绑架我……后来，他让我用电脑做出自己死亡的图片……他逼我说出了那个女孩尸体的位置……"

"你怎么会知道那个藏尸的山洞？"蒋子楠问。

王帅一脸羞愧："出事当晚，我跟踪了我爸……"

"那你的电脑里为什么会有当年自杀过程的视频呢？"郭巴接着问道。

"我是无意的。我当时用电脑录了一段遗言，可我竟然忘了关。"

"那你为什么要一直保留着这段视频？"郭巴追问。

王帅流下了眼泪："我……我想着……关键时刻可以威胁我爸，让他给我钱……我是个畜生！"王帅羞愧地捂住头，痛哭起来。

蒋子楠和郭巴无奈地对视着，透过病房门上的小窗，蒋子楠发现戴着手铐的王永祥就站在门外。

王永祥听到了儿子所说的每一个字，愤怒又悔恨。

身边的警察问王永祥："你还要看他吗？"

王永祥拼命地摇着头，一句话也说不出来。他转身离开，用戴着手铐的手狠狠地打着自己的脸，警察用力拉住他……

审讯室里，上官宇讲完了自己作案的全部过程。他大部分时间保持冷静，思路清晰，直到最后，他才有些情绪失控。

"没有人知道我和乐乐的恋情，那时，我是结了婚的。而且乐乐她有心脏病，我父母是不会同意我离了婚和她在一起的。所以，我们俩只能偷偷恋爱，不能结婚……乐乐她太善良、太单纯、太爱我，她一直替我保守着我们的秘密，可我没想到她竟然那么痛苦，竟然想要自杀……"上官宇说不下去了。

听到这里，贾丁果断合上了正在记录的本子。

"自私！冷漠！王帅、陆洋、王永祥都该死？可你和他们有区别吗？你真应该好好想想，到底是谁杀死了李乐乐？"贾丁起身，离开了审讯室。

廖岩也缓缓站起身来，看着仍努力保持镇定的上官宇："陆洋，那个被你砸死在悬崖下的女孩，她当时不是不想救李乐乐。在大脑极度缺氧的情况下，她根本分不清现实和幻觉，她是无辜的……"

廖岩看着上官宇。上官宇的表情中，终于有了一丝慌乱。

廖岩也转身离开了审讯室。

梁麦琦依然向单向玻璃里面望着，廖岩站在她身旁。

梁麦琦看起来很平静，完全看不出刚刚经历过危机，也看不出对里面那个凶手的恨或者恐惧。

"你过去的研究方向是抑郁症吧？"廖岩轻声问。

梁麦琦点头。

"那些自杀的人，他们会后悔吗？"廖岩又问。

"重度抑郁的人不会吧，理论上，他们将死亡视为解脱。可谁又知道呢，在最后一刻，他们到底是什么感受？只可惜，他们再没机会告诉我们。"

两人沉默了一会儿。他们看到单相玻璃里面，上官宇突然抱头痛哭起来。

"我在急诊室做实习医生时，抢救过很多喝百草枯自杀的人，那是一种痛苦的、缓慢的，却无法挽回的死亡。他们中的很多人，会头脑清醒地等待去死，两天，甚至更长，一点点地窒息。那几天里，他们都后悔了，没有例外……"廖岩缓缓地说着，目光仍看着审讯室里的上官宇。

梁麦琦转过头来，认真地看着廖岩的脸，被他的悲悯情绪感染着。廖岩也看向梁麦琦："你说得对，有时候，是我们误解了人生……"

小瞳回到办公室，黑子正坐在椅子上吃瓜子，悠闲地看着美剧。看到小瞳进来，黑子温柔地叫了声"蛤蟆"。小瞳白了他一眼："在这儿不许叫我蛤蟆。"但小瞳脸上已有几分温柔。

黑子决定"趁热打铁"："晚上一起玩一局呗？我把战队的哥们儿都叫上。"

小瞳心里已是痒痒的。普通朋友约会常做的看电影、吃西餐这些事她都不感兴趣，唯独组队厮杀才是她的最爱。

"还是黑子最了解我！"小瞳心想。小瞳笑了笑，算是同意，关了自己的电脑，又去帮黑子关。

小瞳瞄了眼黑子的笔记本电脑，那上面，还有他俩三年前的情侣贴纸，她自己的那张早就扔了，黑子竟然还留着，小瞳不禁心里一暖。分手三年，她做了三年警察，她变了，黑子也变了。他已不再是那个做事不管不顾的毛头小子了。与黑子合作的这几天，她时刻都能感受到黑子对她的爱护和包容。"再重新做回朋友，也是不错的。"小瞳心想，正准备合上黑子的电脑，这时，她发现那屏幕上开着一个奇怪的窗口。

这是一个破解程序，小瞳很熟悉，但黑子的程序方法又与小瞳经常使用的略有差别。小瞳瞄了一眼黑子，黑子并未留意，依然表情轻松地收拾着掉在地上的瓜子壳儿。小瞳故意侧开身子，挡住屏幕，悄悄将那程序编码点开细看。

小瞳感到自己的心在剧烈地跳动，不知是因为紧张，还是气愤。黑子的方法非常精巧，只要再进一步，就会比小瞳和整个战队提前半个小时完成对上官宇 IP 的定位，可黑子却在这最简单的最后一步停止了。他为什么要这样做？他难道在保护上官宇？

小瞳再也压不住心中的猜忌，她从办公室的抽屉里悄悄拿出手铐，就在黑子直起身子的那一刻一把将他铐住，黑子一脸震惊地看着小瞳。

"你为什么要故意拖延？你可以更早抓住他的，你到底要干什么？"

黑子看向电脑，这才明白刚刚发生了什么。小瞳依然愤怒地看着他："就在昨天，我发现陆洋的手机曾被复制过两次。有能力、有机会在我身边这样做的人并不多，可我太信任你，才会觉得那是凶手的远程操作！你那时就已找到了方法，对不对？说，你和上官宇是什么关系？"

黑子急了："我不认识他，你看到的，我几个小时前才查到他是谁。"

"那告诉我你为什么要这么做！"小瞳的脸上已全是眼泪。黑子伸手要帮她擦，被小瞳一拳打开。

"为了让你赢，我知道你喜欢赢！"黑子脱口而出，"因为，你从来就不许我比你强，你当年提出分手，就是因为我慢慢开始超过你！"黑子看着小瞳，突然缓下语气："……因为，我太在乎你！"

"谁要跟你比赛？这不是游戏，我不要赢！我们是在拼命，我们是在跟凶手拼命！"

"他不发图片就不会杀人，我们等到他动了再抓会更准确，我没有耽误时间……"可急于辩解的黑子却突然意识到，自己犯了个严重的错误，只要稍晚几分钟，王帅就可能死亡。他在拿人命冒险，用来讨好小瞳。

"我……"黑子不知该怎么继续解释下去，小瞳已转身离开，留下黑子傻傻地站在原地，一只手仍被铐在椅背上。

贾丁听到小瞳屋里的动静，匆匆赶来，却看到气哭的小瞳转身跑开了，小瞳留下一句话："查他！"

贾丁赶紧走进屋里了解情况。

郭巴看到了全过程，跑过去追上小瞳，也不知说什么好："小瞳……有人爱也不错啊……虽然方法有点笨。"

小瞳甩掉郭巴的手，转身离开。

梁麦琦和廖岩看着小瞳伤心的背影，不知如何安慰。廖岩看了眼梁麦琦："看来谁都有为情所困的时候……"想了想，又假装不经意地问："你有吗？"

梁麦琦笑而不语，转身走向自己的办公室。

廖岩盯着梁麦琦的背影看，想了想也往自己的办公室走，路过梁麦琦办公室时，廖岩正看到梁麦琦正拿起他送的杯子喝水。窗外的廖岩笑了，竟然有那么一点羞涩。廖岩转身进了自己的办公室，目光却依然没有离开梁麦琦的身影。通过窗子，他看到蒋子楠匆匆走过走廊，敲开了梁麦琦的门。

蒋子楠递进来一个纸箱："麦琦，你的快递。"

梁麦琦放下手中的杯子，接过纸箱看。那一个国际包裹，上面还有一张明信片——一张布拉格的风景明信片，背面是梁麦琦熟悉的字迹："这个世界，如你所说，很美。"落款是：大同，于布拉格。

梁麦琦笑着打开包裹，自言自语："吴大同，看来你过得挺开心。"

那礼物是来自布拉格的特色咖啡杯，里面，还装着一小袋咖啡豆，包装精美雅致，小卡片上也写着字："布拉格街角的这杯咖啡，感觉你会喜欢。"

梁麦琦将咖啡豆打开，放进手摇研磨器里，此时，咖啡的香气已弥漫了整个房间。

"你还是那么温柔，那么细腻。可是，你还那么敏感和不安吗？"梁麦琦嗅着浓郁的咖啡香气，想起和吴大同第一次见面的样子。他们对坐在心理诊室的两张沙发上。那时的梁麦琦是医生，而吴大同，是患者……

"流浪熊猫"案过后的几个月里，刑警二队都处于相对轻闲的状态，其间接手过两个命案，都是案情简单、证据确凿的"激情"杀人。大家依然每天按部就班地上下班，中间穿插各种培训、借调、协助兄弟部门的工作，等等，每天节奏依然紧凑，只是感觉时间飞快。

闷热的夏季终于过去，如今正是兰江最好的季节，可梁麦琦却开始频繁出门旅行，每次都是短短几天，目的地却从来不跟别人细说。

廖岩利用这段时间抓紧搞论文，他一直在大学里有兼职教学和科研任务，而写论文已渐渐成为他的一种个人爱好。

廖岩正在办公室里看资料，贾丁推门进来："把你那个法医报告给我，我去汇报。"

廖岩从抽屉里拿出贾丁要的报告，递给他，眼睛却依然在自己手中的资料上。

"你忙什么呢？"贾丁好奇地问。

"写个论文，关于自杀的法医鉴定。我让小瞳帮我找了些案卷资料。"

"行，你忙吧，我汇报去了。"贾丁走出门，却又反身回来，"对了，今天可能有人要采访你。"

"谁啊？"

贾丁已关门走了，走过走廊时，廖岩抬头，看到贾丁一脸坏笑。

廖岩皱眉继续翻看手中的资料。资料的封皮上写着"自杀案例汇编（S省）（2015—2016）"，这已经是他今天读的第五本案例了。自从"流浪熊猫"案之后，廖岩就打算写一篇关于"自杀"的论文。

廖岩快速浏览着手中的资料，却突然停在了其中的一页上，廖岩将资料放在桌上，仔细看。

那张案件登记表上写着，如下信息。

自杀案件编号：15

死者姓名：SarahWalker

年龄：28岁。

国籍：M国（留学生）

自杀时间：2015年11月5日

Sarah Walker？这个名字廖岩好熟。

廖岩又翻了一页，那上面有 Sarah Walker 的照片，那是一张美国女孩的证件照。廖岩看着那照片。

那的确是廖岩认识的 Sarah，他不会忘记这张脸，在那个土耳其咖啡馆的圆桌旁，Sarah 坐在他的对面，尖叫，哭喊。她和廖岩、梁麦琦一起，目击了 Ivy 和 Jerrod 的死亡。

廖岩看着她的照片，努力回想更多的细节。双色玫瑰案事发的当晚，是 Sarah 从 Jerrod 手中抽取了那张写着题目的卡片，廖岩还记得她所创作的故事："有人发明了一种可以让人失去所有快乐记忆的药物，而吃了这种药物的人，无一例外地选择了自杀……"

自杀！是的，Sarah 当晚讲了一个关于自杀的故事，而如今，Sarah 死了，大约四年前，死于自杀！

廖岩快速翻到了尸检报告的一页，在死因一栏上写着：血液中高浓度艾司唑仑……腕部尺动脉割裂伤……失血性休克……

廖岩抬起头，他努力控制着自己的紧张，"也许，这只是巧合，只是巧合……"他在心里这样安抚着自己，可是他抑制不住某种凉意顺着后背一点点向头部蔓延。

走廊里突然有了动静，在相对昏暗的玻璃窗外，一张脸突然出现，廖岩吓了一跳。

那人是郑晓炯，她半闭着眼睛，一直在向廖岩招手。

廖岩快速合上资料，放入抽屉里。

"没有尸体吧？"郑晓炯在门外小声说。

廖岩摇头。

"那就好，那就好。"

"你找贾队长吗？他不在。"

"不找他，找你。"郑晓炯的表情里，有一种甜甜的味道。

"那进来吧。"廖岩仍有些心不在焉，Sarah Walker 的名字依然在他头脑中晃动。

"不了，你能出来吗？"

"什么事？"

"一起喝杯咖啡。"

廖岩想了想，不好意思拒绝，走出门，领着郑晓炯往茶水吧方向走去。郑晓炯试图与廖岩并排走，但廖岩走得太快，郑晓炯只能努力追赶。

廖岩突然想起了贾丁说起的关于采访的事。

"是你要采访我？"廖岩一边冲着速溶咖啡，一边问身后的郑晓炯。

"算是吧。"

"什么内容？"

"私生活。"

廖岩皱眉看着郑晓炯，把咖啡放在桌上，帮郑晓炯拉开椅子，有礼貌，却没热情："不好意思，今天只有速溶的。"

二人都坐下，端起咖啡。

"采访私生活是什么意思？"廖岩直接问。

"我对你感兴趣，想了解你。"郑晓炯直言不讳。

"郑记者说话真是又直爽，又暧昧。"

"我说话一向如此，廖博士别介意。"

廖岩终于笑了笑："你说话直爽我是早有耳闻的，只是这暧昧不知为何？"

郑晓炯被他逗乐了："打住！咱俩不这么说话了，行吗？又不是谍战片。我问你，你总这样踉踉的，累不累？"

"我不是故意'踉'，所以不累。"

郑晓炯表情暧昧地看着廖岩："别说，我喜欢的还真是你这'踉踉'的劲儿。"

"郑记者又暧昧了！"廖岩面无表情地说。

"你别叫我郑记者，叫我晓炯。"

"不敢。贾队长跟我们交代过，郑记者是政法战线专业记者，得算半个公安人，郑记者来了，谁也不能怠慢，得按接待厅级干部的热情来接待。"

郑晓炯撇了撇嘴："他防着我不让我采访时，怎么没见什么待遇啊？对了，你给我这杯咖啡算是什么级别的待遇？"

"给女性的待遇，我按颜值分级。"廖岩突然意识到自己竟然也开起了玩笑。郑晓炯看起来虽不聪明，但她有一种能让人快速放松下来的能力。

"我什么级？能得几分？"郑晓炯追问。

廖岩突然决定认真地陪郑晓炯说会儿话，她至少暂时帮他赶走了Sarah Walker的影子。

廖岩认真打量郑晓炯："不好说。从解剖学的角度看，你脸部对称度较好，五官位置与形态端正，肌肉、脂肪比例协调，皮肤弹性好。胸形圆润、上挺，应该经得起岁月和重力的考验。臀部……"

"哎哎！别往下说了。"郑晓炯打断他。

廖岩说话一认真，反而显得有些"不正经"了，当然，郑晓炯内心却十分受用："你就直接说我能得几分。"

廖岩想了想："9分吧。"

"嘀，我可不上你的当，说吧，满分多少？"

"10分。"

郑晓炯颇有几分得意，想了想，又突然加了一句："那个梁博士呢？把小瞳都迷得神魂颠倒的梁麦琦，她能得几分？"在郑晓炯心里，梁麦琦就是她的情敌。

廖岩非常认真地想了想："奇怪，总觉得不该用解剖学的标准来评判她。那种标准，只适合普通女人。"

郑晓炯突然感受到了来自心底的满满"醋意"，随即将咖啡一饮而尽。

"郑记者，咖啡也喝完了，私事也聊完了，我也得回去工作了。您……自己再来一杯？"廖岩看她喝了咖啡，也马上放下了杯子。

"不了，改日再拜访。"这句话显然让廖岩很开心，他立即礼貌地站起身，点点头，转身往法医室方向走。

郑晓炯看着廖岩的背影，自言自语："普通女人！我普通吗？"

梁麦琦的飞机，半夜才落地兰江。这次短途旅行，让梁麦琦感到有些疲惫。

进了家门，梁麦琦直接走进了那间隐秘的卧室，将包中的文件袋放进了一个带锁的抽屉。

所有人都以为梁麦琦是在旅行，可只有她自己知道，这样的旅行有多么沉重。她在进行一项秘密的调查，暂时不想让任何人知道，包括廖岩。

第二十三章　无冕之"亡"

梁麦琦回到兰江的那一夜，发生了一起奇怪的命案。而这起命案，牵涉了她和廖岩都熟悉的一个人……

青兰公寓的电梯里，死了一个女人。

半夜送餐的小哥在电梯间等了很久，这部电梯才从18楼缓缓下移。电梯门打开时，这个女人其实就躺在里面，电梯的地面泛着红色果冻一样的光亮，赶时间送餐的小哥没留意，一脚踏进电梯，随即尖叫着倒退出来。他惊恐地摔倒在电梯外，脚下是一片血红。

梁麦琦赶到现场时，廖岩正蹲在电梯内，观察着女死者身上的伤口。

女死者的大腿根部有很深的伤痕，血液正是从那里流尽的。她的头部也被重击过，发丝下隐藏着裂开的皮肉。

"没有伤后的挣扎……"廖岩仔细查看电梯壁，那上面除了一些喷溅的血迹外，再无其他痕迹。

廖岩抬头向电梯顶部看，那里的监控摄像头被喷上了黑色的漆，喷得异常整洁，以至于肉眼很难发现。

"身份确定了吗？"廖岩回身问蒋子楠。

"死者叫黄岚，32岁，单身，是省报的记者，住在这栋楼1102室。身上的财物和证件都没有了，是保安认出的她。事发后，有人走进过这部电梯，还在里面摔了一跤，这之后，120的急救员也曾进入这部电梯，但在确定死亡后立即撤出并保护了现场。所以，死者死亡时的姿势并没有变化。"

电梯间的另外一侧，郭巴正在询问发现尸体的送餐员。送餐员一身血迹，依然惊魂未定。

"你是说，你进来时，电梯就停在18楼？"

"不是，好像是24楼，后来停在了18楼。"

"在18楼停了多长时间？"

"特别长时间，要不是另一部电梯也不动，我也不至于遇上这么晦气的事儿。"

送餐员沮丧地说。

"晦气？你比那女的还晦气？"

"不是那意思。说来也怪了，我正低头看手机视频呢，视频里也是一女的被杀了，结果一抬眼，就看到真的了。真是吓死了。"

"把你那视频给我看看。"

送餐员犹豫着："有点不太健康……你们不会也管这事儿吧？"

郭巴伸手拿过手机，找到送餐员说的那个视频打开。送餐员面露难色：这是个色情惊悚片。

"你发现电梯停在18楼时，视频播到了哪一段？"郭巴看着视频问。

"那……男的开始脱衣服。"送餐员羞怯地说。

"那电梯从18楼开始向下走呢？播到哪段？"

"那男的举起刀。"

郭巴计算着两个节点之间的长度。"17分钟？这么长？"郭巴纳闷儿。

魏然将尸体装入裹尸袋，廖岩还依然站在电梯口发呆。梁麦琦走到他身旁，看向厢顶的摄像头："能把摄像头喷得如此精细，的确不是一般的凶手。"

廖岩侧头看了眼梁麦琦，简单打了个招呼，又开始研究电梯的控制板。

"很'啰唆'的谋杀，是不是？"梁麦琦笑问。

"的确有趣。"廖岩同意。

贾丁从二人身后探过身子："说说哪里有趣？"

"财物丢失，人死了，看似劫杀，可在哪里动手都会比这儿更方便，却偏偏选择电梯。"廖岩说完摇了摇头。

"电梯外的视频显示，他已经很好地遮盖了自己，帽子、口罩、鞋套、手套……却偏偏要拿着喷漆仔细地喷涂摄像头，反而将自己的正面身形暴露在监控之中。他到底要隐藏什么？"梁麦琦刚刚从小瞳调取的监控中也发现了问题。

"不像是劫财害命？"贾丁问。

廖岩和梁麦琦同时摇了摇头。

大会议室内，小瞳的电脑里反复放着一段视频。一个头戴棒球帽和口罩的男性走进电梯，从口袋里拿出一瓶喷涂颜料，伸手按压，将摄像头涂上，视频中的图像变成一种微微透亮的黑色，直至全黑。

"这之后，电梯内的情况就看不到了。"小瞳说。

"这么说凶手是提前半个小时就做好了准备，并等待黄岚的？那他应该就是针对黄岚。"贾丁敲着手中的笔记本。

"他肯定了解黄岚的工作习惯。"梁麦琦不停地按揉着自己的太阳穴，她似乎有些头痛。廖岩看着她皱了皱眉，这完全不像是旅行回来的状态。

"据说黄岚是半年前调入省报的，近三个月换岗做夜班编辑，几乎每天都是12点左右到家。"郭巴拿着手中的小本子念道，"11点37分，凶手尾随黄岚进了电梯，而此时，凶手竟已套上了鞋套。"

"也就是说，此时他就知道，电梯里必将血流成河……"廖岩说到一半，手机响了一下，廖岩拿起来看了看，"家属签字了，我得去尸检了……你们有人要陪检吗？"

廖岩似是在问所有人，却只看着梁麦琦一个人。梁麦琦点了点头，依然皱眉捂着头。

法医室里，魏然已做好了尸检前的准备。廖岩一边穿解剖服，一边想着刚才梁麦琦的样子，他总觉得她这次旅行回来的状态有些不对劲。

廖岩走到解剖台前，看着黄岚的伤口。随后，他拿起剪刀，剪开了那只浸透了血的裤管，露出死者的大腿。廖岩扒开伤口仔细观察。

"死因就是动脉失血吧？"一旁的魏然问。

廖岩点头："基本可以确定。我考考你，腿部大动脉失血多长时间会导致死亡？"

魏然仔细看了看那伤口，又观察了尸体的整体情况。"根据黄岚的身体状况看，应该在15分钟左右。"魏然十分肯定地说。

廖岩满意地点点头："不错。你现在知道电梯为什么在18楼停了十几分钟了吧。凶手是要看着黄岚流血而死，才放心离开。"

魏然恍然大悟。

廖岩仍然在仔细观察那伤口，突然皱了皱眉毛，他用手触摸大腿上沾血的皮肤，然后拿起一块湿纱布，轻轻擦掉皮肤上的血迹。大伤口的周围显露出了一些细小的伤口。

廖岩看着那伤口，用手比拟凶手用刀的样子。

"试探性伤痕。"廖岩自语道。

"什么是试探性伤痕？"贾丁拿着廖岩的报告单，皱着眉问。

廖岩拿起一支笔，假装用手持刀向下刺，先试着浅浅地刺几下，然后，终于找到某一位置狠狠地刺下去。

"就是试着找到大动脉的位置。这不像是直接行凶，确切的描述，像是'手术'。"

"也就是说，他极有可能是在故意制造'伤害致死'。这就是他要向摄像头隐藏的'动作'？"梁麦琦似乎突然对案件充满了兴趣，廖岩注意到她此时的气色比早上好了许多。

"我有一点不明白……"小瞳突然问道，"那个看恐怖片的送餐员说，电梯在18楼停了十几分钟，凶手不怕中间有人叫梯吗？他是怎么做到的？"

"这很容易。"廖岩说。

廖岩曾仔细研究过那部电梯，它的操纵盘是在轿厢内部，凶手只要按下"专用"的按钮，电梯就会完全受他控制，只要当电梯运行到18层时再按"停止"键就做到了。

"但最关键的问题是，他为什么一定要在电梯里杀人？"廖岩皱眉想着。

贾丁看向廖岩和梁麦琦："麦琦，现在能做一部分侧写吗？"

梁麦琦摇头："不可能，线索太少了。"

"廖岩，你呢？"贾丁又问廖岩。没想到他竟张嘴就来："凶手，男性，身高175厘米左右，体重约75公斤。从动作状态上看，年龄应该在25至28岁之间。惯用右手，力大，手稳。"

贾丁想了想，突然觉得不对："你这些走廊的监控里都有啊，你这能叫'画像'吗？这叫'画面'。"

廖岩耸耸肩。大家都笑，小瞳笑得最欢，能有机会笑话一下廖岩的确是一件很过瘾的事。

廖岩的电话突然响了，他看了一眼，表情突然变得严肃，他拿起电话走出门外接听，梁麦琦的目光一直追随着他。

打来电话的是廖岩公安内部的一个朋友。廖岩前一天曾求他帮忙调查一下2015年 Sarah Walker 的自杀事件，没想到这么快就有了结果。

走到走廊，看着仍然响着的电话，廖岩竟然有点紧张，但却不知自己到底在担心什么。他按下接听键。

"廖岩，你托我查的那个外国人自杀的事儿，我帮你问了，没有任何问题。"

"确定自杀？"

"对，现场的门是从里面反锁的，那个女孩有五年多的抑郁症病史，很严重的那种，自杀过不止一次，她父母本就不同意她来中国留学的……外国人在中国非正常死亡，是特别敏感的，《死亡鉴定书》要交所属国驻华使馆，当时的鉴定结论双方完全没有异议。"

"那就好，那就好。"廖岩反复说。

"怎么？市局要调查这事儿？"

"没有……是我正在写这方面的论文，需要一些特殊案例。"

"那这个案例可不怎么特殊……当然，国籍特殊点儿。"

"嗯，明白了，谢谢。"

"没事儿……"

对方挂断电话，廖岩长舒了一口气，可还有些悲伤。Sarah 自杀会不会与"双色玫瑰案"的影响有关呢？廖岩自己也是花了很长时间才走出那个阴影的，梁麦琦也一定经历了很多……

廖岩正想着，突然传来一阵慌乱的脚步声，走廊尽头响起了郑晓炯的声音。

"是黄岚送过来了吗？"郑晓炯看到廖岩，抓住就问，"是黄岚送过来了，是吗？她死了，是吗？"

"你认识黄岚？"廖岩吃惊地问。

二人说着，一起走进大会议室。

"我和黄岚曾在一个部门工作了两年多，她原来也在《江都晚报》，刚才听说她在电梯里被劫了，死了……"郑晓炯哽咽着，说不下去了。

贾丁安慰她："晓炯，你别急，慢慢说。"

"她去年才调去省报的。上个月还说要约我一起吃顿饭。"

郑晓炯的目光扫过廖岩手中的验尸报告，可目光却不敢停留。眼前，他喜爱的这个男人，刚刚解剖了她的一个朋友，这让她猛然觉得廖岩有些冰冷。

"她死得痛苦吗？"郑晓炯犹豫了半天，还是问了。

廖岩很平静地想了想："她是失血过多而死的，死亡过程相对缓慢，除了恐惧之外，她有很长时间思考死亡是否会来临，有时间去想她的死给爱他的人造成的伤害，然后，濒死感会一点点真实，恐惧、愤怒、恨、求生的欲念、遗憾，然后是绝望……"

廖岩似乎完全不理会郑晓炯的悲伤："……所有的感觉交织在一起……而此时，死亡的恐惧更加真实了。与这种濒死感相比，疼痛反倒是不值一提的痛苦……"

郑晓炯眼看着廖岩，眼泪夺眶而出。

"廖岩！"贾丁向廖岩使了个眼色。

廖岩马上来了个转折："其实，她在失血之前已经昏迷了。"

"那你为什么还要说那些？"郑晓炯说不出是委屈还是悲伤。

"通过对比，你是不是感觉释然多了？"廖岩平静地看着郑晓炯。

郑晓炯愣了，半天也说不出话来。

"为什么你一提到死亡，就会满脸兴奋？"

"兴奋？我正常的反应应该是悲伤、同情对吧，但这有用吗？"廖岩反问。

廖岩态度虽然冰冷，却让郑晓炯很快停止了哭泣，她深吸了一口气问廖岩："我能隔着玻璃看一下她吗？她……还躺在那儿？"

廖岩点头。

廖岩前面带路，郑晓炯跟着他来到法医室的玻璃墙外。此时，法医室还拉着窗帘。

廖岩示意郑晓炯在门外站着，他自己走进法医室，拉开玻璃墙上的厚帘。

黄岚的尸体躺在解剖台上，盖着白布。廖岩看了一眼玻璃墙外的郑晓炯，轻轻掀开白布，黄岚的脸露了出来。

郑晓炯努力平复着自己，不忍再看，转过身去，后背靠着玻璃墙。

廖岩从法医室里看着郑晓炯的背影，骤然生出一种怜悯来，他将黄岚的脸重新盖上。

廖岩走出去，轻轻走到郑晓炯的身边，用手温柔地拍了拍郑晓炯的肩膀，郑晓炯被他的温柔吓了一跳。

"让他们送你回去吧……"廖岩轻声说。郑晓炯感动地看着面前温柔的廖岩。"别影响我们工作。"廖岩补充道。

郑晓炯的感动消失了。

小瞳坐在电脑前反复看着凶手喷涂电梯监控的视频。这种行为已与破案关系不大，这就像是着了魔，反反复复停不下来。就像有的人不停地咬指甲、抠手指、挤青春痘一样，凶手给视频喷漆的流畅动作有点让小瞳着迷。如果这话让贾丁听到肯定会骂她。"为什么要这么完美……"小瞳一边感叹一边又放了一遍。小瞳将那视频放大，想再看一遍，却突然发现视频全黑的那一段竟有一个角有些发亮。"原来还有个缺口！"细看后，小瞳吃惊地说。

从那个放大的黑暗缝隙里，小瞳看到一个男人四分之一的头部暴露在监控中，那头晃动着，看不清动作。

小瞳暂停视频，起身去找人。

"没想到凶手竟然遗漏了一块。"梁麦琦仔细盯着那亮点，那仅有四分之一的头部影子在晃动，但完全看不到黄岚。

"这能看出什么？"贾丁抱怨道。

"愤怒。这种抖动，是刻骨铭心的恨。"梁麦琦果断地说。

"这完全看不到表情的视频，你也能确定情绪吗？"贾丁有些怀疑。

"是仇杀！"梁麦琦的语气更加坚定了。

"仇杀？"以贾丁经验，仇杀还算是一种比较容易侦破的凶案类型。因为大多数仇恨还是显性的，很少有人能把仇恨隐藏到极深。在矛盾爆发之前，常常会有无数歇斯底里的争吵，是非对错的争辩，当然，还会有许多兴趣盎然的旁观者可以成为证人。

"好，那就从仇杀开始。"贾丁想了想，又说，"黄岚是个社会新闻记者，还是先从她的职业，也就是报社入手吧……"

蒋子楠一路小跑走进贾丁办公室，开口就说到"报社"。

"报社，头儿，报社出事了！"

"怎么了？"大家都问。

"郑晓炯他们报社有个叫汪西的人……他死了！"

汪西，《江都晚报》的记者部主任，也是郑晓炯的直接领导，刚刚被人发现死在了家里。

廖岩拎着法医勘查箱走进汪西的家。走到门口时，看了一眼门牌：1803。

浴室中，中年的汪西躺在浴缸里，穿着衣服，浸在浴缸浓浓的血水中。浴室中弥漫着令人作呕的血腥味，单看浴缸中血液的颜色，廖岩就知道，汪西的血流干了。

廖岩放下勘查箱，打开，戴上手套，探身观察死者的伤口。死者右腿的裤管上有一个明显的破洞。

"又是股动脉失血？"贾丁在廖岩身后问。

廖岩戴着手套拨开死者的伤口看，嗯了一声，又开始查看死者后脑上的伤。

"先袭击后脑……"廖岩转身看着地上那条细长的拖行血迹，"然后，拖到浴缸中。"

"尸体摆放得如此整齐，腿部流出的血液竟没有一滴喷溅在浴缸之外。真是有完美主义倾向的人。"梁麦琦看着尸体，又问廖岩，"死亡时间呢？"

"不超过两个小时。"

"那应该是在黄岚死亡之后。如果真是一人所为，凶手的行动也太快了，竟然在十二个小时内连杀两人！"贾丁看着浸泡在血水中的尸体，想着刚才梁麦琦关于仇杀的话。

"头儿……"郭巴从客厅进入浴室，手里拿着一张装在物证袋中的纸，交给贾丁。那是一张由报纸剪裁的字帖成的信，那上面的文字是：

你将下十八层地狱。

第二十四章　鬼魂脸

"你将下十八层地狱。"汪西在死亡的前一天收到了这样的恐吓信，但他没有报警。

收到恐吓信选择不报警的情况，贾丁经历过不少。原因大体不过三种。一是觉得这不是"要命"的事，不值得报警；二是没有目标，被害人不相信自己会得罪什么人；第三种就是，他心里有秘密，不想被警察知道。

不管是出于什么样的原因，这封恐吓信的存在都可以印证关于仇杀的猜测。而要找到汪西与黄岚死亡的确切联系，最好是能找到黄岚的恐吓信。

蒋子楠和郭巴去了黄岚的家。一进门，就感受到了黄岚对自己职业的热爱。

她家的墙上挂满了自己的照片，清一色的工作照，或是采访照，或是坐在电脑前写作照——没有一张艺术照。她的书架上，全都是获奖证书或者奖杯。

"听说她还没有男友朋，看来是把所有的激情都给了工作。"面对这样的墙壁，蒋子楠不禁感慨。

郭巴拍了拍他的头，让他抓紧工作。他们今天来这儿的目的很明确——找到黄岚的恐吓信，或者，黄岚可能得罪的人。可是，两个人翻了大约半个小时，也没有任何收获，只是看到了更多的报纸和采访笔记。

"可能根本就没收到过吧，要不就是扔了。"蒋子楠有点泄气。

"要不我们问问她省报的同事，如果收到，即使没报警，至少也要跟领导汇报一下吧？让小瞳问问去……"郭巴拨通了小瞳的电话。

小瞳接到郭巴的求助电话时，郑晓炯正神情紧张地坐在 IT 办公室的沙发上，她喝了一杯又一杯的热茶，仍然觉得冷。

听到郭巴他们打来的电话，郑晓炯突然冷笑了一声，小瞳吃惊地看了她一眼："小炯，你笑什么？"

"恐吓信这种东西怎么可能会吓倒黄岚呢？她收到了也不可能报警。她是个以此为荣的人，这么多年，她都以写批评报道为乐，接到恐吓信反而会令她更加兴奋。"

"引以为荣？那她收到过很多恐吓信吗？"小瞳不解地问郑晓炯。

"肯定不少，她过去跟我提过。"

小瞳马上按下了免提键。

郭巴听了郑晓炯的描述，环顾黄岚的家，对着电话说："黄岚好像有收藏的习惯，那她会不会也收藏恐吓信，晓炯？"

隔了一会儿，电话里传来郑晓炯的声音："这个我不清楚，但我知道黄岚有收藏自己作品剪报的习惯。她做记者有十多年了，据说每个作品，哪怕是小豆腐块文章，都会认认真真剪下来贴到本子上。"

"明白了。"郭巴放下电话，对蒋子楠说，"找剪报本！"

蒋子楠快速翻找黄岚的书架，找出了一大摞剪报本。

"找日期最近的。"郭巴一边说，一边快速翻看。那些剪报本整洁有序，每个书脊上都写着时间，郭巴找到了日期最近的一本，正要打开，从里面掉出一个大纸袋。蒋子楠拾起纸袋打开，里面有一摞各种各样的纸。郭巴凑近，二人都露出了吃惊的表情。那里全是恐吓信！各种各样，实名的和匿名的都有。

"一个记者，竟然收到了这么多的恐吓信。"蒋子楠突然对这个职业肃然起敬。终于，他翻到了一张对折的A4白纸，背面透着胶水干涸的痕迹，蒋子楠打开那张白纸，正是他预想的样子。

"你将下十八层地狱！"

这信，除了剪裁的字体略有不同，内容与汪西收到的一样。

梁麦琦走进小瞳的办公室，坐在郑晓炯面前。郑晓炯依然是一副失魂落魄的样子。

"晓炯，你仔细想想，汪西和黄岚有什么共同的仇人？"梁麦琦的语气很温柔。郑晓炯知道，梁麦琦过去是个心理医生，而这种温柔无非是一种职业习惯，她在把郑晓炯当成一个患者，这种感觉让郑晓炯很不舒服。想到这儿，郑晓炯的语气有些生硬："黄岚的仇人就多了，可这个汪主任，能有什么仇人？他就是个老绵羊，走路刮倒根草都得扶一下的性格。"

郑晓炯抬头看梁麦琦，梁麦琦也正在看她。

"梁博士，说实话，我特别不喜欢你这'穿透一切'的眼神，你好像也在分析我是不是个凶手。"

梁麦琦笑了，随即也换了一种语气："职业病，没办法！不过，郑晓炯，我现在要给你讲讲黄岚和汪西是怎么死的，你给我仔细听、仔细想！"

面对梁麦琦的突然强势，郑晓炯的气场瞬间就弱了下来，甚至有点胆怯。

"黄岚和汪西都死于股动脉大出血，黄岚死在18层电梯，汪西死在18楼的家中，具体一点，是浴缸里。他们在死前都收到了恐吓信，信的内容是'你将下十八层地狱'。"

郑晓炯紧张地听着。

"你听好，主要的两个关键词是'股动脉'和'十八层地狱'，这里面可能有一个数字对凶手来说很敏感，那就是18。这在我们的专业里，叫仪式感，不是你们所说的送花、喝红酒的仪式感，它连接着凶手特定的行为动机和心理强迫，你懂吗？"

郑晓炯使劲儿点头，反复默念这几个词："股动脉、18、电梯……股动脉、18、浴缸、电梯……"郑晓炯的思路开始变得混乱了，她急于想理清思路，可越急越乱，有点儿像考试即将结束却还有道大题没答的考生。

梁麦琦不再紧盯着郑晓炯看，而是转身给她倒了一杯茶，轻轻将那热茶放在郑晓炯的手中。梁麦琦很明显在使用刚柔相济的方法，可此时的郑晓炯却已不在意了。当她握紧梁麦琦的那杯热茶时，郑晓炯的心里莫名地泛起一种暖意。

郑晓炯渐渐平静下来，努力地想，渐渐地露出了恐怖的神情："天哪……这件事，可能与我有关！"

郑晓炯所想起的事情，是一个令她羞愧的记忆，可她现在却不得不把这件事的来龙去脉再复述一遍，而此时的"听众"还包括廖岩。

"如果把黄岚和'股动脉'联系在一起，就只能是那件事了。"郑晓炯不敢看廖岩的眼睛。

"三年前，报社的一篇社会新闻报道之后……死了一个人……那篇报道其实只有三百多字，报社的人谁也没太在意，可就因为……记者的一时失误，将目击者的真实姓名写在了稿件之中。那个报道中写了一句不该写的话：'据报案者吴优称……'"

郑晓炯叹了口气，瞄了一眼廖岩，她明显看到廖岩皱了皱眉，郑晓炯的心一沉，继续说："文章见报的第三天，那个目击者就死了……死在了电梯里，死因是股动脉刺伤失血……后来破了案，是打击报复。"

所有人都安静地听着，郑晓炯的声音越来越小："后来，家属来报社闹事了……黄岚和汪西出面给他们道了歉。"

小瞳很快找到了这篇文章。

大屏幕上出现了这篇报道的内容，题目是：《杀人焚尸难逃群众"火眼"》。郑晓炯看着，悲伤地点了点头。

大屏幕上的文章被放大，大家都看到了题目下方的字：本报记者黄岚、郑晓炯。

贾丁吃惊地看着屏幕："什么？晓炯，你是第二作者？"郑晓炯羞愧地点了点头："这事，我也有份儿。"

廖岩背对郑晓炯，专心读那篇报道。郑晓炯看着廖岩的背影，庆幸现在看不到他的表情。

"10月6日？这文章发表于10月6日？"廖岩突然转身问道，"郑晓炯，你刚才说文章发表的第三天，目击者被害，也就是10月9日，对吗？"

郑晓炯点头。所有人都是一惊。

"今天就是10月9日啊！"贾丁看着手表上的日历。

小瞳快速查找相关资料："对，当年电梯伤人案中，死的那个人叫吴优，今天正是他三周年的忌日！"

大家都看向郑晓炯，都明白这件事意味着什么，可谁都没有说破。

贾丁立即拿起电话，给郭巴下了一道指令："你立即带上一队人，开始排查吴优的重要关系人，而且都要控制住。资料我马上让小瞳传给你们！"

就在郭巴他们对吴优的关系人进行地毯式排查的时候，蒋子楠却发现，吴优早就曾以另一种形式，"去过"死者汪西的家。

汪西的妻子一边哭一边讲着汪西被害前的状态："接到了恐吓信，他挺害怕的。

我让他报警，可他又说不至于。他一直都有失眠症，挺严重的，我都不太敢惹他……"

汪妻哭着看墙上家人的全家福，更加难过，可看着看着，脸上却浮现了恐怖的表情。

"说到他的失眠症，我突然想起一件事情……"汪妻说这句话时，声音有些抖，"他好像就是从那个时候开始失眠的……"

"什么事？"

"大约一年前，有一次，汪西坐在沙发上看书，书里掉出一张照片，他弯腰从地上捡起来看，我发现他的手一直在抖，他反复地说……多了个人，多了个人！"

"多了什么人？什么照片？"蒋子楠急问。

"那是去年6月份汪西他们报社出去旅游的一张集体照，他们同事很多我都不认识，所以，我不也知道汪西他说的'多了个人'是谁，我就问他：'多了一个人又怎么了？'他当时的语气特别可怕，他说……"

汪妻深吸了一口气，才继续说下去："他说……这个人早就死了！"

汪妻脸色苍白，她看着自家墙上的照片，随后环顾四周，那种表情，仿佛是担心某个鬼魂正潜伏在这个房间里。

"那照片还在吗？"蒋子楠问。

"没了！当时就被我扔了！留着这个更让他瞎想。"说完这句，汪妻便不再说话，她求助地望着客厅外面的亲属，她现在需要陪伴，她很害怕。

蒋子楠马上把新情况汇报给了贾丁，接通电话后忍不住说："头儿，闹鬼了……"

"什么鬼……照片是什么时候的……好的，我问一下晓炯。"贾丁按断电话，表情特别严肃，他走到郑晓炯面前，清了清嗓子。

郑晓炯马上坐直身子，贾丁的表情已让她不寒而栗。

"晓炯，一年前报社有一次旅游，拍了一张集体照，你还有吗？是6月份。"

"旅游？……我所有的照片在云盘上都有备份，我可以打开看看，去年6月份是吗？怎么了？"

郑晓炯从手机空间中找到了一张集体照片："是这张吗？"

郑晓炯将手机交给贾丁，贾丁仔细看那照片，莫名其妙地又清了清嗓子："晓炯，我说了你千万别害怕，汪主任说这里面多了一个人……"

"什么人？"

"一个死人。"贾丁的声音充满了恐怖感，周围人都很吃惊，可是郑晓炯却没有害怕，她看了眼照片，苦笑着说："这还用怕吗？死了的人不就是黄岚吗？"

"不，晓炯……汪主任是一年之前说的这句话。"

郑晓炯拿着手机的手开始发抖，贾丁拍了拍她的肩膀："别怕，会有答案的。小瞳，帮晓炯把照片发到大屏幕上，我们分析一下。"

小瞳同情地看着郑晓炯，又好奇地从她手中拿过手机，将照片发送到会议室的大屏幕上。这张照片看起来很平常。

"我们大家一起数一数，这上面一共有多少人？"贾丁盯着屏幕说。

"十七个。"

"十七个！"

"十七……"

大家都说是十七个。

"晓炯，你觉得这上面的人有问题吗？"贾丁问。

郑晓炯摇了摇头："我觉得没问题，除了上面有两个人死了，还有一个，要死了……"

"晓炯，不要瞎说。你这是在公安局，谁能在这里把你杀了？"小瞳安慰她。

"十七个，没有问题，可汪主任为什么说照片上多了个人，而且，有一个人几年前就死了？"贾丁纳闷儿地看着。

"汪主任的照片是冲印版还是电子版？"梁麦琦突然问。

"一定是冲印版！蒋子楠说'被他老婆扔了'，而不是说被她'删'了。"贾丁回答，又转身问郑晓炯，"你有冲印版吗？"

郑晓炯依然是迷茫的表情，缓缓答道："都有，每人发了一张，我的应该就在单位的抽屉里。你们等一下，我让同事帮我翻拍一张。"

梁麦琦马上提醒："晓炯，要找你认为最可靠的人。"

郑晓炯点头，走到另一边打电话。隔了一会儿，把手机中的一张照片给大家看。那是她抽屉里那张冲印版照片的翻拍。大家仔细看着，数着上面的人数，然后都愣住了。

"十八个人！他……他在上面！"郑晓炯恐惧地说，手指照片中的一个人。

那张照片上，汪西主任和黄岚挨着站着，在他们身后的一排，有一张相对模糊的人脸，那张脸被逐渐放大加清，正是死去的吴优。

吴优曾经来过，以"鬼魂脸"的形式。

第二十五章　报社

汪西躺在解剖台上，苍白、僵硬，大腿上的伤口触目惊心。这一次，尸体上没有试探性伤口，只有一刀，直刺大动脉，然后，汪西开始等待死亡。与黄岚一样，他先是头部受到猛击晕倒，但与黄岚不同的是，他被击打的部位是后脑。

廖岩看着汪西的头部，抬起右手，模拟着击打的动作。"右手……从后面攻击。"廖岩想象着汪西与凶手之间的位置关系。

汪西家的门没有人为撬动过的痕迹，难道那人有钥匙？或者，更大的可能是汪西给凶手开了门，然后，他转身向里走，凶手跟在身后。

廖岩在头脑中复制着杀人现场。汪西家客厅的中央位置留下了一些喷溅的血迹，不多，那应该就是汪西被击倒的地方，然后就是拖曳的痕迹。他被拖进了浴室，凶手又将他小心放进浴缸，然后注入了一些水，水量控制得很好，凶手似乎精确地计算了血量与水量的总和，使汪西的尸体正好能被血水完全浸泡。

这一系列过程，比他杀死黄岚时更加精确，更加有条不紊。他，似乎更有"经验"了。

"可是，为什么要给凶手开门？"廖岩想，现在的城市里最有可能的主动开门情况就是快递和送餐，但背对凶手，就是另一种情况了。"前一天刚刚接到恐吓信的人，为什么完全没有警惕心？"廖岩自问自答，"那他可能是汪西信任的人，或者，一个看起来完全'无害'的人。"

尸检已经结束，廖岩和魏然将汪西的尸体放入冷藏柜内。

尸检很简单，但调查可能会更复杂。廖岩脱去解剖服，向大会议室走去。

出去调查吴优身边关系人的刑警大部分已回警队。小瞳划掉了白板上的最后一个名字："不在场证据都核实了，吴优的至亲，凡是符合身材条件的，都有确切的不在场证据。"

"那有没有可能是雇凶杀人呢？"贾丁看着白板上被划掉的名字。

"不可能。"梁麦琦十分肯定地说，"雇凶杀人一般没有制造'仪式感'的必要性，而且，行凶者也不可能表现出那么真切的愤怒……"

郑晓炯被带回到大会议室，神情看起来更紧张了。

"关于暴露吴优报案人身份的报道，汪主任又是怎么牵涉进去的？"梁麦琦问郑晓炯。

"家属来闹事，他出面帮我们顶上了。他当时对着家属说了一些替我们辩解的话……"

"是狡辩的话吧……"廖岩一边向里走，一边神情冷漠地说。

郑晓炯委屈地看着廖岩，廖岩却继续以官方的口吻询问她："关于报道，可能牵涉的人除了你，还有别人吗？"

郑晓炯苦笑："活着的，可能只有我了。"

"当时在报社闹事的有多少人？"廖岩说着，坐在了郑晓炯的对面。

"好多人啊，我甚至怀疑他们还雇了人。"

"那有没有人提到过十八层地狱？"梁麦琦插话道。

"他们说了很多诅咒的话，都记不清了。"郑晓炯看着梁麦琦。

梁麦琦站起身来。郑晓炯了解这种姿态，这是梁麦琦要开始大段地表述了。"她是在等廖岩进来才开始表现自己……"郑晓炯心里酸溜溜地想。

果然，梁麦琦开始系统地梳理案情："凶手是一个仪式感很强的人。他对这种报复性仪式的要求近乎强迫。他要在凶杀中强调并完成很多要件，比如，地点——黄岚一定要死在电梯里；又比如死亡方式——死者必须重复吴优的死法，也就是股动脉失血；又比如诅咒——十八层地狱；又比如死亡时间——三年的祭日。那么，如果还有人要死，也一定是发生在今天。"梁麦琦并没看郑晓炯，可大家都知道她说的是谁。

郑晓炯已经够怕的了，可小瞳却又偏偏不识趣地加了一句："也就是说，如果凶手一定要杀晓炯，那也一定是今天！"

郑晓炯面色苍白，不再说一句话。

小瞳觉察到自己的失言，于是决定安慰一下郑晓炯，可没想到弄巧成拙，反而给郑晓炯的伤口上又加了一把盐。小瞳将自己搜集到的大量黑白"鬼魂"照片投在大屏幕上："自从有了摄影技术，人类就不断地在成像图片中发现鬼魂的身影，这些鬼魂千奇百怪，但相似的是，这些人脸和身影大都是真实存在的……"

郑晓炯面若死灰。贾丁看了一眼吓傻了的郑晓炯，对小瞳使了个眼色，小声说："小瞳，你的情商还能再高一点儿不？"

"队长，你们听我说完。我向你们列举这些，是因为，这些'鬼魂脸事件'事后都被证实并非真的鬼魂，一些是来自成像时的异常光反射，有些则是照片冲洗时的意外重叠。而近代，自从有了电脑成像技术，这些鬼魂的身影则大都是被 P 上去的。"

贾丁听得有些不耐烦了："小瞳，这我们都知道，你何苦费心把这些鬼魂照片都找出来？现在我们需要知道的是，它是怎么被 P 上去的。"

贾丁说话时已经起身，做好了出发的准备："报社那边，蒋子楠和郭巴已经在带人排查了，但人太多，关系太复杂，目前还只停留在身形、动机和作案时间的筛查上。但我们去了，就不能只是这种方法了，必须直接找到重点！"

梁麦琦也开始收拾东西，显然，她也想跟贾丁去报社："现在吴优的重要关系人都排除了嫌疑，那这张'鬼魂照片'就是我们破案的最大突破口。电子版上没有的人，却在冲印版上出现了，那么在照片送交冲印到取回的过程中接触过照片的人，就是潜在的嫌疑人。"

梁麦琦走到郑晓炯面前："晓炯，我要你现在集中精神想一想，什么人可能在这个阶段接触到这张照片？"

郑晓炯有些为难："这个过程我也不知道。那次出去玩的，并不是报社的所有人……那张照片是摄影部的同事照的，我们旅行结束后就都收到了同事发来的电子版照片，可是，为什么后来又有了冲印版？我也不知道啊……"

梁麦琦摇了摇头，贾丁已站到门口："梁麦琦，你跟我们走！"他又看了看小瞳："小瞳也去！廖岩留下。"贾丁说着，向廖岩使了个眼色，同时瞄向郑晓炯，意思是让廖岩陪着郑晓炯。廖岩本来已经站起来，又失望地坐下。

贾丁他们快速出了门，走到走廊时，郑晓炯突然想起了什么，追了出去："是齐总编，我想起来了，好像是齐总编让人打印的照片！"

齐总编亲自为贾丁和梁麦琦开门，还没等贾丁开口，就一口气说了好多话："辛苦你们了，警察同志，有新的消息吗？听说是仇杀？大家现在人心惶惶，都没心思写稿了，记者的安全都保护不了，还哪有什么新闻正义可言啊？"

梁麦琦认真地观察着总编表情和手上的动作……

贾丁打断齐总编的话："消息传得挺快啊……我们目前的确怀疑是仇杀，郑晓炯现在已经被我们保护起来了。"贾丁故意把这句话说得很慢，给梁麦琦更多的观察时间。

"郑晓炯？她也与这件事有关？"齐总编吃惊地问。

梁麦琦起身关上办公室的门，贾丁从包里拿出那张有"鬼魂脸"的集体照："您还记得这张照片吗？"

齐总编拿起照片："这个是我们去年旅游时拍的一张集体照。"

"那您仔细看看，这张照片有什么问题吗？"梁麦琦问。

齐总编一脸疑惑，从桌上拿起眼镜戴上，仔细看，突然，他指着吴优的脸说："这个不是我们的人！他是谁啊？当时照相有他吗？"

"你认不认识这个人？"贾丁问道。

齐总编又看了看，摇了摇头："不认识。你们从哪儿弄来的照片？不对啊，我也有这张照片，可我的没有这个人啊……我现在就找给你们。"

贾丁和梁麦琦对视了一下，齐总编开始翻身后的书柜，从里面拿出一本大影集，从影集中翻找了半天，却没找到。

"咦！怎么没了呢？我明明夹在里面了……"齐总编最终也没有找到那张照片。

"那您确定您的照片里没有这张奇怪的脸？"贾丁招手请齐总编坐回来。

"特别确定！这张照片我特别仔细看过，我当时为啥让他们洗一套呢……你们看呀，这张我照得特显年轻！你看……看……"齐总编说着拿过梁麦琦手中的照片，满意地欣赏。

贾丁不禁咂了咂嘴。

"鬼魂脸照片难道只有三张？"梁麦琦小声对贾丁说。

"过一会儿外面查一下。"贾丁看着齐总编，小声回答。

贾丁看了看表，又看向玻璃墙外交头接耳的人，觉得不能再耽搁了，他打断了齐总编的自我欣赏："三年前，你们曾有一篇失误报道，误将一名目击证人的真实姓名报了出来，后来这名目击者被报复，死在了电梯里，家属来闹事，还带来了死者的遗像，你记不记得这件事？"

"三年前？那时我还没有调到《江都晚报》来呢，但这件事情我倒是听说过。"

"那你现在就好好想想，从电子版到打印版，谁有可能接触到这个照片？"贾丁快速问。隔着墙，贾丁看到小瞳已经与郭巴和蒋子楠会合，继续在外面询问。

"这照片和黄岚、汪西的死有关？"齐总编不解，但也在努力回忆，"对了，我当时是交代给了摄影部张主任。我让他冲印好，每人一份。"

摄影部主任看着小瞳拿着的照片："这张照片是我让小孔拿去洗的。那时冲印图片都是外包的，就是报社对面的完美冲印社。这件事我记得很清楚，因为现在大家都只存电子版，即使是摄影部，也只有在摄影评奖时才会打印图片。"张主任一脸无奈，小声说："但总编发话了，我也没办法……记得小孔当天有事，第二天才拿上 U 盘去冲洗了。"

"那这期间有谁能接触这张电子照片？"小瞳继续问。

"那可就多了，我们的照片电子版都是放在报社的共享网上的，有密码的人都能看。摄影部的所有人，还有主编一级的人都能看。"

"也能编辑吗？"

"现在是加密了，可是去年，修改的权限大家都有。"

小瞳一屁股坐在旁边的椅子上，突然对张主任说："你知道我是警察吧？"

"知道，知道，一看这利落劲儿，就是警察。"

"那您起来一下，把电脑给我用用。"小瞳说着，已打开了电脑。"麻烦您回避一下。"小瞳又加了一句，主任赶紧走开。

小瞳拿起手中的照片看了一下日期，然后，开始以惊人的速度操控电脑，电脑屏幕上闪现一行行编码和文字，最后定格在那一张图片上。

电脑图片是原版，没有多余的人脸。小瞳接上自己的电脑，又筛查了一遍。

"孔志强是谁？"小瞳突然问。

摄影部主任马上转回身，用手指了指工作平台的另一侧，那里贾丁正在询问一个人。"就是他，我跟你说过的，负责送照片的小孔。"

小瞳走到另一侧，对着贾丁耳语："这个小孔拷走照片之前，照片没有编辑和浏览的痕迹。"同时，小瞳用手机偷偷给孔志强拍了照，然后快速将照片传了出去。

孔志强的照片出现在刑警队会议室的大屏幕上，廖岩和郑晓炯看着那照片。屏幕上，孔志强的照片开始与吴优相关的各种生活照片进行自动比对。各种照片快速在屏幕上闪动，最终显示结果："No match."

廖岩认真看着，郑晓炯却一脸疑惑，问廖岩："这是在干什么？"

"这是小瞳在另一边操控。"

"没想到她这么厉害。"郑晓炯虽然跟小瞳关系很近，却很少看到她工作时的样子，郑晓炯的警察朋友突然让她很崇拜。

"你对这个孔志强印象如何？"廖岩问郑晓炯。

"没什么特别的，虽然没有什么深交，但每次见面总是笑脸相迎。他是个口碑不错的年轻摄影记者，也愿意帮助别人，对一些打杂的工作也不烦。"

"他什么时候来的报社？"

"有两三年了吧。"

"是在报道纠纷之前还是之后？"

郑晓炯努力想了想："之后。"

这时，屏幕上又出现了一行行的编码，小瞳的一张大脸突然出现在屏幕上。她小声说："廖岩！廖岩！你能听到吗？"

廖岩走近麦克风："小瞳，你说。"

"这个摄影部的孔志强，从我们目前掌握的资料看，找不到他与吴优有任何联系。我们会继续寻找他的'下家'。"

"那就注意中间可能接触到 U 盘的人，还有，冲印社的人。"

小瞳做了个 OK 的手势，从屏幕上消失。廖岩站在大屏幕前想问题，像定住了一样。

郑晓炯在后面望着他。"这背影真好看……"郑晓炯忍不住心想。廖岩似能感觉到一样，突然回头看郑晓炯，郑晓炯有些不好意思地低下了头。

"你好像跟我说过，要以我为原型写小说，写了吗？"廖岩问。

"还没有，现在倒感觉自己活成了一部恐怖小说。"

廖岩善意地笑了笑："你顶多能活成一个章节。"

郑晓炯感受到了廖岩的善意，也笑了。

"那你现在敢不敢去我的办公室转转？"廖岩一边说，一边又转回身看向大屏幕。

"那儿还有谁在吗？"郑晓炯的语气里有一些羞涩。

"还有……还有黄岚和汪主任，躺在两个冷柜里。"廖岩又恢复他惯有的冷漠。

郑晓炯的脸色变了："我还以为，你也有友善的时候。"

"那就算了。"廖岩转身走到白板前，继续研究案情，却又似乎突然想起了什么，回过头来问郑晓炯，"有没有人问过你，两起案件发生时，你在什么地方？"

郑晓炯木然地看着廖岩……

贾丁带着小瞳和梁麦琦回到刑警队，走廊里正遇到廖岩。贾丁一边走一边对廖岩说："摄影部的小孔有确切的不在场证据，也排除了与吴优的直接关系。完美冲印社当时负责冲印的人去年就出国定居了，而报社有100多人，要逐一排查恐怕得三天……好在，我们已经把郑晓炯保护起来了。"

梁麦琦走过去看廖岩在白板上画的逻辑图，拿起笔，在"报社"两个字上画了个圈："目前被加了'鬼魂脸'的照片似乎只有黄岚、汪西和郑晓炯三人的。我对比了晓炯的那张和其他普通的照片，照片质量是有损耗的，极有可能是经过扫描的，这反而不好找了。"

"为什么？"贾丁问。

"任何拿到纸质照片的人都可以扫描，凶手就不一定是报社的人。"梁麦琦说着，在"报社"两个字下面又画了个问号。

"真是越来越乱了！"贾丁喘着气坐下，拿着保温杯咕咚咕咚地喝着水。

"我还是有一点想不明白，"梁麦琦说着在白板上"吴优"的名字上不停地画圈，"一个肯为吴优设计如此精密杀人计划的人，怎么可能会完全不在吴优的生活圈中？是什么原因，让这个'杀手'在吴优的人际关系中'隐身'的呢？"

"那只能是因为我们对吴优还不够了解，或者我们查得不够细！小瞳，你能把吴优的相关资料再全都调出来吗？越详细越好。"廖岩快步走到小瞳身边。

小瞳马上将关于吴优的所有资料全都调了出来，一边找一边叨咕："我们之前就查过了，吴优没有固定工作，走访的时候，好多人都说，吴优就是小混混，做什么都是一事无成……"

小瞳把很多照片投在大屏幕上。首先是一篇社会新闻的报道，《五尚区一男子死于电梯》，大约300字的小消息。

"这是三年前有关吴优死亡的唯一报道，不是在《江都晚报》，是发在《都市晨报》上的。新闻里说，凶手交代了报复杀人的过程，他当时只是想让吴优受点儿伤，没想到刺穿了股动脉，导致吴优的死亡。吴优的家属也是这时才知道，是黄岚和晓炯的那篇报道给吴优引来了杀身之祸。"

"嗯，还有其他的吗？"梁麦琦也走到小瞳身边。

"没有了……吴优真可怜，一辈子这么短，就留下了两篇'豆腐块'文章。"小瞳同情地说。

廖岩仔细看小瞳电脑上的窗口："物证系统里还有什么照片？比如尸检报告、现场照片，都调出来看一眼。"

小瞳的手在键盘上噼里啪啦地敲着。一些资料出现在屏幕上，其中包括尸检报告等。廖岩以极快的速度浏览着尸检报告："细节没问题，结果没问题，程序没问题……"廖岩最后放大了一张尸检前的照片，吴优的脖子上有一串环行的痕迹。

"他胸前有一些奇怪的压痕……可尸检报告中却没有提到这个压痕。小瞳，帮我调一下吴优死亡现场的照片，还有现场物证照片。"

小瞳把廖岩要的照片一一投到大屏幕上。贾丁看了看，有点不耐烦了："廖岩啊……你有个毛病，一看到尸检报告就来劲了，咱们现在时间很紧啊！吴优的尸检照片能帮到我们什么啊？别总觉得别的法医都不如你，人家尸检也没毛病。"

廖岩不理贾丁的絮叨，仍执着、快速地一张张查看现场照片，最终停在一条造型奇特的项链上，那根项链上挂着五个大大小小、新旧不一的环。廖岩放大尸检照片，项链的印痕更加明显，梁麦琦也低头仔细看。

廖岩有些失望："原来是死者的项链……还是没问题。"廖岩独自踱步到窗边，努力理清着思路。

小瞳仔细看着照片："这项链好奇怪，这上面是戒指吗？我听说有人会把前一段婚姻的戒指戴在脖子上，如果是这样，这吴优结婚的次数也太多了吧。"

贾丁忍不住嘲笑小瞳："这怎么可能？哪个老婆能让他这么戴？"说着也凑过来看。梁麦琦突然贴近电脑，挡住了贾丁的视线，"小瞳，这个还能放大吗？"梁麦琦突然问。

小瞳努力将照片放到最大时，隐约可以看到那些"戒指"里面刻着一些字母，但依然看不清内容。

廖岩回过头，从窗边快步走过来："有什么特别吗？"

"这种项链我见过……我的一个朋友有……"梁麦琦努力想着。她拿出手机快速找着什么。梁麦琦不停滑动自己手机中的照片，随后举起手机："找到了！"手机照片上是一个外国男子，脖子上戴着一款与吴优的很像的项链。

"这是我的一个美国朋友，他也有这样的项链，和吴优的很像……他跟我讲过，他加入了一个民间组织，具体名字我记不清了，总之，是一群有信仰的人，以拯救他人生命为终极荣耀，这些人如果有机会能救人一命，就会在自己的项链上多加一环，并在环内刻上被救者的名字……就像是一种收藏。"梁麦琦突然愣住不说话，仔细看吴优项链的照片。

"如果真是同一种项链和信仰，吴优已至少救了五个人的命！"廖岩仔细看照片，可那些环上的字母实在看不清。

"可能我们的方向一开始就错了！我们一直纠着'报仇的人'不放，却忽略了'报恩的人'！"梁麦琦说。

"你的意思是，吴优曾经救过的人，有人为了报恩，帮吴优报了仇？"贾丁说完，马上又摇了摇头，"我总觉得这种联系不太现实啊，这只是推测，而且就靠一条看不清的项链照片？……当然，不管怎样，也可以作为一条线索查着，反正也不难查。"

"我们能拿到这条项链吗？"廖岩急着问贾丁。

"应该作为遗物返还给家属了吧。正好，吴优家人那边我还留了两个咱们的人，我让他们去问，找到了马上发局部的清晰照片给我，这样最快。"贾丁转向小瞳，"你马上把那个项链照片先发给我。"

贾丁快速把照片转发出去，并立即安排人去查。这时，他的手机突然响了。贾丁接起来，听了两句，突然大声喊起来："什么？在哪儿失踪的？……他不应该有危险啊！……谁报的案？不是让你们死死看住报社的人吗？怎么会没有人发现？"

贾丁气愤地摔了电话："报社齐总编失踪了！"

第二十六章　报恩的人

齐总编的失踪让贾丁有些措手不及。他们本没有把齐总编作为重点监控对象，因此才会疏忽。尽管贾丁还没有想清这件事情的前后逻辑，但是当务之急，是必须马上找到齐总编，无论是保护，还是抓捕。

"廖岩、梁麦琦，你们俩留下，继续查找你们所说的'报恩'的人。小瞳，你回办公室，帮我们做定位追踪。我带些人和郭巴他们会合！"贾丁迅速部署，立即出发……

郊区的路边只有零星的几杆路灯，齐总编的车就停在路旁，打着双闪，他的司机焦急地站在车边，看到警察们到来，如看到了救星。

"突然就找不到了，电话也打不通！这到底是去哪儿了啊！"小伙子好像快急哭了。

"什么情况？"贾丁问。

"我刚才跟这边的警察说过一遍了……"司机认出了贾丁，"您……就是上午来报社的那个警察领导吧……"

"快说情况！"贾丁着急。

"快下班时，齐总编说要出去一下，挺匆忙的，可上了车，也不说具体去哪儿，就让我一路往城西开。"

"他的表现反常吗？"贾丁追问。

司机使劲儿点头："反常！可我也不敢问。一看他就是挺紧张的，关键是不说去哪儿……结果就开到了这个公厕……"

贾丁他们顺着司机手指的方向看，看到一幢很破旧的公厕，风吹过来，带过一股浓烈的臭味。

"到了这儿，他就叫我停车，他说要解个手，结果进去十多分钟还没出来！我就进去看，里面也没人啊……我又来回找了找，也没有人影，我就想起报社今天死人的事儿了，突然就害怕了，马上报了警。还有……"

司机说着打开了车门，从里面拿出一张纸，递给贾丁。"报警之后，我在后座，也就是齐总编坐过的地方，发现了这个。"小伙子紧张得直喘气，"这是啥意思啊？"

那是一封恐吓信，与之前黄岚和汪西的一样，上面写着："你将下十八层地狱。"

"队长……"郭巴和蒋子楠从公厕方向跑过来，脸色不对，郭巴的手中拿着一张照片，"周围没有人看到过齐总编，公厕里也没有打斗的痕迹……可是，我们在里面发现了这个……"

郭巴的手上，是又一张有"鬼魂脸"的集体照。

贾丁看那集体照，脑子嗡了一下。难道齐总编真的与吴优的死有关？可他到底是凶手想要杀的人，还是他就是凶手？

小瞳及时打来电话："头儿，齐总编手机没关，我找到信号了，地址在城西的一个旧仓库附近。我已经发给你了！"

"快上车！"贾丁大喊，蒋子楠和郭巴快速上车。车开走之前，贾丁手指着那个小司机对留下的两个刑警喊："带他回去补个笔录。"

警车以极快的速度向小瞳定位的地址开去……

刑警队此时异常安静，大多数外勤都在寻找齐总编的路上。

廖岩在梁麦琦的办公室里来回踱着步，二人还在等待"项链"的消息。同时，也通过小瞳关注着贾丁那边的进展。

尽管廖岩和梁麦琦的办公室只是隔"廊"相对，但两人却很少互访，今天算是个特例。

"郑晓炯呢？"梁麦琦问廖岩。

"在审讯室。"廖岩平淡地回答。

"为什么去审讯室？"梁麦琦很好奇。

"生气了，说自己是嫌疑人，得去审讯室坐着。一队的小王他们陪着她呢。"廖岩无奈地说。

"生你的气了？"梁麦琦笑着追问。

廖岩无所谓地点点头："我刚才跟她核实了一下她的不在场证据。"

"队长已经在第一时间核实了郑晓炯的不在场证据。这一次，你比队长……"梁麦琦看了眼手表，"晚了五个小时。"

廖岩自嘲地笑笑，他抬起头，正看到梁麦琦拿起一个别致的马克杯在喝水。廖岩环顾四周，他送的咖啡杯此时被放在一个不常用的角落里，廖岩有点失落。

"D. T.……是名字的缩写吗？"

"什么？"梁麦琦没懂廖岩的意思。

"杯子。"廖岩顺手指了指梁麦琦手中的杯子。

梁麦琦低头看了看，好像第一次仔细看那杯子，杯子的底边上有两个手工刻制的字母：D. T.。

"常给你寄明信片的朋友？"廖岩假装不经意地又问。

梁麦琦很吃惊："哦！你怎么知道的？"

廖岩假装仍忙着手上的工作："那些明信片上也有。"他轻瞄了一眼梁麦琦墙上的张贴板。

梁麦琦走到粘贴板前看那些明信片，的确，吴大同送她的每张明信片的右下角，都有两个极小的字母 D. T.，可梁麦琦却从来没有注意过。

廖岩依然拿着项链的照片，同时一眼眼地扫着自己的手机，似乎完全不关心梁麦琦的反应。

他看了会儿手机，才抬头看梁麦琦："如果真像你说的那样，这个项链意义特别，那个吴优，虽然看起来活得浑浑噩噩，实际上却可能是个英雄。"

梁麦琦点头，抬头看墙上的钟。此时已是夜里10点。"还有两个小时就是新的一天，项链还没找到，我的猜测对吗？"廖岩第一次看到梁麦琦如此不自信……

警笛响着，贾丁等人带着特警按照手机地图的路线一路向西行驶，终于看到了小瞳定位的那个仓库。

贾丁核对 GPS 动态地图，"就是这里！"说着一行人快速下车。

"还不能排除齐总编的凶手嫌疑，大家都注意安全。"贾丁一边掏枪一边小声说。

仓库的门虚掩着，郭巴推门进入。仓库很大，但内部空旷规整，并无太多藏身之处，几个人渐渐分散在仓库内寻找，很快确定里面并没有人。

"师父……"郭巴突然在一个角落小声喊着贾丁，他弯下腰，在地上的木屑间发现了一部手机。郭巴戴着手套抓起手机，按了一下上面的按钮。那手机还开着，"应该是齐总编的……"郭巴小声说。

"只有手机没有人？人哪儿去了？"贾丁焦急地看了看表，现在已是晚上10点半，"按梁麦琦的推断，凶手如果是为吴优报复杀人，那他一定会在12点之前下手，我们最多只剩下一个半小时了。"

负责搜查的特警陆续从外围返回，他们把附近都搜遍了，没有齐总编的影子……

刑警队接待室里，值班刑警小罗手里拿着一份笔录看了一遍，点点头："好了，签个字就行了。"齐总编的司机签了个字，离开询问室。

小罗拨通蒋子楠的电话："笔录做好了，我放你办公桌上了。"

蒋子楠坐在警车上，手拿电话问："谁的笔录？"

"曹锋。"

"曹锋？"蒋子楠一时有点蒙，又突然想起来，"哦，齐总编那个司机是吧？行，放我办公桌吧。"

廖岩在梁麦琦的办公室里焦急地踱着步，小瞳刚刚给他们打了电话，告诉他们贾丁到仓库那边扑了空，只找到了一部手机，廖岩突然感到齐总编失踪的"逻辑"

不对劲。

"手机？没有关机的手机？"廖岩看向梁麦琦。此时，她正站在白板前，盯着白板看。

"齐总编失踪，无非两种可能。"廖岩说。

梁麦琦转过头："两种可能。一种可能，他是凶手……另一种可能，他是被害人。"

"如果是被害人，他既然接到恐吓信为什么不报警，而是选择了离开？报社里就有我们的人！"

"可如果他就是凶手，他如果要行动，就应该自己离开，为什么要叫上司机？"梁麦琦接着廖岩的分析继续。两人紧张地对视着。廖岩突然说："如果凶手要杀的人还是郑晓炯呢？"

"她还在审讯室吗？那里有几个人？"梁麦琦问廖岩，廖岩突然有些不安，快速向审讯室走去，梁麦琦紧随其后。

审讯室竟然已经空了……

此时的郑晓炯正与司机曹锋站在门口聊着天，不远处，刑警小王一边看着他们二人，一边接听着工作电话。

曹锋的拳头在暗地里紧紧握住。

刑警小王低头从口袋里拿出一支笔："……具体地址说一下，好的，我记一下……"

梁麦琦和廖岩跑到门口，却看不到郑晓炯的身影。

"郑晓炯呢？"廖岩一把抢下小王的电话。

小王惊慌地回头看，发现郑晓炯已不在刚才的位置："刚才还在啊！"

廖岩向远处看，隐约看到郑晓炯的背影与一个男子拐进了前面的小路。

"不对！那个人不是刑警队的人！"廖岩飞奔出刑警队大门，向那条小路跑去……

贾丁、郭巴和蒋子楠在警车上往回赶，贾丁焦虑地看着手机，此时是11：03，"还有50分钟，齐总编还是没有消息。所有的可疑监控都查了，他能在哪儿？"

贾丁的电话突然有了提示音，他打开看。他收到的是吴优那串项链的清晰照片。贾丁顺手放大了照片，每个环上的字母都清晰可见。贾丁快速扫了一眼上面的名字，就转发给了廖岩和梁麦琦。他现在的关注点根本不在这个项链上，他现在只想马上找到齐总编。

蒋子楠从副驾驶位置回过头："对了，那个司机的笔录做完了。"

贾丁嗯了一声，又低头看了一眼那项链上的字母，他的表情瞬间凝固了。

"那个司机叫什么？"贾丁突然问，他刚才听到蒋子楠重复过一个名字。

"曹锋。"蒋子楠回答。

"糟了！"贾丁突然大呼，"他现在在哪儿？"

"在队里，也可能走了！"蒋子楠不解地看着惊慌的贾丁。贾丁看着手机上的照片，吴优的项链上，其中一个银环上赫然刻着："Cao Feng！"

警车呼啸着向刑警队驶去。

曹锋走到路边停车场的车旁，郑晓炯在他身后。

曹锋叹了口气，打开车门："报纸的清样我放车里了，顺便给你带过来了，平时这个点儿，本该送到印刷车间了……唉，这齐总编也不知哪儿去了，希望没事儿……"

曹锋伸手从副驾驶位置拿东西，突然从坐垫缝隙间抽出一把尖刀，猛然回身，挥刀向郑晓炯刺去。

郑晓炯惊呼，却像被定住了一样动弹不得。一个身影，突然从她身侧扑向了曹锋，那把刀掉在了地上。

是廖岩。

值班刑警这时也冲了上来，将已经吓呆的郑晓炯推到了安全地带。

曹锋趁机逃入侧街。廖岩起身追赶，二人的身影不断重叠，刑警小王无法瞄准，提枪追赶上去，可转入黑暗胡同后，曹锋与廖岩都失去了踪影。

廖岩跑进了一条漆黑的小巷中，曹锋的身影就是在这里消失的。

没有路灯，附近全是待拆迁的房屋，完全没有光源，只有来自很远处的一点光亮照着小路的尽头，曹锋已完全不见了。廖岩努力调整呼吸，他的脑子突然很乱。

曹锋已经逃走了吗，还是正在暗中观察着自己？这样一条小巷，像一间密室一样封住了廖岩，恐惧开始一点点袭来。

他只是一个法医，没有经受过专业的格斗训练。他的确有力量，那是长期健身的结果，他眼力很好，嗅觉灵敏，手指灵活，可是他只是个法医，这些技能在现在的险境中可能毫无用处，但他已经没有退路。

武器？他也没有任何防身的武器。想到这里，廖岩下意识地摸了摸衣服口袋。那里只有一把小号的手术刀。那是上午小瞳要拧眼镜螺丝向他借的，他顺手装进了口袋，可是，这能有什么用？

廖岩在黑暗中摸索着，他突然抓到了一根长方形的木条。

就在这时，角落里突然扑过一个人影，廖岩只感到一阵风，他的身体就和那人一起扑倒在地，落地的那一刻，木条脱手了。廖岩被曹锋紧紧地压在了身下，曹锋的拳头向他的后脑猛击，他用力挺直身体，同时躲闪着。

廖岩双臂被曹锋死死抓住，只能双腿紧紧夹住曹锋的身体，用力翻转，曹锋的身体一时失去了平衡，廖岩趁机用后肘击中了曹锋的面部，曹锋一时松动，廖岩转身与曹锋扭打在一起。

黑暗中，廖岩什么也看不见，他只能感受到杀气和来自对方的力量。他能感到曹锋的拳脚在黑暗中猛烈地挥舞着，带给廖岩无法预料的疼痛和眩晕。

远处传来凌乱的脚步声，接着，是梁麦琦的声音。

"廖岩！廖岩！"梁麦琦大声叫着，却只能听到黑暗中两个人厮打的动静，什么也看不见。

廖岩被曹锋死死扼住了脖子，他想让梁麦琦走开，却吐不出一丝气息来。梁麦琦救不了他，而危险随后也可能向她逼近。

窒息、濒死的感觉，廖岩第一次真切地感受到了，他曾无数次换位思考，去体味那些躺在他面前的尸体经历过的痛，只有这一刻，才是感同身受……

梁麦琦突然向远处大喊："来人！他们在这儿！"

曹锋一时走神，那双扼住廖岩的手松动了一下，血液瞬间涌入了廖岩的大脑，很快，那双手再次压紧了。廖岩的手在挣扎中碰到了上衣里的那把手术刀，他用力抽出，像抓住了一根救命的稻草，单手弹掉了上面的保护套，拼了最后一丝气力，挥刀向压住他的黑影刺去。曹锋惨叫一声，那双手松开了，廖岩翻身压在曹锋身上，可是，他已再没有力气。

远处，强光照进胡同，贾丁、郭巴和蒋子楠冲了过来……

当廖岩再次恢复知觉时，曹锋已被死死地按在了地上，他的手背上，插着廖岩的那把手术刀。

贾丁拍了拍廖岩的肩膀，脸上是自责和心痛："没事儿吧？"

廖岩大口地喘着气，缓缓坐起，喉骨依然在剧烈地疼痛，半天才吐出了两个字："没事……"

"苦了你了。"贾丁叹了口气。廖岩挤出笑容摇了摇头，努力想站，却站不起来。他面前伸过来一只手，那是梁麦琦的手。

廖岩拉住梁麦琦的手，那手很凉，还在抖。

"速度和力量还可以，可是完全没有章法和技巧，好在手术刀用得还不错。"梁麦琦假装平静地开着玩笑。

廖岩苦笑，气仍未喘匀："看到我都要死了，也不帮忙，从职业规则上讲叫不作为；说重一点儿，算间接杀人了。"

"感觉你不是喜欢女人帮忙的人。"梁麦琦扶着廖岩往回走。

"真行！"廖岩抬起疼痛的胳膊，竖起大拇指，"真是心理专家，把别人的心理感受看得比命都重。"

梁麦琦仍然笑着，可廖岩能感觉到，扶着他的这个弱小身体还在不停地颤抖，廖岩抓住她的手，问她："你也有紧张的时候？"

"我也怕你就这么死了……"

"这倒没看出来。"

"关键是，你也不好给自己验尸……"

两个人你一句我一句地开着玩笑，一瘸一拐地往刑警队走。

第二十七章　项链

贾丁和郭巴坐在曹锋的对面，墙上的钟正好指到12点。三个人都抬头看那钟。

"失望了吧？你本打算要在此刻之前杀了郑晓炯，可是现在，已经是10月10

日，你的复仇计划夭折了。"贾丁看着曹锋，努力压制着心中的羞辱。

"你们现在也应该很心急吧？"曹锋挑衅地说。

"不急。"贾丁将身体向后仰，同时跷起二郎腿，"你慢慢说，先说说你和吴优是什么关系。"

曹锋一惊："不对吧？你们的第一个问题应该是：'快说！齐总编在哪儿？'"

"不劳您费心了。我们已经找到了齐总编。"贾丁笑着回答。

贾丁没有撒谎，十几分钟前，一众警察撬开了齐总编办公室内的一个壁橱，齐总编就在里面，处于昏睡状态。

"齐总编从来就没有离开过办公室，而你所带走的，只是他的手机。而且，齐总编也根本不是你的目标。你只不过是利用他，设计了一个'调虎离山'计。你给他的茶里下了大剂量的安眠药，然后让秘书和同事觉得你和他一起出去了……的确，我们差一点就上当了！"

蒋子楠在外面听着里面的审讯，叹了口气："哪是差一点就上当啊？是真上当了！"

廖岩和梁麦琦此时也走到单向玻璃外。廖岩拍了拍蒋子楠的肩膀，蒋子楠回头看着廖岩脖子上的青紫，一脸愧疚："唉，真对不起你。"

廖岩用力摇了摇头，又马上捂住了剧痛的脖子。

贾丁继续讲着曹锋的调虎离山之计。

"你先是一路向西开，并在那个公厕前短暂停留，然后继续向前开，把齐总编的手机扔到那个破旧的仓库里。你就是想用这部手机为我们制造一个完美的GPS路线，让我们误认为，齐总编从公厕开始就'逃走'了或者'被劫持'了，然后，你当众报警。这样，你不仅可以成功地把我们调开，也因此获得了进入刑警队的机会，然后找机会对郑晓炯下手。"

曹锋冷笑："既然你们都知道了，还费事问什么呢？"

"那我们还是回到第一个问题，你和三年前被杀的吴优是什么关系？"

曹锋摇摇头，却不说话。

"你明知很难得手杀死郑晓炯，明知最终必是死路一条，为什么还要这么做？"

"不为什么……我厌世了，走的时候想带走几个我讨厌的人。"曹锋笑着说。

贾丁终于爆发了："禽兽！那些都是人命，都是有爹娘、有爱人、有儿女的人！"

"那吴优的命就不是命吗？他也有爹娘，也有人爱！他们凭什么就看轻他的命？"曹锋布满血丝的眼睛直瞪着贾丁。

"你终于还是说出来了……说吧，你为什么要为吴优报仇？"郭巴铺开笔录纸。

"我不是报仇，我是报恩……"

审讯室外，梁麦琦为廖岩推来一把椅子。梁麦琦知道，这必将是个漫长的讲述。

廖岩从未感受到过来自梁麦琦如此得温柔。可坐下来的那一刻，他才知道自己的内心有多么渴望这种温柔。他静静地坐在那里，竟然不敢回头看梁麦琦，甚至没能说出一声"谢谢"。

"……那年我十八岁，学会了喝酒，有一天，我喝多了，掉进了一个很深的污水池，就在我快要淹死的时候，有一个人跳进池子，把我救了上来。这个人，就是吴优……"

贾丁从警十几年，听到过无数的供述，各式各样的开场白，千奇百怪的讲述方法，但有一种情绪是共通的，那就是释然。

嫌疑人在防线崩溃的那一刻，首先感到的，往往是释然。在曹锋身上，这种感觉更加强烈。

曹锋变得很平静，完全沉浸在自己的回忆里："……一个星期之后，我去谢他，他妈妈说：'你见不着他，他这一个星期都在重复做一件事，那就是不停地洗澡……'我那时才知道，吴优是个有洁癖的人，一个平时连公厕都不肯用的人……可是，他救我时，只犹豫了几秒！几秒，他就跳下去了！……那个污水池的味道我现在还记得，他肯定到死也不会忘吧……我当时就告诉我自己，吴优这个人，我记下了。"

"所以你想尽办法获得了报社的工作，伺机报复？"郭巴问。

"不……我和吴优后来根本没有接触过，连他死了我都不知道……唉，我还是把他忘了……人嘛，就是这样，记仇容易记恩难，我竟然也是这样！我是吴优死了半年之后才到的报社，那时候我是采访车的司机，从他们的嘴里我才知道吴优已经死了。"

199

曹锋在说"他们"的时候，眼睛直瞪着桌上黄岚和汪西的照片，仿佛死亡都无法减轻他对他们的恨。

　　"那一天，我拉着黄岚和汪西去采访，他们在后座上，谈起了关于吴优的那篇报道。他们的话，和他们当时的表情，我一辈子都不会忘！"

　　"黄岚那天很不开心，他们反复提到了吴优的名字，我曾经以为，那只是恰巧重名……"

　　曹锋看着黄岚的照片，又重复了一句："那天，她很不开心……因为她写吴优的那篇报道可能会影响到她当年的评优。黄岚就在我身后说：'我就写他真名怎么了？这也是他命不好，过去这么写稿的多了，人家也没事儿啊……再说了，这稿子是郑晓炯执笔的……'"

　　"他们就在我身后，笑着，聊着……那时我才知道吴优死了！救我的人死了！死在了身后这个女人的笔下！"

　　"那你为什么还要杀死汪西？"贾丁在曹锋漫长的讲述中第一次插了一句话。

　　"因为汪西跟她是一样的人。他对黄岚说：'别往心里去了，也不是什么大事儿，今年的优秀奖肯定还是你的。再说，那吴优就是个游手好闲的小混混儿，也没什么可惜的……'"说到这里，曹锋猛地拍着桌子。

　　"他说不是什么大事儿！没什么可惜的！然后，他们在我的身后笑着，笑着……他们说吴优只是个小混混儿，死了没什么可惜的，可吴优的命比他们的贵一百倍！"

　　曹锋缓了有一分钟，才让自己渐渐平静下来。贾丁努力想读懂曹锋，可是他读不懂。这张脸上没有恐惧，没有悔恨，也没有求生的欲望。接下来，他的语气平缓到让人吃惊。在这个审讯室里，还从来没有人像曹锋这样平静。

　　"人嘛，就是这样。利再小，那是自己的；命再重，那是别人的。这些人，一点愧疚都没有，他们间接杀了人，却说那只是个'小错'！所以，我决定吓吓他们……"曹锋竟然笑了，像一个恶作剧得逞了的顽童。

　　"我做了鬼魂脸，结果，那个汪西吓傻了！你们不会知道那种感觉，特别解气……"曹锋自我陶醉了几秒，脸又沉了下来。

　　"可是好景不长，他们渐渐又把吴优的样子给忘了……他们仍然一路高升，就在我眼皮子底下，日子过得越来越顺。所以，我觉得这样不行。如果这个世界不公平，你就会觉得活着没意思，所以，我也不想活了，而且我要带着这几个讨厌的人走……"

曹锋不再说话了，他讲完了，平静地看着贾丁和郭巴。

"讲完了？"贾丁问曹锋。

曹锋轻轻点了点头，就像刚刚讲完了别人的故事。

贾丁看着平静的曹锋，并不急着跟他确认作案的细节，他想了想，从物证箱里拿出吴优的那串项链，推到曹锋的面前。曹锋看着贾丁，不明白他的意思。

"这个，是吴优的遗物。这上面，还有你的名字，看……"贾丁微笑着举起项链中的那一环。

曹锋看着那银环里的字，那的确是自己的名字。

"吴优他为什么会刻上我的名字？"曹锋急切地问。

"据说，是一种信仰……"贾丁沉默了。可他不是想故意停顿，他是真的想不起来那个信仰的内容了，他卡壳了。

贾丁将头侧向单向玻璃的方向，他希望梁麦琦就在外面。

坐在窗外的廖岩忍不住笑了，他强忍着脖子上的痛，向梁麦琦扭过头："队长也想触动一下连环杀手的心，但他需要你的帮助。"

梁麦琦笑着摇了摇头，走进审讯室，坐在贾丁旁边。

"他相信如果能有幸救人一命，就是他最大的福祉。这上面有五个小环，每个环上都有他救过人的名字。"梁麦琦从贾丁手中接过那条项链，对着曹锋说。

曹锋吃惊地望着那条项链。

曹锋的眼睛始终没有离开代表自己的那一环。

"吴优在别人眼中可能一无是处，但他人性中最珍贵的东西就是，他尊重生命。"梁麦琦将那五个银环在曹锋面前整齐地排开，每个环上都刻着名字，"吴优一生救了五条人命，以各种方式，间接的或直接的，每救一命，他就在这条链子上，加上一环……"

"可吴优一定不会想到，他战胜巨大的恐惧救回的这一命，"梁麦琦举起曹锋的那一环，"有一天，竟会以剥夺生命为乐……天大的讽刺，不是吗？"

梁麦琦收起项链，离开审讯室。

贾丁抱起双臂，冷冷地看着曹锋的反应。

曹锋依然无所谓地冷笑着，随后，他愣在那里，一动不动。

廖岩看着从里面走出的梁麦琦："现在你也做过同样的事了，试图去触动一个连环杀手的心。还记得吗？你还曾经嘲笑过我。"

"我有吗？"梁麦琦想了想，想起了一年前的蓝海洋案，她自嘲地笑了，"好吧，算是吧……"

郑晓炯借助着药物睡去，却在夜半醒来。

十个小时之前，她刚刚经历了一次生死，是廖岩救了她。现在，每当她闭上眼，廖岩冲向曹锋那把尖刀的样子就会再次闪现。

她曾经以为，她对廖岩的喜爱已是到了极致，可现在才知道，有一种情感会比爱还炙热，那就是现在她对廖岩不断升级的情感，那情感中掺杂着喜爱、崇拜与感恩。

郑晓炯起身，走到书桌前，打开电脑。她心中一时有太多的感受不断翻滚，却无法落于文字。黑夜里，她面对着空白的文档页面，不知如何开始。

夜，静得只剩下她自己的呼吸，郑晓炯终于将手放在键盘上，写下了一篇特别的日记——

这件事之前，我对他的喜爱还只是一种莫名的心动，很零碎的感觉——他的下巴，他扬起眉毛笑的样子，他的手指，他身上的味道，他让人琢磨不透的热情，和冷漠……

但现在，这一切都不一样了，他给了我一条命。余下的时间，我的这条命就是用来爱他的……

郑晓炯停顿了一会儿，又在下面加了一行字：

或者是恨。

第二十八章　重逢

这个夜晚，廖岩和衣而睡。他躺在客厅的软沙发上，目光所及，正是河对岸梁麦琦的家。那里的灯，也一直亮着。

廖岩发现自己变了。八年前，那个与死亡相对的诡异夜晚，曾让他恐惧甚至抑郁；而刚刚，那种与死亡擦肩的感觉却让他兴奋。

廖岩望着对面的那扇窗，猜测着此时的梁麦琦在做什么。是像他一样保持着高度的兴奋而无法入睡，还是恐惧的画面让她不敢关灯？

"梁麦琦也是脆弱的。"廖岩在黑夜里对自己说。比起那个内心强大的女专家，他更喜欢这个在他臂膀下瑟瑟发抖的梁麦琦。

廖岩不知自己是何时入睡的，也不知河对面的那盏灯是何时关闭的。他从柔软的沙发上醒来时，阳光正刺眼，此时已接近中午。

和衣而睡的这一晚他竟睡得异常舒适，尽管肌肉和关节还在隐隐传来疼痛的信号，可此时的廖岩却精神百倍。

一边吃早饭，廖岩一边想着河对岸的梁麦琦在做什么，他随手发了一条微信给她："上班吗？一起走？"

没想到，梁麦琦马上语音回复了："好，等我二十分钟。"

"二十分钟后去接你。"廖岩打字回复，他不能语音回复，他不想让梁麦琦听到他无法掩饰的兴奋。

廖岩放下手机，望向窗外。阳光极好，西望河水泛着粼粼的水光。一切都好，廖岩心中满足。

从廖岩家步行到梁麦琦家大约需要十分钟，开车绕河而过却需要十五分钟。

廖岩在约定的时间准时将车开到梁麦琦家门前，正拿起电话要打给梁麦琦，梁麦琦的电话却先打了过来："不好意思，廖岩。一个朋友突然要来，我得晚一点儿去队里。"廖岩嗯了一声，放下电话，他有些失望。

狭窄的门前车道上，缓缓开来一辆跑车，一辆布满了灰尘的豪华跑车。廖岩将车退回右侧的车位上，给那车让路。那车的司机下了车，礼貌地跟廖岩道歉："不好意思，我不过去，就停这儿……真对不起，添麻烦了。"那个男人礼貌地笑着，转身走上台阶，去按梁麦琦家的单元门铃。

这就是梁麦琦所说的那个朋友吧？廖岩仔细打量着眼前这个男人。他留着精心修剪的短须，穿搭却十分随意舒适，以廖岩法医的目光来审视，这个男人的肌肉与骨骼结实强劲，应该是长期高强度运动的结果。廖岩也想不清缘由，他觉得这个男人身上有一种与众不同的矛盾气质，比如，他身上的野性力量与他说话时的温文尔雅；再比如，他皮肤中阳光的颜色与他眼神中的深邃和忧伤……

男人轻按了一声门铃后便不再按了，只是耐心等待。廖岩能感觉到，这绝不是一个普通的造访者，因为，他能看到这个人对房子主人的期待和紧张。

门开了，梁麦琦看到那男人，发出了快乐的呼喊："大同！你回来了！"他们两人几乎同时张开了双臂，快乐地拥抱在一起。

梁麦琦不是一个喜欢肢体接触的人，廖岩还从来没有见过她这样拥抱过任何人。

大同，这个名字廖岩很熟。他就是那个 D.T.，这个名字的缩写明晃晃地挂在梁麦琦办公室的墙上，牢牢地刻在梁麦琦最爱的杯子上。

梁麦琦并没有发现拐角车内的廖岩，她与吴大同兴奋地聊着，进了屋。

阳光依然很好，西望河依然泛着粼粼的水光，可廖岩的心却沉在了河底。

梁麦琦在沙发上坐着，从她的角度可以看到吴大同在敞开式厨房中给她做早饭，尽管此时已是正午。

吴大同在做英式早餐，从进屋后得知梁麦琦还没有吃早饭开始，他就在厨房中快乐地忙碌着。

平底锅中，煎着西红柿、蘑菇和培根，盘子里早已放好了两个嫩嫩的煎蛋，厨房的光线很柔和，吴大同的动作优雅流畅。

梁麦琦看得有些出神。吴大同比过去更加黝黑强壮，表情中透着幸福，与他们第一次见面时判若两人。近两年的环球旅行似乎已赶走了他心中的阴霾。尽管两年来，她几乎每个月都能收到吴大同来自世界各地的明信片和礼物，能感受到他的释怀和成长，可只有见到他的这一刻，她才稍感放心。

吴大同侧头看梁麦琦，发现她也正在看他，温柔地笑了。

"太感动了，你特意赶过来，在中午给我做了顿早饭。"梁麦琦笑着说。

"喜爱就好，早晚并不是问题……"说这话时，吴大同故意停下手中的动作，深情地看向梁麦琦。

梁麦琦有些不自然，马上转移话题："走了这么多国家，最喜欢哪个？"

吴大同给培根翻了个面："应该是英国吧，因为你在英国长大，我对英国也很好奇，旅游的时候，就在英国多停留了一段时间。"

吴大同将煎好的西红柿放在盘子中，"我发现自己爱上了英国的两样东西。"他将煎好的食材一一摆好，使盘内食物的构图恰到好处，"一个是英式早餐，另一个就是英国红茶。"

吴大同将早餐盘放在厨房的吧台上，招呼梁麦琦过来吃。

刀叉摆好后，电水壶中的水也正好开了。吴大同将热水缓缓倒进装有红茶袋的茶杯中。

"英国的天总是阴阴的，有点像我……"说这话时，吴大同却十分开朗地笑着。

梁麦琦吃了一口煎蛋，稠滑的半生蛋黄在舌尖散开，那正是自己喜欢的火候，梁麦琦忍不住频频点头："嗯，地道！"

吴大同看着梁麦琦满意地笑着："我还特意去了你的大学，想象你在那里读书时的样子。"

吴大同的表情没变，可梁麦琦手中的刀叉却停顿了一下。梁麦琦低着头自嘲地笑笑："我当时的样子，你肯定想象不到。"

"看到英国的女生总喜欢席地而坐，我就会想起你……过去，我觉得你那个样子有点怪。"

"别这么说，就好像我现在不怪似的……"梁麦琦又想起两年前对吴大同进行心理治疗的日子。那半年之后，他们已不再像是医生患者的关系，更像是两个无话不谈的朋友。她常常让吴大同跟她一起坐在地上，放松地聊些无关紧要的话题。尽管那时，梁麦琦仍在从吴大同的每个表情中捕捉着他的心理状态，可吴大同似乎并没觉察。

转眼，梁麦琦已将早餐吃了一半。"什么时候回来的？"梁麦琦问。

"上午……"

"今天上午？"梁麦琦吃惊地看着吴大同，"然后，直接跑过来给我做饭？"

吴大同将牛奶加入热茶中："我的命都是你给的，做个饭不算什么……"

梁麦琦哈哈地笑出了声："别，这么说我可受不起了……"

吴大同也笑着，将冲好的两杯英式奶茶放在吧台上，一杯给梁麦琦，一杯给自己。

梁麦琦喝了一口茶，满意地笑了，这杯茶的味道好熟悉。

"还走吗？"梁麦琦问。

"不走了。一开始离开是为了逃避，可走着走着，就忘了原因了。后来，突然就想家了。"

"睡眠如何？"

"最大的问题就是睡不够。"

"还会头疼？"梁麦琦没有意识到，此时，她的语气又有些像医生了。

"早忘了头痛是什么滋味……"

梁麦琦欣慰地看着吴大同，吴大同也微笑着看梁麦琦，表情中有一丝动情，迎着这样的目光，梁麦琦有些尴尬……

廖岩将车直接开回了河对面自己的家，他不想上班了。

他给贾丁请假时，贾丁在电话里阴阳怪气地笑着说："你也请假喽？"廖岩明白贾丁的意思，梁麦琦肯定刚刚请过假。

打开书桌上的电脑，坐在桌前，廖岩的眼睛仍不时地看向河对岸。他突然好想有一部望远镜，他就可以看清那个窗子里面的情形。

廖岩被自己的想法吓到了。

对面的房子里，吴大同刷好杯盘，十分整齐地摆放好，他的"细节控"还与原来一样。

梁麦琦倚在厨房的吧台上看他，吴大同能从面前的玻璃上看到梁麦琦的影子，低头微微地笑了。

梁麦琦突然感到很放松，她走回客厅，看到沙发上的笔记本电脑还开着，想起中午廖岩打来电话时，她的工作日记还没写完。她有个习惯，每个案件结束后，都会马上从犯罪心理学的角度写一篇日记，如今，关于曹锋案的日记还差一小段。梁麦琦索性盘腿坐在沙发上，准备快速将那个工作完成。构思语句时，梁麦琦习惯性地拿起茶几上的指甲油，利落地涂着。

指甲油还没干，梁麦琦只能翘着手指打字，吴大同从后面走过来，看着梁麦琦奇怪的打字姿势，十分好奇。

"还要工作？"

"习惯把完结的案子快速记录下来，几行就好……你要不要喝杯咖啡？"梁麦琦并未抬头。

吴大同说了声"好"，却坐在了对面的沙发椅上，过了一会儿，他小声说："不知为什么，特别喜欢看女人敲键盘的样子，当然，得是漂亮女人。"

梁麦琦的目光依然还在电脑上："看来，环游世界让你开朗了很多。"

"是啊，人抑郁的时候，看世界都是一种色调，从身边走过的人都没有面孔，没有性别，和自己一样，一个个行走的肉。好了之后，恍然大悟，天哪，这世界上竟然有这么多美女！"

梁麦琦抬头，欣喜地看着吴大同："我确诊，你痊愈了！"

"我觉得也是，世界又变成彩色的了……"

梁麦琦停下手中的工作，好奇地看了吴大同好一会儿："你还记得你第一次来见我的样子吗？"

"我当然记得……"吴大同自嘲地点点头，"当时，我也像现在这样，坐在你的对面，想着美珊死前的样子……我说：'你不会理解这种感受的，你最爱的女人，死在你的怀里，可是你，救不了她！'"说这话时，吴大同有点出神，他抬起头看梁麦琦，接着说："很奇怪，现在重复同样的话，竟然没那么痛苦了。这就跟你当时告诉我的一样……你说：'痛苦会慢慢消除，直到，你可以爱上另外一个人。'"吴大同看着梁麦琦的眼睛，重复道："你说得真对……"

吴大同望着梁麦琦的眼神，已再明显不过了，这不可能是友情，这是明确的爱慕。梁麦琦的眼睛已无处躲藏，她再也不可能装作视而不见了。她是梁麦琦，一向透彻磊落，却在这种炙热的情感面前犹豫不决。她既不能太决绝，也不想让吴大同误解……可在这长达几秒的对视中，梁麦琦不得不承认，她因这种爱慕而感动。

吴大同终于不在目光中寻求梁麦琦的答案，他低下头，看着梁麦琦的手，努力打破沉默。

"过去好像没见你涂过这个。"吴大同温柔地说，他的手不经意间伸过来，碰到了梁麦琦的手。梁麦琦猛然将手抽回，吴大同愣了一下。

刚刚在眼神中没有得到的答案，现在，他在梁麦琦的身体反应中得到了。

吴大同脸上闪过一丝痛苦，虽然只是一闪而过，可那种痛苦，就像当年他们第一次在诊室中见面时一样。

梁麦琦最怕这种表情，她突然调皮地将双手伸到吴大同的面前："还没干呢。"梁麦琦少见地使用了小女孩般的撒娇语气，听到这声音，梁麦琦自己都吃了一惊。

吴大同也很吃惊，却终于笑了。他看着梁麦琦，就像在看一个小女孩。两个人都有些尴尬，吴大同突然起身，去翻自己的背包。

"差点忘了……"吴大同从包里拿出一个长方形的礼物，走过来，"去英国时还见到了伯母。"

"我妈挺好的吧？"梁麦琦顺口问道。其实她根本不需要问这样的问题，她每个星期都会在固定时间给远在英国的母亲打电话，而母亲永远都是老样子。她一定正在英国的小花园里看她的花。有阳光的日子，她在花园里看书、喝茶；没阳光的日子，她在窗边看着花园喝茶。

梁麦琦一直都觉得，花园能带给母亲的快乐远远超过她这个女儿。自从母亲到了英国，嫁给她现在的丈夫 Michael Cooper，她就一直保持着这种状态，恬淡，从容，波澜不惊，无欲无求。这个经历过两次婚姻的女人，将日子过成了纯色。

"可能老 Michael 喜欢的就是母亲的这个样子吧。"梁麦琦心想。

"……她很好，伯母还教了我冲泡英国茶的方法。"吴大同的话打断了梁麦琦的回忆。

"先加牛奶再加水，正好将水温降到泡茶的最佳温度，对吧？"梁麦琦抢先说。

"对，就是这样。"吴大同说着拍了拍自己的额头，"我今天怎么把这方法给忘了。"

"一样的，我没喝出区别，我妈就是喜欢仪式感。"梁麦琦说着，接过吴大同手中的礼物。

"伯母让我给你的，说今年的生日礼物忘了给你寄来。"

梁麦琦并不兴奋，用手捏了捏："还是书。是老 Michael 的礼物吧？"梁麦琦说着，将那礼物顺手放在一边。

吴大同不解地笑了："你叫你爸老 Michael？"

"继父……他年年送我礼物，年年都是书……"梁麦琦苦笑着，却不再说话。

吴大同站起身，准备告辞了。

"你专心工作吧，我还有点事处理一下，先走了。"他走到门旁，一边穿外套，一边对梁麦琦说，"过一会儿你还是抓紧休息一下，你瘦了好多。"

吴大同拿起背包，从里面拿出了另一个小盒子，递给梁麦琦："这是我送你的。在法国时看到的，一路背着，感觉你会喜欢。"

"是什么？"

"看了就知道了。"吴大同看着梁麦琦的眼睛，又加了一句，"是需要时间和耐心的东西。"

吴大同转身向门口走去，梁麦琦起身送他，刚刚拔下的 U 盘掉在了地上，梁麦琦弯腰拾起时，吴大同已打开了门。

"谢谢你的早饭。"梁麦琦说。

"谢谢你的厨房。"吴大同温柔地笑着，"对了，还有一个消息告诉你，我决定接手我爸的一个公司。"

"哦！你接受他的建议了？"

"无所谓接受，我正常受聘，他给我年薪加股份，我们是平等的合作关系，反而没有接手他家业的压迫感。"

"也好。"

吴大同走到门外，回头又说："这个工作还有一个吸引我的地方，这公司离你工作的地方很近。"

很奇怪，这句话给了梁麦琦莫名的压力。

"有一件事我必须跟你说清楚……"梁麦琦突然说，她的语气很严肃。

梁麦琦没有想到，吴大同竟然猜到了她要说什么："不用说清。我不是因为报恩才来追求你，你也不用为了公平而喜欢我。我寻我的爱，你爱你的人，我们各论各的……"

吴大同的脸因为激动而涨红了，他的呼吸声很重，这是一种比表白更直接的表达，它让梁麦琦无法回答，也无须回答。

吴大同努力压制着自己的激动，露出尽量得体的微笑："回见……"

他倒退着走出去，帮梁麦琦关上了房门。

梁麦琦的后背倚靠在门上，想着吴大同的话，想着他的表情，她发现自己的心跳也在加速。

梁麦琦就这样站了好久，才走回沙发上坐下。沙发上，还放着继父的礼物，梁麦琦想了想，撕掉包装。

那的确是一本小说，书名叫《*Special Girl*》。梁麦琦不屑地笑笑。

"做一个特别的女孩"一直是继父 Michael Cooper 的口头禅，梁麦琦对这种教育很反感。"我为什么不可以做一个普通女孩？"梁麦琦在12岁时问过继父这样的话，可 Cooper 什么都没说，他只是摇了摇头。那个奇怪的表情梁麦琦现在都还记得，可直到现在，也没能读懂它的含意。

梁麦琦翻开小说的内页，那上面是作者的简介。"Jessica Wong"，一个美丽的华裔女人。可是，梁麦琦并不想看这小说，她讨厌继父在生日礼物中仍不忘给她灌输这种令人窒息的教育理念。尽管，继父本人就是个很成功的心理学家，哪怕仅在学术上，梁麦琦也应该尊重他。

梁麦琦合上书，将它扔在书桌下面的一个抽屉里。

这一夜，梁麦琦觉得疲倦，可躺在床上的她却怎么都睡不着。

吴大同的突然归来，以及他刚刚表现出来的那种激烈的情感，都让她有些手足无措。现在的吴大同看起来阳光、温暖、平静，可是梁麦琦依然无法确定，这种温暖是否直达他的内心深处。"你真的快乐起来了吗？"梁麦琦翻了个身，窗帘缝隙中的月光照在了吴大同送给她的礼物上，她还没有拆封。

梁麦琦在黑暗中坐起身子，看了看手机上的时间，此时是凌晨3点15，睡意已经完全消散了。她披衣下床，打开那个包裹。

里面是一个小巧的DIY娃娃屋盒子，依然是吴大同的风格，那上面有一张卡片，写着："每个女孩的童年都会有，你也该有一个。生日快乐！大同。"

吴大同把她当成一个小女孩来看待，这种感觉让梁麦琦在黑夜里感到异常温暖。吴大同真的很了解她，梁麦琦童年的记忆支离破碎，她好像来不及幻想和撒娇，就长大了。

梁麦琦将那娃娃屋中的细小零件全部倒在地毯上，这间娃娃屋的主题是"女孩房间"，梁麦琦拿起镊子，好像瞬间回到了童年———一个正常的童年。

第二天早上，廖岩没再约梁麦琦一起上班。他到达刑警队时，发现梁麦琦早就到了，她正在茶水吧冲咖啡。从法医的专业眼光来看，梁麦琦的背影看起来有些疲惫，廖岩没说话，转身要往自己办公室的方向走，梁麦琦却恰巧转过身。

"喝咖啡吗？"梁麦琦自然地问。

廖岩的语气很冷漠："不了，我办公室有咖啡。"

梁麦琦似乎没有觉察到廖岩的冷漠，坐在茶水间的餐椅上，搅拌手中的咖啡。廖岩正要转身离开，却发现梁麦琦手中拿着的是他送的那个咖啡杯。

廖岩想了想，放下背包，转身去给自己泡杯茶。等待水开的时候，廖岩忍不住又看了看梁麦琦。她眼下有圈黑晕，明显是熬了夜的，她看起来也的确疲惫，但好像也没有心情不佳。

"你昨晚在做手工？"廖岩上下打量梁麦琦后，突然说。

"你怎么知道的？"梁麦琦明显很吃惊。

"你双眼结膜干涩充血，右手食指的左侧还留着使用镊子留下的压痕，食指和手上粘着胶水，发丝之间还有一块很大的木屑……"

梁麦琦听到这话，马上尴尬地摸了摸自己的头发。廖岩走到她身边，轻轻将那块木屑捏起来，给梁麦琦看，语气仍然很冷："把宝贵的睡眠时间用在无聊的手工上，这不像你……"

梁麦琦叹了口气："吴大同说，我的童年可能缺少一个娃娃屋，还真是对的。"

廖岩端着泡好的茶坐在梁麦琦的对面，故意问："谁是吴大同？"

"我的一个……朋友。"

"哦，D.T.……"廖岩的语气酸酸的，"你跟他聊过你的童年？"

梁麦琦摇了摇头："我也很奇怪。"

"那你跟我聊聊你的童年？"廖岩说这话时，面无表情，以至于梁麦琦无法猜测廖岩此刻的想法，但她明显感觉到廖岩今天举止奇怪，甚至有些无礼。

"你小时候，为什么没人给你买娃娃屋？"廖岩执着地追问。

此时，小瞳走进茶水间。

"什么娃娃屋？"小瞳一边倒开水，一边问。

"梁博士最近迷上了娃娃屋。"廖岩抢先说。

"娃娃屋？你们看过《噩梦娃娃屋》的电影没有？就是关于娃娃屋的，老恐怖了！"小瞳夸张地说。

还没等梁麦琦回答，廖岩就以一种不容打断的语速一本正经地说道："娃娃屋的确是一种很专业的法医学教具，直到现在，哈佛大学的法医学院还在使用这种方法。它的发明者是被称为'法医之母'的Francis. Glassenor. Lee，在20世纪30年代，将最烧脑的凶杀现场制作成一个个血腥而精致的凶杀娃娃屋……"

梁麦琦无奈地摇了摇头，起身走开。她觉得今天的廖岩不可理喻，但她并不想深究。

廖岩也转身离开。

小瞳纳闷儿地看着这二人，努力回忆刚才自己是不是说错了什么。

接下来的几天里，廖岩办公室的百叶窗一直都关着。

第二十九章　默玛咖啡馆

二队的所有人都看得出，廖岩最近心情不好，包括在尸检的时候，廖岩都显得过于安静。大部分时间里，他将正对着梁麦琦办公室的那扇窗紧闭着，同时也将百叶窗调到了密不透光的状态。但是，他们没有觉察出这是廖岩对梁麦琦情感的单方冷战，因为梁麦琦对廖岩的态度似乎并未改变。

吴大同接手的公司果然与市公安局很近，近到他与梁麦琦可以在午休时步行到同一家咖啡馆，并频繁地在那里"偶遇"。

"默玛"咖啡馆，是市局附近新开的一家特色咖啡馆，同时也供应已中餐化的西式简餐。由于环境优雅舒适，在开业一个月后就快速成了网红咖啡馆。当然，这里的主流顾客自然不是市公安局的警察，而是附近写字楼里的年轻白领。

由于受了两位海归的影响，二队的人大多喜欢咖啡，也逐渐爱上了"默玛"的咖啡味道，就连贾丁都会偶尔光顾"默玛"，往里一坐就忍不住感慨一句："咖啡这种东西，还真是闻着比喝着香。"所以，贾丁常来咖啡馆闻味儿，他不点咖啡只点午餐，他喜欢用咖啡的香味来搭配他的午饭。

贾丁和郭巴刚刚点过餐，好奇地环顾四周。一到中午，这里就会有很多熟悉的面孔。比如，坐在转角桌边的郑晓炯。

"这郑晓炯，最近怎么总来这儿办公啊？"贾丁纳闷儿地问道。

"守株待兔呢……"郭巴一边坏笑着答，一边将手中的咖啡伸到贾丁的鼻子下。贾丁一脸陶醉地闻了一下，又不解地问："什么守株待兔？"贾丁话音未落，就看到廖岩推门进来。

郭巴说："兔儿来了。"

贾丁这才明白郭巴的比喻，不禁捂脸笑，同时向廖岩招了招手。

郑晓炯正躲在笔记本屏幕后边偷偷照镜子，看到廖岩进来，立即低下头，故作专注地敲起字来，由于用力过猛，差点把镜子撞掉。

廖岩也看到了郑晓炯："怎么又来这儿工作？"

郑晓炯好像被突然打断一样猛然抬起头："呀，廖岩！刚才写得太专注了，都没看到你。"

"写小说？"廖岩面无表情地问。

郑晓炯依然假装很忙，故作不经意地点了点头。她瞥见廖岩手中也拿着笔记本电脑，故意将自己的电脑向一边挪了挪，将桌上腾出一个空间，可廖岩显然没有与她合桌的意思，拿着电脑向贾丁他们走去。

郑晓炯失望地看着廖岩的背影，顺手删掉了电脑上刚刚打出的一堆毫无意义的文字。

廖岩中午只想喝一杯咖啡，就在贾丁旁边的一张单桌旁坐下，打开电脑，戴上耳机，开始看网络小说。

最近廖岩经常看网络小说来打发午休时间，这其实还是受了郑晓炯的影响。在等待电脑开机的空当，廖岩看了一眼正在发呆的郑晓炯。

报社连环杀人案之后，郑晓炯就辞去了记者的工作，自称是要专心搞文学创作。她还果然是个熟手，不到十天，就写了一个自定义为"科幻悬疑穿越喜剧"的网络电影剧本。剧本完成的第一时间，她就志得意满地拿给廖岩看，廖岩看了开头便实在看不下去了，简单回复给她四个字：开心就好。

郑晓炯却并不气馁，接着开始创作爱情小说，写好了第一章也立即拿给廖岩看，这一次，廖岩还真的看进去了。他发现郑晓炯的文字功底很好，脑洞也是极大，只是她的文字中有太多做记者时留下的职业痕迹——简洁、得体、准确，却不动人。郑晓炯也似乎是从这第一章开始就遭遇了创作瓶颈，再也没有新的章节拿给廖岩。

郑晓炯坐在角落里看着廖岩，叹了口气，她现在没有退路，只能继续"假装忙"。

郑晓炯不会知道，廖岩是从心底里羡慕她的，因为她的新职业曾经是廖岩的梦想。她也不会想到，廖岩重新燃起的阅读欲望正与她有关。

郑晓炯"假装忙"的状态很快吸引了默玛咖啡馆服务员赵子夜的目光。赵子夜已经观察郑晓炯好几天了。

"做咖啡这么多年，这种女人我见多了。整天支个电脑在那儿看淘宝，一见有男人进来，就假装敲几个字。"赵子夜捂着嘴小声对旁边的同事说，"这就叫'咖啡文艺婊'，都觉得自己是个作家，其实一上午就写出十个字儿，下午还得删掉九个。"

同事被她逗得止不住笑，本要端给客人的咖啡洒了一台面，不得不重新做了一杯。

门上的小铃铛叮当一声响，这次进来的是梁麦琦。

梁麦琦一边打着电话，一边寻着座位。贾丁向她招手，梁麦琦只是摆了摆手，又用手指了指电话，向远处的一个空位走去。

廖岩看了眼远处的梁麦琦，又马上低头看电脑，心思却明显乱了一小会儿。

隔了一会儿，廖岩听到身旁的蒋子楠低声对贾丁说："怪不得梁麦琦今天不跟咱们坐。"廖岩再抬头，正看到吴大同走了进来，直接走向梁麦琦的座位。

"这位女士，介意拼个桌吗？"吴大同站在梁麦琦身边问，脸上的表情调皮又亲切。

梁麦琦假意皱了皱眉毛："您随意。"说完，两个人都乐了。

"现在见梁专家真是越来越难了。"吴大同一边坐下一边将领口的领带拉松。他今天穿着深蓝色的西服套装，头发也剪成了极清爽的短发，与那日刚刚归来时的随意感完全不同。他的动作和体态中也明显多了些职业风范，透着更多的精明和利落。

梁麦琦故意苦笑着看他："你制造的偶遇还少吗？"

吴大同放松地靠着椅背看菜单，也抬头看着梁麦琦笑，他的笑，干净自然。吴大同信守承诺，那天家中的尴尬之后，再未给梁麦琦任何暧昧的错觉。吴大同拉低领带，索性将它摘下来，伸手招服务员过来，点了鳕鱼，又回身问梁麦琦要不要来杯白葡萄酒。

梁麦琦摇了摇头，瞄向远处的贾丁等人，挤了挤眼睛。吴大同心领神会："哦，你老板啊，算了算了……"

吴大同讲起了他上午遇见的一个有趣的客户，声情并茂，逗得梁麦琦连咖啡杯都拿不稳了。梁麦琦在想，吴大同是从什么时候开始变得这么幽默了呢？还是，他原本就是如此，只是抑郁曾让他失去了这种能力？

梁麦琦不得不承认，她可能并不了解吴大同，但她与吴大同之间终于实现了某种舒适距离，这种轻松又愉悦的感觉，甚至让梁麦琦享受又期待。

梁麦琦与吴大同之间的轻松愉悦却在深深刺激着远处角落里的廖岩。

廖岩很想知道是什么样的谈话让笑点很高的梁麦琦笑得如此灿烂。他有些后悔刚才没有坐在郑晓炯旁边，而那个位置恰巧可以听到"答案"。廖岩站起身，向郑晓炯走去。

"写小说吗？"廖岩弯下腰，扭过郑晓炯的电脑就要看，郑晓炯快速把电脑合上。

"这话你进来时就问过我了……"郑晓炯纳闷儿地看着廖岩。可廖岩并没有专心听她说话，而是盯着对面的吴大同和梁麦琦。

郑晓炯顺着廖岩目光的方向看，那里，梁麦琦仍然笑得很开心。郑晓炯突然明白了廖岩来找她聊天的真正目的。此时，廖岩拉开椅子坐在郑晓炯旁边，又调整了一下身体的方向，使自己正好能看到对面那两位。

"怎么？把我这儿当瞭望台吗？"郑晓炯酸溜溜地问。廖岩仍然没有听到郑晓炯的话，他不经意地端起郑晓炯桌上的咖啡喝了一口，郑晓炯刚要制止，脸上却突然闪过一丝羞涩。

梁麦琦抬头时，正好看见廖岩和郑晓炯，礼貌地招了招手。廖岩也机械地举了举咖啡，却突然发现他刚刚喝的是郑晓炯的咖啡，下意识地拿起餐巾用力擦了擦嘴，继续以郑晓炯的身体为挡箭牌，假装不经意地看向梁麦琦他们。

郑晓炯生气了："你别看了，我帮你去问……"她猛然站起，转身就走。

"你问什么？"廖岩被郑晓炯的突然起身吓了一跳。

"帮你问问他们是什么关系！"郑晓炯的表情明显是气愤的，在刚刚过去的这几分钟里，她清楚地看到了廖岩脸上的醋意，也确定了他对梁麦琦的在意。

郑晓炯说走就走。

"嘿，你干什么？"廖岩快步去追。可是来不及了，郑晓炯已经走到了那张桌前，廖岩一把抓住郑晓炯的手。郑晓炯一时僵在那里，这是她与廖岩最亲密的一次肢体接触。

吴大同和梁麦琦吃惊地看着眼前突然出现的这两个人。廖岩和郑晓炯的脸都红着，手拉着手。

廖岩松开郑晓炯的手，却又被郑晓炯紧紧攥住。

四个人一时都不知说什么好，吴大同问梁麦琦："这两位是……"

郑晓炯伸出右手，可左手仍死死抓住廖岩的手不放："我是郑晓炯，他是廖岩，我们都是梁博士的朋友，过来打声招呼。"郑晓炯挤出尽量自然的微笑，廖岩也努力得体地点了点头。

"啊，你们好。"吴大同礼貌地站起身来，"我叫吴大同，幸会。"吴大同将手伸向郑晓炯，"真是失礼，刚才进门就看到郑小姐了，我过去跟麦琦说过，最喜欢看美女敲键盘的样子，特别是专注的美女，所以还多看了两眼。"

郑晓炯被这个"马屁"拍得特别舒坦，立即一脸羞涩，心想，梁麦琦的男友情商高，廖岩肯定不是他的对手，越想越开心。

此时，吴大同向廖岩伸出手，廖岩趁机脱开郑晓炯的手，与吴大同握手。

"廖博士我早有耳闻，麦琦经常提起您……"吴大同说。

廖岩的心里似有亮光一闪，可吴大同又接着说："我还以为您是位年长的法医专家，今天一见，才知您这么年轻。"廖岩失望地看向梁麦琦，梁麦琦一时尴尬。她的确给吴大同讲过她和廖岩配合破案的事，可她不知为何吴大同会对廖岩有这样的印象。

"坐吧，正好一起吃个午饭。"吴大同打破梁麦琦和廖岩的尴尬对望，一边说，一边给两人让位置。

"不了，我们已经点好了。"廖岩冷冷地说，他看着梁麦琦，故意把"我们"两个字说得很重。

"那我们改天再请郑小姐和廖博士吃饭。"吴大同也把"我们"两字说得很重。

"好。"廖岩简洁答道，同时回了一个僵硬又礼貌的笑，说完转身就走，忘记了还站在一旁的郑晓炯。

廖岩回到自己的座位，立即打开电脑继续看小说，可目光却无法定位在任何一行字上。

吴大同看向廖岩。其实，他早就见过廖岩，就在他刚刚回国的那个早上，在梁麦琦家的门前。他怎么会忘记这样一个目光深邃的英俊男人？他更不会忘记这个男人在看见他与梁麦琦拥抱时的那种失望的表情。

郑晓炯回到自己的座位，气愤地看着那杯被廖岩喝了一口的咖啡，快速收拾起电脑离开。

吴大同和梁麦琦的这顿饭吃得并不安宁。

廖岩和郑晓炯离开后，服务员赵子夜又上错了菜，又是解释又是道歉，然后，吴大同又偶遇了自己的表妹。

表妹在吴大同身后大叫"表哥"的声音，震响了整个咖啡馆。

"真真，你怎么也在这儿？什么时候回的地球？"吴大同上下打量这个化着浓妆一身破洞装的时髦女孩，不禁皱了皱眉。

"我都回来半个月了。哎，什么叫回地球？我长得像异形吗？"说着，表妹将好奇的目光落在梁麦琦身上。

"这位是……"表妹语气调皮地问。

"哦，差点忘了，这位是Maggie，我的……"

梁麦琦微笑着摆手，立即接话："朋友，我叫梁麦琦……"

"我叫乔真真，我是他妹……"表妹手指吴大同，随后又用力捅了一下吴大同的肩膀，"朋友啊？这回答有点微妙啊，哥，你得加油哦。"表妹一边笑一边做着鬼脸，走到另一边和她的朋友会合去了。

吴大同假意擦了擦汗，拼命摇头小声说："我这个表妹小时候在我家住过两年，后来他们家就搬到了国外。说来也巧，前年在巴黎，我俩又碰上了，我都没认出来她，她小时候长得……"吴大同直咧嘴，做着手势，似是用力抓烂了一个番茄。

梁麦琦忍着不笑出声来："真是个快乐的丫头。她是做什么的？"

"她说自己是时尚博主，就是在全世界各地旅游，也写点东西，但主要是每天换漂亮衣服，在世界的各个角落玩街拍。"

"真是羡慕。"梁麦琦一边快速吃饭，一边看着表，她下午还有个学术会，她知道吴大同下午也有事，两人默默加快了吃饭的速度。

吴大同喝完最后一口咖啡，匆忙从包里拿出个盒子递给梁麦琦。

"什么？"梁麦琦问。

"迷你娃娃屋，今年的大师限量款，连盒子都是纯手工的，我让巴黎的朋友帮你抢到了。"

这是吴大同送梁麦琦的第三个娃娃屋，单看那盒子，就已经让她爱不释手了。那暗红色的皮质上烙着细密的曼陀罗花纹，四角和边缘用银皮精细包裹着，正前方还有一把精致的复古锁。梁麦琦有些迫不及待，用侧面悬挂的小钥匙将那锁打开。

这一次是咖啡馆主题的娃娃屋，梁麦琦向对面的吴大同轻声说谢，却掩不住脸上的欣喜。吴大同似乎并未留意梁麦琦的反应，他正在穿外套，顺手将原本装娃娃屋的手提袋递给梁麦琦。

梁麦琦快速将娃娃屋装回手提袋，两人离开。

角落里的廖岩瞄了一眼，将身体深陷在沙发的角落里，不再看向这边。

咖啡馆里的人都走得差不多了。廖岩点了第三杯咖啡，依然在看网络小说。蒋子楠他们离开时想叫上廖岩，廖岩却头都不抬淡淡地说："死人了再叫我。"

蒋子楠无奈地点点头。廖岩这话没毛病，谁让他是个法医。大家这时差不多明白了廖岩近期的间歇性落寞因何而来，只是还没有搞清手拉手的廖岩和郑晓炯又是怎么回事。

廖岩终于恢复了专注。女服务员赵子夜走过来送咖啡，她的脸突然出现在廖岩电脑屏幕的反光中，廖岩竟吓了一跳。

赵子夜调皮地笑了："你不是警察吗？胆子怎么这么小？"

廖岩回头看了赵子夜一眼。这段时间，廖岩喝过她端来的无数杯咖啡，虽然她经常上错咖啡端错菜，但她认错的态度绝对是一流的。

廖岩并未从电脑上抬头，却缓缓地说："突然吓一跳和胆子大小是两回事。一种是突然性的副交感活动急速升高，而胆子大，也许只是副交感神经迟钝，交感神经被激活的概率比较低。"

赵子夜将咖啡杯放在桌上，挑衅地笑笑："你只从生理层面分析胆子大小的原因，未免有些局限。胆子小只是某些人所产生的恐惧与现实刺激的危险性不相协调，这还得辩证地看。"

廖岩为赵子夜的论辩感到吃惊，终于从电脑上抬起头认真看她。

"你不该做服务员啊……"

赵子夜撇了撇嘴："谁让我缺钱呢。"说着，看了眼廖岩的电脑屏幕。这一眼，侵犯了廖岩的隐私，可还没等廖岩抗议，她就惊讶地说道："呀！你也看阡之瑰的小说！看他小说的人不太多的，他肯定是没有炒作，也没雇水军，但内容真的好……"赵子夜语速极快，根本不给廖岩插嘴的机会，"你看没看过他的《暗紫黄昏》？那个故事真是绝了！"

"这不是'阡之瑰'的小说，这是'黑鳜'的《血色正午》。"廖岩打断赵子夜。

"不可能，这连主人公的名字都一样。"赵子夜手指小说中的名字。这时，吧台另一边传来老板不耐烦的声音："赵子夜，做咖啡啦，客人等着呢……"

赵子夜一边走一边回头对廖岩说："我得干活儿去了，过一会儿再跟你聊啊……"赵子夜几乎是蹦蹦跳跳地跑走了，廖岩看着她的背影摇了摇头，继续看自己眼前的小说，可看了几行，又总想着赵子夜的话。于是，打开搜索引擎，索性输入"暗紫黄昏"四个字，并很快在另一个网络文学平台上找到了相关内容。

从读了那小说的第一段开始，廖岩就被内容完全吸引了。这的确应该是一个系列故事，确切地说，这个《暗紫黄昏》应该是《血色正午》的前传。两部小说不仅主人公一样，笔法也极其相似，而且，与廖岩正在看的《血色正午》相比，《暗紫黄昏》的笔法似乎更加娴熟，节奏也更加明快，《血色正午》虽然故事同样吸引人，但总是糅杂着一些无根的线索，让人充满期待，却也思绪混乱。

廖岩就这样在默玛耗了一个下午，再抬头时，还真的从"正午"进入了"黄昏"。

梁麦琦开完会回到刑警队，看到廖岩办公室的百叶窗帘依然紧闭着。

她在这百叶窗前安静地站了一会儿。廖岩的冷漠让她觉得有些突然，可作为一个心理研究者，她能读懂这一切。只是，她还没读懂自己。

梁麦琦转身走进自己的办公室，坐在椅子上，面对的仍然是廖岩办公室那紧闭的百叶窗，梁麦琦又安静地想了一会儿。她还未曾专门研究过爱情心理学，不知学术上是否有人研究过一种女人，她们渴望温暖，却又惧怕爱情。

面前的办公桌上，是吴大同送给梁麦琦的娃娃屋，还装在手提袋里。她从袋中拿出盒子。

那盒子是打开的，应该是她在咖啡馆时忘记合上了，里面的零件散在了袋子里。她小心翼翼地将里面的东西一一拿出，在手中把玩。这些零件太精致了，直径不足1厘米的小咖啡杯，逼真到似乎可以感受到咖啡的热度与香气。

过去的梁麦琦很少花费时间去做一些无须动脑的事情，可自从吴大同送给她这些娃娃屋，她就爱上了这种亲手创造一个小世界的感觉。她慢慢发现，这种感觉有些像写作。写作的快感，也在于创造一个属于自己的世界。用手指在键盘上创造一个世界，与一点点搭建一个微小的世界，一样美好。

梁麦琦看了一眼墙上的钟，距离下班还有一段时间，她决定先将这些小物件按种类分好。梁麦琦在盒子里找到了彩色的配件目录，竟然也是精美的手绘图。

她洗了手，泡了茶，此时，斜阳正好洒进办公室的格子窗，梁麦琦的心突然好静。

她开始分类。桌椅、餐具、点心、人物、装饰……梁麦琦乐在其中。当所有的零件都核对分类好后，她突然发现，还剩下一个透明的小袋子。那袋子里，装着两枝微小的玫瑰，一枝红色，一枝黄色……梁麦琦一愣。

她再次核对那配件清单，又仔细查看了包装盒内的成品图片，她的心脏越跳越快。原始配件中，并不包括这两枝玫瑰。

是她自己过于敏感了吗？梁麦琦用放大镜看这玫瑰，它们的材质与娃娃屋其他配件的材质并不相同，似乎是由一种彩泥制成的。

梁麦琦快速从抽屉中拿出一个物证袋子，戴上手套，将两枝玫瑰小心装进去。梁麦琦看着那个袋子，却不知接下来该做什么。

来自吴大同的礼物，多出了两朵如此逼真的缩微玫瑰。她不禁想起吴大同曾跟她说过的话："我还特意去了你的大学，想象你在那里读书时的样子……"吴大同如果去过她和廖岩的大学，他当然有机会了解"双色玫瑰案"，可他在这娃娃屋中故意加上这两朵玫瑰，又会是什么用意？

梁麦琦望向廖岩的办公室。

这时，廖岩正从外面回来。他看到梁麦琦愣愣地站在那里，手里拿着一个极小的物证袋，那样子有些失神……

廖岩坐回办公室的椅子，梁麦琦刚刚失神的样子让他好奇，他缓缓地拉开了面前关闭已久的百叶窗帘。可就在他拉开窗帘的那一刻，对面的窗帘却缓缓地关上了。

第三十章　双色玫瑰

梁麦琦缓缓坐下，关于手中的那两朵玫瑰，她还没有想出答案。也许，它们并非来自吴大同，也许，这只是个巧合。

梁麦琦的电脑屏幕此时闪动了一下，提示她收到了一封邮件。那是一封来自韩国的邮件，她已等了很久。梁麦琦深吸一口气，让自己平静下来。

梁女士：

您好！您委托调查的当事人林英熙，确定已于去年8月死于车祸，具体细节，可到首尔面谈。

梁麦琦看着那邮件，手中的两朵玫瑰，落在了键盘上。

林英熙，英文名叫Lim。八年前，曾坐在土耳其咖啡馆的圆桌旁，讲着自己的故事。几个小时后，她与梁麦琦和廖岩一起，目睹了Jerrod和Ivy的死亡。

如今她死了，死于车祸。而那个夜晚，在土耳其咖啡馆里，Lim所讲的故事是这样开头的，她说："我的故事，是关于一场诡异的车祸……"

梁麦琦决定去首尔。

而且，这件事她不想让任何人知道，梁麦琦望向对面廖岩办公室的方向，"包括他。"梁麦琦对自己说。

梁麦琦起身走向办公室的一角，那里有一个小旅行箱，这是她多年的习惯，在办公室放一个可以拉起就走的行李箱。她从抽屉里拿出护照，走出办公室。

廖岩坐在办公室的窗前，面对着梁麦琦紧闭的窗，皱眉想着梁麦琦刚刚凝重的表情，抬眼却正看到梁麦琦拉着箱子匆匆出了门。

廖岩追出去，梁麦琦的步伐很快。

"你干什么去？"廖岩在她身后问。

梁麦琦的脚步停顿了一下，回头看向廖岩，廖岩明显感觉到梁麦琦迟疑了几秒，又最终礼貌地笑了笑，她的声音中有一种很不自然的温柔："我出去几天，见个朋友。"

廖岩愣了一下，转身回了办公室。回到办公室，廖岩又后悔了，他为什么不问个明白？又追出去时，梁麦琦却已不见踪影。

"她去哪儿了？"廖岩冲进小瞳的办公室。廖岩突然闯入，将正在偷偷打游戏的小瞳吓了一跳。"你知道梁麦琦去哪儿了吗？"廖岩又问。

"不知道啊，我都不知道她走。你给她打个电话不就得了？"

廖岩摇了摇头。

"那我给她打个电话？或者，我偷偷查查她的交通记录？"小瞳一脸坏笑地问。

廖岩马上故意装作无所谓的样子："不，不。我就是随便问问。"

"哦……你不是关心她去哪儿了，是关心她跟谁走的。"小瞳得意地分析着。

廖岩突然发现自己被小瞳说中了。的确，他关心的就是这一点。梁麦琦一向说走就走，所有人都很习惯，廖岩也只是偶尔稍加留意，直到吴大同的闯入。

廖岩一脸迷茫地走出了小瞳的办公室，小瞳喊他，他也没听见。

小瞳突然后悔刚才这么直接地谈论廖岩的隐私，此时又正看到廖岩六神无主地从走廊走过，她从未见过廖岩这个样子，这让她莫名有些心痛。

小瞳有查询所有人交通记录的权限，她的手在键盘上犹豫着。一方面，她不想利用职权侵犯梁麦琦的隐私，可另一方面，她又很想帮廖岩。小瞳想了又想，还是放弃了。

小瞳终于意识到，自己过去对廖岩的感觉只有"喜"没有"爱"，她从来没因为廖岩而六神无主过，而廖岩对梁麦琦却是不同。

小瞳陷入了沉思……

梁麦琦一共离开了三天。这三天里，刑警队风平浪静。廖岩仍在午休时光顾默玛咖啡馆，看小说打发时间，而吴大同这几天竟也没有出现在"默玛"，这让廖岩心里更加疑惑。

廖岩看完了已更新完结的《暗紫黄昏》，也将自己正在读的《血色正午》推荐给了小服务员赵子夜，两人偶尔还交流一下观点。赵子夜是个文学系的大学生，为了攒钱旅游才来打些零工，工作做得马马虎虎，人却活泼有趣，两个人在追小说方面算是有共同话题，他们都相信"阡之陌"与"黑鳏"应该就是同一作者，这两个作品都是关于一个女法医的故事。

《暗紫黄昏》的最后一章中，女法医解剖的最后一具尸体就是自己深爱的男人——一个犯罪心理专家。廖岩不太喜欢这个结局，可能出于他职业的原因，他总觉得，解剖自己的爱人是一种不祥的隐喻。

当廖岩还畅游在黑鳏的文字世界里时，小瞳打来电话。

"她回来了，从韩国，在回刑警队的路上了。"小瞳在电话里简洁地说。

廖岩心里一动，他知道小瞳所说的"她"就是梁麦琦。

"她……"廖岩欲言又止。

小瞳等了几秒，适时加上了一句："她是一个人去的。"小瞳挂了电话。

廖岩的手依然举着电话，自嘲地笑了笑。"我已经不是原来的自己了。"廖岩心里想。他不喜欢这种感觉，过度地在意一个人，让他气质卑微、心思琐碎，可是，他欲罢不能。

廖岩收起电脑，离开了默玛咖啡馆。

廖岩站在茶水间里冲茶，眼睛不停地向窗外望去，这杯茶他已经冲了二十几分钟。随后，他听到了熟悉的高跟鞋敲击声，梁麦琦回来了，他却故意将后背转向走廊方向。

梁麦琦拉杆箱的声音经过茶水间时，停住了，廖岩只好转过身。

"回来了？"廖岩轻声问，同时放下茶杯，顺手接过梁麦琦手里的拉杆箱。

梁麦琦点点头。她看起来很疲惫，她的手中还有一个小的公文袋，顺手也递给廖岩。

那公文袋掉在地上，里面的照片散了一地。梁麦琦没动，廖岩弯腰将那些照片拾起。那是一些车祸现场的照片，满脸是血的东方女子显然已经死亡。

职业习惯让廖岩对血腥的图片极其敏感，他很快瞄了几眼那些照片，梁麦琦并未阻拦，她在观察廖岩的表情。

"什么案子？"廖岩顺口问道。

"一个朋友……"梁麦琦淡淡地回答。

廖岩同情地看着梁麦琦，等待她继续。也许她的疲惫和悲伤正是因为刚刚失去了一个朋友。但梁麦琦继续说道："一个朋友的朋友，新娘在婚礼前遇到了车祸，让我帮忙，给那个新郎做心理辅导。"

"哦……"廖岩放下心来，将那些照片交还给梁麦琦。

二人一起走进了梁麦琦的办公室。廖岩放下梁麦琦的行李箱，站在梁麦琦的对面。

梁麦琦有些沉默，她将那些照片放在办公桌的抽屉里。

梁麦琦刚刚在撒谎。那张照片中的女人就是 Lim，她死亡时满面的鲜血挡住了她的容貌，以至于廖岩根本没有认出她。其实，那些照片中还有一张很特别，廖岩没有仔细看，那是 Lim 死亡时的右手，她的手中，握着一枝白色的玫瑰。

梁麦琦在韩国看到了 Lim 的坟墓，她安静地长眠在那里，照片中的她依然笑着。

梁麦琦委托的韩国私人侦探说，Lim 车祸的原因被认定为疲劳驾驶，因为车子毫无预兆突然撞上了路基。

车祸，这才是让梁麦琦每想到 Lim 的死便不寒而栗的原因。梁麦琦无法阻止自己产生这样的联想，因为她无法忘记，八年前"双色玫瑰案"发生的那个晚上，Lim 创作的故事——"七个人开车去旅行，一个小时后，人们在悬崖边发现了他们的尸体……"

Lim 仿佛死在了自己的故事里，这难道只是个巧合？

梁麦琦知道廖岩曾经私下调查过另一个小组成员的死亡，可廖岩为何对她只字未提？他又在隐瞒什么？

梁麦琦望着面前的廖岩："今晚7点，你能来我家一趟吗？我想跟你说一件事……"

廖岩努力想从梁麦琦的表情中读出答案。梁麦琦要对他说什么？为什么一定要到家中去谈？可她严肃的样子，又让廖岩不敢想入非非。廖岩机械地点了点头。

晚上7点，廖岩准时赴约。

眼前梁麦琦的家，与廖岩的想象并不一致。廖岩曾经猜想，六岁便移居英国的梁麦琦家中或许到处可见英伦元素，而实际上却恰恰相反，这间公寓的空间氛围维持着中国青年的简约风格，而且，看起来比廖岩的家要狭小一些，两个人的家最相似的地方就是书，这个房间里，到处是书。

梁麦琦为廖岩开了一瓶啤酒，两人拿着酒在地毯上席地而坐，廖岩将身体斜倚在沙发脚上。这种慵懒的感觉倒是很"英伦"，他心想，这种感觉很像大学时的许多慵懒的夜晚，薯片、啤酒，漫无目的地聊天，没人计算时间的流逝。

廖岩喝了口手中的啤酒，那酒的味道很特别，是一种别致的香醇味道，却品不出具体是种什么香味。廖岩看了一眼手中的瓶子，他没喝过这种品牌。

"哪里买的？"

"网上。朋友推荐的，喜欢吗？回头送你一箱。"

梁麦琦说着慵懒地举起瓶，与廖岩撞了下，也喝了一大口。

房间的灯光并不明亮，保持着一种昏黄的温暖。有一盏暖灯从梁麦琦的身后照过来，她散下的发丝在这光里变成半透明的金色，柔和而美好。两个人离得这样近，"跨"过了两个公寓间的西望河，"跨"过了刑警队的那个走廊，在静谧的夜晚，放松地说着温暖的话。

他们聊起了英国大学时的一些趣事。论文、同性恋酒吧、中餐外卖的味道、性感女生和怪教授，可梁麦琦却唯独没有谈起她要跟廖岩说的事。

廖岩看向客厅的一角，他看到了吴大同送给梁麦琦的那些娃娃屋，都已精心拼好，并排展示在一个小台面上，那里面的微小灯光都亮着，衬托得那些场景更加精致美丽。

"怪不得女孩喜欢。"廖岩喃喃自语，他挪过身子仔细看，那三个场景，分别是女孩卧室、玩偶店和咖啡馆。

"的确，吴大同很会选礼物。"梁麦琦说。

廖岩回头看梁麦琦，喝了口酒。当吴大同这个名字被说出时，廖岩心里还是划过一丝隐痛。他仔细看着梁麦琦的脸，在说起这个名字时，梁麦琦眼里没光，嘴角没有幸福，脸颊没有羞涩。廖岩很满意，他微笑着转回身，继续背对着梁麦琦，看那些娃娃屋。

梁麦琦看着廖岩的背影若有所思，她也喝了口酒，缓缓说道："你问过我，为什么小时候没人给我买娃娃屋……"

廖岩想起自己那日在茶水间里孩子气的表现，突然有些尴尬，他回头看梁麦琦。她表情上并无责怪或是嘲讽，她似乎只是在将自己的回忆淡淡地说给廖岩听。

"我五岁时，我爸就去世了……"廖岩没有想到，他与梁麦琦独处的这个夜晚，竟还包含着这样悲伤的对话，廖岩走回到梁麦琦的身边，坐在她的对面。

"我的父亲，是个医生，他努力将我培养成一个神童。我的童年，从来就没有娃娃屋这种东西。我家没有玩具，只有教具……"廖岩望向那些娃娃屋，心中突然升起一种悲悯，有一刻的冲动，他很想将梁麦琦抱在怀里，可是，他没有这样的勇气。他举起酒，对着梁麦琦努力笑了笑："那……他成功了。"

梁麦琦也笑了，笑得有些勉强，她喝了口啤酒，继续淡淡地说："六岁时，我随我妈到了英国，两年后，我妈嫁给了我现在的继父，很巧，竟然也是个医生。可他不是普通的医生，是个心理医生。所以，我的后半截童年，都在听他不断地剖析……剖析我童年的伤痛对我精神世界的影响。所有人都觉得，他对我视如己出，可只有我知道，在他眼里，我更像一个标本，一个精神标本……"

廖岩看到，梁麦琦拿着酒瓶的手轻微抖动了一下，为了掩饰这种抖动，梁麦琦举起酒瓶喝了一大口。

"所以，你后来就学了心理学？"廖岩努力把目光从梁麦琦身上移走。她是梁麦琦，她一定不喜欢被人看到脆弱的样子。

"我只有一种方法可以抗拒他给我的精神压力，那就是比他更强大……"廖岩再抬起头时，看到的还是那个目光坚定的梁麦琦。

廖岩努力在想，在这种坦诚的氛围里，他是不是也该与梁麦琦分享一些他的秘密？可他却突然发现，他透明到令自己自惭形秽。除了八年前的那个夜晚，他并没有属于自己的秘密。

两个人都沉默下来，却沉默得自然舒适。刚刚聊天的感觉，又给了廖岩一种久违的亲切感。他曾在心中无数次分析过梁麦琦，如果拿一种动物来比拟，麦琦应该是只缺乏安全感的刺猬，她大多时候看起来锋芒毕露，却也会在深夜里缩成一团，渴望安慰。

他可以成为一个拥抱她的人吗？廖岩看着梁麦琦，温柔地说："你说找我有事，是不是只是一个借口？"

"我的确有事情要对你说。"梁麦琦望着廖岩，眼神中有几分郑重。

廖岩等待梁麦琦继续。

"八年前，我们可能都没想到过，有一天，你和我会成为同事，一起面对死亡、尸体和连环杀手……你从医生变成法医，我从心理医生变成犯罪心理顾问，这一切都是因为那桩奇案。"

梁麦琦还是提起了那件事。又怎么可能不提？毕竟这才是两个人最初的缘分。

可廖岩还是有一点失望："同事……我们是同事，这就是你要说的事情？"

"还不是，过一会儿吧，时机到了我自然会说。"梁麦琦喝了一大口啤酒，直视廖岩，眼神坚决。

"时机？什么时机？"

梁麦琦故作神秘地笑笑，并不说话。廖岩只好无奈地耸耸肩。他站起身来，身体竟有些摇晃："能借用一下洗手间吗？"

梁麦琦伸手指向右侧的一扇门，廖岩向那个方向走去。也许是这酒的浓度有些高，廖岩觉得自己的视线竟有些飘忽。

梁麦琦刚刚所指的方向面对着两扇门，廖岩直接去拧左面的门，却发现门是锁着的。他拧开了右边的门，打开了洗手间。

廖岩站在洗手池的镜子前看着自己。他的头好晕，他凝视着镜中的眼睛，似乎第一次看到了自己目光的深处，可渐渐地，那眼神也飘忽起来。

廖岩努力让自己清醒，他不断用冷水敷着脸，然后，摇摇晃晃走回客厅。

梁麦琦的身影也在晃动，她在呼唤他的名字，但在廖岩的耳中，那声音忽远忽近。

"廖岩，你能听到我说话吗？廖岩……"

廖岩看着梁麦琦模糊的脸。

客厅墙上的时钟响了，8点，此时正是8点钟。

廖岩的身体缓缓走动着，他向刚才的那扇门走去，那扇他本没有打开的门，此时，却突然开了……

第三十一章　七个人

那扇门的里面，是英国。

还是那熟悉的小巷。面包石被雨水冲刷后的光亮，路灯斑驳的倒影，还有那空气中的味道，英国特有的青草与土壤的味道……一切如此真切。

他回来了。

一个声音似乎从远处传来，那是梁麦琦的声音。他向远处看去，梁麦琦就站在小巷的尽头，呼唤着他。

当廖岩走近她时，梁麦琦转过身，引着廖岩向一个方向走去……那个方向，他很熟悉。

梁麦琦的声音在黑夜里飘荡："我们走在英国的小巷里，街上没有人，那是我们要去的地方……"

廖岩继续跟着梁麦琦往前走，此时两人已站在那个土耳其咖啡馆的门前，街道空无一人，安静得可怕，连梁麦琦都消失了。

"你在哪儿？"廖岩问，他推开了土耳其咖啡馆的门……

咖啡馆，还是那个样子，只是，没有人。一切都静止了。那几张古老的锡制咖啡桌，桌上的土耳其水烟，彩色的玻璃灯，土耳其地毯，色彩浓重的靠垫，还有那白色的、粗糙的泥墙……

廖岩看着，走着，他只能听到自己的呼吸声和脚步声，那种特有的色彩与光线包围着他，仿佛飘浮在梦境里。

梁麦琦的声音终于再次响起："我们回到了那一天——八年前的10月9日……这里的一切，都如当年一样……空气中也许还有一种特别的味道……"

廖岩深呼吸，是的，他嗅到了那种味道，甜甜的味道，像是草莓，还有桃子混合的香气。

廖岩在那白色的土耳其门帘前停住了脚步，他伸出手，那只手却又停在半空。"你在哪儿？"廖岩有些犹疑地问道。

"打开它……"梁麦琦的声音很温柔，却又似在发出指令。

廖岩的手缓缓掀开那门帘，他看到了那个熟悉的画面，那个无数次在梦中出现的画面。只是这一次，所有的人都是静止的，像是油画突然变得立体。廖岩，行走在油画之中。

土耳其风格的软榻上，坐着六个人，唯独少了他自己。这些人围坐在土耳其地毯上，那个锡制的圆形咖啡桌上，土耳其水烟还散着淡淡的烟气。

Ivy死了，她无力地躺在土耳其地毯浓重的色彩上，金色的长发凌乱地覆盖着她的半张脸，那双蓝色的眼睛空洞地望向上方，她的手中，握着一朵红色的玫瑰。

Ivy 的对面，是手握黄色玫瑰的 Jerrod，他的身体伏在咖啡桌上，可廖岩知道，他已经死了。

每个人的惊恐都凝固在脸上。廖岩看向自己的位置，那里空着，可梁麦琦还在，而且，唯有她的表情是平静的。

梁麦琦从静止的状态中动起来，她站起身，面向廖岩，声音温柔却又坚定："告诉我，你看到了什么？"

"Jerrod 和 Ivy 死了……玫瑰，黄色的，红色的，还有水烟，还燃着。"廖岩听到自己的声音在空气中飘浮。

"抬头，向上看，45度角的位置，你看到了什么？"梁麦琦平静地问。

廖岩环顾四周，这个房间的每一个细节，如今清晰可见："水晶球、燃烧的蜡烛、钟摆、彩色玻璃灯、镜子……"

廖岩的视线在这狭小又昏暗的空间里旋转。

"镜子里有谁？"梁麦琦轻声问。

廖岩走过镜子，看见了自己的脸，而他的身后，站着目光深邃的梁麦琦。

"我自己……还有你……"

"我们的手里有什么？每一个人……"

廖岩低头看自己的手，他两手空空，再看向其他的人："除了玫瑰，什么都没有。"

梁麦琦的声音又响起了："你能看到我们的草稿吗？那上面写着我们的故事……"

廖岩扫过每个人的面前，锡盘上没有，软榻上也没有。

廖岩摇着头。他只想乖乖地站在梁麦琦的面前，像一个听话的孩子。廖岩愿意回答梁麦琦的一切问题，愿意听从她的一切指示，他好害怕梁麦琦的声音会突然消失，把他一个人留在这可怕的"油画"当中。

梁麦琦抬头缓缓看向斜上方，她在看墙上那尊古老的钟。廖岩顺着梁麦琦目光的方向看去。那钟面上的秒针一点点地向正中靠拢，几秒后，钟声响起，从远方轻柔的回响，变为耳畔隆隆的巨响。

廖岩缓缓睁开眼，眼前是梁麦琦冷静的脸。

梁麦琦身后的背景在廖岩的眼中由虚变实，而那背景，与刚才那个"梦"完全一样。

这里依然是那个土耳其咖啡馆的一角，完全一样，只是光线稍亮一些，视线更清晰一点。

"我刚才是做了个梦吗？"廖岩的身体无力地靠在墙上，可他的声音已不再像刚才那么空洞，"我现在是在做梦吗？这是哪里？我怎么会回到了英国？"

廖岩惊恐地望着四周，似乎正在经历一次恐怖的时空旅行。

可眼前的梁麦琦却是真实的，她依然表情平静地坐在他的对面："你不是在做梦，这里也不是英国……在刚刚过去的几个小时里，你被我催眠了！"

廖岩震惊地看着梁麦琦，他不敢相信自己的耳朵，他看向墙上的那个古代时钟，此时已是凌晨3点。

梁麦琦催眠了他！廖岩的表情从震惊转为愤怒，他猛然坐起，却发现自己的一只手，被塑料捆绳牢牢地固定在桌角的铁环上。廖岩猛拉那铁环，面前的锡盘桌剧烈地晃动着，可他依然无法挣脱。

梁麦琦的表情并无太大变化，她依然目光坚定地看着廖岩，她将廖岩的手机放在他的面前。

"对不起，廖岩。你可以随时报警，告诉他们，一个公安特别顾问绑架了一个警察。但我求你，先给我五分钟，让我告诉你，我为什么这么做。"

廖岩不想听梁麦琦解释。她利用了他对她的信任，还有爱慕，她催眠了他，夺走了他心里的秘密。

廖岩毫不犹豫地拿起桌上的电话，直接打给贾丁。廖岩将电话放在耳边，直视着梁麦琦的眼睛，可那双眼睛里，竟全无悔意。

"关于'双色玫瑰'，你的心里就没有过怀疑吗？你不想知道我的秘密吗？"梁麦琦说。

贾丁的电话通了，里面传来贾丁半梦半醒的声音："喂？喂？"廖岩拿着电话的手放了下来。

四目相对，他第一次看到了梁麦琦眼中的祈求。是的，关于"双色玫瑰案"，他有怀疑，他想知道梁麦琦的秘密，一直都想。

廖岩按断了电话："五分钟？"

"五分钟。"梁麦琦肯定地说。

廖岩的电话又响了，廖岩接起电话，是贾丁。梁麦琦望着廖岩，此时的表情中有一丝紧张。

廖岩平静地听着电话："不好意思，队长，刚才按错了。"

廖岩放下电话，看着梁麦琦的眼睛。这个几天来曾让他意乱情迷的女人，如今，成了一个更深的谜。

"你先要告诉我，这到底是什么地方？"

"这是我的卧室。我按照当年的案发现场，布置了这间卧室。"

"为什么要这么做？"

"我怕忘了。"梁麦琦环视自己的杰作，"每一个细节，都在逐渐消失，而那个案子，绝不是当年的结论那么简单……"梁麦琦凝视廖岩，"你相信那个结论吗？"

廖岩什么都没说，可他骤然感到，他心中的一种孤独被击碎了。他一直害怕面对一个未知的真相，如今，有人和他站在了一起……

廖岩的声音已不像刚才那般冰冷："你刚刚从我的头脑中偷走了什么？"

"记忆。我通过催眠'回叫'了你当年的记忆。确切地说，我刚刚同时催眠了我们两个。"

"两个？"

梁麦琦点头："也就是相互催眠。我在催眠你的同时，也轻轻催眠了自己，这样，我们的感觉和体验就会同步……你是不是觉得这样公平了一些？"

廖岩微微举起依然被铐在桌上的右手："公平？现在，你还在跟我谈公平？"廖岩心中似又燃起怒火。

"我需要你的记忆，关于双色玫瑰案的记忆。潜意识中的，你自己可能都已经失去的记忆。难道你不想知道吗？你不想知道那一天，我看到了什么？"

廖岩的态度在动摇。

"我也想过多个方案，但是，我必须先确认你不是当年的凶手。"梁麦琦的目光扫过廖岩手中的手铐，那目光中终于有了一丝愧疚。

"你从对我的催眠中证实了？"

梁麦琦的回答略有些迟疑："我暂时可以证明你没有主观的恶意，但是……"

"但是……什么？"

梁麦琦欲言又止。

"那你怎么证明你不是凶手？"廖岩追问。

梁麦琦摇了摇头："我不能证明我自己……不能。"两个人的问答突然陷入了僵局。廖岩看了看墙上的钟："你还有三分钟，你先回答我的问题。"

梁麦琦点头。

"按我的专业知识，一个抗拒催眠的人，是很难被催眠的，酒醉和睡意很浓的人，也很难被催眠，你先告诉我，你到底是用什么方法催眠了我？"

"以我的水平，的确很难做到，所以，我借助了些……药物手段。其实，你刚刚喝的根本不是真酒，而是无醇啤酒加上一种可以实现快速催眠的药物。"

"你竟然在一个法医的身上用药？"

梁麦琦躲开廖岩如火的目光，她拿起身旁的一把刀，向廖岩走来。

"我别无选择……"梁麦琦说。

"你要干什么？"廖岩轻声问，看着拿刀的梁麦琦，他心中竟有几分坦然。

梁麦琦抓住廖岩的右臂，割断了他手腕上的塑料手铐。恢复自由的廖岩一把抓住梁麦琦拿刀的手，梁麦琦表情依然平静："我们就应该彼此怀疑。自从我们在刑警队第一次见面开始，我就知道，这八年来，你也在怀疑我所怀疑的一切！"

两人对视着，梁麦琦将尖刀交到廖岩手中。

廖岩将刀放在桌面上，声音比任何时候都平静："当年，咖啡馆的门是从里面锁着的，直到案发，根本没有人离开过，如果凶手并非两位死者，那么凶手就在我们活着的五个人当中，包括你和我。"

"所以，你愿意和我一起补齐当晚的全部记忆吗？"梁麦琦问。

廖岩点头。其实，他早就盼望着这一刻。

土耳其咖啡在火炉上冒着热气。梁麦琦点燃了土耳其水烟，当烟气缓缓弥散开来时，梁麦琦的这间卧室与八年前的那个夜晚更像了。

梁麦琦吸了一口水烟，缓缓地说着：

"那应该是八年前的5月，我当时在心理学院读大二。我从校园的张贴板上看到了一张创意写作社团的海报。我喜欢写作，幻想过成为作家，所以，我决定加入。"

廖岩望向梁麦琦，想象着同一个画面。他与梁麦琦在校园中可能无数次擦肩而过，但他们都曾驻足在同一张海报面前。"当时，我在医学院读大四。我也看到了那张海报，我也决定加入……"

两个人努力将记忆推回到八年前的那段日子，还有，那个叫 Moly 的咖啡馆。

土耳其地毯上，放着软垫和色彩艳丽的靠枕，中央是圆形的锡桌……与眼前的布置一模一样，只是，当年那些一起写作的人，早已不知去向。

"6月7日，是小组成员进行的第一次活动。那也是我第一次见到你，二十岁的 Maggie Liang……还有他们……"廖岩环顾四周，仿佛所有人都还在。

Jerrod 是组织者，他热情且有感召力，乐于为大家服务，廖岩似乎还记得他手持长柄咖啡壶，给每个人倒咖啡时的亲切笑容。

"Jerrod，英国人，化学系研究生。"梁麦琦望向 Jerrod 所坐的地方，"他……当晚就死了，同时也是英国警方断定的凶手。"

廖岩站起身，向 Jerrod 的位置右侧走了一步："韩国留学生 Lim，政治学院研究生。"

梁麦琦的目光也落在 Lim 的位置上，她深深吸了口气，她的表情中多了一丝悲伤，可廖岩并未觉察。"坐在 Lim 身边的人，是我。而我的右边，坐着法国女孩 Ivy。"梁麦琦继续说道，"也是当晚死的……"

廖岩努力回忆当晚的细节，想象着 Ivy 性感地撩开长发，弯腰向前，将咖啡杯递给 Jerrod。Jerrod 接过咖啡杯，目光却仍停留在 Ivy 的脸上，他们四目对望，Jerrod 的微笑中有几分暧昧。

"Ivy 是古典文学系大一的学生。我那天就仔细观察到了她和 Jerrod 之间的暧昧。可他们到底是什么关系，我到现在也没有想清楚。"廖岩皱眉思考着，却发现很多记忆已经模糊了。他越是努力去想，越是无法形成完整的记忆拼图。八年，的确可以让人忘记一些事，但关于"双色玫瑰案"的记忆，却不是忘记这么简单，而是一种奇怪的混乱。

"是的，他们的关系有些特别。Jerrod 看 Ivy 的眼神中，充满了爱意，他们似乎早已认识，也可能早有故事……当然，Jerrod 所留下的遗书中也有一部分解释。"提到 Jerrod 的遗书，梁麦琦的表情中充满了疑惑。

廖岩继续沿着顺时针方向移动。Ivy 的右侧是 Leo。

"Leo，是整个活动小组中年龄最大的成员，他是医药学在读博士，英国人。"廖岩想到了 Leo 总是一脸严肃的样子，"他的话很少，总是习惯性地皱着眉头，似乎大部分时间都在思考。"

"然后，是 Sarah，她来自美国，是物理学院的交换留学生……然后，就是你。"梁麦琦手指廖岩的位置。

廖岩坐回到自己的位置，仿佛立即从一个讲述者，变回了当事者。

两个人对坐在圆形锡盘桌前，炉子上的土耳其咖啡煮好了。梁麦琦搅拌着长柄铜壶，咖啡沸腾着，发出咕嘟嘟的声音。

梁麦琦将浓稠的咖啡缓缓倒进两个咖啡杯："我们每周举行一次活动，每次的主题都不一样。但相同的是，我们都有一个小时的自由创作时间，然后开始分别朗读自己的故事。"

廖岩看着咖啡缓缓流入杯里。梁麦琦将其中的一杯推到他的面前。

"我还敢喝你提供的饮品吗？"廖岩苦笑着看向梁麦琦。

梁麦琦歉意地笑了笑，她将自己面前的杯子倒满咖啡，然后，郑重地将两个杯子交换了位置，挑衅地看着廖岩。

廖岩撸了撸袖子，故意在梁麦琦面前露出那个塑料捆绳留下的青紫痕迹。他晃了晃手腕，拿起面前的咖啡，闻了闻，看着梁麦琦，喝了一口，笑了。

梁麦琦表情复杂，释然，也有愧疚。她知道廖岩是相信她的，因为有共同秘密和疑虑的人，只能彼此信任。

梁麦琦喝了一口咖啡，继续说道："死亡事件，发生在那一年的10月9日……"

第三十二章　　七个故事

这是廖岩和梁麦琦第一次将破碎的记忆拼凑在一起。

那一天，是10月9日，他们以抽签的方式决定了当天的创作主题——"会议中的完美谋杀"。

Jerrod 一向喜欢用纸牌抽签的方式来决定当天的题目，他会把想好的题目写在一种特制的塔罗牌正面，然后，每周一人轮流代表大家抽签。这样就可以保证所有人都是在即兴创作。

当天晚上，正轮上物理系的美国交换生 Sarah 抽签。她抽到的这个题目被展示给大家时，每个人反应各异。

医药博士 Leo 大声赞叹这个题目好，可 Sarah 自己却觉得这个题目太难写。韩国女孩 Lim 曾半开玩笑地问可不可以用韩语写，还被大家笑了一阵。

廖岩记得，当时保持沉默的人有两个，一个是法国女孩 Ivy，她本身就是文学系的学生，很快就动笔开始写了。而另一个，就是梁麦琦。她一直在出神，仿佛已经忘了周围人的存在。

"我能从 Jerrod 的表情中看出他对这个题目的得意，"梁麦琦突然开口说，"他一直在试图引导我们的思路，让我们想象聚会中有七个人，而我们要谋杀其中的一个，在众目睽睽之下，用最完美的方法……"

"这么多年，我也一直在想，这个题目一开始就是在暗示我们的这个社团，我们就是七个人，而 Jerrod 当时一直在强调，故事中要有七个人。"

廖岩喝光了杯中的咖啡，土耳其咖啡的残渣留在了杯底，那形状他无法解读。很多人用土耳其咖啡占卜命运，而有人说，那只不过是潜意识的印记。八年前的那个夜晚，廖岩也喝了土耳其咖啡，但他却再也想不起，他的咖啡杯是否早已给他透露过死亡的信息。

两个人的回忆继续……

晚上8点，写作社团的七个人开始创作各自的故事。按照惯例，他们有一个小时来构思。Jerrod 会给每个人发一张草稿纸，用于书写。廖岩依然习惯使用思维导图，然后再将他的故事讲出来时，进行二次创作。他还有一个习惯，就是在开始构思之前，观察别人的创作方法。他发现有的人拿起笔来就快速地写，有的人想了好久却迟迟不动笔，而梁麦琦，一直是那个最特殊的人。

从第一天的创作活动开始，廖岩就从未见梁麦琦在草稿纸上写过一个字。她总是会把她想好的故事直接讲给大家听。

那一个小时，总是过得很快。没有人说话，只是偶尔会有咖啡杯拿起放下的声音，或者偶尔彼此传递一下水烟。等大家再抬头时，窗外教堂的钟声已敲响，那时正好是9点。

大家放下笔，有人胸有成竹，有人仍双眉紧锁，而梁麦琦的表情永远是自信的。

廖岩想着当晚的画面，再次环视梁麦琦这间奇特的房间，他突然问："你真的不再写作了吗？"

"只有为工作的写作，却再也没有为爱好的写作了。"梁麦琦这话颇有深意，她叹了口气，点燃了面前的土耳其水烟。淡淡的烟气缓缓飘了出来，梁麦琦拿起烟嘴缓缓吸了一口，递给廖岩。

廖岩拿起握在手中，也吸了一口。烟雾弥漫在这个特殊的房间里，气氛显得更加诡异。

"然后，我们开始讲自己的故事。"梁麦琦的语气更加沉重了，"第一个讲故事的人，是 Sarah，她是来自美国的物理学交换生。"

提起 Sarah 的名字，廖岩感到自己的心突然一沉，他接着梁麦琦的话继续说，语气也更加沉重。

"Sarah 的故事有些与众不同，她使用的是科幻手法，是关于一种可以让人失去所有快乐记忆的药物……而吃了这种药物的人，最终会选择自杀。"廖岩的声音有些变化。

"自杀……"廖岩重复着这个词，那个他曾经认为只是巧合的事件，现在想起却变得异常恐怖。

梁麦琦并没有注意到廖岩表情的变化，她继续一边回忆一边讲述，她此时讲到了 Ivy："Sarah 坐下后，Ivy 开始讲她的作品，她带着自我沉醉的神情，讲了一个很浪漫的故事。"

"这是一次浪漫的约会，也是一次死亡的约会……"廖岩清晰地记得 Ivy 故事的开头，而且，他还记得 Jerrod 看着 Ivy 时迷恋的表情。

"Ivy 讲的是一个凄美的爱情故事，"梁麦琦接着说，"她所谓的 meeting 更像是一次约会，而最终的暗喻是：死亡的并不是人，而是爱情本身……值得一提的是，她的故事中提到了玫瑰，还有红色和黄色的鞋子。很奇怪，这双鞋子在她的故事里出现得很突兀，她寓意何在？"梁麦琦站起身，开始在房间里走动。

廖岩发现，在梁麦琦亲自搭建的"犯罪现场"里，他的记忆比以往更清晰，也许这是得益于梁麦琦对他的催眠。或者如梁麦琦所说，那是相互催眠，他们才能将两个人的记忆拼凑在一起，彼此提醒，相互弥补，形成一个更完整的画面。而很多细节，在廖岩之前的记忆中是模糊不清的。

"这之后，是 Leo，那个医药化学系的博士，他的故事是关于塔罗牌。他讲到，发牌的人说：'你们七个人当中，必有两个人死去……'"廖岩说到这里，突然愣了一下，梁麦琦也停止了踱步。

"他说的是两个人，对吗？"梁麦琦问，"他说，有两个人必须死去，是吗？"

廖岩被梁麦琦问得有些不自信了，这有没有可能是自己记忆的"后期加工"呢？

"我记得也是两个人，"梁麦琦突然说道，"因为按照 Jerrod 对内容的要求，应该是七个人中要有一个人死去。所以，当 Leo 说到有两个人死去时，我曾想过提醒他……"

"两个人，而最后的结果真的是两个人死去……那么接下来的，韩国女孩 Lim 的故事，也不符合要求。因为，在她的故事里，七个人都死了。"廖岩说，"她的故事是关于一场诡异的车祸……七个人开一辆车去旅行，而司机却被注射了毒药后死亡，而整辆车也因此坠入悬崖。也就是说，七个人都死了。"

梁麦琦坐在了 Lim 当时所坐的位置上，表情凝重："我当时曾觉得，Lim 的故事毫无想象力可言……可现在，却是细思极恐……"梁麦琦停顿了许久，才又缓缓抬头，看向廖岩："Lim 讲过了故事之后……就是你。"

廖岩正拿起咖啡壶，给自己倒第二杯咖啡，听到梁麦琦的话，他的动作停住了。梁麦琦等着他说话，又似乎早就知道他要说什么。

"这是我一直都觉得最奇怪的地方……"廖岩说，"我竟然想不起来自己所讲的故事，而且，越来越模糊……"

廖岩看着梁麦琦，梁麦琦很平静地听着。

"你早就知道我可能忘记自己的故事？"廖岩吃惊地问。

"是的，因为……我也记不起自己讲了什么。"

廖岩震惊地看着梁麦琦："也就是说，我们记得所有人的故事，却唯独忘了自己的？"

"是的，刚才我通过对你的催眠，得到了我自己的故事，而你的故事，你却只记得片段。"

"我的故事是什么？"

"毒气……"梁麦琦想着廖岩学生时代的样子，他讲故事时自信又沉醉，比现在的廖岩多了几分潇洒和高傲。

"你的故事，是关于毒气。有人向封闭的房子中释放了毒气，可桌子上只放了一个防毒面具。于是，有人争抢，有人谦让，而最后死的那个人，却是抢到了防毒面具的那个。因为防毒面具上的药物与室内的所谓的毒气产生了化学反应，这才是真正致命的毒药……"谈起廖岩的故事，梁麦琦眼里闪着钦佩，"我很喜欢你的故事，我喜欢那里的深刻寓意，那是关于邪恶的人性。"

廖岩虽然不记得自己的故事，却清晰地记得当时梁麦琦的反应，她是第一个为他鼓掌的人，从那之后，大家也开始鼓起掌来。这是廖岩留学生活中，最让他自豪的记忆之一。

"那时我就想，如果你不去做一个医生，会是一个很出色的作家。"梁麦琦面带遗憾地看着廖岩，她其实在想，如果当晚没有人死去，他们两个的人生也许会截然不同吧。

"你又何尝不是？"廖岩轻声说。

廖岩也想着梁麦琦讲故事的样子，她前面的草稿纸还是空白的。她离开座位，一边走一边讲着自己的故事，就像刚刚在踱步、思考时的样子一样。

"你讲的是一个关于催眠的故事。七个心理高手聚在一起，运用各自的催眠手法侵入彼此的潜意识，两个小时后，其中的一个人死了。于是，大家共同反推谁是凶手……你的推理太严密了，那一天，我就发现你有做侦探的潜质，或者，你的内心深处，就藏着一个凶手……"廖岩很吃惊，自己为什么会突然说出这样的话，这也是他潜意识中的疑问吗？

廖岩观察着梁麦琦对这句话的反应，梁麦琦沉思着，她竟然点了点头："因为我使用了凶手的视角，对吗？"

"是的，你的视角很特别。真切，却有些残忍，以至于这之后我根本无心去听 Jerrod 的故事，依然沉浸在你的故事里……"

梁麦琦吸了一口水烟，凝视着空气中弥漫的烟气，记忆终于推进到了她和廖岩最迷茫的部分了："他的故事是关于玫瑰杀人事件，玫瑰的刺中藏有氰化钾……而这之后，发生了最不可思议的事情……"

"那之后，我们突然陷入沉睡，醒来时，已是另一番场景……"

八年前的那个晚上，如果不是墙上的时钟在响，可能不会有人发现，他们一起"丢"掉了一个小时。Jerrod 最后讲完故事，廖岩清晰地记得，墙上的钟正好是9点。而当所有人醒来时，已是10点。

那时，几乎所有人都已从迷茫的状态中清醒过来，却发现 Jerrod 和 Ivy 依然伏在桌上，他们的姿势有些怪异，廖岩看到 Jerrod 的左手握着一枝黄色玫瑰，而右手中则有一支针管。

先是 Sarah 不小心碰倒了 Ivy，然后，大家发现 Ivy 的眼睛是睁着的，已没有了呼吸。在惊呼、喊叫与躲闪之中，他们发现 Jerrod 也已经死了。

那时的廖岩也是熟悉死亡的，他是个医学院学生，可他没有经历过这种诡异和恐怖的死亡，那是一种超越现实的、无法形容的恐惧。他努力控制着自己的情绪，用手测了测两位死者的颈动脉，死亡的事实已无可挽回。他看着 Jerrod 手中的注射器，那里面，还有一点点残留的液体，他将手缓缓伸向注射器……

"不要碰针！"梁麦琦的呼喊在他耳边响起，那是一种理智、平静的声音。廖岩的手快速缩了回去，惊恐地望着梁麦琦。梁麦琦是最先看向时钟的人，她说："我们丢了一个小时！"

那之后，警察的到来稍稍平复了大家的恐惧，而接下来的一切，却显得过于顺利。

警察从 Jerrod 上衣的口袋里找到了一张纸条，那是 Jerrod 的"遗书"。廖岩看到了那两位警察在读过遗书之后所表现出的释然。他们似乎已在宣布，整个案件已真相大白。

……

梁麦琦在卧室中一边走动一边分析，那神态就像八年前在讲述自己的故事。

廖岩的目光追随着她的步伐，在这诡异的房间中移动。

"英国警方从 Jerrod 身上发现了遗书，并证实确为他的笔迹。Jerrod 在遗书中写到，他在我们的咖啡中加入了镇静药物。"梁麦琦说着，举起手中的咖啡杯，"而后来的检测也证实，这种药物在咖啡杯中有残留。"

廖岩起身，走到 Jerrod 所在的位置，比拟注射氰化钾的动作："按遗书的描述，Jerrod 在大家都陷入睡眠之后，拿出了事先准备好的氰化钾，先注射给了 Ivy，然后，在完成遗书之后，他会给自己注射。还有，Ivy 手中的红玫瑰意为爱情，而自己手中将要握着的黄色玫瑰，则意为愧疚。"

"Jerrod 实验室中的确出现了氰化钾短缺，数量也与针筒及二人身体内的残留一致。另外，他的日记中早已透露出对 Ivy 的爱恋，以及被拒绝后的绝望……一切都有证据，而所有的证据都指向同一结论，这就是 Jerrod 的殉情和对 Ivy 的谋杀。"梁麦琦双眉紧锁，"当年的一切就这样结束了，于是，所有人，包括你我，都被证实了清白。"

二人对视。

"可是，你不信！你不相信我们是清白的，对吗？"廖岩问梁麦琦。

"你信吗？"梁麦琦反问。

廖岩摇着头，梁麦琦等他继续……

"至少有一点，是我一直想不明白的。"廖岩起身，像梁麦琦一样开始在这诡异的房间中走动，"现场除了两位死者，几乎所有人都是同时清醒的。从科学的角度，这是根本不可能的事情。没有任何一种镇静剂可以克服每个人的个体差异，达到如此精准。我们失去那一个小时，可能另有原因。"

"第二疑点：故事。"梁麦琦的语速因为兴奋而变快，"我们七个人在现场创作的故事中，分别包含了一些特别的关键词。比如，Ivy 的红色与黄色，Jerrod 的玫瑰刺与氰化钾，韩国女孩 Lim 的注射器……"

"还有……Sarah 的故事中提及的失忆与自杀，Leo 在故事中所提到的，两个人必须死去……"廖岩迫不及待地接着梁麦琦的分析说下去。这些疑点，他早已想了很久。就在他书桌最下面的那个带锁的抽屉里，在那本字迹凌乱的速写本中，早已写满了这样的疑问。

梁麦琦快速拿起笔，将所有这些关键词写在面前的一张白纸上：双色玫瑰、氰化钾、注射器、失忆、自杀、两个人。

梁麦琦将这张白纸举给廖岩看："而所有这些关键词，也恰巧正是这起所谓的'殉情谋杀案'的主要元素……"

"两名死者，手握双色玫瑰，以注射氰化钾的方式实现自杀和谋杀，而案件的其他当事人，却集体失忆一个小时……"廖岩尽量让自己的语速缓慢下来，让自己的思路变得更加清晰，"只是，好像我们两个人的故事并不在里面……"

"因为这个故事还没完……"梁麦琦看着土耳其咖啡炉下重新燃起的火苗，"在七个人随机创作故事后，利用七个故事中的关键词，立即准备好特定的杀人工具，并实施特定的杀人手法，这是完全不可能的，除非，凶手在作者创作故事之前，就已预知了这些故事，或者，他能引导我们讲这样的故事……而目前从科学角度唯一可以实现这一效果的，只有一种方法……"梁麦琦抬头看廖岩，她把最后的答案留给了廖岩。

"催眠！"廖岩缓缓说出这个词。

梁麦琦看着廖岩的眼睛，似乎过了很久，才说出两个字："谢谢。"

梁麦琦的这句"谢谢"包含了太多的含意。她与廖岩对于"双色玫瑰案"的怀疑，终于不再是两条平行的线，他们在最关键的疑点上达成了共识。

催眠——梁麦琦故事中的关键词就是催眠。廖岩一直记得她的故事，以至于多年以后，他的记忆中最完整的就只有梁麦琦的故事，他怎么可能没想到催眠？"我们的那些故事，本应该成为这个案件侦破的重要线索，只是当时的警察过早地在 Jerrod 的遗书中找到了所谓的答案，才没有人在意故事的线索……"

"不仅如此，那也是因为，我们记录故事的唯一证据，那些用来写故事的草稿纸，最后都消失了。"梁麦琦低下头，看着面前写着关键词的那张纸，"我刚才从你的催眠中也确认了这件事。"

廖岩也看着那张纸，想着刚才那似梦非梦的片段："草稿被人拿走了？"

"对。甚至可能在我们醒来之前就已经被销毁了。我们醒来后，注意力都集中在两个死者身上，而且当时场面十分混乱，谁都没有注意到少了这些纸，而那可能是我们被催眠的唯一证据……"

梁麦琦喝光了杯中的最后一滴咖啡，抬头看着墙上的时钟，廖岩也顺着她的目光看去，他突然又想到了一个问题："如果被催眠的人，不被唤醒，接下来会怎样？"

"我们会很快转入自然睡眠，然后，再按照我们自己的时间自然醒来……但那一晚，我们同时清醒了……"梁麦琦扬起眉毛，看着廖岩，她相信说到这里，廖岩已明白了她的意思。

"这就意味着，我们是被催眠者唤醒的！可 Jerrod 已经死了，他已经无法唤醒我们……也就是说，还另有一个催眠高手存在于那个空间里，是他唤醒了我们，并销毁了草稿，他就是……"廖岩望向梁麦琦。

"凶手！"两个人几乎同时说。

廖岩坐回到自己的位置上，看着对面的梁麦琦："案发现场，门是反锁的，室外布满了监控器，案发前后都没有人离开，那么凶手就在剩下的人当中！"

"而且，包括你和我。"

"包括你和我……"廖岩重复着梁麦琦的这句话，"可是，我不明白，我们一起共事了一年多，你为什么到现在才说起这些？"

梁麦琦犹豫了一下，站起身，她走向书桌，从一个小抽屉里拿出一个档案袋，走回廖岩的面前。

当她打开那个档案袋时，她说："因为，我害怕。"

梁麦琦将档案袋里面的一沓照片倒在桌上，廖岩低头细看。

那些照片，他见过。就在昨天下午，刚从韩国回来的梁麦琦，带回了这些所谓的"朋友的朋友"的照片。

梁麦琦将那些照片平铺在咖啡桌上："'双色玫瑰案'结案之后，我正好去美国交换学习了两年。在美国，我系统地学习了催眠，这之后，我恍然大悟，我们所经历的这些，有太多的蹊跷。于是，我开始努力寻找另外四个当事人。结果发现，所有人不仅在当年离开了学校，而且离开了英国，包括你在内的所有人，从此不知去向。直到有一天，我在一张中文报纸上看到了你的名字。"

"于是你决定回国？我……是你加入刑警队的原因？"

梁麦琦没有回答。

"是因为怀疑我，还是……想从我这里了解更多？"

梁麦琦并没有直接回答："我不允许我的人生中有任何解不开的谜团，那样，我会陷在里面，无法自拔。但今天，我非常幸运地发现，你竟然也是这样的人……"

廖岩目不转睛地看着梁麦琦，可依然读不懂她。几个月来，他曾一直渴望与面前的这个女人走得更近，而现在，他们却以另一种方式，并肩站在了一起。

梁麦琦从桌上拿起一张照片，那是一个东方女子的近景照片："你还记得她吧？"

廖岩仔细看那照片，点头："她是那个韩国女孩 Lim。"

Lim 的面容变化并不大，只是比在英国留学时成熟端庄了一些。

"对。其实，你并不是'双色玫瑰案'后我找到的第一个当事者，"梁麦琦手指 Lim 的照片，"她才是。但奇怪的是，她把所有的一切都忘了……三年前我曾去韩国找她，可她说她根本不认识我！我给她看了当年'双色玫瑰案'的报道，她竟然也满脸迷惑，根本不知道我在说什么。而且，我知道，她没有撒谎……"

"她完全失忆了？"

"极有可能，而且，这才仅仅是开始……"

梁麦琦的语气变得更加沉重，她拿起另一张照片。这是一张车祸现场照片，一辆轿车被撞得面目全非。这张照片，廖岩见过。

"去年8月，Lim 死于车祸，这是新闻报道中的车祸现场照片。"梁麦琦放下手中照片，拿起另一张，"而这张，是我想办法弄到的当时车内的照片。"

那照片上，头部重伤的 Lim 已死于车内，安全气囊打开，破碎的玻璃碎片到处都是。照片的一角，Lim 的右手中，握着一枝完好无损的白色玫瑰……

"玫瑰！又是玫瑰。"廖岩震惊地看着梁麦琦。

"还有车祸！你记得 Lim 当年所讲的故事吗？正是关于车祸！"

廖岩的目光扫过梁麦琦的整个卧室，恍惚间，他已分不清这到底是梁麦琦的卧室，还是当年的案发现场。

廖岩的头脑中快速闪过了美国女孩 Sarah 的身影，"我也有事情要告诉你……"廖岩缓缓开口，"当时，我竟然真的相信这只是巧合……"

梁麦琦看着他，似已感受到了恐怖的气息。

"你还记得美国的交换生 Sarah 吗？她……在几年前死在了中国，而她的死因是——自杀。她的故事你还记得吗？那就是关于自杀！"

一刻恐怖的沉默，梁麦琦的双手用力抓住了廖岩的胳膊："这个噩梦，还没完……"

"我们现在要做什么？"廖岩问，"八年，奇怪的死亡仍在缓慢地发生，我们现在能做什么？"

"我从来没有停止调查，可是，我们找到的人，都已不在了……我们现在能做的，最重要的一件事，就是保护好自己……"梁麦琦松开紧抓着的廖岩的手。

"保护好彼此……"廖岩看着梁麦琦，"我会保护你！"

这才是廖岩此时最想说的话，可是，他却似乎看到了梁麦琦眼中的拒绝。

为什么？廖岩还未来得及思考，梁麦琦已转过身，向窗口走去，她猛然拉开了窗上的隔光窗帘。

廖岩这才发现，此时已是早晨……

第三十三章　失踪的男人

"保护好自己……"廖岩坐在办公桌前沉思，回想着梁麦琦对他说的这句话。

那个诡异的夜晚，那种被催眠的感觉，那个与他们两个有关的尘封案件，以及可能发生在他们二人身上的危险……还有，梁麦琦最后望向廖岩时拒绝他保护的眼神……

"开会了，开会了！"小瞳在走廊中大喊，打断了廖岩的思考，他木然起身，走向会议室，却正好在走廊中看到了梁麦琦的背影。廖岩并未走上前去，而是缓缓跟在她身后，进了会议室。

早上廖岩和梁麦琦一同赶到了刑警队，两人都不太自然的神情引来了郭巴的关注和猜想。郭巴路过贾丁办公室，立即拐了进去，急着把自己的所见所闻说给贾丁听。

"师父，你想听点儿八卦吗？"

"这是什么时候？还说八卦？专心工作！"贾丁一边说，一边收起桌上的卷宗。

郭巴闭嘴不再说话，他了解他的师父，面对八卦，他是完全没能有抵抗力的。果然，看到郭巴不说，贾丁先憋不住了，他故意皱了皱眉，装出一副不耐烦的样子："什么八卦？"

郭巴得意地小声说道："半个小时前，咱们的廖法医和梁顾问乘坐同一辆出租车赶到了队里。廖岩面容憔悴，梁麦琦双眼深陷，二人对视时表情怪异。两人衣服上有大量褶皱，他们穿的应该都是前晚见面时穿的衣服，这不太符合他们平时的生活细节……最关键的是，廖岩的右腕处还留下了疑似 SM 的痕迹……"

贾丁拿起文件啪地打在郭巴头上："你一个刑警，脑子里装的什么乱七八糟的！"贾丁说着夹起材料往会议室走。郭巴跟在身后，委屈地揉着脑袋："这不是咱的专业素养吗？这就是观察和分析能力……"

两人小声嘀咕着进了会议室，一进门，贾丁的目光就好奇地落在廖岩和梁麦琦身上，这两个人今天坐得相距很远，而且都似乎在有意回避着彼此的目光。贾丁提醒自己收起好奇心，赶紧开始开会。

大家被紧急召回办公室，是因为两起离奇的失踪案。

"离奇，但也可能不紧急。"这是贾丁对这两起失踪案的评价，"一般情况下，普通的失踪案件是不会交给我们队的，但没办法啊，咱们现在办这种'乱七八糟'怪案的能力在省里算是出了名了，所以，上面让我们协助分析一下，而这个案子呢，还的确有点怪。"

贾丁所说的失踪事件，发生在兰江市两个相距较远的区，时间上相差一周左右，前后失踪的是两个中年男子，身强体壮，两个人都是在加班回家的路上失联的，而且，走的都不是正常回家的路线，之后，就进入了城市监控的死角，然后就消失了。

小瞳以激光笔照着大屏幕上一名男子的照片："这位是李卫可，38岁，大华环保集团的中层干部。5号晚5点左右给爱人发信息说，今晚要加班，之后一夜未归。第二天早上，妻子再给他打电话时，发现手机关机，李卫可从此人间蒸发。"

大屏幕上放着分屏的监控录像。

小瞳继续说："单位停车场的监控显示，李卫可于当晚11时29分离开停车场，后开车驶入连心街。然后，莫名其妙地拐进一条没有监控的小路，但这条路不是李卫可回家的路。而之后，这辆车就一直没能出现在任何监控内。"

大屏幕上出现了另一幅照片，是一辆停在路边的车。小瞳说："25个小时后，李卫可的车在三公里之外被发现。现场周围的痕迹已经被破坏，而且，车内也找不到有价值的痕迹和物证，没任何打斗的痕迹，更没有血迹。就像是，李卫可平静地下了车，然后就消失了。"

贾丁指向屏幕上另一男子的照片："这个是后来失踪那个。不到两个星期，也就是大前天，市局又接到一起报案。情况特别相似，只不过发生地点不同。他叫宋小白，跟李卫可的情况有一点不一样，他是坐地铁回家的，下车之后，走了跟平时不太一样的路，那是条小胡同，之后，就消失了。附近居民都问了，还进行了搜查，没有人看到过他。而且，巧合的是，两个人失踪的第二天都下了雨，外部的痕迹也都被消除了。"

廖岩拿激光笔指着地图上两人失踪的两个地点："两人最后失踪的地点，分散在城市的两个角落，离得非常远。如果他们被一伙人绑架了，有没有必要将囚禁地搞得如此分散？这也为躲开监控制造了麻烦。"

廖岩拿激光笔时，不经意间露出了右腕上的勒痕。贾丁夸张地伸头细看，惊奇地张开嘴巴看郭巴。廖岩回头看贾丁，贾丁马上恢复一本正经的表情。

"不过，如果是杀人地点倒是有可能的。两个案件的联系就这些吗？"一直沉默的梁麦琦突然问道。

"好像就这些。"贾丁回答，目光依然在廖岩和梁麦琦之间好奇地移动。

"我觉得这是巧合吧？比如这两个人都在躲债，各躲各的债……"蒋子楠说。

"又比如，某个人是私奔了。"小瞳接着蒋子楠的思路继续分析。

"还可能，被传销组织给软禁了。有什么证据把这两起案件并案处理呢？"郭巴也觉得让他们现在就接手这两个案子，的确有点小题大做。

"这两个男人除了年龄身份相似外，家庭状况也有相似之处。案发地的刑警调查了这两个家庭，这两个男人，一年内都曾发生过婚内纠纷，第一个失踪的李卫可是因为婚内出轨，而且还因为性骚扰女下属被告过一次；那个宋小白，是因为在地铁上猥亵妇女被行政拘留了一次。"贾丁一边翻着案卷一边说。

其实，贾丁心里也觉得上面让他们接手这两个失踪案不合理，于是，他小声说出真相："支队长让我们配合调查这个案子，是因为，有人在微信中传播，说这两个男人被外星人抓走了。"大家都忍不住笑，他们都了解，支队长最怕谣传。

"当然，也可能是因为最近咱们的工作任务有点轻。"贾丁无奈又加上了一句。

"其实，这两个人之间的关联还不算牵强。"梁麦琦说。

"可是，这两个人认识吗？"廖岩看着梁麦琦，却在问贾丁。

贾丁认真观察梁麦琦和廖岩这两个人，郭巴说得没错，这两个人看起来的确相当疲惫。"从目前的调查看，两个人没有任何关联。你有什么高见？"贾丁问廖岩。

"我是法医啊，我只能等尸体。"廖岩疲惫地说。

"麦琦，你怎么看？"贾丁又问梁麦琦。

梁麦琦倒是在认真思考："我的确有种不祥的预感。但是，这个阶段，我们的信息还太单薄。"

"的确。"贾丁拍了拍大腿，"不管怎样，现在分局那边正在积极找人，也暂时不需要我们协助，我们盼他们平安归来吧，但也要随时做好应战准备……"说着，又瞄了一眼廖岩和梁麦琦："好了，昨晚也都累了……都先休息一下吧。"

大家分别回到办公室，继续了解两起失踪案的资料。

廖岩回到办公室，想在躺椅上睡一会儿，可是却怎么也睡不着。他仍然想着双色玫瑰案的前因后果。于是，他决定起身，将 Sarah 自杀的案卷拿出来再研究一下，却依然没有任何新的发现。

他想将这些资料拿给梁麦琦看时，却发现梁麦琦不知何时已离开了办公室。

不知为什么，这个特殊的夜晚之后，廖岩又感觉到了与梁麦琦之间的那种疏离感。似乎，他们只是有过共同经历的人，他们要共同防御风险，而这种关系只是并肩作战，却不是廖岩渴望的深情相拥。

还有一种疏离感来自廖岩的内心，那就是被梁麦琦催眠带来的心理阴影。当他发现梁麦琦可以随时利用自己的技能窥视他的内心时，他们两个人的关系就已经出现了失衡。他可以理解梁麦琦的做法，却抗拒这种感受。

廖岩这样想着，手拿着资料慢慢睡着了。

昏睡中，依然是各种奇怪的梦境不断侵袭着。先是双色玫瑰案的死者轮番以各种面貌出现，然后是开会时谈到的两名失踪男子变成了血淋淋的模样，再之后，是黑鳜正在更新的小说《幽怨清晨》中的恐怖景象……所有这些，糅杂在一起，直到廖岩被郑晓炯的电话吵醒。

惊醒的那一刻，廖岩感到自己的心脏在剧烈地跳动，身体却无法动弹，一时间分不清是睡梦还是现实。他让自己平息了一会儿，才接起郑晓炯的电话。

"晚上有时间吗？"郑晓炯直接问。

"没有。"廖岩有气无力地说。

"吴大同约我们晚上吃饭……"郑晓炯等着廖岩回答，廖岩没吭声，郑晓炯继续说，"他和麦琦晚上都有空。"

廖岩沉默了很久，才慢慢地说："你把时间和地址告诉我……我先回家休息一会儿。"

放下电话，廖岩才把思路捋清。这是吴大同代表他和梁麦琦在约自己和郑晓炯吃饭。这是一场怎样的约会？他突然想起了在默玛咖啡馆四人分开时，吴大同特别强调的那句"我们"……

廖岩坐直身子，发现 Sarah 的资料还握在手中。他将这些资料放回抽屉，起身准备回家休息一下。晚上这顿饭，他或许需要些"体力"。

廖岩赶到吴大同所订的日式餐厅时，另外三人已经到了。

四个人的座位，梁麦琦和吴大同并排坐着，梁麦琦的对面，坐着表情兴奋的郑晓炯。三个人正在聊着什么，气氛愉悦，廖岩进来后，这种气氛突然变成了节奏混乱的寒暄，接下来是有些尴尬的沉闷。

廖岩别无选择，只能坐在郑晓炯旁边，正对着吴大同。他向梁麦琦的方向望去，她的气色明显比上午好了许多，还化了很得体的淡妆，两人四目相对时，廖岩又下意识移开了视线。吴大同显然已将这两人之间的不自然都看在了眼里，这之后也有些沉闷。

服务员端上来一大盘刺身，打破了廖岩落座时的尴尬。

廖岩盯着郑晓炯筷中的一块三文鱼看。

"廖岩，你看什么呢？"郑晓炯好奇地问。

"人在死亡1小时后，就会出现尸僵，但24小时后，尸僵却开始缓解。这一点，人与鱼是不同的。"廖岩也夹了一块生鱼仔细看。

过去郭巴曾评价过廖岩是一个"聊天终结者"，他常能将原本愉快的聊天引入死局。今晚，廖岩决定将这种"天赋"发挥到极致，而且，他是故意的。

郑晓炯被说得恶心，夹着的鱼，掉回自己的盘子里。

廖岩抬头看吴大同的反应，可吴大同对这个话题似乎特别感兴趣，特意夹起一块鱼认真观察，然后沾了芥末，放入口中，并无半点反感。

"我正好也有个问题，"吴大同说，"我妈过去说，看鱼是否新鲜，要看眼，这个方法科学吗？"

廖岩有点失望，但仍赞许地点了点头，认真作答："这一点上，还真是人鱼相似。人在死亡之后的6到12小时，会出现角膜的轻度混浊，而18小时后，就不能透视瞳孔了……"

郑晓炯皱眉看着廖岩，又转向吴大同："吴总，能点点儿素的吗？"

梁麦琦听了一轮这样的对话，忍不住想笑，可廖岩的表情依然严肃。

"当然当然……"吴大同马上招手示意服务员过来，"不过郑小姐，你这心理素质可得练，不然会影响你们两个的感情。"吴大同微笑着手指郑晓炯和廖岩。

郑晓炯马上羞涩地摆了摆手："不会不会，两个人怎么会每天说工作呢？"

很显然，郑晓炯今天的策略就是"欢迎误解"。

廖岩看着吴大同，又看了看郑晓炯，笑得有些尴尬："我们俩？感情？"

吴大同也笑着看廖岩，同时，似不经意地，将手放在了梁麦琦的手上。

这个动作，梁麦琦完全没有预料到，她突然僵在那里，而第一反应却是抬眼看廖岩。

梁麦琦不敢快速将手抽回，因为这让她想起那一天她甩开吴大同的手时，吴大同脸上的那种悲伤。于是，她假意去拿面前的餐巾纸，顺便抽出手，并将纸巾温柔地放在吴大同面前。

廖岩看着梁麦琦体贴的动作，慢慢抬起手，动作僵硬地搂住了郑晓炯的肩膀。

郑晓炯感受着廖岩这个没有情感的动作，她看着廖岩。此时的廖岩，涨红了脸，这不是因为触碰她而感到羞涩，这是要挑衅吴大同的激动。

廖岩的手在郑晓炯的背部不自然地抖动着，郑晓炯决定，帮廖岩把这场戏演下去。

吴大同十分自然地给梁麦琦夹了一只虾，郑晓炯马上也给廖岩夹了一只。

"谢谢，我不太爱吃虾。"梁麦琦对着吴大同温柔地笑笑。

吴大同戴上盘边的食品手套："女人说不爱吃虾，其实就是说怕麻烦。"他熟练地将虾剥好，放在梁麦琦盘中。

廖岩看了看郑晓炯说："我爱吃虾。"

郑晓炯会意，戴上手套，给廖岩剥好虾，直接放在嘴里。廖岩这一口咬得狠，竟直接把郑晓炯手上的塑料手套咬了下来。

这一次，梁麦琦实在忍不住笑了。廖岩却仍然一脸严肃，拽下嘴上的手套，一边嚼着虾，一边看着梁麦琦。

吴大同看着这两个人，脸上闪过一丝不悦，但很快调整为随和的微笑："我向你们推荐他家的 T 骨羊排。"

"太好了，我喜欢，给我来一份。要煎嫩一点……"郑晓炯马上说，她已经饿了半天了。

"哺乳动物的肌肉纤维在遇到高温损伤时，会释放出一种特殊的物质……"廖岩又要开始往"死"里聊天，被郑晓炯当即打断："行了，行了，别说了。"郑晓炯几乎是在求廖岩，廖岩终于暂时闭了嘴。

"那我也来一份。"梁麦琦说。

吴大同伸手示意服务员过来："给两位女士来两份 T 骨羊排，要嫩一点。"

"吴总……"郑晓炯决定开启新一轮正常的聊天。

"你还是叫我大同吧。"吴大同亲切地笑着。

"好，大同，平时麦琦会对你进行精神分析吗？"

"哈哈，我的精神早被她分析透了吧？估计她现在也没什么兴趣了，是吧麦琦？"吴大同温柔地看着梁麦琦。

"心理医生是按小时收费的，自从他停止付费，我也就停止服务了……"梁麦琦的回答很巧妙，这句幽默的话似乎没有伤到任何人，可郑晓炯却抓住了要害，说了一句不该说的话："啊！那你是她患者啊？"

"嗯，也算是'病'久生情吧。"吴大同的话再一次跨越了二人约定的情感界限，梁麦琦的表情又有些尴尬。

郑晓炯大咧咧地举起杯："那我祝你早日康复啊……哎，你什么病啊？"郑晓炯说完这句话，才意识到自己是在帮着廖岩。她太爱廖岩，以至于看不得廖岩受任何委屈，就连他吃醋这件事，她竟然也要出手相助。

可此时，廖岩的修养却又偏偏战胜了敌意："晓炯，有点心理学常识好不好，定期接受心理咨询，并不等于有心理疾病。"

郑晓炯嘴上说"好的"，心里却十分委屈。

几个人终于开始安静地吃饭。吴大同总在照顾梁麦琦，梁麦琦虽有些不自然，却也默默接受。廖岩面对着这二人，大口喝酒。

服务员端着两份羊排过来，吴大同拿起刀叉，十分自然地帮梁麦琦切割羊肉。

廖岩看了眼郑晓炯盘中的羊排，得意地笑了。他快速拿起牛排刀，一边挑衅地看着吴大同，一边几乎是在"盲切"，以惊人的解剖手法快速剔除了 T 骨。

廖岩拿起干净的 T 骨在吴大同面前显摆。梁麦琦交叉双臂，饶有兴趣地看着眼前孩子气的廖岩。

这顿饭，四个人吃得都很累。

吴大同和梁麦琦站在饭店门口，目送郑晓炯扶着微醺的廖岩上了网约车。

吴大同问梁麦琦："要不要去我那儿坐坐？"

梁麦琦犹豫着不知说什么好。

吴大同宽容地看着她笑："又在努力编理由……"

梁麦琦被看破，极力辩解："不是，我想早点儿回家。"

"有事吗？"

"想回家把你送的礼物做完。"

"那个咖啡馆？怎么样，喜欢吗？"

"喜欢……就是有两枝玫瑰，不知摆在哪里好。"梁麦琦说着，望向吴大同，此时，她不想错过吴大同的任何一个微表情。

吴大同扬起眉毛："什么玫瑰？"

"缩微玫瑰，一枝红色，一枝黄色。"

梁麦琦一直观察着吴大同的反应。可吴大同表情平静，看不出任何问题，梁麦琦突然感到释然。

吴大同想了想，又说道："那自然是插在花瓶里好啊……"他温柔地看着远处，几乎是在喃喃自语："我从来不敢问你喜不喜欢玫瑰，总觉得普通女人喜欢的，你一定不会喜欢……"

梁麦琦的脸上闪过一丝感动。

廖岩和郑晓炯坐在后排，廖岩一直沉默，心里有一种微醺后的空洞和酸楚。当车缓缓驶离饭店时，他从观后镜中看到了站在风中的那两个人。吴大同脱掉自己的风衣，给梁麦琦披上，这种温柔，他从没给过梁麦琦。

郑晓炯坐在廖岩身边，自从上了车，她都没有说过一句话。

风吹进车内，廖岩感到有些酒醒了，他望着郑晓炯的侧影，突然感到内疚。

"我刚才开玩笑，你不会介意吧……"廖岩轻声问。

"我知道……"郑晓炯低声说，她把头扭向窗外，可廖岩明显看到她的肩膀在抖动。郑晓炯在无声地抽泣。

"对不起……"廖岩不知所措。他不知该如何道歉，更不知如何安慰，这个时候，任何语言和触碰都会带来更深的误解和愧疚。

车静静地、缓缓地穿过城市的街道，郑晓炯慢慢抚平了自己的情绪，却再未看廖岩一眼。

余下的时间，两个人都没有再说一句话。

第三十四章　　诡异小说

失踪的男人终于出现了，以尸体的形式。

廖岩拎着法医勘察箱，走过一片杂草丛生的荒地，李卫可就躺在那里。

"这是你要的尸体吗？"贾丁皱着眉问廖岩。廖岩能感受到贾丁的焦虑。

也许他在想，如果昨天他们接手调查后就能立即找到这个人，他也许不会死。可是这一切并不如想象的那么容易。李卫可人间蒸发了十几天，投入了大量警力都没有发现任何活动轨迹，现在他突然死了，没人知道这十几天里他到底经历了什么。

李卫可的尸体仰卧着，脑后能看到隐隐的血迹。最触目的是，他的双手被砍断了，只剩下两只光秃秃的手腕。

廖岩环视四周，大约30米远的地方就是B级公路。尸体周边，大约5米半径外的地方长满了杂草，尸体所躺的地方，却是杂草不生的一个圆形。从稍高的地方看去，就像是一个麦田怪圈。

廖岩蹲下身来，继续看尸体的细节。梁麦琦从远处走过来，站在廖岩身后，一直看着，却并未说话。

廖岩一边检查尸体，一边自言自语："正是尸僵发展的高峰期，角膜中度浑浊……死亡时间估算的话，应该是10小时之前。"他再次环顾四周，"这样的环境下行凶，差不多也应该是这个时段最方便，也就是……"廖岩看了一下表，"昨晚22点到凌晨2点之间。"

廖岩将尸体的头部侧过来，检查脑后的伤口，以手比拟着凶手行凶时的样子："死者死于钝器从后脑处的连续击打，应该是导致了重度颅脑损伤。肉眼可见约44厘米的方形伤口接触面……"

"方锤？"贾丁从他身后探过身子。

廖岩的目光移向死者的断腕："斧子的可能性更大。这两件事，用一种工具就够了。"廖岩手指死者的断腕，"看看这里就知道了，从伤口上看，应该是死后以楔形锐器砍掉的。双手找了吗？"

"还在找。"贾丁眯着眼看向远处，方圆一里之内，几十名现场勘察人员正在进行地毯式搜索。

"昨天半夜下了中雨，痕迹都被冲得差不多了。"

廖岩搬开尸体头部，看下面的土壤。头下的血迹渗进土里似乎很深，但周围的血水大部分已被雨水冲走。

"伤口流出的血液渗到了伤口下方的土壤，从深度上看，这应该是第一现场。"贾丁在这方面的判断一向很准。

这时蒋子楠从远处走过来："没找到那双手……"

"怎么发现的尸体？"贾丁问蒋子楠。

"对面大约一公里的地方有一个屠宰厂。这条路是去屠宰厂的必经之路，今天早上，屠宰场的货车从这里经过，车上的工人发现这块空地上躺着这么个人。"

廖岩起身向前面看，他看到前方五米左右就是更高的野草，再回头时，才发现梁麦琦就站在他身后，拿口罩捂着嘴。

廖岩看了她一眼，继续观察周围环境，同时语气冷冷地问了一句："怎么？看尸体开始不舒服了？"

"不是，有点感冒……发现问题了吗？"梁麦琦的声音有些嘶哑。

"五米之外，就是半人高的杂草地。从死者被锤杀的力度和方向上看，凶手应该是个壮年男性，他应该很容易将死者拖入草丛中，从而拖延尸体被发现的时间。"

"可他没有这么做，"贾丁接着说，"这说明，他想让尸体快点被发现。另外还有一点我没想明白，你说尸体的致命伤在脑后，那他死亡时应该是前仆的状态，可凶手为什么又将尸体翻过来？"

"可能是翻找东西，或者，确认死亡。"廖岩站起身，看到郭巴跑过来。

"附近都找遍了，没有发现丢失的双手。"郭巴喘着气说着，看向死者光秃秃的手腕，"为什么要砍断双手呢？"

"肯定不是为了掩盖身份。凶手也应该知道，失踪了十几天的人，他的照片早已在失踪人口库中，只切断指纹追踪没有意义。"贾丁说。

"这种情况，最常见的是两种可能，一种是保留战利品，一种是仇恨这双手。"梁麦琦将口罩从脸上拿走，廖岩看到她的脸色十分苍白。

"也许，这双手曾经做过什么不可饶恕的事情。"贾丁说，"对了，他摸了别的女人……那可调查的人就太多了。郭巴，先马上确定一下李卫可妻子的行踪。"

"已经在局里等着认尸了……"郭巴说。

"还有被他性骚扰的女下属。"梁麦琦补充道，"以及女下属的重要关系人，比如男友、丈夫、其他亲人……"

廖岩低头看尸体，突然被死者嘴部的细节吸引。廖岩用手捏开死者的两腮，拿出手电，照向死者的口腔。

死者的口腔内有多道很深的割痕。

贾丁也蹲下细看："竟然还有这种伤！这是有多恨？"

李卫可的妻子见到丈夫的第一反应是呕吐。这种反应，廖岩见过多次，这是恐惧、震惊、绝望之后的正常生理反应。而这个妻子的不在场证明也很快得到了证实。她在一家非常大的监控工程公司做会计，昨晚案发时，她们正彻夜加班，全公司有十几个同事和100多个监控摄像头可证明她没有作案时间。

而这之后，李卫可身边有作案动机的人也被一一排除。

李卫可的尸体躺在廖岩的解剖台上。他的双脚踝上都有明显的勒痕，而且，已经大面积溃烂。他尸体上的种种信息都在透露，他这半个月来，一直被囚禁在某个不见天日的地方。

除了丢失的双手，死者右大臂上还有一个醒目的五角星形的压痕，这是生前留下的印记，来自囚禁地，或者凶手，廖岩心想。

廖岩捏开死者的下颌，露出口腔内那触目惊心的一道道伤痕。这是让廖岩都感到惊奇的伤口。从伤口的形态上看，应该是死前不久造成的。

李卫曾试图自杀，还是这是凶手对他的残害？"镊子。"廖岩向身旁伸出手，等待魏然递来工具。

一只手递过镊子，廖岩的手碰到了那只手，回头却发现是穿着防护服、戴着手套的梁麦琦。

"怎么是你……魏然呢？"廖岩的语气故意保持着冷淡。

"他出去取材料了……我需要做侧写，需要知道凶手杀人时的心理状态……总觉得有点怪。"梁麦琦看着尸体，她的声音依然有些沙哑。

廖岩盯着梁麦琦的脸看了看，突然抓住了她的手，隔着乳胶手套，廖岩仍能感觉到那只手很烫，还在微微抖动，梁麦琦被他吓了一跳。

"你发烧了。"廖岩说，依然没有什么表情，就像是一个医生在判断他的病人。他从身旁的台子上抓起一把体温枪，对着梁麦琦的额头，嘀的一声，体温枪上显示出数字：38.8。

廖岩的动作很利落，梁麦琦刚刚反应过来。"这不是你平时测尸温的吗？"梁麦琦小声问。

廖岩没说话，拉着梁麦琦走向办公室的一侧，将梁麦琦按坐在他的小躺椅上，却始终没什么表情。廖岩摘下手套，扔进垃圾桶里，快速洗过手，走回来。

"张嘴！"廖岩命令道。

梁麦琦乖乖张开嘴，廖岩用手轻捏着她的两腮，仔细观察她的喉咙。廖岩松开手后，梁麦琦才胆怯地问道："你刚才好像对尸体也做了同样的动作？"

"病毒性感冒。退烧、休息……"廖岩看着梁麦琦烧得发红的脸，心里有一丝隐隐的痛。他强迫自己从梁麦琦的目光中移开，转身拉开旁边的抽屉，从里面拿出一只口罩，快速给梁麦琦戴上。"别传染给别人！"他转过身去洗手，背对着梁麦琦说。

梁麦琦看着廖岩的背影，她知道廖岩的冷淡从何而来。可是，廖岩不了解吴大同……廖岩也不了解梁麦琦。

这一刻，梁麦琦竟如此渴望廖岩的温暖，她希望他能回过身来，对她温柔地再说一遍"你需要休息"，而不是冷冷的一句"别传染给别人"。

梁麦琦依然在小躺椅上坐着，廖岩依然背对着他洗着手。

"吃什么药呢？"梁麦琦对着那背影轻轻地问。

"吃药七天，不吃药一个星期。病毒性感冒吃药没用，回去休息吧……"廖岩终于转过身。

梁麦琦站起身来，她的身体有些摇晃，廖岩抓住她的胳膊，扶了她一下，他心疼地看着梁麦琦，可手却又马上松开了。

"你要给吴大同打个电话吗？"廖岩淡淡地问。

"我不需要人照顾……"梁麦琦摇摇头，走到门口，却又停住了脚步，她转过身，她的眼里有一丝委屈，"你怎么不说多喝开水？"

"多喝开水。"廖岩转身脱掉身上的解剖服，拿起一套新的，向解剖室里面走去。

梁麦琦并没有离开，而是站在门口看着廖岩。梁麦琦这才意识到，这两天内所发生的一切——未经允许的催眠，还有，那顿莫名其妙的晚饭，对廖岩的伤害有多深。

梁麦琦望着廖岩的背影，廖岩也停住了脚步，他转回身，走到梁麦琦的跟前，凝视梁麦琦的眼睛："你把我约到你家，给我催眠，就是为了你要的那个故事的拼图？"

"我还想提醒你要保护自己的安全……"梁麦琦望着廖岩，突然眼含热泪。

"仅此而已？我们仅仅是……有过某种共同经历的人，至于我是谁，并不重要，对吗？"

梁麦琦不知该如何回答。"我……"她迟疑着，"我不能理解你的意思，但是，你是廖岩，这对我……很重要。"

廖岩看着梁麦琦，没再说话。梁麦琦离开了法医室……

"你是廖岩，这对我很重要。"廖岩回想着梁麦琦的话。

为什么重要？有多重要？为什么梁麦琦说这些话时，有一种欲言又止的神情？廖岩站在解剖台前出神。

魏然拿着材料走回法医室："廖博士，不好意思，我出去了一下……哎，梁顾问呢？"

廖岩从混乱的思绪中回过神来。他得做回一个理智的法医，而不是一个纠结于情感的男人。他旋开摄像头，拿起手术刀，向尸体切下去……

当死者的胸腔被完全打开，食道和气管暴露在廖岩的视线中时，廖岩发现了一个奇怪的东西。

李卫可的食道破裂了，里面隐隐地露出一块小铁片。

"这是什么？"廖岩让魏然拍照后，小心切开尸体的食道，那块"铁片"完整地暴露出来。廖岩用镊子慢慢夹起来，迎着光仔细看，那是一片手术刀片！

廖岩看着那刀片，终于明白了李卫可口中那深深的刀痕从何而来了。

可是，这个情节，现在这个场景，他为什么觉得如此熟悉？是曾经的一个梦还是他在哪里见过？廖岩努力搜索着他的记忆。

他终于想起来了！这个情节，来自一部小说。

"他吞了那个刀片，鲜血从他的口中涌出，刀片刺入了他的食道……"这是《幽怨清晨》中的一段描述，确切地说，是第35章……

这段话来自黑鳜。

"廖博士，师父，"在一旁的魏然看到廖岩震惊的表情，再看廖岩镊子上的手术刀片，也吃了一惊，"这是他吞下去的？"

廖岩终于回过神来："魏然，记一下……"

魏然快速拿起记录本。

廖岩深深吸了一口气："死者食道的上1/3处，有一枚手术用10号刀片，刀锋向下，呈约30度角，且在食道上形成了5厘米的直线形刀口……"

廖岩的语气不同往常，魏然抬头关切地看着廖岩："您没事儿吧？"

"没事儿……继续吧……"廖岩将那刀片放在钢盘内，他的动作开始变得有些机械，汗从头上流下来，魏然立即用纱布给他擦拭。

整个解剖的过程中，廖岩都双眉紧锁，尸检结束，他马上放下手术刀："魏然，你来缝合！"廖岩快速脱下解剖服，走向电脑，打开了那个文学网站。《幽怨清晨》的主页上写着："你所关注的小说没有更新。"

廖岩搜索之前的章节，在第35章，他看到了与李卫可同样的死法。

"这只是巧合吗？"廖岩坐在电脑前发呆……

梁麦琦躺在床上，依然戴着廖岩给她的口罩，她从来没有感受过如此寒冷，这种感觉，就像被很多有棱角的冰块包裹着，而那些棱角正刺痛着她的关节和肌肉。她听着自己的呼吸，望着天花板上的吊灯，那灯也变得模糊起来。

一个男人模糊的身影走到床边，他那修长的手指轻轻地抚摸着她的额头："你还在发烧……"梁麦琦望着那男人，他很像廖岩，可是他不是，此时坐在床边的，是吴大同。

吴大同端着水和药："为什么还戴着口罩？这样会影响呼吸。"吴大同伸手去摘梁麦琦的口罩，梁麦琦阻止他。

"廖岩说……会传染。"梁麦琦轻声说道。

"我不怕。"吴大同心疼地看着梁麦琦，帮她摘掉口罩，将手放在梁麦琦的脸上。

梁麦琦轻轻推开他："别传染给你，你回去吧……"

"连这个时候，你都在排斥我……"吴大同伸手扶梁麦琦起来，"来，把药吃了……"

"吃药七天，不吃药一个星期……"梁麦琦倔强地摇着头。吴大同拗不过她，扶她躺下。

梁麦琦渐渐睡着了。

吴大同静静地看着梁麦琦熟睡的脸，摸了摸梁麦琦滚烫的额头，拿起桌上的湿毛巾，轻轻地擦着梁麦琦的额头、脸颊和手。

吴大同看着梁麦琦的左手，轻轻握在手中，像握着这世上最珍贵的宝贝，他抬起手，做出拿着戒指的样子，幸福地模拟着给梁麦琦戴上婚戒的动作，一次，又一次……

廖岩已在办公室里坐了几个小时，他一直在重复着一件事，那就是一遍遍地刷新着《幽怨清晨》的页面，但那上面的提示语一直都是"你所关注的小说尚未更新"。

廖岩看着电脑，喃喃自语："一个细节而已，也许只是巧合……"说着，他又刷新了一遍，结果还是一样。

廖岩侧头看了看手机，打开与梁麦琦的对话页，想了想，却什么都没发。他直接锁掉了屏幕，故意将手机放在离他更远的地方。

小瞳抱着电脑走进来："廖岩，你让我查的那部小说，还真有点儿问题。作者有可能故意隐瞒IP。而且，你说的另两部作品，《血色正午》和《暗紫黄昏》，情况也一样。"

小瞳把调查结果给廖岩看："而且，很多读者跟你一样，觉得这三部小说是一个人写的，跟你现在正看的这个《幽怨清晨》，应该是一个系列的三部曲。"

"用的是什么样的隐瞒法？IP地址查不到吗？"

"发表时的IP倒是可以查到，但都是使用的公共移动IP，比如，大商场提供的免费WiFi。最多可能有上百人同时共用一个或几个路由器发出的信号，然后进行随机分配。"

"如果时间可以确定，我们可以通过监控找人啊……"

"难就难在这儿，你所读到的连载小说，并不是实时上传的，比如，你昨天所读到的章节，是两个月前就已经存储在网站上的，网站软件会按照作者设定的时间自动发布……"

"两个月前？那监控早已被覆盖了。所以，永远没法找到他了？"

"那不一定，只要他再实时发布一篇，我就有办法找到他……"小瞳自信地说，"可是，你为什么要查这个小说，它跟我们现在的这个案子有关吗？"

"希望只是巧合。"廖岩面色凝重，小瞳又不敢多问。

"那我先回家了……"小瞳说着，抱着电脑要走。

廖岩犹豫一下，还是问了句："梁麦琦今天几点走的？"

"下午1点左右，吴大同来接的她。"

廖岩自嘲地笑了，他又将目光转回电脑，假意工作。小瞳站在那儿看他。

"你嫉妒了吧？"小瞳直接问。

"我嫉妒什么？"廖岩皱着眉，从电脑上抬起头。

"你喜欢梁麦琦吧？"

"我是……刚刚开始不烦她……"廖岩结结巴巴地说。

小瞳突然有点急："我有时候还真是搞不明白，你到底是'木'呢还是'尿'？"

廖岩不吭声。他不知道该怎么回答这个问题。他从来没有主动爱过，更不会去祈求爱情。他不会这样做，包括对梁麦琦，如果梁麦琦并不爱他。

小瞳放下电脑，皱眉看着廖岩："那我再问你，你知不知道我过去有点喜欢你？"

廖岩吃惊地抬起头："我？你？哪种喜欢？不会吧小瞳？"

小瞳有些生气，一时不知说什么好，半天憋出一句话："你这个笨蛋！"小瞳摇摇头，气愤地走了，一边走一边说："多亏我现在有了新欢。"

廖岩望着小瞳的背影，沉思半晌，问自己："我真的很笨吗？"

第三十五章　黑鳜

梁麦琦睡了整整十二个小时，醒来时，晨光正照在床尾。昨日那种刺骨的冷和痛，已几乎消失。

床头柜上还放着吴大同放下的水和药。梁麦琦完全记不得吴大同是什么时候走的，但一定是在她退烧之后，她了解吴大同，了解他的温柔和修养。

梁麦琦走进卫生间，看着镜中的自己。这一夜的高烧，似乎令她消瘦了不少，她不喜欢自己现在的这个样子，她得振作起来。她用手快速将了将蓬乱的头发，顺手拿起洗手台旁的一只医用手套，用那手套在脑后扎了个马尾。

准备洗脸时，梁麦琦侧头看着镜中那只蓝色的医用手套。不知从什么时候开始，她已经习惯了这种方法。那只手套，是廖岩给她的。

"他可能早就忘了吧？"梁麦琦心想。那是几个月前一次出现场，风很大，梁麦琦的头发被吹得异常蓬乱，遮住了脸，廖岩从裤兜里掏出了一只新的乳胶手套，笨拙地帮她系了个马尾。这只手套，梁麦琦一直留着……

吧台上，放着吴大同做好的中式早餐：粥和几盘小菜，依然是颜色协调，构图完美，一切都很"吴大同"。

在吧台前坐下后，梁麦琦依然觉得有些头晕，坐定了一会儿，才缓缓夹起一口菜，可菜夹到一半，她猛然间想起一件事。她的目光快速转向她的那个特别房间，梁麦琦好紧张，她几乎是快步跑向那里，用手拧了一下那扇门，那门依然完好地锁着，电视柜前的那个小和尚的双掌之间，依然插着那把隐蔽的钥匙。梁麦琦自嘲地摇了摇头。

梁麦琦坐回来喝粥，心里依然想着刚刚对吴大同的怀疑。

她现在怀疑身边的一切人，包括吴大同。在对廖岩催眠之前，她怀疑的人也包括廖岩。那么现在呢？她相信他吗？她相信她自己吗？梁麦琦竟然不知道如何回答自己的问题。

吧台上的手机闪了几下，梁麦琦拿起手机，那上面已有吴大同的很多留言。

"桌上的饭，热热再吃。"

"药还是吃一点好。"

"醒了给我打电话……"

"别嫌我烦，多喝热水……"

而刚刚，吴大同又发来一条新的信息："请几天假吧……好点了，我带你出去走走。"

梁麦琦放下手机，继续麻木地喝粥。她想了想，再次拿起手机，点开和廖岩的微信对话页。那上面空空的，一条新信息都没有。梁麦琦轻轻放下手机，动作机械地继续喝着粥，那粥早已冰凉，而她似乎并无感觉。

"也许，该了断了。"梁麦琦轻声对自己说，她拿起电话，跟贾丁请了假。

梁麦琦跟贾丁请假时，廖岩刚好就在贾丁的办公室，他们正在讨论李卫可的尸检结果。

廖岩听出了电话中是梁麦琦的声音，他放下手中的尸检报告，看着贾丁。

"好些了吗？"贾丁问梁麦琦，廖岩努力想听清梁麦琦的声音，却听不到。

"好，那就先好好休息，工作的事先不用急。"贾丁放下电话。

廖岩想问又忍着，最后还是问了："她怎么样？"

"听起来不太好。"贾丁说着，目光又落在李卫可的尸检报告上，"你推测凶手的身高大约多高？"

廖岩努力想了一下："从伤口的着力角度和力量上看，凶手应该在178到180厘米之间，壮年男性。"

贾丁继续看尸检报告，突然看到了关于手术刀片的描述："什么？食道内发现手术刀片？他吞下去的？难道他要自杀？"

"也有可能是被强迫吞下的。"廖岩想到了黑鳜的小说，他突然意识到，他的办案思路已经在受小说的影响了，在《幽怨清晨》中，死者食道内的那个刀片的确是被强迫吞进去的。

贾丁看着尸检照片，不禁全身发冷。当刑警这么多年，总有些残忍超出他的想象。

贾丁抬头叹了口气，透过玻璃墙，他看到蒋子楠正快速向他这儿跑来，他突然有种不祥的预感。

果然，蒋子楠一脸严肃，进门便说："队长……宋小白找到了。"

"死了？"贾丁和廖岩几乎同时问。

"是。在屠宰厂，就是离李卫可现场不远的那个。"

贾丁起身收拾东西，准备出发。廖岩却依然站在那里不动，他的表情有些奇怪，他突然问蒋子楠："他是冻死的吗？"

蒋子楠惊奇地看着廖岩："你怎么知道的？"

廖岩的表情有些恐怖，他的脑中再次闪过黑鳜小说中的情节，那段文字，如今变成了血红色："他蜷缩在冷库的一角，他的身体已如石头般坚硬……"

屠宰厂，为什么他现在才想到？

廖岩努力让自己平静，他必须先回答蒋子楠的疑问，可是，现在提黑鳜，似乎还太早："我是猜的……那附近有家屠宰厂，应该会有冷库……"

贾丁疑惑地看着廖岩。

冷库的门被打开，一阵冷风夹杂着生肉的腥味扑面而来。

宋小白的尸体混杂在各种冷冻的生肉和内脏当中，身上只有一条短裤。

廖岩感到一种寒冷从鼻孔直达他的内心，这种冷不是因为温度低，而是眼前的场景，与黑鳜在小说中的描述一模一样。不同的，只有宋小白手中的东西。

宋小白的手中，握着一只断手，身旁还有一只。廖岩拿起来仔细看。

"这，不会是李卫可的吧？"蒋子楠问。

"从切口的边缘上看，应该是的。"廖岩心里已经十分确定，这就是李卫可的手，他清晰地记得李卫可手腕上那种破碎的切割形态。

虽然已经断电，但冷库的温度依然很低，四个人被冻得直发抖。

郭巴从尸体旁边小心拾起了一堆衣服，郭巴认识这些衣服，协查通报里有宋小白失踪时所穿衣物的描述。

"这是宋小白失踪时穿的衣服，被人脱掉了？"

廖岩看着尸体，摇了摇头："不，这应该是他自己脱的，这就是法医学上的'反常脱衣现象'。当人的体温降到一定程度，大脑皮层进入抑制期，在体温中枢的调节下，皮肤会有错误的热感。所以，很多被冻死的人，死前会把自己的衣服脱掉。"廖岩是在讲他熟悉的法医学知识，也是在复述着黑鳜小说中的语句。

"那就证明死者进入冷库前还活着？"贾丁皱眉问。

郭巴不禁打了个结结实实的冷战："那么，他就是被活活冻死的？"

廖岩在地上展开宋小白的衣物，衣服的正面布满了喷溅血迹："喷溅血迹……

这种形状……"廖岩喃喃自语，想象着宋小白挥起斧子，砸向一个人的头部，然后，鲜血喷溅在他的身上。

廖岩的目光移向宋小白手腕上一个皮质手环上，那上面有一颗金属的五角星。这个五角星廖岩早就见过，只不过是以另一种形式，印在了李卫可尸体的右臂上，那个五角星形状的压痕，与眼前的这个，一模一样。"连环案，一个很奇怪的连环案……"

蒋子楠给尸体拍过照之后，廖岩将宋小白的尸体翻了过来。两人被宋小白脖子后面的一串紫色印记吸引，那是一串数字："19.9.20"。

"这是什么？"蒋子楠一脸疑惑。

这种紫红印记和数字廖岩认得，尽管他很少做饭，可他在超市售卖的大块猪肉上经常见到这样的印章，这是屠宰章的印记。

正在检查痕迹的贾丁回头问廖岩："冷库中的尸体，死亡时间很难确定吧？"

廖岩仍然盯着宋小白的脖子看，突然说："那就要看这个'屠宰章'准不准了……"

贾丁好奇地走过来，也看着死者脖子上的印记。"屠宰章？宋小白死前给自己盖的？"贾丁马上觉得这种推测不太合理，"也许是不小心压到……"

几个人开始在冷库中寻找类似的印章。没想到，他们很容易就在门口的地面上找到了，那上面的时间与宋小白脖子上的一样。

"20号！那不就是李卫可被杀的第二天吗？"贾丁看着廖岩，两人都是一脸疑惑。

发现尸体的女保管员立即认出了那枚印章，这是屠宰场的自用章，但日期显然被人拨过了。除此之外，门外那把简单的铁锁也是被砸开的。说到砸开，廖岩想到了那把砍断李卫可双手的斧子。

女保管员直到现在依然还在发抖，尸体就是她发现的。"现在这个季节，冷库用得少，我们六七天才开一次。我去点货，发现门锁被砸了，到里面走了一大圈儿，才看到他……他身上都光着，混在一堆肉里，不细看都看不出来。真不知道都死了几天了……"女保管员声音颤抖，无法再说下去……

廖岩的尸检很快有了结果，可两天来，其他的线索却全无进展。

廖岩确定了宋小白的死亡时间，因为他的胃内容物与李卫可的一样，是普通的饼干和饮料，消化程度相差约一个小时。身处低温环境会影响消化速度，排除这一因素，就可以依照李卫可的死亡时间推测宋小白的。李卫可死亡时间基本确定在19日22至24时之间，那么宋小白的死亡时间就是19日23时至20日凌晨1时之间。

"20号？那正跟那个屠宰章的时间一样！"贾丁看着尸检报告，"这是凶手要亲手记录死亡的时间吗？"

廖岩也点了点头："应该不会是宋小白在自己的脖子后面盖了章……"廖岩正说着，突然被走廊里传来的高跟鞋声打断了。那脚步声廖岩很熟悉，那是梁麦琦的，她此时正穿过走廊，转过身，推门进来。

从梁麦琦进门的那一刻起，廖岩就感到自己的心跳在加速。梁麦琦穿着朴素的白衬衫，半素颜的状态，看起来十分憔悴。

廖岩看着她，一时忘了自己说到了哪儿，梁麦琦直接站在了他的身后。

"麦琦，怎么提前回来了？身体怎么样？"贾丁关切地问。

"休息了一下，感冒好多了。我在路上也看了一部分资料，你们接着说就行。"

廖岩继续看自己的电脑，想了半天才想起要说什么："那个屠宰章显示了凶手要记录的准确死亡时间……另外从一些关键证据还可以推断，杀死李卫可的人可能就是宋小白。"

廖岩将电脑中的一些照片给梁麦琦看："李卫可指甲内刮离的皮屑DNA属于宋小白，而宋小白衣物上的喷溅血迹也正是李卫可的，他的身形也与我们推算的凶手身形完全一致。而且，李卫可的右臂上，还留有宋小白手环上的五角星的压痕。当然，最明显的是，宋小白死的时候，手中还握着李卫可的断手。"

梁麦琦手指廖岩的电脑屏幕："刚才那个屠宰章的照片再给我看一下。"梁麦琦伸手时，廖岩发现她袖口内的手腕上，有一块环形的青紫，以法医的经验，他立即就可以确定那是被人用力紧握留下的伤痕。

梁麦琦看到了廖岩吃惊的表情，她缩回手，很自然地系上了袖口上的扣子，依然专心看着屏幕上的屠宰章。

梁麦琦继续分析："这里有明显的侮辱和挑衅意味。侮辱的是死者，挑衅的却是我们。他这样做，就等于直接向警方宣布，这个宋小白的死不是个意外……"

贾丁点头，他也早就想到了这一点。

“我们能证明这两个人失踪期间是在同一环境中吗？”梁麦琦继续问。

廖岩没有回答，他仍然忍不住去想梁麦琦受伤的手腕，还有她憔悴的脸。梁麦琦请假的这两天，到底发生了什么？

“廖岩。”梁麦琦又问廖岩。

廖岩这才回过神来：“至少可以证明近一个星期内，他们的生存环境是完全一样的，两个人死亡时胃内容物一样，都是一些可以维持基本生存的食品。二人都是长期处于被囚禁的状态，当然，宋小白身上的痕迹要比李卫可浅淡一些。”

梁麦琦点头：“宋小白被囚禁的时间更短，而且，他可能更听话。”

三个人都没再说话，廖岩也没再回头看梁麦琦，可单是从电脑屏幕的反光中，他都能感受到梁麦琦的疲惫，果然，梁麦琦说：“我先回办公室想一想，我有点累……”

梁麦琦转身离开廖岩的办公室，贾丁也随后离开。

这之后，廖岩的目光一直没有离开过梁麦琦办公室的方向。他看到梁麦琦呆呆地坐在自己的椅子上，坐了很久。

廖岩断定，梁麦琦离开的这两天里，一定发生了什么。梁麦琦的憔悴应该与感冒和劳累没有关系，这是一种沉重的心事。

半个小时后，廖岩看到梁麦琦做了一件很奇怪的事。她走到墙上的粘贴板前，望着那上面的明信片发呆，那是吴大同送给她的来自世界各地的明信片。

梁麦琦开始一张张地摘掉那些明信片，直到最后一个，她收起明信片，走到了窗边，缓缓拉上百叶窗。

廖岩正纳闷儿，被直接闯入的小瞳打断了思考，小瞳手里抱着电脑，脸上的表情奇怪又紧张。

“廖岩，我刚刚发现一个新情况！两个月前，黑鳜曾使用过一次公共 WiFi 发送过两章小说，而位置，就在默玛咖啡馆里。”

“你是说对面？对面的默玛咖啡馆？黑鳜在对面？”廖岩语无伦次地接连问道，他心里的一个猜想被证实了——黑鳜可能就是身边人！

廖岩的头脑中一时闪现出默玛咖啡馆中的许多人影：郑小炯、吴大同、服务员赵子夜，甚至，还有梁麦琦！

"廖岩！"小瞳的手在廖岩眼前晃动着。

"谁最有可能是黑鳜？"廖岩的头脑一时有些蒙，他努力让自己从想象中回到现实。

小瞳手指着电脑："时间是7月20日。我直接调查了，咖啡馆这一天的视频早就覆盖了。这可怎么办？要不要跟麦琦商量一下？还有，你为什么不跟队长汇报？"

"现在还不能，谁都不要说！"廖岩突然厉声说道，把小瞳吓了一跳。

"为什么？"小瞳焦急地问。

廖岩未回答，却突然坐直了身子，因为他看到对面的梁麦琦开了门，急匆匆地走了出去。

"为什么？"小瞳继续追问。

廖岩的目光一直追随着梁麦琦的身影，他站起身："因为，我怀疑黑鳜就是身边人！"

小瞳突然觉得廖岩疯了："那我呢？你不怀疑我吗？"小瞳气急败坏地问道。

廖岩看了眼小瞳，未置可否，却突然起身出了办公室，向着梁麦琦离开的方向走出去。

"廖岩，我觉得你错乱了，你怀疑所有人对不对？"小瞳对着廖岩的背影喊道。可廖岩早已出了门。

廖岩追到刑警队大门口时，发现梁麦琦正在跟一个年轻女孩说话，廖岩想起那个女孩是谁了，他见过她一面，那是吴大同的表妹乔真真。

乔真真一脸愁容，正在跟梁麦琦急切地商量着什么。廖岩随后听到了两个人的对话。

"不好意思，我没你电话，只能到工作的地方来找你。表哥的电话打不通，我舅舅着急找他，可他的电话已经关机两天了。你知道他去哪儿了吗？"由于着急，乔真真语速特别快。

"我们前天分开后，他说，他想一个人冷静冷静。"梁麦琦说，廖岩只能看到梁麦琦的背影，但他能从她的语气中感受到焦虑。

"这么说，你拒绝他了？"乔真真有些伤心地看着梁麦琦。

"你知道他向我……求婚？"

"唉，我就说他不一定能成嘛！可他偏偏那么固执……这样的话，他可能又去旅行疗伤了。我这个哥，不知说他什么好……唉……那我就不打扰了，他要是联系你，你让他给他爸打个电话，我的任务就算完成了。"乔真真看了眼梁麦琦，叹了口气，戴上墨镜。

乔真真跟梁麦琦道了别，可没走两步，又回过头来。

"你真不能再考虑考虑我哥吗？他真是特别爱你。"乔真真的语气中，有种祈求。

梁麦琦没有说话。

乔真真叹了口气："唉，那好吧……"乔真真走下大门的台阶，离开了。

躲在走廊里的廖岩，此时心中升起一种喜悦。吴大同向梁麦琦求婚，而梁麦琦拒绝了他。几个月来，盘踞在他心中的某种不快此时突然消失了。可是，看着梁麦琦伤心的背影，廖岩又觉得自己的喜悦有些卑鄙。

梁麦琦转回身，表情依然悲伤。她看到廖岩此时正尴尬地站在自己的身后，竟什么都没说，直接向楼内走去。

廖岩看着梁麦琦的背影，努力寻找着合适的话，可半天只憋出一句："你喝水了吗？"

梁麦琦好像没听见，依然心事重重向楼上走去。

廖岩愣在那里，看着楼梯，直到思路被郭巴和蒋子楠的吵闹声打断。

蒋子楠一边上台阶，一边感慨着："真是啊，有趣的灵魂，万里挑一！"

"得了吧，"郭巴嘲笑他，"要是没有'好看的皮囊'，估计你都不借她钱！"两人一边说话一边进了刑警队的大门。

"你们在说谁？"廖岩愣愣地问。

"那个乔真真啊，吴大同的表妹。"蒋子楠开心地举起手机，"刚加了个微信。"

郭巴继续泼冷水："人家是要还你停车费……"

三个人上了楼，廖岩依然愣着神，动作机械地跟在两人身后。

廖岩回到办公室，小瞳依然噘着嘴坐在廖岩的椅子上，看到廖岩进来，白了一眼，目光又马上转回电脑上。她刚刚也被黑鳋的小说吸引了，不得不承认，那小说里有某种既熟悉又恐怖的感觉。她也禁不住想，也许廖岩的怀疑是对的。

廖岩站在她身后，也看着小瞳打开的页面，那上面的内容廖岩已经浏览过无数次。

"你再帮我做点事，我现在只能相信你……"廖岩的语气沉重，沉重到让小瞳有些害怕。

"为什么？"小瞳不解地盯着廖岩看。

"来不及解释了……小瞳，你看着我的眼睛。"廖岩双手抓住小瞳的肩膀，小瞳更吃惊了，她从来没见过廖岩这样。

"你现在认真对我说，你不会做背叛我们友情的事儿。"小瞳有些疑惑，可廖岩的眼神却告诉她，这不是玩笑。

"虽然我现在有点蒙，不知道你到底要干什么，但我可以说……"小瞳看着廖岩的眼睛，郑重而又真诚地说，"我不会做背叛我们友情的事儿！"

廖岩点了点头，又加了一句："而且，你不再对我有那种感觉了。"

小瞳没绷住，笑了："哈哈，我早就对你没有那种感觉了！"

廖岩释然："那太好了！小瞳，我们得找到黑鳜！而我们第一个要排除的人……"廖岩顿了顿，眼中闪过一种纠结，"我们第一个要排除的人，就是麦琦。"

小瞳叹了口气："我好像第一次听你叫她'麦琦'，可惜，你却是在怀疑她。"

小瞳的话让廖岩心里一痛，他也不想这样，可是，如果换作他是个心理专家，以他的经验给黑鳜做一个画像，那最符合的人，可能就是梁麦琦。

"说吧，你到底让我做什么？"

"调出麦琦进入省厅犯罪心理顾问团以来参与的所有案件。我觉得黑鳜的三部小说实际上是根据我和梁麦琦所经历的案件改编的，不是完整案件的改编，而是把这些案件打碎、糅合再重新拼接。"

廖岩话音未落，小瞳已经在行动了。"还好，这不算违规。"

当小瞳快速进入案件登记系统时，廖岩紧张地在屋内来回踱着步。他既想得到答案，又害怕得到答案。他忍不住又望向对面，梁麦琦窗上的百叶窗帘依然密不透光地关闭着……

廖岩努力让自己回到刚才的思路上来，他一边踱着步，一边说着："我能不断从这些小说中看到我的和梁麦琦的影子。除此之外，黑鳜的小说中，迷幻药、催眼术、鬼魅、幻觉融合进每一个案子，看似是以科学的方法破了案，但又总是留下一个唯心的尾巴，让你百思不得解。这恰恰是梁麦琦的文学风格。"

小瞳吃惊地回过头："麦琦写小说？"

"对，我们曾经是一样的人。"

"你也写小说？"小瞳更好奇了。

"很年轻的时候。"廖岩低声回答，又接着自己的思路继续说，"每个人的用词和句式其实都有自己的习惯，故事可能千变万化，但有些文学习惯不会变。她很喜欢描写目光中的感受，描述人与人对视的感觉，还有，细微的触觉，而且，她看人的视角，常以背影和侧影居多，即使是在描写主人公，也很少展示正面。这些，都是梁麦琦的文学习惯……"

小瞳不再发问，尽管她心里装满了疑问，但她的搜索引擎始终没停，终于，她将电脑扭向廖岩："麦琦经手的案子都在这儿了。"

廖岩的心跳在加速，那上面的很多案件对廖岩来说是陌生的。梁麦琦正式入驻兰江市局刑警支队有一年多，但在此之前，她曾协助省厅处理过很多棘手的案件，还有一些是她作为犯罪心理顾问团成员在全国范围内参加侦破的案件。

而这些案件中的许多，又是廖岩熟悉的，因为，黑鳜的作品里就有这些案件的影子！

廖岩努力让自己集中精神，他快速移动着鼠标，以惊人的速度读完了所有的案件登记记录，"桥头杀人案……死亡吊车案……空调毒气案……"廖岩在本子上快速记下一些案件的关键词，小瞳完全不知道廖岩在做什么，只见他在纸上快速写道：桥头、改装电路、伪装司机、空调气道缺陷……

放下笔，廖岩深吸了一口气："黑鳜的这些小说，正是梁麦琦经手案件的整合版。"

小瞳吃惊地从椅子上站起来："什么？你真的怀疑麦琦就是黑鳜？"

廖岩沉默片刻，再说话时，他的声音变得异常疲惫，他没有回答小瞳，却是问了她一个问题："一个人有没有可能，一边怀疑，一边又爱上一个人？"廖岩的这句话，像是在问小瞳，更像是在问自己。

"有可能。"小瞳郑重回答。

小瞳此时想到的，是她自己的恋爱经历。

第三十六章　《最后一章》

一艘游艇，孤零地漂在海面上。船上的人已不知去向。

鲜花、蜡烛、打碎的香槟杯，还有一大片干涸的血迹，这里，似乎有过一场浪漫的求婚，又似是发生了一场血腥的厮打。

一艘海上巡逻艇在离码头不远的海面上发现了它，巡警们登上了这艘游艇，并从船舱的监控中找到了一小段视频。

视频中，梁麦琦与吴大同在激烈地争吵，而这之后的视频，却变成了一片空白。

梁麦琦坐在询问室里，对面坐着区里的两位刑警。

"你最后一次见到吴大同是什么时候？"其中的一位老刑警问道。

"前天晚上。我们把船停在了南岸码头，我下了船，他说……他还要再待一会儿。"梁麦琦表情冷静，语速得当。

"当时船上还有别的人吗？"另一位年轻的刑警问。

"没有，只有我们两个人。"

"我们看到船上的布置有点儿特殊，方便向我们说一下你们当天活动的一些细节吗？"老刑警语气稍有些不自然。关于眼前这位曾协助侦破多起重大连环命案的心理学顾问，他们是早有耳闻的，没想到与她第一次见面，却要从这样尴尬的询问开始。

"他向我求婚……"梁麦琦低声说。

询问室的门半开着，贾丁也顾不得这是否合规矩，焦急地站在门外努力听着里面的对话。这两位区分局的同事刚才匆匆忙忙来找梁麦琦，却没说具体是什么事，现在贾丁才知道，这与吴大同有关。

廖岩在楼上听到了消息，也快速赶过来，他站在贾丁身后，正好听到梁麦琦说的那句话——"他向我求婚……"

贾丁转身，看到廖岩焦虑的脸，还没等他问，就直接说："区分局那边接到吴大同父亲的报案，吴大同失踪了，而且，现场的情况不太乐观。"

廖岩愣愣地站在门口，他突然想到了梁麦琦手腕上那道伤。

询问室里面的梁麦琦似乎开始有些紧张，她正努力回忆着什么。

"他当时说，几个朋友一起出海放松一下，而且我，正好也有话要对他说……可到了我才知道，只有我们两个人……"

"他求婚，你拒绝了？"年轻的刑警小声问。

梁麦琦伤心地点了点头，却又很快警觉："你们现在应该马上去查他是否有出行或出境记录，我觉得他有可能去旅行了。"

老刑警摇了摇头："就是因为没找到任何记录，所以，他的父亲才报了案。"

梁麦琦的思路突然乱了，她沉默了好久，才终于恢复了她常有的那种坚定的神情。

"不，他不会自杀，我曾经是个心理医生，请相信我的判断。"梁麦琦坚定地说。

"我们怀疑的，也根本不是自杀。"老刑警故意将"不是自杀"这几个字说得很重，他拿出手机，将手机中的一段视频播给梁麦琦看。

那是梁麦琦和吴大同争吵的视频，然后视频中断了。

老刑警的目光凌厉："视频的后半段被人为删除了，我们在船上只找到了你和吴大同的指纹，甲板上有吴大同的血迹，目前吴大同已失踪超过48小时，没有任何交通、支出、社交网络等活动记录，我们高度怀疑他可能遇到了危险。"

"我下船的时候是晚上8时15分。他打碎了一只香槟杯，碎片割伤了他的手。他让我不要管他，他说他自己会处理……"梁麦琦的语速变得很快。

老刑警没有让梁麦琦说完："你们争吵的原因是什么？"

"其实你们刚才已经问过了，我拒绝了他的求婚，他一时有些接受不了。"

"能再说细点儿吗？"年轻刑警将录音设备向梁麦琦又移近了一点。

梁麦琦看着那上面闪烁的红点，放缓语速："我从来没想过他会向我求婚……我们好像也没有正式谈过恋爱……这是我的错，我一直特别怕伤害他，所以，才有了今天。"

两位警察面面相觑，此时的梁麦琦似乎并不是在辩解，而是在向他们倾诉。

"他不会伤害自己的，我离开前确认过，他的心理状态很正常。我曾经是他的心理医生，我会对他的病情发展负责。"

"你是他的心理医生？"年轻刑警好奇地追问，"那你们不是情侣关系，而是医患关系？"

梁麦琦待了片刻，低声说："早该想到的……"

两位刑警相互耳语了很久，中间又打电话小声请示了什么。这期间，梁麦琦一直处于沉思状态，她似乎在努力回忆着什么。

隔着门，贾丁看到了刑警带来的那艘游艇内部的照片，他很清楚，那些血迹足以证明吴大同凶多吉少，而以他的经验，他也明白，接下来梁麦琦要面临什么。果然，上级的回复是，梁麦琦必须立即暂停顾问工作，配合接受调查。

梁麦琦走出询问室，看到廖岩时表情平静，她似乎想对廖岩说什么，却欲言又止。廖岩目送她走回办公室，而两位刑警一直跟在她的身后。

令廖岩安慰的是，梁麦琦看起来依然淡定，而她回自己办公室后的第一件事，就是将面向廖岩的那扇百叶窗打开了，然后，她开始收拾桌上的物品。廖岩从自己的办公室里目不转睛地看着她，随后，廖岩看到那两位刑警向贾丁的办公室走去。

廖岩快速起身，走进梁麦琦的办公室，从身后关上门。梁麦琦抬头看他，她那种悲伤的眼神，廖岩从未见过。

梁麦琦向廖岩走过来，看着他，却一句话没说。

梁麦琦突然抱住了廖岩。

这个拥抱，廖岩渴望已久，可偏偏是在这样的一个时刻。廖岩感到自己骤然紧绷着的身体慢慢开始融化，他的心突然好痛，他一点点抱紧梁麦琦，闭上眼睛，再也不想松开。这时，他听到梁麦琦在他耳边轻声说："相信我……"

廖岩相信梁麦琦。他怎会不相信她？

玻璃墙外，两位刑警的人影走近了，梁麦琦离开廖岩的怀抱，急切地说："帮我找到吴大同……"

门被打开了，两位刑警警觉地审视着面前的两个人。梁麦琦转身回到办公桌前，拿起随身物品，跟着两个刑警快步离开，没再回头。

梁麦琦离开的那个下午，廖岩的脑子像乱成了一团麻。

吴大同生死未卜，梁麦琦被怀疑，眼前还有一桩离奇的连环案，身旁，似乎还有那个如影随形的黑鳜……这一切，都太突然，太诡异。他需要梁麦琦，可此时，望向对面空荡荡的办公室，他终于知道什么是孤掌难鸣。

远远地，走廊的另一头，小瞳抱着电脑向这边跑来，那表情告诉廖岩，还有他预料不到的事情正在发生。

"黑鳜的小说更新了！"小瞳推开门，喘着气说。

小瞳将电脑举到廖岩跟前，上面显示的正是《幽怨清晨》的最新章节，那标题是：《最后一章》。

"最后一章？"廖岩吃惊地重复着，他顺手点开了那一章的内容，却只有一句话："他死了……你在看吗？"

"他死了……你在看吗？"小瞳也读着这句话，她感到自己的后背冒出冷汗。

"他死了？'他'是谁？……你在看吗？'你'又是谁？……"廖岩问自己。

几秒钟后，廖岩才想起一个关键的问题："小瞳，这次能找到黑鳜的确切 IP 吗？"

小瞳自信地点了点头，她的程序其实已经在运行了。

廖岩又开始紧张地踱着步，他必须立即把所有的事情捋清。

"找到了！"小瞳突然说，廖岩停下脚步，看向小瞳的电脑。那上面，显示了一个地址。

"时代公寓，C 栋……108……室。"小瞳说着，语速却突然慢了下来。

廖岩和小瞳震惊地看着彼此。

"这是梁麦琦的家啊！"小瞳的声音已经在发抖，"难道麦琦真的是黑鳜？"她不敢相信自己的眼睛，而此时，比她更紧张的是廖岩，她能听到廖岩急促的呼吸声。

"不，不可能！"廖岩大声回答。

廖岩回忆着梁麦琦给他的那个意味深长的拥抱，还有，她对他耳语的那句话——"相信我……"

"她不是黑鳜！但她现在可能遇到了危险！"

廖岩几乎是飞奔出去。

廖岩开车一路狂奔，赶到梁麦琦家公寓大门外时，两位便衣拦住了廖岩，三个人几乎同时亮出了警官证。

一位便衣看着廖岩的证件，表情严肃地说："这个人正处在监视中，请你配合一下。"

"我有充分的证据证明她可能遇到了危险。"廖岩一边说，一边向里冲。

"怎么可能？我们一直在楼下……"此时的廖岩已先行一步，快速向公寓楼内跑去。

"你站住！"两位便衣起身追廖岩，可已来不及，三个人先后冲向了梁麦琦的公寓门。

那房门竟然是开着的，两位便衣面面相觑。

廖岩推开门，房间内一片凌乱。一周前，廖岩还来过这里，那时的温馨整洁已全然不在。这里明显刚刚发生过打斗，而地面上，有一摊刺眼的血迹。

廖岩看着那些血，一阵眩晕。这是身为法医的廖岩第一次晕血。

这会是麦琦的血吗？廖岩飞奔进屋，快速打开里面的每一扇门。

"麦琦！梁麦琦！"廖岩不顾一切地呼喊着，他想听到回应，哪怕只是微弱的回应也好。可是，没有梁麦琦的声音，所有的房间都空着。两位便衣茫然地站在客厅，开始向上级汇报这个不合情理的失踪事件。

廖岩回到客厅，他已经快速检查了每一个房间，如今，只剩下那最后一个。廖岩向那个特殊的卧室走去，那是他最后的希望。他快速拧动那扇门的把手，可是，门是锁着的。

廖岩环顾四周，看到小和尚雕像的双手中还夹着那把钥匙。廖岩曾亲眼见过梁麦琦将那把特殊的钥匙放在那里，他抽出那上面的钥匙，打开门。

房间里一片漆黑，没有一点声音，灯开后，也没有麦琦的影子，廖岩小声呼唤着，仍然没有回应，廖岩的心如坠深渊。

两位警察向这边走来。

廖岩倒退出房间，关上门，想了想，将那把钥匙依然留在门上。

门外，小瞳已带着贾丁追赶廖岩来到了梁麦琦的家，此时，他们在门口与两位便衣焦急地说着话。

"真没想到，单元楼下竟然有两个出口，而且，另一个出口一路都没有监控。"一位便衣一边说着，一边气愤地捶着门框。

贾丁看到廖岩，对着他大喊："梁麦琦呢？"

廖岩摇摇头。贾丁快步走进来："她去哪儿了？"

廖岩还是愣愣地摇着头。

贾丁站在那摊有些凝固的鲜血前，声音更加紧张："这些血……是她的吗？"

"不知道。"廖岩继续摇着头。

贾丁叹了口气，开始调集警力，他对着电话喊着："时代公寓，需要紧急增援……对！包括沿途监控，我们的一位同事可能遇到了危险……"

贾丁挂断电话，打开廖岩面前的门，吃惊地看着眼前如此特殊的房间。

"这个房间，好奇怪啊！怎么会是这样的风格？"贾丁走进了梁麦琦这个诡异的小世界，站在房间正中，更加不知所措，"梁麦琦她在哪儿？"

廖岩第一次听到贾丁如此紧张的声音。

廖岩环视客厅，努力让自己的目光避开那摊鲜血。客厅的沙发上，一台笔记本电脑还开着，廖岩走过去，移动沙发上的鼠标，那电脑屏幕亮了，它竟然没有加锁。

屏幕上的文字，正是黑鳜的《最后一章》！

小瞳快步走到廖岩身后，看着屏幕，读着那上面的字："他死了，你在看吗？"她的声音在抖，"这不是读者页面，这是……作者页面。"

小瞳惊恐地看向廖岩："……黑鳜的《最后一章》，竟然真的是从梁麦琦的电脑里发出去的！"

一阵可怕的沉默。

"不！我现在反而确信，她不是黑鳜！"廖岩盯着小瞳的眼睛，目光坚定。小瞳期待这样的目光，她愿意去相信梁麦琦，但她此时需要有人给她信心。

小瞳不再犹豫，她快速戴上手套，开始检查梁麦琦的电脑。

"的确是从这里发出去的，没错，而且，这也黑鳜的账号，但麦琦的电脑中并没有其他小说的文件存档……而且，这也是黑鳜唯一从这里发布文章……麦琦她应该不是黑鳜！她不可能是！"

"但是，黑鳜来过，而且带走了麦琦！"廖岩的目光无意间又扫过了客厅的地板，那摊血再一次刺痛了他。贾丁已经在门外部署警力和协查了，他们能找到梁麦琦吗？他们能找到黑鳜吗？他们会相信黑鳜的存在吗？

廖岩的目光再次回到电脑上，他必须找到黑鳜存在的证据，才能洗脱梁麦琦的嫌疑，才能理清李卫可、宋小白的死，以及吴大同的失踪与梁麦琦之间的关系……突然，廖岩在电脑键盘的缝隙间看到一滴暗红色的血迹。

"小瞳，先别动。"小瞳立即停下手上的动作，廖岩低头看向那"滴"暗红色，却发现，那并不是血，那似是一片红色的油漆，他戴上手套，轻轻捏起那片油漆，迎着灯光仔细看着。廖岩认识这种特殊的油漆，那是一种可剥落的指甲油留下的碎片，而那上面，的确有血。

"梁麦琦平时涂指甲油吗？"廖岩问小瞳。

小瞳看着那碎片，努力回想着。梁麦琦平时上班并不会涂颜色鲜艳的指甲油，可是她有一次跟小瞳和郑晓炯闲聊起仪式感，提到过自己的一个习惯……

小瞳想起来了："梁麦琦说过，其实，每个人都有自己的仪式感，她在用电脑写东西前，有时会涂上那种可剥离的指甲油；在工作结束后，再剥掉……这是她的'仪式感'！"小瞳激动地说。

廖岩又细看了那指甲油，然后拉开梁麦琦书桌的抽屉，看到里面有五颜六色的指甲油瓶，找到了颜色相同的那一瓶。他轻轻拧了拧，瓶盖很容易就打开了。廖岩在心里比拟着拧动盖子时的力度："这应该是今天刚刚用过的。这是写作之前涂的吗？那她写了什么？"

小瞳看着廖岩，小声说："最后操作的文档，就是这《最后一章》。"

廖岩看着指甲油上的血迹，这血有可能是黑鳜的吗？这难道是梁麦琦故意留下的线索？还有，其余那九片指甲油呢，还在梁麦琦的手上吗？

"廖岩，这是什么？"廖岩的思考被小瞳的问题打断了。小瞳在指甲油盒子旁边，发现了另一个精制的小木盒，那里面装了许多造型奇特的 U 盘，一共八个，上面还写着不同的数字。

"梁麦琦竟然还有使用 U 盘存储的习惯？这也是她的仪式感吗？"廖岩小声

问，小瞳迷茫地摇着头。

廖岩将所有 U 盘倒在桌上，按号码摆好，也许这本来应该是十个 U 盘，只是少了2号和6号。"小瞳，快看看 U 盘里是什么。"

小瞳将其中一个 U 盘插入电脑。那里面是梁麦琦的工作笔记，记录着一些她经手案件的细节和分析。廖岩快速浏览着那些文字，那日记的写法很平淡，而且，逻辑严谨、措辞冷静，似乎与文学爱好毫不相关。可是，那些内容，廖岩却觉得如此熟悉。是的，这些工作日记，完全可以成为黑鳡小说的原始素材！

"可是少了2号和6号，它们在哪儿？"小瞳问。

"也许被黑鳡带走了……"廖岩快速收起那些 U 盘，紧紧握在手中……

梁麦琦就这样消失了，突然无影无踪，与吴大同失踪时一样。

那片指甲油上附着的，是梁麦琦的血。

贾丁拿着那张检验报告，坐在椅子上沉默了许久。"我第一次觉得，有点慌了……"贾丁低声说，他看了一眼坐在他面前的廖岩。廖岩保持着沉思状态，已经快半个小时了。

"头儿，有个事儿……"蒋子楠没来得及敲门就直接闯进了贾丁的办公室。

"什么事？"贾丁皱眉问。

蒋子楠的表情很复杂："是关于郑晓炯的。"

"郑晓炯她又怎么了？"贾丁不耐烦地问。

"吴大同失踪前，她曾经多次秘密接触过他。"

廖岩突然坐直身子："秘密接触？他们俩很熟吗？"

"我不清楚，但你们看……"蒋子楠说着打开手机中的一段视频，"队长，你让我们查吴大同失踪前都跟谁有过联系，结果我们发现，除了一些工作伙伴和麦琦以外，吴大同见得最多的竟然是郑晓炯，他们好像在定期交接什么东西……关键是，看起来很神秘……"

廖岩盯着那视频看。监控视频中，郑晓炯将一个小小的信封交给了吴大同。他们的表情都十分奇怪，两人只是简单点了点头，郑晓炯便鬼鬼祟祟离开。

"他们之间有秘密！"贾丁看着视频说，"他们交接的是什么？监控中有几次？你刚才说定期是什么意思？"

"这个小区的监控一个月自动覆盖一次，这一个月，他们这样交接了三次。"蒋子楠说着，打开手机录制的其他视频。

廖岩仔细回忆着这些时间节点。他们四个人一起吃饭才是十来天的事情，那时，郑晓炯和吴大同两人似乎并不熟识。难道说，那种"不熟识"只是一种伪装，他们到底要掩盖什么？

"子楠，我们得马上找到郑晓炯！把她带过来！"还没等廖岩把自己心中的疑问说出来，贾丁已经行动了，他和蒋子楠快速走出了办公室……

郑晓炯坐在廖岩和贾丁的对面，她今天的表情很奇怪。她似乎知道面前的这两个人要问什么，只是在看廖岩时，她的眼中有一种冷漠。这是那次四人约会之后，她与廖岩的第一次见面，而眼前的郑晓炯却似乎变了一个人。

"真没想到，你第一次主动约我，竟然是要审我。"郑晓炯冷冷地对廖岩说。

廖岩能理解这种冷漠，但他现在无力回应这种冷漠，他急于知道的是真相。郑晓炯一定知道吴大同的秘密，也可能知道梁麦琦的消息，她甚至可能亲自参与了什么。

贾丁什么都没说，直接将那段视频给郑晓炯看。郑晓炯依然冷冷地看着，并无吃惊，也无胆怯。

"你交给吴大同的是什么？"贾丁问。

"一些资料，吴大同工作中有用，都是一些合法的普通资料。"

"那你为什么鬼鬼祟祟？"贾丁继续问。廖岩一言不发地盯着郑晓炯看。

郑晓炯冷笑了两声："我有吗？"她在回答贾丁时，目光却看向廖岩。

"吴大同失踪了……也可能遇害了！你想卷进这个人命案吗？"贾丁严厉地问道。认识郑晓炯这么多年，他还是第一如此严肃地跟她说话。

听了这句话，郑晓炯似乎有些吃惊。廖岩看到郑晓炯的这个表情，心中突然有一种失望，难道她并不知道吴大同已经失踪？

郑晓炯犹豫良久，看起来越来越紧张，她开始回避廖岩的目光。又想了一会儿，她突然对着贾丁说："吴大同是个变态！他让我帮忙偷梁麦琦的日记。他说梁麦琦十几年来每天都写日记，吴大同想要了解梁麦琦的一切。他说，只有这样，梁麦琦才会爱上他。"郑晓炯的语速极快，此时，她似乎又变回了原来那个直爽单纯的郑晓炯。

廖岩的头脑一时有些混乱。吴大同要梁麦琦的日记，难道他就是黑鳜？可不知为何，廖岩总觉得有哪里不对。他的潜意识里，一直都觉得黑鳜是个女人，这是他对文学作品的直觉，这么多年他还很少出错。

女人？廖岩心里一惊，眼前的这个女人，她接触过梁麦琦的日记，她也可能是黑鳜！

廖岩看着郑晓炯，不想错过她的任何一个微表情。

"我不明白，郑晓炯，吴大同为什么让你偷？据我了解，他自己常去梁麦琦的家，他自己不能偷吗？"贾丁气愤地追问。

郑晓炯的脸上终于有了一些羞愧："梁麦琦的日记大部分在家里，却总有一小部分放在她的办公室……吴大同没法进入梁麦琦的办公室，但我作为政法记者……却可以。"

"是曾经！曾经的政法记者！现在梁麦琦是把你当朋友，才让你进她的办公室！"廖岩终于愤怒了。

郑晓炯胆怯地看着廖岩。

"你一共偷了几次？"廖岩努力让自己平静下来。

郑晓炯的声音越来越小，她似乎刚刚意识到问题的严重性："3次，我复制下来后，会放回麦琦的抽屉里……所以，麦琦不会发现。"

郑晓炯低下头，沉默了一会儿，又突然抬起头："梁麦琦呢？她在哪儿？这些日记和吴大同的失踪有关系吗？"

贾丁和廖岩都看着郑晓炯，却谁也没说话。

郑晓炯更慌了："麦琦，她出了什么事吗？她在哪儿？我可以跟她道歉，我亲自跟她道歉！"

贾丁和廖岩还是不说话。

"你们刚刚说，吴大同失踪了，还可能遇害了，是吗？可是，这和日记有什么关系？这和麦琦又有什么关系？"

依然没有人回答郑晓炯的问题。

廖岩看着郑晓炯，她此刻的慌张看起来如此真实。

"那你为什么帮吴大同？"廖岩回到刚才的话题。

郑晓炯看着廖岩，她眼里的悲伤瞬间刺痛了廖岩。这一刻的感觉，就像是四人约会的那一天，那个坐在车中哭泣的郑晓炯给廖岩带来的愧疚。

郑晓炯望着廖岩，强忍着眼泪："你不明白吗，廖岩？我是为了你！只有梁麦琦属于吴大同，你，才会属于我！"

廖岩再也无法正视郑晓炯的眼睛，他没有想到，这一次询问，竟是以他自己的内疚收场。廖岩摇了摇头，转身离开。

可郑晓炯还没有说完，她突然对着廖岩的背影高声说："就因为我爱你，爱到每一分钟心都拧着……"

廖岩停住脚步，依然背对着郑晓炯："我不值得你这样。"

郑晓炯终于哭出了声。

廖岩快步离开了询问室，他几乎是在逃离。

第三十七章　奇怪的侧写

廖岩看着装在物证袋中的指甲油片。那上面，还有梁麦琦的血，而郑晓炯的哭声似乎还在耳边。

他的世界似乎从未如此灰暗，他既不能保护自己爱的人，也不能安抚爱自己的人。

郑晓炯所偷的梁麦琦日记，实际上就是她的工作日记。那里面记载了梁麦琦参与的全部刑事案件。吴大同拿了梁麦琦的日记，他就有可能成为黑鳓，而如果郑晓炯也偷看了梁麦琦的日记，那郑晓炯也可能成为黑鳓。

廖岩在一张白纸上反复写着郑晓炯的名字，他首先要确定郑晓炯这几日的行踪。如果郑晓炯被排除，那么最可疑的，就是吴大同。

他已经把这个任务交给了小瞳，现在已过去了五分钟，廖岩焦急地看着手表，拿起手机，正要给小瞳打电话，却看到小瞳进来了。

"郑晓炯有确切的不在场证据。"小瞳进门就说，"黑鳏发布《最后一章》时，郑晓炯正在商场买东西，商场的多个监控都可以证明。至于你说的宋小白和李卫可案发生时，就更不可能了，她当时，是和你在一起。这之后，郑晓炯家小区的监控也显示，她当晚未再出门。"

廖岩早就该想到的，当晚四人约会后分开，他送郑晓炯回到她的住处，按照她家与案发现场的距离计算，她没有时间赶过去杀人。

廖岩心里突然有一种莫名的释然。他不希望郑晓炯是黑鳏，他不希望身边的任何人是黑鳏。

廖岩想了一会儿，抬起头，发现小瞳还站在他的面前，表情严肃，却不说话。

"还有事吗，小瞳？"廖岩疲惫地问。

"有。"小瞳仍然看着廖岩，廖岩直起身子，等她继续。

"她喜欢的是你。"

"什么？"

"她喜欢的应该是你。"

廖岩不解地看着小瞳。他不明白，在这种时候，小瞳为什么说出这么没头没尾的话。

"麦琦失踪后，为了了解她与吴大同的关系，上面让我调查了麦琦手中的一些资料，其中有一份资料，是吴大同的诊疗档案……"

廖岩把头低下，看似并不关心。

"她一直都把吴大同当成患者，她只不过是不想伤害他！"

廖岩抬眼看小瞳，并未见感动，小瞳继续说："吴大同的前女友，叫于美珊，应该是吴大同曾经最爱的女人。可几年前，于美珊死于车祸，吴大同当时在场，他的女友就死在他的怀里。吴大同受了刺激，患上了严重的抑郁症……"

小瞳找椅子坐下，显然，她还有很长一段话要说。

"麦琦是他的第五个心理医生，也是最后一个。梁麦琦对他的心理治疗长达一年多，吴大同渐渐痊愈，但是……他……"

283

"但是他从此爱上了梁麦琦……这我都知道，不用说了……"廖岩淡淡地说。

"可是，吴大同并没有痊愈，梁麦琦还在对他进行治疗，直到现在……"

廖岩的表情终于有了变化："现在？"

"对，她只不过换了一种方式……一种更柔和的方式。"小瞳说着，看向梁麦琦的办公室，"吴大同所患的是一种十分隐蔽又危险的躁郁症，在受到刺激后可能会有暴力或过激行为，麦琦一直在努力保护着他。那个档案里面，记载了梁麦琦详细的诊疗方案，这方案包括'作为朋友，给予他的关爱'……"

廖岩依然不说话。

"廖岩，你听明白了吗？麦琦说'作为朋友'。"

廖岩愣愣地看着对面空空的办公室，仍然不说话。小瞳可能不会懂，廖岩现在只想梁麦琦能平安回来，只要她平安，她爱谁都行。

"你说吴大同受到刺激后可能会有过激行为？"廖岩突然问。

小瞳点头："对！所以我在想，如果吴大同求婚时被拒绝，算不算受到刺激？如果这种过激行为就发生在游艇上呢？如果麦琦在防卫中失手将吴大同……"

"不可能！"廖岩打断小瞳，他的声音突然很大，将小瞳吓了一跳。

"这不可能……"廖岩又说，声音却低了好多。

小瞳忧虑地看着廖岩，也许，他现在需要静一静，她叹了口气，转身离开。

廖岩仍在看着那片指甲油，剥落的指甲油只有这一片，可能是梁麦琦在剥离到一半时受到了袭击，也可能，是她在危急时刻故意留下的线索。

廖岩站起身，在办公室里焦急地走动。这个城市里，无数的警察正在寻找着梁麦琦，可他，却只能坐在这里等待消息，他必须想出解题的办法。

关心则乱。廖岩感到自己失去了方向，他的心里很慌乱，他现在必须让自己平静下来。他下意识地握紧了拳头，一只手无意间触碰到了衣服的口袋，隔着衣服的布料，他感到这里面似乎有东西。他将手伸进口袋，那里面有一张纸条，纸条上的字迹，廖岩很熟悉，那是梁麦琦的字迹！

廖岩回想起梁麦琦给他的那个拥抱，还有她曾在廖岩耳边说的那句"相信我"。就应该是那个时候，梁麦琦将这张纸条塞进了他的衣袋。

廖岩快速坐回桌前，将台灯旋到最亮。

这张曾被折得很小的白纸上，写着一些很混乱的字……

廖岩的心突然静了下来。

第二日清晨，飞机从低空掠过，强烈的北风几乎将野地里的杂草吹断。廖岩拎着法医勘察箱，迎着这风艰难地向前走着。

一个废弃的圆形直升机停机坪上，躺着一具尸体。

圆形，又是圆形！跟发现李卫可时的场景很像。可是，这一次躺在那里的，是吴大同。

吴大同的尸体仰卧着，他的右手放在左胸口上。那个样子，仿佛一个绅士准备请一位女士跳舞。

"他死了……"廖岩看着吴大同的尸体，沉重地说。

贾丁看着廖岩："是，我知道。"

贾丁不知道，廖岩此刻只是在重复着黑鳞的《最后一章》："他死了……你在看吗？"

一周多以前，还曾坐在廖岩对面的这个男人，死了，苍白、冰冷，却依然英俊整洁。几天前，廖岩还一直把他当成自己的情敌。他触摸梁麦琦的那只手曾让他如此嫉妒。可如今，这只手如此无力地捂着他自己的胸口。

廖岩缓缓地将那只手从他的胸口处移开，那只手的下方，雪白色的衬衫并无破损，可是心脏的位置，却透出一些暗红色的血迹。

心脏位置的伤口，应该就是致命伤，只是有人在他死后，给他换了整洁的衣裳。这让那点红色的血迹，看起来如此奇怪。

廖岩深蹲下来，努力贴近观察那血迹。他靠近了才发现，那里不只有血！在那片渗出的血红色上方，有一片暗红色的指甲油。与梁麦琦电脑缝隙间的那一片，几乎一模一样。

廖岩用镊子夹起那片指甲油，迎着阳光看。

小瞳和贾丁凑过身来，他们几乎同时震惊地说："梁麦琦的？"

"第二片……"廖岩在心中默念。

廖岩站在解剖台前，看向对面梁麦琦空空的办公室，又看了看解剖台上的吴大同，却迟迟没有动作。

魏然忧虑地看着廖岩："师父，要休息一下吗？"

廖岩摇了摇头，深吸一口气，"开始吧。"

廖岩看着吴大同，缓缓说道："死者，男性，35岁，初步推测的死亡时间是24小时之前……"廖岩又愣住了，他似在对自己说话，"24小时前，也正是梁麦琦失踪之后，麦琦没有不在场证据……"

魏然记录的笔停了下来，抬头看着廖岩："师父，刚才这……最后一句要记吗？"

廖岩突然意识到自己的失神："对不起，我们继续……死者……左胸处有直径约1.5厘米的刺创伤口，体表观测，凶器为头部锥形的无刃刺器。死者体表有多处挤压伤痕，多为死后形成，尸体在尸僵尚未形成的最初3小时内，应有过被挤压并搬运的过程……"

廖岩终于拿起手术刀，可贾丁的声音突然从身后响起："廖岩……"

廖岩准备下切的手停在了半空，他回过头，发现贾丁和两个法医同事站在他的身后。

贾丁看起来很为难，他努力压低自己的声音，似是在与廖岩商量："上面刚刚通知的。他们……发现，你和梁麦琦之间可能有比较……特殊的……同事合作关系。梁麦琦目前下落不明，而且与本案关系密切，也有可能有重大嫌疑，所以，这个尸检，你需要回避……对不起。"

廖岩放下刚刚拿起的手术刀，点点头，一句话没说，以最快的速度脱下解剖服。

是的，他理解，他应该回避。关于这个尸检，他带有太多的个人情绪，他早就该离开……

廖岩快步走在走廊里，可此时，他根本不知道自己该去哪儿。

"廖岩……"贾丁追着廖岩跑了出来，廖岩停下脚步。

"能理解吧？"贾丁的声音几乎是在哀求。

廖岩点头，却并未回头。

"你只是不能以法医的身份参与这一案件，其他的身份，我会和上级申请。"

廖岩又点了点头，继续向前走。

贾丁继续向前追了几步："我也相信麦琦是无辜的。"

廖岩感到鼻子有点酸，他知道贾丁会相信梁麦琦，可是，他们所有人现在都被捆住了手脚。

廖岩转过身，平静地问贾丁："那你相信她现在有危险吗？想好怎么去救她了吗？"

贾丁无言以对。

廖岩走出刑警队，外面正刮着冷风，他正需要清醒。当他感到大脑又有了足够的氧气时，他决定到默玛咖啡馆坐坐。那里，是黑鳜曾经去过的地方，也许，他可以"嗅"到他的味道。

咖啡馆比过去冷清了不少，没有了梁麦琦和吴大同，也没有了郑晓炯。六人组也无人光顾。他熟悉的人，只有赵子夜还在认认真真地做着咖啡的拉花，见到廖岩进来，依然是满脸灿烂的微笑。

廖岩选了一个偏僻的角落坐下，拿出梁麦琦留给他的那张纸条。那是梁麦琦离开前匆忙写下的，以至于它混乱得像一堆密码。

廖岩努力辨认着上面的字。

"李、宋案，连环杀手、女人……"这是上面的第一行字。

这应该是在说李卫可和宋小白的案件，麦琦认为这是连环杀人案，可这"女人"是指什么？与女人有关，还是她认为凶手可能是个女人？

再下面的一行，写的是一些专业术语："任务导向＋权力支配"型，犯罪型精神病态，童年或少年创伤……

廖岩明白，这些应该是梁麦琦对凶手的画像。

第三行，只有两个词，分别是"圆形"和"祭祀"。关于圆形，廖岩也曾想到过。李卫可的尸体就是在一个圆形的场地上，而如今，吴大同的尸体摆放地也是如此。这是凶手对"圆形"的某种执念。

纸条下半部的字迹更加凌乱了。可"黑鳜"两个字廖岩还是可以一眼认出的，"黑鳜"的后面写着"廖"和"梁"字。也就是说，梁麦琦也认为黑鳜与他们两个人有关系。

纸条的最下面，是"吴大同"和一个大大的问号。

廖岩再将这纸条从上到下看了一遍，除了第二行关于凶手的专业侧写他需要研究，其他所有的关键词，都是近期盘旋在他头脑中的疑问。

他与梁麦琦在某些方面不谋而合，可是，梁麦琦还要通过纸条告诉他什么？

廖岩抬起头，正看到小瞳站在门口向里观望，看到廖岩后快速跑了过来，手中抱着电脑。

"一想你就在这儿。"小瞳伸头看廖岩手中的纸条，"这是什么？"

廖岩并未隐瞒："这是梁麦琦在被监视居住前留下的字条。上面其实有关于李卫可和宋小白案的简单侧写。"

小瞳认真看那纸条："黑鳜？麦琦也知道了黑鳜？"

廖岩点了点头："而且她也怀疑，这个小说与我们两个人有关。"

小瞳念叨着"黑鳜"，同时看向吧台里忙碌的赵子夜。

小瞳靠近廖岩耳语："你让我查的人，我都查过了。可是，你为什么觉得这个赵子夜也可能是黑鳜？"

"任何一个经常在这里出现，而且有文学基础的人，都可能是黑鳜。"

"那你现在可以放心了。"小瞳掀开笔记本电脑，"我查了这个服务员近期的网络使用记录，她在多个关键时间点上，都没有文本上传的记录，应该不可能是黑鳜，但她的确是个文学爱好者，也是黑鳜的粉丝，曾频繁登录黑鳜三部曲的网络文学平台。"

廖岩点点头："我也查过她的不在场证据。李卫可和宋小白死亡时，她都在咖啡馆当班，有确切的不在场证据，但吴大同死亡时，她不在咖啡馆。"

吧台内的赵子夜依然忙碌着，抬头看到廖岩和小瞳时，向他们投来了自然的微笑。

小瞳立即回以微笑，又小声问廖岩："你觉得吴大同的死也和黑鳜有关系？"

"《最后一章》，他死了……你在看吗？'他'应该就是吴大同。只是……黑鳜的小说中，并没有'一箭穿心'的死法。"

"一箭穿心？吴大同是死于箭伤吗？可是，你没有验尸啊。"

"体表观察也大体可以判断了。那种凶器很少见，我查过资料，应该是一种头部锥形的弩箭，直接刺破心脏，之后，箭被人为拨出，清洗了伤口，换上整洁的衣服，又在尸僵高峰之前，放入移尸的工具中，运到那个废弃的停机坪上。然后，尸僵开始缓解……但这个致命伤到底是以人手的力量刺入，还是依靠弩箭，不通过尸检我没法判断。"

廖岩说着，又进入了失神的状态。

最近一段时间，廖岩经常会是这个状态，小瞳也不去打扰他，就在一旁默默地看着他。小瞳跟廖岩一样着急，麦琦现在到底在哪儿？全省的协查通告都已经发出去了，公安系统动用了大量的警力在找她，可是，她依然无影无踪。

"如果你在，你会怎么做呢？"廖岩自言自语地说。

小瞳知道，廖岩的这句话，是对梁麦琦说的。

廖岩的声音更小了："吴大同的尸体摆放整齐，衣着整洁……他的右手做出手捂心脏的动作，被放置在废弃的圆形停机坪上，带着强烈的情感或宗教仪式感，这不是抛尸，更像是一个葬礼……"

小瞳吃惊地看着廖岩，他现在的样子，他说话时的语气和用词很像是梁麦琦。廖岩继续小声嘀咕着："是的，这就是你说的祭祀。凶手对死者进行过清洗，重新换上洁净的衣物，虽然曾被放入较小空间进行搬运，但依然努力保持着尸体的完好，凶手，对死者是有特殊情感的……那是悲悯，甚至是悔恨……"

廖岩看了眼梁麦琦留下的那张字条："你说的可能是对的，凶手，极有可能是个女人。而你告诉我，她的童年可能有创伤经历？"廖岩想了想，快速拿出一支笔，在那张纸的背面写了几个人的名字，移到小瞳的面前。

纸条上写着三个人的名字：赵子夜、郑晓炯、梁麦琦。

"帮我重点查这三个人的童年和少年经历。"廖岩一边对小瞳说，一边瞄了一眼赵子夜。

赵子夜依然在很远的地方忙碌着。

小瞳点点头，马上开始查找，很快，她查到了部分结果。

"郑晓炯，跟我了解的差不多。她生于普通的知识分子家庭，生活稳定，独生女，学业中上，事业顺风顺水，好像没遇上过什么挫折，"小瞳停顿了一下，抬

289

头看廖岩，"可能，除了遇到你吧。"

廖岩无奈地摇了摇头："那她呢？"廖岩向赵子夜的方向扬了扬眉毛。

"她其实是'文大'中文系的高才生。"小瞳看着调查结果。

"这个我知道，童年和青少年阶段呢？"

"家境普通，所以勤工俭学，但没有任何家庭变故。我过一会儿回到队里，能把这几个人的详细资料给你……至于梁麦琦……可能是唯一在童年有过家庭变故的人……"小瞳一边快速搜索，一边试探着问，"梁麦琦的童年你不了解吗？"

"她跟我提过一些……"廖岩想起两人在梁麦琦家那个夜晚所聊的话，还有梁麦琦当时悲伤的表情。

"梁麦琦是独生女，幼年丧父，后来随母亲移居去了英国……"小瞳小声念着系统里的简单资料，"可是关于她在英国的经历，我查找起来就需要一定的时间了。"

梁麦琦在英国的部分经历，廖岩是知道一些的，但他现在还不想跟小瞳说。

廖岩想了想，低下头，继续看梁麦琦的纸条："圆形……祭祀……吴大同……圆形……"廖岩小声反复地念着那上面的字，突然站起身。

"小瞳，你继续帮我查……我突然想去个地方……"廖岩说着起身就走。

"去哪儿？"小瞳低声问。

"我要再去趟现场……"

"哪个现场？"

可廖岩已经走了。

廖岩要去的地方，是吴大同尸体出现的现场。

梁麦琦为什么会在纸条中提到"祭祀"？她怎么可能提前预知吴大同死亡的现场？她写那张纸条时，应该并不相信吴大同会死，因此，才会求他找到吴大同……廖岩必须解开这个谜。既然无法亲自解剖尸体，那就只能从现场寻找答案。

廖岩快步走到刑警队的停车场，这才想起自己今天没开车。他现在情况特殊，还不能动用警车。廖岩环顾四周，发现只有蒋子楠的私家车停在院内，正要给他打电话时，却看到蒋子楠正从车里下来。

"子楠，借你车用一下，我需要一辆私家车。"廖岩环顾四周，小声说。

"去哪儿？"

"机场。"

蒋子楠看了看满脸疲惫的廖岩："我送你吧，你好像好几天没睡好了。"

廖岩点头上了车。

蒋子楠看着廖岩，心情也很沉重。二人开车上路，半天也没说一句话。

"去机场干什么？"车开出几公里，蒋子楠才想起来问了一句。

"我感觉吴大同的现场有问题，想再去看一下。"

"不是不让你参与了吗？"蒋子楠同情地问。

"但我可以调查李卫可和宋小白的案子。"

"三个案子有关联？"

廖岩点了点头："高度怀疑。"

廖岩这时才发现自己竟然没系安全带，他立即伸手拉出安全带。可就在他低头寻找插入孔时，廖岩看到了一个特别的东西。

挡位杆旁边，有一片暗红色的指甲油……

第三十八章　碎片

廖岩望着那片指甲油。

这是第三片。

每一片，都在他未曾想到却又如此明显的地方。为什么会在蒋子楠的车上？为什么是蒋子楠？他一时想不出合理的逻辑。

廖岩努力让自己冷静下来，系上安全带，眼望前方。衣服的口袋里正好有一副乳胶手套，廖岩一边安静地戴上手套，一边冷眼观察着蒋子楠。

蒋子楠仍然认真开着车，余光瞄了一眼廖岩："你戴手套干什么？"

"路边停一下车，我突然想起点儿事。"

蒋子楠皱了皱眉："落东西了？"他一边问，一边将车慢慢停在路边。车停稳，廖岩猛地拔下车钥匙，把蒋子楠吓了一跳，"你干什么啊？"蒋了楠大声喊道。

廖岩并不说话，反手将车门全部锁死。

"廖岩……你这怎么了？你疯了吗？梁麦琦一失踪，你就好像神经错乱了！你这是怎么了？"

"你不要动！手不要碰任何地方！"廖岩命令道。

蒋子楠依然一脸疑惑，但却听从廖岩的指示，缓缓摊开双手，悬在半空。

他看到廖岩慢慢将手伸到挡位杆前，从上面轻轻捏起一片暗红色的指甲油。蒋子楠露出震惊的表情，他知道这片小小的指甲油意味着什么。

"这种指甲油片，怎么会在你的车上？"廖岩盯着蒋子楠，厉声问道。

蒋子楠努力思考着，可仍是一脸疑惑："我怎么知道？这……是不是从你身上掉下来的？"蒋子楠突然开始有些愤怒，"还是……你故意放在我车上的？"

"这是第三片……"廖岩仍然手举着这片奇怪的指甲油，眼睛瞪着蒋子楠看。

蒋子楠几乎是在咆哮："我的车上怎么可能会有什么指甲油片？我的车最近根本就没坐过女人！"

蒋子楠说完这句话，却突然愣住了，他的声音里多了几分心虚："除了……"

"除了什么？除了谁？"

"除了乔真真……前天，就在前天，乔真真坐过我的车……她要去泰国拍写真，让我送她去机场……"

廖岩感到自己的脑中嗡的一声响："乔真真？吴大同的表妹？"

蒋子楠使劲地点着头。

"前天？机场？"廖岩对这突如其来的信息完全没有准备，可一个大胆的猜测突然袭入他的头脑，"机场！那她一定拉了一个特大号的拉杆箱！"

"对！我从来没见过那么大的箱子……"蒋子楠震惊地看向廖岩，"你是说，那个箱子里，可能装着……"

"吴大同的尸体！"廖岩脱口而出。"前天？这跟我推测的运尸时间完全一致……"廖岩说着将手中那片指甲油放回刚才的位置，快速将电话打给小瞳，"小瞳，快，再帮我查一个人！"

蒋子楠将双手缓缓放在方向盘上，一时间一句话也说不出来。如果廖岩的推测是对的，那么他就是那个帮忙运送尸体的人。可是，这又怎么可能？乔真真是吴大同的表妹，她又怎么可能是杀死吴大同的凶手？

"这不可能！"蒋子楠对着廖岩大声说，可廖岩的目光很快制止了他的慌乱，他只有努力让自己安静下来。

小瞳的查询结果出来了。

"廖岩，乔真真实际上跟吴大同并无血缘关系，8岁时，她被吴大同的亲属收养。在这之前，她的童年有过被虐待和性侵的经历，少年时期，曾经历过较长时间的心理治疗。而且，那一阶段，她在美国曾有过一次暴力犯罪记录。"

"暴力犯罪的原因？"廖岩追问，他现在反而显得异常冷静，也许，环绕在他头脑中的所有谜题即将解开了。

"起因跟猥亵有关，是她怀疑对方有猥亵意图，持刀将对方刺伤。但后来经警方取证，猥亵行为和意图都不存在。"

廖岩放下电话。梁麦琦在纸条上匆忙留下的心理侧写，此时，变得立体起来。

童年创伤，还有关于"女人"。

乔真真对吴大同可能会有一些特殊的情感，因此，她将尸体处理成一种祭祀。

还有李卫可和宋小白的死，她对被害人的选择极可能与猥亵的意图有关。还有，就是黑鳜。廖岩早就意识到，黑鳜的小说可能与梁麦琦所经手的案件有关。吴大同偷过梁麦琦的工作日记，而与他关系密切的乔真真也有机会得到。

这一切，都指向了乔真真。

廖岩暂时放下头脑中的这一团混乱的线索，他必须马上通知贾丁，找到乔真真。

给贾丁打过电话之后，廖岩的头脑更加冷静了。他要做的第一件事就是搜查蒋子楠的这辆私家车，这辆嫌疑人曾经坐过的车。

蒋子楠依然双手紧握着方向盘，紧张、愧疚、愤怒，但他仍不愿相信这是事实。"这不可能……不可能……就是一片指甲油而已。"他一遍遍地对自己说着。

廖岩将那片指甲油装进随身的小物证袋里，平静地问蒋子楠："你最近一次刷车是什么时候？"

"就是在接乔真真之前……"蒋子楠恍惚地回答。

廖岩有些心疼蒋子楠，他从未想过蒋子楠会与凶手有关，他相信蒋子楠只是帮了个忙，而且，用的是自己的私家车。可是，只有找到乔真真，才可能还蒋子楠清白。

廖岩走下车，打开后备厢，那里面几乎是空的，只有几瓶矿泉水。廖岩挪动矿泉水，一块环形的钢屑从角落里滚动出来，廖岩拿起来看看，并无特别。他的目光快速扫视后备厢的每一个细小角落。

他再一次被一小块暗红色吸引了，那是又一片指甲油。

廖岩愣愣地看着那片指甲油，并未拿起。他突然觉得，这一切又都不对了。

乔真真也消失了，就像梁麦琦消失时一样。但乔真真的家里，却留下了足够的证据。

那间欧式公寓的雪白地毯上，有一大摊暗红色的血迹。地毯旁边，整齐地叠放着几件带血的衣服。那应该是吴大同的。

廖岩将衣服展开，那鲜血几乎染透了整个衣襟，衣服的左胸处有一个明显的破洞。

"看来，这才是吴大同死亡的第一现场。"贾丁叹了口气说。

廖岩起身，看到欧式壁炉的上方，有一个古朴的木柜子，打开柜门，里面陈列着四把造型各异的弩，另有两个挂钩空着。

廖岩拿起皮袋中的一支弩箭，看着圆锥形的头。

"一箭穿心。"廖岩低声说道，这跟他的推测一样。

小瞳抱着乔真真的电脑走过来："她的电脑中有三部小说的原始稿，她应该就是真正的黑鳜。"

黑鳜找到了，可是，廖岩依然感到有些绝望。这个房子里没有梁麦琦，也似乎没有任何梁麦琦留下的痕迹，梁麦琦在哪儿？

乔真真还有一间黑暗而狭小的房间，那里面，装着她自己的秘密。像许多内心隐藏着血腥与阴暗的人一样，她将一些秘密挂在了墙上。

那上面有李卫可和宋小白，他们两个人的照片并排粘贴着。两个人的脸上画着巨大的红叉，似乎写着血淋淋的愤怒。

廖岩的目光下移，他发现了另外三张照片。那是吴大同、梁麦琦，还有他自己。

"一箭穿心。"廖岩再次重复这句话，在吴大同照片的左胸上，画着一支红色的箭。这是吴大同的精确死法。

然后是梁麦琦，她的身上有一个红圈。

红圈是什么意思？这意味着梁麦琦还安全，对吗？廖岩的心脏剧烈地跳动着，他已经无力再想下去，他相信梁麦琦现在是安全的，他相信自己关于梁麦琦的直觉。

他的目光右移，看向他自己的照片，那上面干干净净，什么都没有。他也是乔真真的目标吗？可是，他的照片为什么没有标记？

廖岩从墙上撕下了自己的照片，轻轻握在手中，他突然感觉到照片背面的手感有点奇怪。

廖岩翻过照片看。那上面，贴着一块英文剪报。是那条新闻，他再熟悉不过的新闻。那是英国关于"双色玫瑰案"的唯一报道。乔真真也知道双色玫瑰案？可是，她知道多少？

廖岩拿着那剪报看着，一时出了神。这时，门外响起了小瞳的说话声，廖岩下意识将那照片与剪报放入自己的上衣口袋。

做出这个动作之后，廖岩心中一惊。他到底要对别人隐瞒什么？是关于他自己也是乔真真攻击对象的事实，还是，那照片背面关于"双色玫瑰"的秘密？无论如何，他已经这么做了，也许，直觉本身自有它的道理。

智能城市的网络没有捕捉到乔真真的身影！她可能是进行了特别的化装，从而隐匿在茫茫人海中；也许，她太了解这个城市的监控网络，从而躲开了所有的追踪，就像她带走梁麦琦时一样……

小瞳给贾丁和廖岩看了一小段机场门口的视频，那视频中，正是乔真真用行李车推着沉重的拉杆箱走出监控范围的最后身影。

"她与蒋子楠告别后，假意进了机场入口，却马上又推着行李车走出了监控范围。"小瞳指着电脑上的机场地图，"从机场这一位置，走到抛尸的地点，至少需要走半个小时的路，那时候，天渐渐黑了，而且，那是个废弃的停机坪，所以没有人发现她。"

"她为什么要费这么大的力气，将尸体抛在那么远的地方？"贾丁不解。

"祭祀……"坐在角落里的廖岩深沉地说道。

"真没想到，她竟然利用我们警察帮她运尸体！"贾丁的拳头狠狠地砸向桌子。他已经很久没有如此情绪失控了。

廖岩看着他："我现在可以看尸检报告了吧？"

贾丁点了点头，从文件夹中拿出吴大同的尸检报告。廖岩拿过来，快速看着上面的内容。

贾丁忍不住向讯问室的监控画面看了一眼，那里面坐着的，是蒋子楠。

自从回到了刑警队，蒋子楠就没和任何人再说过一句话，他一直在安静地等待着监察组的到来。贾丁知道，下一个要接受讯问的应该是他自己。

监控画面中，监察组的同志到了。蒋子楠木然地站起身，想敬一个礼，却又马上把手放下了。贾丁立即起身向讯问室走去，小瞳也快速跟上他。

小瞳趴在讯问室的单向玻璃上向里面看，她看到蒋子楠将警官证和手枪交给了监察组的同事，小瞳扭过头，强忍着自己的眼泪。

门开了，监察组的人带着蒋子楠向外走。蒋子楠看到门外的贾丁和小瞳，停了脚步，他看着贾丁，直接打了自己一个嘴巴。

"对不起，头儿！我真笨！真笨！"蒋子楠的手又向自己的脸打过去，贾丁一把抓住蒋子楠的手腕，盯着他，摇着头。

"打自己有什么用？"贾丁盯着蒋子楠的眼睛，这两只手似是在较力，蒋子楠的手终于慢慢放了下来。

"我们能抓住她！问个明白！"贾丁松开手，淡淡地说，"去接受调查吧。"说着，贾丁转过身，背对蒋子楠。

监察组的人拍了拍贾丁的肩膀，轻声说："过一会儿你在办公室等着，我们的人也会跟你了解情况。"

贾丁点了点头，低声说："明白。"

郭巴从外面匆忙赶回来，眼看着他的搭档被人带走，可蒋子楠却故意躲开了他的目光。

郭巴一时不知该怎么办，他动作机械地跟在他们一行人身后，走了好远，直到监察组的人示意他停下。郭巴像被冻在了门口，从脚底一直凉到了头顶。

　　"这是怎么了？我们这是怎么了？"郭巴看着蒋子楠低头坐进了监察组的车，小声问自己，紧握着拳头，指甲深深陷入肉里。

　　郭巴的身后传来轻轻的啜泣声，郭巴回头，看到小瞳站在他身后，拼命用手抹着眼泪。

　　"他开的是私家车啊，私家车！乔真真要他送，他不可能拒绝的！蒋子楠，他是一个从来都不会说不的人……他只不过是想帮个忙。任何一个需要帮助的人，他都不会拒绝的……"小瞳边说边哭，声音都无法连续，"那时候，我们谁都没有怀疑到乔真真啊……"小瞳的眼泪噼里啪啦地掉落下来。

　　郭巴很羡慕小瞳，大家都认为警察不可以轻易哭，但小瞳却可以，她总是想哭就哭，可郭巴自己，只能攥紧拳头，不出声地深呼吸，隐藏自己即将崩溃的情绪。

　　小瞳说的这些，他都懂。他比小瞳更了解蒋子楠。蒋子楠即使爱上了乔真真，也不会为她做任何违法违规的事，更何况是帮忙处理尸体！而且，郭巴知道，蒋子楠和乔真真之间，连朋友都不算。

　　郭巴看向远处，在走廊的尽头，贾丁走回自己的办公室，他的背影看起来沉重又疲惫。

　　郭巴伸手帮小瞳擦了擦眼泪，却依然不说话。

　　"麦琦失踪，蒋子楠也被带走了。我们的六人组散了，这可怎么办啊？"

　　郭巴拍了拍小瞳的肩膀，他想努力甩掉这所有的负能量："会水落石出的，做我们该做的事，找到麦琦，找到乔真真，一切都会有答案。"

　　小瞳看着郭巴，慢慢不再哭。

　　"六人组不会散？"小瞳的声音中仍有些不自信。

　　"六人组不会散！"郭巴坚定地说。

　　廖岩站在梁麦琦的办公室中，办公室里的一切都还是原来的样子，只是那个原本贴着吴大同明信片的张贴板，如今空空的。梁麦琦拒绝了吴大同的求婚之后，就亲手摘掉了所有的明信片。而廖岩送给梁麦琦的杯子，如今孤零零地放在她的办公桌上。

廖岩坐在梁麦琦的椅子上，轻声说话，仿佛梁麦琦就在他眼前："她会把你藏在哪儿？她到底要干什么？"

他从上衣口袋里拿出自己的那张照片，那张从乔真真的墙上撕下的照片。

"她在等我，对吗？而且，她也知道双色玫瑰……"

廖岩翻过照片的背面，看着"双色玫瑰案"的剪报。除了剪报，廖岩还在梁麦琦的桌面上放了三样东西：那些指甲油片，梁麦琦的纸条，还有吴大同的尸检报告。

廖岩看着满墙的书，那上面大多是犯罪心理学的专业书籍。廖岩起身走到书架前，拿起那些书看。梁麦琦留下的字条里，写着许多犯罪心理学的专业术语，这些书里一定会有更详细的解释。

廖岩翻开一本又一本的书，终于找到了关于"任务导向型连环杀手"的解析。

"任务导向型"连环杀手，自认为某一特定的人群必须被消灭……而权力导向型杀手，则要从彻底支配被害者的生死中得到满足……

是的，这两个描述可以解释乔真真杀死宋小白和李卫可的心理动机。乔真真童年有过被性侵的经历，因此对猥亵妇女的男性充满了仇恨，她囚禁了这两个人，再以残忍的手法杀害他们，或者使用某种方法让他们自相残杀。但是，一个弱女子是怎么做到的呢？她是否还有帮凶？还有，她为什么要杀死吴大同？

廖岩拿起吴大同的尸检报告。这个报告，他已反复看了多遍。

吴大同的死亡描述部分很短，上面写着："左前胸直径1.5厘米刺伤，受第四肋骨阻挡后，呈斜35度角刺入左心室，致失血性休克死亡。"

这种伤口形成的可能性有很多种，如果廖岩可以亲自解剖，或许能找到一些蛛丝马迹，可是，这已不可能了。

廖岩的目光再次转向那些指甲油片。

四片指甲油。第一片，曾在梁麦琦的电脑上；第二片，在吴大同的伤口上；第三片在蒋子楠车内的挡位杆上；第四片，则在这辆车的后备厢里。

除了蒋子楠车中的这两片，前两片都是廖岩一定能看到的地方，但廖岩乘坐蒋子楠的车，却只是个巧合，可是，这两片指甲油被发现也几乎是必然的，只是时间的问题。它们或者是被蒋子楠发现，或是当乔真真被怀疑时，警方来搜查那辆车……所以，这些指甲油片，每一片的存在就都有了意义，只是，这第三片和第四片，已经不可能是梁麦琦留下的了。

廖岩再看梁麦琦的纸条，读那上面的字迹：吴大同……黑鳜……祭祀……圆形……

"圆形……"廖岩猛然想起了一件事情。在蒋子楠的后备厢中，与指甲油片同时发现的，还有一样东西，是那个环形的钢屑！

廖岩当时忽略了它，是因为注意力完全被指甲油片吸引了。

当时，蒋子楠的后备厢相当整洁，而蒋子楠也曾经说过，他在送乔真真去机场的前一天，曾彻底清洗了汽车的内外。那种工厂中才会有的钢材碎屑，怎么可能会在后备厢中？

那块钢屑，现在应该在张艳艳的实验室里。廖岩快速起身去找张艳艳，他突然有了一个大胆的猜想……

张艳艳的打印机打出了那个钢屑的金属成分分析表。张艳艳拿起来看了一眼，又拿起物证袋中的环形钢屑，一起交给廖岩。"的确特殊。"张艳艳说。

廖岩看那成分表，又拿起钢屑看，沉默了片刻，他突然将表格和钢屑放下，转身就走。

张艳艳拿着报告单追到走廊："廖岩，这报告单不带过去吗？是要交给贾队长吗？"廖岩也没回答，头也不回就走了。

张艳艳叹了口气，廖岩最近的反常表现可以理解。廖岩喜欢梁麦琦，这全局的人都知道，只有廖岩还单纯地以为别人不知道。张艳艳当然可以感觉到梁麦琦的失踪给廖岩带来的打击，这足以让一个温文尔雅、礼貌周全的年轻绅士失去所有的风度。

张艳艳拿起报告单和那钢屑样本，向贾丁办公室走去。

贾丁也在等这份检验报告。廖岩刚刚跟他汇报过对这片铁屑的怀疑，他觉得有道理。毕竟，目前能够追踪到梁麦琦和乔真真行踪的线索少得可怜。这些铁屑既然是与指甲油片一起留在了蒋子楠的车上，它能揭示行踪的可能性就比较大。

现在，已没有太多时间去纠结到底是谁留下的。

贾丁皱眉看着这检验单，直接问张艳艳："你说这块钢屑很特殊，廖岩也觉得很特殊，到底哪里特殊？"

"这不是市面上的普通钢，这是一种特制的铬钼钢，是铬、钼、铁、碳四种元素的合金，有极特别的耐高温、高压特性，能生产这种钢的钢厂应该不多。"

贾丁精神一振："也就是说，如果廖岩猜对了，这块钢也许可以帮我们找到乔真真的活动区域！也许，还能找到梁麦琦！"

张艳艳兴奋地点着头："但这可能需要陆小瞳分析一下。"

贾丁立即拨通了小瞳的电话，可还没等贾丁说什么，她先说话了："头儿，我在大门口呢，你出来一下！"

"我出去干什么啊？我有急事找你，你快回来！到我办公室来！快！"贾丁又急又气。

"他进不来……"

"他？谁啊？"

"一个外援！"小瞳说完竟挂了电话。

贾丁一边快速往外走，一边生气地唠叨："都什么时候了？还给我添乱！"

小瞳一个人站在大门外，看到贾丁就不停地招手："队长，队长！"

"什么事？"贾丁气愤地环顾四周。

"我需要个外援，他们研制了一种特殊的定位追踪系统，可以帮助查找麦琦的行踪。"

"谁？"

小瞳向墙角处使了个眼色，黑子有些胆怯地走了出来。

"嗬！"贾丁满脸疑惑地看着黑子，又看了看小瞳。黑子更紧张了。

自从上次的流浪熊猫案以后，贾丁已经有半年没见过黑子了。

那一次黑子弄巧成拙，彻底得罪了小瞳，也险些让案件侦破错失良机，当时黑子功过相抵，警方只给了他个训诫的处罚。但从此，在小瞳的嘴里，黑子就成了十恶不赦的罪人，再到后来，甚至谁都不敢提黑子这个名字。可如今，小瞳又把黑子找来了，这让贾丁十分吃惊。

小瞳站在黑子旁，显得也有些紧张。

贾丁上下打量黑子，他与半年前看起来有很大变化，具体地说，就是更加稳重成熟了。"小瞳刚才说的外援，还是你？"

"那这事儿得您定。"黑子低着头说。

"我这次能相信你吗？"

"你信不信都行，我也没法儿舰着脸让你信。但，我是来帮小瞳的……你也知道，我为了小瞳，什么都愿意做！"

黑子看着贾丁，同时一把搂过小瞳，小瞳尴尬，努力推开他。

小瞳越推，黑子搂得越紧，小瞳最终幸福地"就范"了。

将小瞳搂在怀里之后，黑子的态度更加诚恳了："我们现在有正规的实验室，不做违法的事儿，我们愿意帮助警察！"

贾丁看着这一对儿，倒有几分欣慰，这似乎是几天来最让他暖心的画面了。"小瞳，那你信他吗？"

小瞳完全没犹豫："我信！"

"行，那就一起干！"

黑子兴奋地看了眼小瞳，背起设备跟上贾丁，几人一起进了刑警队。

小瞳将金属成分分析表中的数据快速输入了黑子的软件。贾丁和一旁的郭巴焦急地看着。黑子坐在与小瞳并排的电脑前，快速处理着数据。

小瞳一边看那检验单上的数据，一边对黑子说："艳艳姐和廖岩都说这是一种特制的铬钼钢，全省能生产这种钢的厂家的确非常少……"

黑子的电脑上出现了城市卫星地图，他在定位多家钢铁铸造工厂，地图上有多个亮点在闪动。

贾丁有些着急："就算这块钢真跟梁麦琦和乔真真有关，我们暂时也确定不了是哪一家，对吗？这些钢厂太大了，怎么能锁定具体位置呢？"

张艳艳快速跑进小瞳办公室，几乎是撞门进来。

"小瞳，咱们手中的这片钢，非常与众不同……"

大家都看向她。

"这块铬钼钢中，铬、钼、铁、碳四种元素的合金比例是独一无二的，与普通铬钼钢并不相同。我刚才查到了，这片钢屑，来自一批失败的实验产品，它是2013年我市一家钢厂的失败产品，这也是这家钢厂最终倒闭并且废弃的原因……"

黑子快速向另一软件内输入这些数据，卫星地图上的定位此时开始缩小范围。

"兰江四钢厂！这是他们的产品，而且，2013年后倒闭的钢厂，我市只有这一家！"黑子兴奋地看着地图。

"兰江四钢厂！"小瞳也兴奋地重复着，"我现可以确定这家钢厂的位置了！"

小瞳和黑子两套卫星地图上的坐标都固定在了同一点上。

"小瞳，快，告诉廖岩！我们马上出发！"

小瞳立即拿起电话……

可是此时，廖岩已经离开了。

第三十九章　黑鳜的复仇

廖岩开着越野车，行驶在高速公路上，目光坚定。

副驾驶的座位上，廖岩的手机响了，是小瞳的电话，廖岩想了想接起来。

"廖岩，我们找到了一家废弃钢厂，可能与乔真真绑架麦琦的地方有关！"

"兰江四钢厂。"廖岩平静地说。

"你早就发现了？那你怎么不告诉我们？你在哪儿呢？"小瞳吃惊地问道，她听到了电话中传来汽车马达的声音。

"我快到了！"廖岩依然平静。

隔了几秒，贾丁的咆哮声从电话那边传过来："廖岩，你在干什么！谁让你去的？谁跟你去的？"

"我自己，而且，必须是我自己。"廖岩回答，语气中有一种不容置疑的倔强。

隔着电话，廖岩都能感受到贾丁的怒火。

"你是脑子有病吧！你一个人去有什么用？"

"你听我说……"廖岩深吸一口气，他将汽车的油门踩得更足，却努力放缓了语速，此时，是他几天来思路最清晰的时候。

"在乔真真精心布置的照片墙上，每个人都有确切的死法，唯有两个人没有，那就是梁麦琦和我。而我，可能更特殊，其他人都是演员，只有我才是乔真真要的观众。观众没到，演出还不能开始，也就是说，梁麦琦还安全。"

此时，汽车已驶出了郊外。

"我们对于绑架地点的推理无懈可击，但却有一个最大的漏洞，那就是，它太容易了……那些指甲油片，和那块环形的钢屑，不可能是梁麦琦留下的，那是乔真真引我'上场'的信号。也只有我自己去，才可能救下梁麦琦！"

"胡扯！"贾丁对着电话大喊着，可是，刚才廖岩所分析的每一个字，他都在仔细地听。

廖岩继续平静地说着："乔真真是一个犯罪型精神病患者，她可能随时失控。现在，你们绝对不能出现，那样会害死麦琦！"

"我救过的人质多了！这个我比你懂！我有办法，你赶紧给我停下！等我们！在原地等！听到没！"

廖岩挂断了电话。他继续平稳地开着车，在看到前方的目的地时，轻轻地笑了。

前面，就是那个废弃的钢厂。他不是不让贾丁他们来，而是，必须制造一个时间差，一个让乔真真把戏演完的时间差。在梁麦琦办公室的那个夜晚，他已经得出这样的结论。

车开到了山脚下，廖岩停下车，向山坡上那破败的钢厂走去。

乔真真在等他，麦琦肯定也在等他。

破旧的废弃钢厂内，空旷、阴森，就像是电影里的生死决斗场一样。乔真真的心里一定充满了想象，她眼中的世界与正常人不同。她要的是戏剧化，她也把自己制造的戏剧当成现实。

在没有梁麦琦的日子里，廖岩发现，他自己正在用梁麦琦的方式思考。

廖岩一边走，一边观察两边的情形。每走一步，他的脚下都发出奇特的咯吱声，那地面上，全是钢屑，与那块引他来到这里的钢屑，一模一样。

廖岩抬眼，看到几个摄像头，那是一些在破败钢厂中出现的崭新的摄像头，廖岩之前的猜想是对的，他一人前往的方案也是对的。乔真真果然是一个缜密的对手。

早已锈迹斑斑的破旧厂房大而深邃，廖岩急促的呼吸声在这空旷的空间中诡异地回响。廖岩提醒自己，他必须放缓呼吸，他必须保持警觉和最佳的反应速度。因为，决斗马上就要开始了。

"你是一个'任务导向型'连环杀手，你有一定的心理强迫症。"廖岩在心中对自己说。他继续往前走，努力寻找着一种特别的形状，此时，脚下的钢屑已越来越少了。

"前两起案件中，你都是以圆形场地作为摆放尸体的地点，这是你的仪式感。而这一次，你可能还会寻找一种圆形，也许，那不仅是一个祭坛，还可能是一个'舞台'……"

廖岩向里走，眼前渐渐失去了自然的光亮，阴暗中，廖岩看到了一种相对明亮的圆形，那是隐藏在废弃设备中间的一个巨大的圆形熔炉，就像是一个青铜色的圆形"舞台"。会是这里吗？

……

通往废钢厂的公路上，贾丁带着一众特警开着伪装的警车急速行驶在路上。后排的座位上，并排坐着黑子和小瞳，他们的电脑中都显示着废钢厂的卫星航拍图。

"廖岩曾经跟我说过，乔真真的行凶地点一般会有圆形的元素。"小瞳寻找着钢厂一带的俯瞰图。

黑子摇了摇头："可我们暂时看不到圆形的元素。"

贾丁从前排焦急地回过头："能看到内部构造吗？"

"我有办法！"黑子自信地说。

警车及特警车辆终于靠近钢厂附近的隐蔽地带，贾丁带郭巴先行下车。

"也许廖岩说得对，对于乔真真，我们不能惊动，那样的确会要了梁麦琦的命……"贾丁用望远镜观察着钢厂的环境，"这么大的空间，不确定具体位置，我们无论怎么冲，梁麦琦都有危险。"

车门开着，黑子小心地下了车，蹲在车旁，开始利落地安装无人机。

"现在我要启用热成像功能了。"黑子的嘴角挂着自信的微笑。

无人机平稳地飞向钢厂的上空，另一侧，小瞳的电脑屏幕上开始呈现钢厂上空的热成像画面。

"不行啊！"小瞳突然失望地摇了摇头，"面积太大了，关键是，钢厂顶棚的厚度太大，无法显示内部温差。"

"先别急，还可以更低。"黑子将无人机平稳飞向更贴近钢厂的高度。这时，小瞳看到了热成像图上的一个暗红色的圆点。她将图像放大，那里，竟有一个明显的圆形！

黑子也吃惊地看着这圆形："这是个什么地方？"

"我查一下内部资料。"小瞳调出了钢厂多年前的内部资料图，低声说道，"从位置上看，这是这家钢厂2010年装配的一个熔炉，因为含有磁性成分，有微弱的自发热现象，所以你的热成像装置能从外部看到它！会是这里吗？"

小瞳扭头看向贾丁和郭巴的方向，再回头看电脑时，她和黑子都惊呆了。她快速抱着电脑向隐蔽处埋伏的贾丁等人跑去……

那张热成像图上，在靠近那暗红色圆形的地方，出现了两个晃动的人影，而那第三个人影，正在向圆形的方向走去……

廖岩缓缓地向那圆形的熔炉走去，或是，我们该叫它"舞台"。

那"舞台"上发出细碎的声响，廖岩循声望去。突然，有一盏灯亮了，像一束追光，照着"舞台"正中央的梁麦琦。

梁麦琦被捆绑着，苍白憔悴。几天来，廖岩强压在心底的痛苦此时终于爆发出来。麦琦还活着！这一刻，他只想冲过去抱住她，他几乎忘了他来这里的目的。

梁麦琦看着廖岩，眼睛里闪着光。廖岩知道，这几天里她一定体味着绝望，她一定在等着他的出现。可就在廖岩不顾一切向她冲过来时，梁麦琦的眼中却闪过了前所未有的恐惧，她拼命地摇着头。

一束强光突然照进了廖岩的眼睛，剧烈的刺痛伴着眩晕向廖岩袭来。梁麦琦在他的视野里突然消失了。那强光仿佛刺透了他的眼，穿透了他的大脑，震荡着他的神经，一瞬间，廖岩什么都看不见了。

那强烈的白光中，有一个声音在说话："廖岩，你果然来了，虽然比我想象的还早了些，可是，我真的快不耐烦了。"

那是乔真真的声音。

廖岩单手遮挡着双眼，让视觉渐渐恢复了一些。眼前的一切，都如曝光过度的相片，但终于可以看到一点点人影。

手拿弩箭的乔真真从那"舞台"的后面走出来，面对着廖岩冷笑。

乔真真伸手指向"舞台"下方唯一的椅子。廖岩低头看那椅子，视线终于变暗，他可以看到上面放着一个简易的金属检测器。

"自己动手。"乔真真轻蔑地看着廖岩，手中的弩箭轻轻指向他。

廖岩看着她那轻蔑的表情，这不可能是一把弩箭给她的自信，他的目光扫过周围的环境，果然，正对着他和梁麦琦的位置上，有多把可遥控的弩箭，而在这个小小舞台的上方，还不知藏着多少他看不到的机关。这样一场戏，乔真真不知已准备了多久。

廖岩拿起金属检测器，在乔真真目光的监控下，拂过全身，探测器没有响。

梁麦琦无助地看着廖岩，却始终保持着沉默。

廖岩安静地坐在椅子上。他看到，梁麦琦的正前方，有一把特制的机关弩箭，已拉开满弓，正对准梁麦琦心脏的位置。

乔真真带着游戏指挥者的兴奋，看着梁麦琦说道："游戏的规则就是，如果你说话……那我就杀了他！"乔真真又用弩箭指了指廖岩："而如果你乱动，或者引来你的警察兄弟，我就杀了……她！"

廖岩终于知道了梁麦琦一言不发的原因。他望着梁麦琦，心痛，却又深情。

乔真真的目光在两个人的脸上来回移动，她越来越愤怒："停止吧，你们这个样子，怎么对得起我哥？"

廖岩直视她的眼睛，毫无畏惧。

"他不是你哥……但你对他的感情，比亲情更浓……是吗？"廖岩的语气中没有敌意，却有一丝同情。

乔真真望着廖岩，没有说话。廖岩的开场白，显然与她预想的不太一样。这让她突然对眼前的这位"观众"充满了兴趣。她不说话，等待廖岩继续。

"你一步步精心策划，引我来到这里，应该有很多话要讲给我听吧？那就开始吧……"廖岩语速缓慢，声音中更多了几分从容，这似乎也让乔真真放缓了节奏。

乔真真竟然开心地笑了，此时的她，更像平日里的风格，脸上甚至还带着几分调皮和好奇："哈哈，看来你准备得很充分。那我倒想先听听，你都知道些什么？"

"我知道你很想死，但你很想先看到别人比你痛苦……"

乔真真脸上的天真和好奇不见了，她似乎瞬间被一种无形的苦楚包裹住。

梁麦琦紧张地看着廖岩。

"怎样才能看到……别人比我痛苦？"乔真真凑近廖岩，轻声问。

廖岩不看眼前的乔真真，却侧过头，看向梁麦琦，郑重又深情，他缓缓说道："在我面前，杀死我爱的人。"

梁麦琦看着廖岩，那是一种毫无掩盖的爱意和感动。在这仅有几秒的对视中，廖岩找到了答案，找到了他期待许久的答案。

乔真真在廖岩的面前晃动着弩箭，廖岩的目光再次转回到乔真真身上，他继续说："……就像你当初计划的一样，在吴大同面前，杀死他所爱的人……"

吴大同名字的出现让乔真真拿着弩箭的手不禁抖动起来。廖岩深吸一口气："可惜，你失败了。"

"闭嘴！"乔真真手中的弩箭再次对准廖岩……廖岩迎着她的目光，此时，他眼中的同情是发自内心的："你和吴大同没有血缘关系……可惜，他觉得有……"

"是的，我看着他爱上了他的心理医生，越陷越深……"乔真真打断廖岩的话，愤怒地看着梁麦琦，"你为什么要治好他？我爱的就是他的阴郁。我喜欢他喝醉了酒，抱着我哭……虽然酒醒后，他什么都不记得……"乔真真似有几秒陷入了回忆。

廖岩心中暗自测量着他与梁麦琦之间的距离，以及那些他看得到或看不到的隐藏机关。不可以，他没有办法行动，现在，他还没有胜算。

"……对，我爱他！他是这个世界上唯一能给我安全感的人，也是最后一个！"乔真真悲伤地说着，她的手指，始终没有离开弩箭的扳机，"我憎恨全世界，可是，我唯独爱他！他吴大同，也憎恨全世界，可他唯独爱——你！"乔真真再次愤怒地转向梁麦琦，那弩箭也再次对准了梁麦琦。

"可是你梁麦琦并不爱他，你怎么忍心让他那么伤心！他那么有自尊的一个人，为了你，抛弃了一切尊严，他窥探你的隐私，偷走你的日记……"乔真真哽咽着，竟无法继续说下去。

廖岩替她接着说下去："于是，从那一天起，你便化身为'黑鳜'。你将麦琦探案笔记中的内容重新整合，加入你的虚构、想象和愤怒，写成了你的'日光三部曲'，再以'夜梦无痕''阡之瑰'和'黑鳜'为名，在三个文学网站上发表，又巧妙地引导那个叫赵子夜的女孩推荐我们去读……"廖岩平静地叙述，似乎，他只是在帮助乔真真回忆。

乔真真的表情中，又恢复了对廖岩的兴趣，她似乎开始享受她与廖岩之间的这种"合作"。

"当我们终于开始关注《幽怨清晨》时，你开始制造自己的'原创作品'……那就是，以残忍的手段，杀死李卫可和宋小白，制造诡异的'吞刀杀人案'和'冷冻案'……你为什么要这么做？"

"为什么？他们个个死有余辜！"

"除了痛恨猥亵女人的男人，你应该还有一个目的，那就是让我去怀疑梁麦琦，怀疑她才是'黑鳜'……"

乔真真得意地冷笑着："至少，你曾经怀疑过……"

廖岩望向梁麦琦："是的，我怀疑过……"

"这足以毁掉你对她刚刚萌发的爱意，不是吗？"乔真真放肆地笑着。

"不，这足以让我不顾一切，证明我自己是错的……"廖岩微笑着看向梁麦琦，这笑容给了梁麦琦安全感，一种暖意在两个人的对望中升起，梁麦琦含着泪笑了。

乔真真用那把弩箭再次隔断了两人的对望，她指向廖岩，让他继续。

"真正让你爆发的导火索，应该是吴大同的求婚。那一夜，你一定像我一样坐立不安……而你当时，很可能就在那艘船上。"

这一点，廖岩没有证据，所有的一切，还只是推测。可没想到，乔真真竟直接承认了："没错……那船上有一间储藏室，我一直在那里，眼看着他向这个女人求婚，又眼看着她，拒绝了我爱的男人！"两个女人对视着，可最先流泪的却是梁麦琦。

梁麦琦的眼泪稍稍平息了乔真真的怒火，她继续讲着那船上的故事："你走后，我看到了他的痛苦，我只是想让他清醒，我想让他明白，你从来就没有爱过他，可是，他不想清醒……"乔真真的声音低了下来，"于是，我告诉他，这个世界上最爱他的人，其实是我！可是……他觉得我疯了。"

廖岩听着乔真真的悲伤故事，目光却一直在梁麦琦的身上。

爱是这么让人痛苦的东西，廖岩也是最近才感受到的。

"所以，你决定杀了他？"廖岩低声问乔真真。

乔真真摇了摇头："不，那时，他只是摔倒了，他的头摔在了桌角……他流了血，昏了过去……但我忘不了，他昏迷前的那一刻，看着我时，那厌恶的眼神……他为什么讨厌我？"乔真真的声音越来越小，仿佛只是在说给自己听。

"这时，你想到了更好的办法，置梁麦琦于死地……"廖岩接着说道，"你的计划原本不是现在这样吧？你软禁了受伤的吴大同，然后，又去绑架梁麦琦，目的其实是想要在吴大同面前杀死梁麦琦，可你没想到，吴大同，竟然先死了……"

乔真真没有说话，那是一种悲痛的沉默，悲伤让她失去了说话的欲望。这种沉默让廖岩紧张，对于乔真真，故事完结的时候，应该就是她行动的时候。廖岩必须让这段对话继续下去。

"我一直想不明白，你一个如此柔弱的女子是如何杀死这么多强壮男人的。直到有一天，我想到了多米诺骨牌。其实，你一直都在'借刀杀人'。你先是利用李卫可和宋小白人性中的弱点，引诱他们走向你的陷阱。然后，你又利用宋小白来杀死李卫可，这之后，再逼着宋小白自己走进冷库。也许，你用的就是你手中的这把弩箭吧？"

乔真真点了点头："你真的很聪明……"

"而吴大同死后，帮忙运送尸体的竟然是我的同事。你是个柔弱的女人，有很多人愿意帮你，有很多人相信你的无害。你轻轻推倒第一张骨牌，将你的计划顺利推进……"

乔真真冷笑着看廖岩："是的……你的警察兄弟蒋子楠，他什么都不知道。这家伙还真是善良可爱……"

终于等到了这句话，一句可以为蒋子楠洗清嫌疑的话。然而，廖岩知道，这一切已接近尾声，生死瞬间终归要面对……

钢厂的山下，贾丁带着郭巴、小瞳和部分特警以步行的方式一点点向山坡上跑去，他们终于看到了废钢厂。

贾丁命令所有人保持安静，一步步靠近钢厂的入口……

乔真真满意地笑着，她的手指移向机关弩的扳机。可此时，她的声音更加疲惫："我差不多听够了……现在，到了我最喜欢的时刻……"

乔真真看着梁麦琦，梁麦琦迎着她的目光，毫无惧意。乔真真又看向廖岩，她的手指似在扳机之上犹疑。

廖岩计算着时间差和距离。一支弩箭射击的准确性并不会太高，但对于其他的隐形机关，他没有把握。

乔真真突然问廖岩："你对她的爱，也是一种畸形的爱吧……又爱，又怕，又怀疑……所有的爱，都是畸形的，无一例外，不是吗？算了吧，我现在，只想在你面前，杀死你爱的人……"乔真真有些语无伦次。廖岩没有想到，乔真真在最后的行动前，她的精神状态竟然不是亢奋和疯狂，而是疲惫。

梁麦琦也看着乔真真，她的脸上突然充满了疑惑，乔真真此时的眼神很奇怪，那眼神中有一种迷离。不对，这不是她正常的精神状态，可是，梁麦琦无法说话。

梁麦琦焦急地看着廖岩，而廖岩却在想着吴大同的尸检报告。关于那上面的一个细节，他曾经有一个大胆的猜测，如果他的判断是对的，他就有机会控制住乔真真。他决定相信自己。

乔真真将弩箭对准梁麦琦的心脏，那弩箭看似一触即发。

"我没有怪你……"廖岩的声音温柔地从乔真真的身后响起，这不像廖岩平时说话的语气，这声音，更像是吴大同的。

乔真真侧头看廖岩，拿着弩箭的手，没有动。

"我病了……没有力气爱任何人，包括你……所以，我选择离开……"廖岩的声音变得更轻更柔，仿佛是从远处传来，那种温柔，只有吴大同才有。

乔真真看着他。在乔真真迷离的眼里，此时的廖岩变成了那个人，而那个人，正在说着她想听的话。

廖岩身上的风衣落在了地上。风衣里面，廖岩穿着与吴大同死亡时相同的衣服。

"所以，我不会让你得逞的……真真，我是在救你……"廖岩看着乔真真。

乔真真悲伤地看着他。

"我不会让你得逞的……"廖岩举起手，握着拳，仿佛手中正握着一支"箭"，突然，他以手中之"箭"，刺向了自己的心脏。

吴大同死于自杀——这是廖岩看过尸检报告的细节后得出的结论，那种角度和力度形成的伤口，最有可能形成的方式，就是自杀。

再现吴大同的死亡，是唯一可以让乔真真从杀人的欲望中分神出来的场景，一个会让她悔恨、发狂，希望时光逆转、一切重来的场景。

"不要！不要！"乔真真失去理智地大喊，她扔掉了手中的弩，直接冲向廖岩。

不，在她眼中，那是吴大同。如果真的再有一次机会，她一定会不顾一切地阻止吴大同的死，哪怕是用她自己的生命去换，她也愿意。

廖岩抓住乔真真的双手，乔真真的眼神依旧迷离，那眼里全是眼泪。她浑身颤抖着，用尽全力抓住吴大同要伤害自己的那只手，最终，她在廖岩的怀中失去了抵抗力。

乔真真抬眼看着廖岩。"吴大同"消失了。乔真真崩溃地瘫软在地，廖岩用随身的捆扎带束住她的双手，快速冲向梁麦琦。他将梁麦琦和捆住她的椅子一起从机关弩的正前方移开，紧紧抱住她。他必须马上带她离开。

可乔真真却突然发狂地笑了："没用的，戏剧的最后一场，永远是……毁灭！"

熔炉的附近，一个油桶首先爆炸了。

"炸弹，这里有很多炸弹……我们可能逃不出的……"被噤声了许久的梁麦琦在火光中对着廖岩高喊。

此时，"舞台"的周围，已布满了火光。油桶一个接一个地炸开了，唯一可以逃离的出口已被火光包围。

钢厂外，小瞳和黑子电脑中的热成像画面，瞬间升腾起一团亮眼的黄色。而守着出口的贾丁和特警们，也听到一阵接一阵的巨响。

"糟了！"贾丁的喊声中充满了绝望，片刻之后，整个钢厂火光冲天。贾丁对着对讲机大喊："特警装甲！防暴队！"

钢厂内，三个人完全被火包围了，可乔真真依然癫狂地笑着，屋顶上的碎片开始带着火团掉落。一块着火的碎片直接掉在了乔真真的身上。她的身上开始着火，可乔真真依然在狂笑。

廖岩将梁麦琦推向暂时安全的地带，他扑倒乔真真，将她推向相对安全的地方，火苗在乔真真的翻滚中渐渐熄灭，可更多的燃火材料仍在不断地掉落，廖岩回身抱着梁麦琦不断躲闪。

廖岩努力搜寻着新的出口，他必须保护梁麦琦，也必须把乔真真带出去。他的目光最终落在堆放在大门口附近的那些水泥管上。

廖岩抱起梁麦琦向水泥管跑去，他以极快的速度将梁麦琦塞进水泥管中，梁麦琦的手死死抓住廖岩不放。"一起走！"梁麦琦在爆炸声中大喊。

廖岩挣脱她的手，用尽全力将水泥管推出大门外。

山坡下，传来消防车的警报声，可消防设备却无法靠近钢厂。

"消防车上不来！"郭巴对着贾丁大喊着。

贾丁绝望地望着已被大火完全包围的通道，他决定冲进去。

"师父，你疯了吗？"郭巴死死拉住贾丁。就在这时，一个巨大的水泥管向大门外滚来。贾丁、郭巴带人冲向那滚动的水泥管。

"是梁麦琦！是梁麦琦！"贾丁的声音已听不出是在哭，还是在笑。他们拉出梁麦琦，她没有受伤。贾丁望向那个被大火包围的出口，等待着另一个水泥管的出现。可是，火越来越大，希望却越来越小。

梁麦琦趴在地上，冲着火光呼喊着廖岩。

钢厂此时已完全被大火吞噬，很多地方开始坍塌。小瞳面向钢厂，绝望地大哭，黑子一把将她抱住，捂住了她的眼睛。

小瞳没有看到钢厂出口坍塌的最后一刻。可就在那最后一刻，又一个水泥管缓慢地滚落下来。

贾丁带着救援人员疯一样冲上前去，将那发烫的水泥管推向安全地带。

那里面，是廖岩和乔真真……

廖岩缓缓地从水泥管里爬出来，他摇晃着走向人群，耳边依然是无法停止的爆炸声，每一次呼吸都伴着剧烈的刺痛。可是，他笑了。因为他看到了梁麦琦，她安全无恙！

廖岩摇摇晃晃走向梁麦琦，目光中带着笑意，远处的火光时明时暗，映照着梁麦琦流着泪的脸。

这一刻，那刚刚经历过的惨烈，廖岩都忘了。摇摇欲坠的钢厂依然在远处不断地爆响，可是廖岩听不到，他的耳中只有梁麦琦清晰的呼吸声，而那火光，只是在映衬着此刻的温柔。他把梁麦琦紧紧抱在怀里，这个独立、倔强的女人在他的拥抱中放声哭泣。

廖岩的人生中，从没有一种胜利比现在更让他心潮翻涌。

他们的身后，大火吞噬的钢厂最终在一声爆破声中完全坍塌……

重度烧伤的乔真真被抬上担架。这个制造了无数灾难与死亡的女人如今虚弱地躺在担架上，那焦黑的皮肤下裂开了无数道触目惊心的伤口。可是，她似乎仍在挣扎，她用尽全力将手指向廖岩和梁麦琦的方向。

那担架经过廖岩和梁麦琦的身前，乔真真艰难地拉下脸上的氧气面罩，她以虚弱而诡异的声音吐出了最后四个字："双色玫瑰……"

她烧焦的胳膊无力地垂了下来。

她死了，死在了廖岩和梁麦琦的面前，却留下了最诡异的四个字：

双色玫瑰。

……

就在同一天，英国。一座土耳其风格的咖啡馆正在拆除，当一大块土制的墙皮掉落下来时，那破碎的墙壁间，露出了一具干尸的脸……

第四十章　死亡玫瑰

发现干尸的咖啡馆，正是八年前"双色玫瑰案"的案发现场。

一具干尸的出现，再次将人们的视线引向这个早已荒废多年的"不祥之地"，更为诡异的是，那具墙中的干尸，手中还握着一件特别的东西。

那是一个 U 盘，包裹在一个密封的塑料袋中。

一位英国警察好奇地打开 U 盘，将它插入电脑，电脑中播放出一段奇怪的视频……

烟雾缭绕的房间里，一张圆形咖啡桌上，伏着七个年轻人，他们沉沉地睡着。

一个东方男青年从自己的座位上缓缓站起，他的手中，拿着一支注射器。

青年抬起头，茫然地看着镜头。

这个人，正是年轻的廖岩……

乔真真死亡后的第三天，一份国际警务合作的文件放在贾丁的办公桌上，同时传送过来的，还有廖岩手拿凶器的那段视频。贾丁在那段视频中看到了年轻的廖岩和梁麦琦，也知道了他们一直隐藏的一个秘密。

贾丁需要一个解释，在经历了乔真真案这凶险的一难之后，贾丁比任何时候都渴望彼此的信任，还有共同的平安。

钢厂爆炸后，受了轻伤的廖岩和梁麦琦在家休养了几天，今天正是要归队的日子。贾丁和郭巴刚刚还在商量着中午怎么庆祝一下，可看了这个文件之后，贾丁却完全没了心情。

真是一波未平，一波又起。

那份来自英国的警务合作文件，措辞很奇怪，随文件而来的视频似是要证明廖岩在当年那桩谋杀案中有犯罪嫌疑，可这份警务合作文书中，却只字不提对廖岩采取任何限制人身自由的请求，这也许是好事。

贾丁感觉喉咙干痛，想喝口水，却发现杯子空空。抬头正看到郭巴走了过来，贾丁举起杯子，郭巴接过杯子，却没动，他小声对贾丁说："廖岩和梁麦琦来了。"

贾丁叹了口气，隔着玻璃墙，看到梁麦琦和廖岩一前一后走向办公区。贾丁走出门，看到两个人正快乐地聊着什么。

"来了。"贾丁强挤出微笑。

廖岩和梁麦琦的笑容僵在脸上，"有事儿吧，队长？"廖岩问。

贾丁果然再也挤不出微笑，他向面前的两人招了招手："来，我给你们看一样东西……"

那段极短的视频在贾丁的电脑中反复播放着。贾丁仔细看这两人的反应，发现他们的脸上也是震惊。震惊就好，至少他们没有刻意隐瞒什么，贾丁突然有些释然。

他在等待他们的解释，可是两个人却一直保持着沉默。小瞳和郭巴站在贾丁的身后，也看着这视频，紧张得一句话都不敢说。

贾丁将那份来自英国的文件推给廖岩。

"英国警方已正式通过公安部国际合作局申请了国际警务合作，委托中国警方取证，并提供对你的国际侦查协作。他们说，'双色玫瑰案'将重新进入侦查程序。这到底是怎么回事？"

廖岩快速看了一眼文件的内容，仍没说话。"这到底是怎么回事？"他也在想。

廖岩看着视频中的自己，他手拿注射器，却看不清注射器中是否有液体，他的眼神明显很迷离，而他的身后，隐约可以看到昏睡中的另外6人。而 Ivy 和 Jerrod 是否已经死亡也无从判断。

"关于这个双色玫瑰案，你们为什么瞒着我？"贾丁终于还是问了。

"因为当年已经结案。我们是当事者，却不是嫌疑人。"梁麦琦冷静地说。

"可是为什么现场中，廖岩拿着凶器！"贾丁再也掩不住自己的焦虑，"有人录下了视频，还把它放在一具尸体的手中，就在这个咖啡馆里！这你们又怎么解释？"贾丁说着，又看那视频，当他提到"咖啡馆"时，他似乎已经想起了什么。眼前的一切，为什么这么眼熟？

"这个……这个房间……我见过！"贾丁吃惊地看向梁麦琦。就在梁麦琦失踪的当天，贾丁曾闯进过这个房间，而这个杀人现场，又怎么会在梁麦琦的家中？

"这……这到底是怎么回事？"贾丁面无表情地坐回椅子里。他一直以为他与廖岩和梁麦琦是亲近的，可今天才知，他其实并不了解他们。

梁麦琦叹了一口气，看向依然沉默的廖岩，她走到贾丁的面前，带着愧疚，也带着真诚："队长，我现在要跟你汇报的这个案子，可能跟你过去所经历的所有案件都不同，你有心理准备吗？"

贾丁抬头，依然有些怨气："这段时间，你们给我的惊吓还少吗？我有什么不能接受的？我还有什么需要准备的！"贾丁看着梁麦琦，目光扫过她胳膊上那块在钢厂的火海中留下的伤疤，他的心突然软了下来。就在他犹豫着还要说点什么时，梁麦琦突然上前一步，紧紧拥抱了他。

贾丁被梁麦琦这突然的动作惊到了，他一时竟手足无措，他的手僵在半空，半天才轻轻落下，拍了拍梁麦琦的头，像个兄长，或是父亲。他的眼睛竟突然湿润了。

"这……都岁数大了是不是？都学会煽情了？"贾丁扭过头，偷偷抹了一下眼睛。

"对不起。"梁麦琦松开贾丁，"队长，我要带你们去个地方……"梁麦琦的眼睛，看向电脑中的英国视频。

在梁麦琦和贾丁对话的整个过程中，廖岩一直处于沉默的状态。他无法理清这突如其来的困惑，所有这一切，明显是针对他来的，而最让他恐怖的是，他竟然开始无法确信自己，也许，真的有一种可能，他就是双色玫瑰案的凶手。

贾丁拉起廖岩，只是简单地说了一个字："走！"尽管，贾丁不知道梁麦琦要带他们去哪儿。

廖岩茫然地跟着大家起身出门。也许梁麦琦是对的，这个时候，只有重温那个杀人的现场，才能帮助他们找到迷宫的出口。

几个人走出刑警队大楼，谁都没有说话。走出几步，小瞳却突然笑了出来。

"蒋子楠！"小瞳快乐地大喊着。

几个人向远处看，看到蒋子楠正站在大门外，一身警服穿得整整齐齐。

"蒋子楠回来了！"乔真真在钢场最后的供述终于为蒋子楠洗脱了嫌疑，这是这个沉闷的早晨，最值得快乐的一件事。

蒋子楠一时不知该向大家说什么，突然敬了个警礼。贾丁回了个警礼，走过去，拍了拍他的肩膀。

蒋子楠依然站着不动，一时悲喜交加。贾丁笑着看了他一眼，甩了甩头，领大家继续往外走，蒋子楠却还在那里愣着。

贾丁被他气笑了，回头大喊："愣着干什么？关傻了？走啊！执行任务了！"

蒋子楠"哦"了一声，快活地跟上大家。大家一边走一边看着他笑。

梁麦琦特别房间的门被打开了，所有人都似乎看到了那段视频中的景象。

这个房间，对于郭巴和蒋子楠，还是陌生的。

"这就是视频中的那个杀人现场？你把它重新建起来了？"郭巴急着问道。

梁麦琦点头，领着大家进入这个房间。梁麦琦坐在案发时自己的位置上，廖岩心领神会，也坐在了他应该坐的位置。

贾丁带着其余的人，随机坐下。眼前的情形，与八年前那个诡异的夜晚更像了。

"你们真的相信我吗？"廖岩的目光环视每个人的脸，轻声问。

来梁麦琦家的路上，廖岩仍然一句话没有说。他不明白，为什么直到现在也没有人问他"到底是不是凶手"？

廖岩的目光最后落在梁麦琦的脸上，廖岩一直记得被她催眠的那个夜晚，梁麦琦曾说过一句话："我暂时可以证明你没有主观的恶意。"是的，在他们失去记忆的那一个小时里，到底发生了什么，谁都无法证明。

梁麦琦看着廖岩，目光坚定："那个视频，只记录下了你手拿针管的动作，却没有你向两位死者注射的过程，我想，这也是英国警方只请我们协助调查，却没提出限制你人身自由的原因。"

"你还没有回答我的问题……你相信我吗？"廖岩继续问。

"是的，我相信你。"梁麦琦将每一个字都说得很清晰。廖岩很感动。

当所有人坐定，梁麦琦首先开始了讲述。

"八年前的3月，我和廖岩还是英国大学的本科生，我们都爱好写作，于是，加入了校园内的一个创意写作社团，可没想到，这竟然是一场噩梦的开始……"

廖岩和梁麦琦强迫自己又一次沉浸在当年的记忆里，尽管这种回忆本身是痛苦的，可是，他们有义务将这里面的每一个细节讲给他们的伙伴听……

廖岩看着眼前的同事，带着愧疚："我知道，你们一直好奇我和麦琦在英国到底有过什么样的'前史'。其实，这些就是我们两个全部的'前史'。"

其余四个人看着眼前这两位，目瞪口呆。他们的故事太奇特，在刚刚近半个小时的回忆中，这两个人似乎把大家带进了一部诡异的电影。

还是贾丁最先开口了："你们的意思是，这个案子当时在英国就已结案，你们两个也早已洗脱了嫌疑，而且，国外的媒体保护了当事人的隐私，所以，这个案子成了你们两个人的秘密？"

廖岩和梁麦琦点头。

"而且，几个月前，为了找到失去的记忆，你……你还把廖岩绑架了？而且，还催眠了？"小瞳问梁麦琦，满脸惊奇。

梁麦琦尴尬地点了点头。

郭巴小声对贾丁耳语："就是我跟你说的 SM 的那次。"

贾丁瞪了郭巴一眼，接着说："但现在的情况是，又出现了新的尸体，而且尸体手中还握着廖岩可能杀人的证据。所以，除非你们亲自抓住凶手，否则无法证明你们的清白，特别是，廖岩的清白，对吗？"

二人点头。

"那你们打算怎么证明自己的清白？"贾丁的语气再次沉重起来，"在中国，怎么去证明你们在英国的清白，而且还是八年前？"

所有人都沉默了，他们似乎在这个"仿制"的杀人现场中，陷入了最深的迷局。可英国那边，干尸的身份还没有确认，他们还需要等待。

梁麦琦最先打破了这安静，但她并没有说话，而是起身将面前的土耳其水烟点燃。廖岩看着那水烟的烟气慢慢升腾起来，这个房间的氛围与 Moly 咖啡馆的那个夜晚更像了。

这时，小瞳的电脑响了，她收到了一份重要的邮件。"干尸的 DNA 比对出来了！"小瞳惊喜地看着从市局转发来的新消息。

"从咖啡馆中挖出的干尸被证实死亡时间是25年前，死因初步推断是勒颈窒息，死者应该是死后即被砌入墙中。而尸体手中的视频证据，也就是关于廖岩的视频，则是新近才被放进去的……"小瞳快速地读着。

关于视频 U 盘被放置的时间，廖岩早已经想到了。

"视频是真实的，无剪辑修改的痕迹。"小瞳说着，看了一眼廖岩，这对廖岩来说，并不是个好消息。

廖岩似乎并没有特别的反应，而是急着追问道："干尸的身份呢？"

小瞳低头看着电脑："五分钟之前刚刚确认的，她是一个英国的华裔女作家，在20世纪80年代小有名气……她叫 Jessica Wong。"小瞳抬头看廖岩。

梁麦琦拿着水烟的手突然抖了一下。Jessica Wong，这名字，她似乎在哪里听过。梁麦琦陷入了沉思。

"关于 Jessica Wong 的失踪，当年曾有过一个较小范围的嫌疑人排查，但都没有有效的证据，而且，一直没有找到尸体，所以也无法以谋杀案正式立案……英国方面现在已开始重新排查 Jessica Wong 当年的社会关系，还有一点需要注意，Jessica Wong 是失踪五年后，才被杀害的。"小瞳补充道。

听了这些，贾丁的情绪似乎放松了一点，他活动了一下已经发僵的身子，向后靠了靠："廖岩，这个 Jessica Wong 能跟你有什么关系？她死的时候，你才几岁啊？而且，也没在英国。"

"小瞳，有 Jessica Wong 的照片吗？"梁麦琦突然问，只有廖岩注意到，梁麦琦此时的声音有些异样。

小瞳从电脑中找到了 Jessica Wong 生前的照片，放大给梁麦琦看。那是一个美丽的东方女孩。

"这么漂亮。"贾丁不禁感慨，"她死的时候也差不多这个年纪吧？可惜啊，在最好的年龄竟变成了一具干尸。"

所有人都看着那女孩的照片，梁麦琦也认真地看着。桌上的土耳其水烟冒出淡淡的烟气，梁麦琦机械地拿起烟嘴，轻轻吸了一口，顺手递给廖岩，却不再说话。

廖岩看着她，也拿起水烟吸了一口，顺手又将水烟递给贾丁。贾丁摆了摆手，郭巴拿起烟嘴仔细研究，蒋子楠也伸头看。

"这是什么玩意儿？"郭巴好奇地问。

小瞳将水烟从郭巴手中抢过来："这个叫 shisha，一种土耳其水烟，成分主要是水果，这根本不能叫烟，你们俩要不要试试？"小瞳问郭巴和蒋子楠。

大家的注意力都在水烟上，只有廖岩注意到了梁麦琦表情的变化，她似乎完全没有听到别人在说什么。

梁麦琦突然站起身，走向书桌，她拉开最下面的一个抽屉，向里面看了一眼，她的表情变得更加凝重了。梁麦琦背对着大家，轻轻关上抽屉。

廖岩的目光一直追随着她，她到底想到了什么？廖岩心中疑惑。

梁麦琦似乎终于决定要做一件早就想做的事，她从书桌上拿起一个黑色的布袋子。走回来时，哗啦一声，将袋子里的东西全都倒在咖啡桌上，那袋子里装着的是一些现场勘查用的号码牌。

"廖岩，我们现在必须把双色玫瑰案的所有疑点都说出来！时间不多了！"梁麦琦郑重地看着廖岩，她的脸上，写满了焦虑。

廖岩仔细回想着，梁麦琦的情绪从刚才的从容到现在的焦虑，似乎有一个明显的转折点，那就是干尸身份的确定。还未等廖岩想明白，梁麦琦已经将1号和2号勘查牌分别放在了咖啡杯前和圆桌的正中央。

"我们上一次曾提到过两个疑点。一个是镇静剂无法使我们同时入睡、同时醒来；二是，我们在讲故事之前，可能已被人意识控制，于是，我们七个人的故事元素像拼图一样拼合成了双色玫瑰案的全部要点，也就是：两名死者，手握双色玫瑰，以注射氰化钾的方式实现了自杀和谋杀，而案件的其他当事人，却集体失忆……"

"所以，我们当时的结论就是——催眠。"廖岩接着说。

"怎么能催眠呢？什么样的大师能同时催眠这么多人？"郭巴不解。他也曾读过很多关于催眠的小说，可是，眼前廖岩和梁麦琦所经历的这一切，似乎比小说更加魔幻。

"的确，这也是让我们最疑惑的地方。"梁麦琦拿起3号牌，放在了写着七个人的故事"关键词"的那张纸上。那纸上写着：双色玫瑰、氰化钾、注射器、失忆、自杀、两个人和催眠。

在廖岩被梁麦琦催眠的那个夜晚，梁麦琦曾把这张纸展示给廖岩看。

"这是我们在创作故事时所用到的关键词。我一直怀疑，我们看似是在现场构思的故事，但实际上，我们的故事却可能是被长期心理暗示的结果。也许，从我们第一次小组活动开始，凶手便已经在为他的谋杀做准备。"梁麦琦说。

廖岩也看着那些关键词："你有没有想过，这种心理暗示也是有规律的，我们创作的故事其实都与我们所学的专业有关。比如，学心理学的你会想到催眠；学临床医学的我，会想到药物的化学反应……"

"学古典文学的 Ivy 会想到浪漫玫瑰；学化学的 Jerrod 会想到氰化钾……"梁麦琦接着廖岩的思路说，"可是，精确到具体的关键词，就不是这么简单了。"

梁麦琦再次拿起桌上那张写着关键词的纸，将它举起。迎着灯光，可以看到，那上面其实印着一些奇怪的花纹。

小瞳最先发现了那些花纹。

"这张纸有点特别！"小瞳惊呼。

梁麦琦回想着八年前自己得到的那张草稿纸，她也曾这样好奇地举起，迎着灯光细看，透过草稿，梁麦琦似乎能看到文字一样的水印。

"Jerrod 曾经给每个人发了一张纸，那张纸的质地特殊……"梁麦琦回忆道。

廖岩也大体能想起一些关于纸的细节："是的，那些纸，古朴、厚实，上面有一些粗糙的花纹……就像是一种特别的水印。"

大家都挤过来看梁麦琦手里的那张纸。

"我现在已想不起来花纹的形状，而且，记忆越来越模糊……你们看到的这些纸，无法复原当时的样子，因为，我和廖岩当年使用的纸上，那水印并不是花纹，而是文字……"

大家都疑惑地看着梁麦琦，不知道她到底要表达什么。梁麦琦沉思了一会儿，突然问道："你们有没有听说过，曾经有一种古老的催眠法，叫作'纸条催眠'法？"

大家都摇头。

"实践中能做到的人很少，只有十分高级的催眠师才会使用'纸条催眠法'。我在美国学习犯罪心理学时，我的导师曾提到过这种催眠方法，这种方法若要成功，要有一个条件，那就是被催眠者曾经被催眠师催眠过。"

梁麦琦说着，拿起桌上的纸条，此时，她的表情看起来很奇怪，她似乎是在说着一些与现实并无关联的话，可是，每个人又都被她的描述所吸引。

梁麦琦继续说道："催眠中，催眠师让被催眠者看到自己手写的字迹，并且告诉他，一定要记住这个字迹……随后，催眠师将他叫醒……这之后，在任何时间，只要这个催眠师给他一封亲手写的信，当他阅读这封信时，他便已经被催眠了……"

"你是说，我们的草稿纸被人做了手脚，"廖岩打断了梁麦琦的话，"我们在写故事提纲时，也在不经意间阅读了纸上的水印，于是，我们被催眠了？"

梁麦琦点头，她将3号勘查物证牌重新放回到那张纸上。

廖岩盯着3号牌，想了想，又摇了摇头："郭巴刚才说的话，我也有疑虑。对于专业催眠师而言，催眠一个人并不难，但同时催眠多人，这个难度就太大了。"

梁麦琦拿起4号牌，站起身来，一边走一边说："所以，催眠师需要借助很多外力，比如……"

梁麦琦走向墙壁上的装饰物，将4号牌放在了面前隔板上的一个节奏器上："比如……视觉凝视物。你应该还记得，在双色玫瑰案的现场，我们目光所及的地方，都有这些看似普通的装饰物。"

所有的人这才环顾四周，他们发现了这个房间中的更多细节。

在这个狭小的空间里，有许多奇怪的饰品，让这个房间充满了魔幻的色彩。水晶球、燃烧的香烛、旋转镜、大小颜色不一的彩色玻璃灯，还有一尊古老的时钟，那钟摆仍在左右摇摆着。只有廖岩知道，所有这一切，与当年咖啡馆墙壁上的饰物几乎一模一样。

"一开始，我以为咖啡馆里的这些陈设都只是土耳其风格的普通装饰。但当我在美国了解了催眠术之后，我才发现，其实，它们都是有特殊功能的。每个人的最佳视角内，也就是仰角45度之内，都正好有一个被伪装的催眠凝视物。"梁麦琦坐回自己的位置，抬头向上看。

从她的角度，她看到的是那个古老的节拍器。

廖岩也抬头斜向上看，他看到了水晶球。廖岩环顾其他的物品，惊奇地说道："就连两个死者的位置也有……"

"这些看似普通的物品，其实都可以作为引导催眠的装置，也就是视觉凝视物。在较暗的房间里，当这些物品被照亮，被催眠者的目光和注意力就会集中在这些物品之上。而其中的原理很简单，就是要让视觉神经疲劳，为催眠打下心理基础。"

已经半天没有说话的贾丁，此时，看着自己胳膊上的鸡皮疙瘩："这真的有可能吗？麦琦，我现在明白你刚才跟我说的那些话的意思了……这的确跟我们以往接手的案件不一样！太不一样了！"

梁麦琦苦笑着看向贾丁："其实，大部分时候，催眠的成功率并不高，催眠师为了达到效果，常需要药物的配合，比如，笑气和致幻剂。"

廖岩马上明白了梁麦琦的意思，他拿起5号勘查牌，放在土耳其水烟的旁边。关于药理，正是他擅长的部分，他瞬间进入了一种学术状态。

"1844年，美国化学家考尔顿发现了'笑气'，也就是氧化亚氮，对人有催眠作用。这两个月来，我一直都在想这个问题，七个人是如何实现同时入睡和同时醒来的？于是，我也想到了它……"

廖岩拿起水烟，轻轻地吸了一口。吐出烟雾之后，用鼻子轻嗅着烟雾中的味道。

"土耳其水烟的烟丝，主要成分是水果和糖浆，而笑气也有淡淡的甜味，这种味道，正好被土耳其水烟的甜腻味道完美遮盖。80％的氧化亚氮和氧气的混合物，就会引致深度的麻醉，如果再同时吸入异氟烷或者思氟烷、地氟烷、七氟烷……同时配合催眠，我们就能实现同时入睡，和同时醒来！而且，这些药物，在人体中少有残留。"

贾丁好奇地拿起水烟，轻轻吸了一下。

而廖岩，则拿起桌上的空咖啡杯，仔细看着："而咖啡中残留的少量镇静剂，其实是为掩人耳目，后来才被加进去的。"

梁麦琦兴奋地看着廖岩，可廖岩却突然对她说："我必须向你道歉，麦琦。你刚才说你相信我，可是我，却一直在怀疑你。"

梁麦琦苦笑地看着廖岩，她似乎早就知道。

"我们刚刚所有的推理都证实，凶手是一个心理学高手，而案发现场的七个人中，却只有你来自心理学院。从大一开始，你就已经在研究催眠，双色玫瑰案结案之后，我在大学图书馆里查到了你的全部借阅记录。在案发之前，你早已读遍了图书馆中所有关于催眠的书籍，在这所大学，没有人比你读到的更多。"

梁麦琦接着他的话说道："也就是说，那件事情之后，你就已经怀疑 Jerrod 可能不是真正的凶手，并开始对所有人进行秘密调查？"

廖岩微笑着点头，他似乎很满意这种状态。他们两个人再次回到了智力博弈的常态中，这种常态，竟让他莫名地快乐起来。

贾丁吃惊地看着这两人。而梁麦琦依然平静地看着廖岩，从容地拿起水烟，吸了一口，又轻轻吐出薄雾。

烟雾在二人之间弥漫开来，梁麦琦竟然也笑了。

"从我进入刑警队以来，我也一直在暗中观察你。我以各种方法试探你对双色玫瑰案的反应，甚至在你面前故意掉落我在韩国得到的那张照片，但直到几个月前，我才发现，这噩梦还没完……我只有和你联手，才能找到真相。除了韩国人Lim的死亡以外，还可能有你发现的那个自杀死亡的美国交换生Sarah。她们的死，也许并不是意外，也不是自杀！而这样的受害人，还可能包括……乔真真……"

"乔真真？乔真真也是受害者？"贾丁吃惊地问，他这才发觉自己已经快坐不住了，他用力揉着发麻的双腿，努力跟上这两个人的思路。

廖岩并没有吃惊，他也曾觉得，能在危急状态下轻易控制乔真真似乎有些过于幸运。但除了幸运，他又想不出其他的理由。

"你当时真的那么自信，能从乔真真的箭下救出我吗？"梁麦琦温柔地看着廖岩。这几天里，她一直在回想着当时的那一幕。她知道廖岩不能确定成功，而一旦失败，他的下一步会做什么？

梁麦琦有十几年的心理研究和实践经验，她可以通过观察微表情去推测别人的内心，而当乔真真对她举起弩箭的那一刻，她从廖岩的微表情中读到了他的决定，那是一种视死如归的决绝，她不会看错，他是要用自己的命去换她的命。

梁麦琦注视着廖岩，这注视比箭下火里时更加深情。

廖岩读懂了这目光，却故意绕开了这目光。他希望，爱就是爱，这种纯粹的情感中不应掺杂任何杂念，哪怕，是感恩。

"我没有自信……"廖岩故意淡淡地说，"我从吴大同的尸检报告中推断出，他其实死于自杀，我努力还原吴大同死亡时的情形……"

"所以，你想在乔真真最容易受到刺激的时机里，再现当时的场景，让乔真真失神，甚至产生幻觉，这的确是救我的最佳时机。"

廖岩赞赏地看着她，他喜欢这个能读懂自己的梁麦琦。

"但是，这个计划执行得过于顺利。一件吴大同的衣服，和一支虚拟的箭，并无法让她产生幻觉。"

廖岩点头，他同意梁麦琦的观点。

"你还记得乔真真被你控制之前那迷离的眼神吗？"梁麦琦问道。

廖岩怎么会忘记？正是乔真真那种迷离的眼神，给了廖岩信心，在那之前，他都未敢奢望可以和梁麦琦一起安全离开。

"从她那时的反应上看，她应该早已食用了致幻剂，或者，有人在她身上使用了致幻剂，而那一刻，药力正在发作……你有没有想过，那一场大火，真的是来自乔真真的纵火机关，还是，这大火之中，还存在另一个真凶？"

廖岩的表情依然平静，他看到梁麦琦的手在微微地颤抖，他没说话，而是伸出手去，将那只发抖的手握在自己的手中。那手好凉。

"我知道……"廖岩轻声说，"而且，这个真凶可能正在向我们逼近……"廖岩的眼中没有紧张，也没有胆怯。

梁麦琦看着廖岩，那张棱角分明的脸此时微微泛红，廖岩并没有看着她，可他那只有力的手传递出的温暖，却让她瞬间安稳下来。

余下的四个人，微笑着看着他们两个。在这样一个诡异的小屋里，在这样一种紧迫的氛围中，他们却意外地欣赏到了一种美妙的幸福。

这个和谐的画面很快被小瞳电脑的提示音破坏了。

小瞳低头查看消息，又惊恐地抬起头看向廖岩和梁麦琦。

"廖岩，那个有视频的 U 盘……那个记录你拿针的视频……"

大家都看着小瞳，等待着她继续。

"……又发现一个！"

"什么？"廖岩和梁麦琦同时吃惊地问道。

"是一个意外事故，发生在十天前，一个英籍医药学者在西班牙死于实验意外。他的尸体手中也握着同样的 U 盘！英国警方也是刚刚得到这个信息。"

"医药学者？死者叫什么名字？"廖岩快步走向小瞳电脑的一侧，在小瞳读出那个名字之前，他已经看到了。

"Leo Taylor。"廖岩说出这个名字。

梁麦琦其实已经猜到了，那是 Leo，创意写作小组中的那个英国男生，他也死了！

"双色玫瑰案，只有我们两个，还活着……"梁麦琦对廖岩说。

第四十一章　结局

惊人的消息继续从英国传来。

六人组回刑警队的路上，贾丁又收到了另一条消息。

英国警方在土耳其咖啡馆的花园里，又发现了两具女尸。这两个女人大约死于十年前，身份正在等待确定。

"二十五年前，十年前……"廖岩重复着这些死亡的时间，不禁凄惨地笑了。八年前，当他们七个人在 Moly 咖啡馆喝着咖啡、创作着美妙故事的时候，那里已经埋葬了三个女人的灵魂。他为什么一点感知都没有？比如，某种寒意、某种恐惧。这世上根本没有死亡嗅觉这种东西，即使是一个法医。

"你有吗？"廖岩突然问身旁的梁麦琦。

梁麦琦一愣："有什么？"

"死亡嗅觉。我们去过无数次的那个咖啡馆，其实早已经是一片墓地。"

梁麦琦摇了摇头。她相信潜意识，却并不相信预感："但我知道，十年前死亡的这两个女人，和 Jessica Wong 之间，必然有某种惊人的相似之处。"

六个人回到了大会议室，安静地等待着英国的最新消息，这一个小时，漫长得像一个世纪。

"英国警方完全没有要求我和廖岩回避吗？"梁麦琦问贾丁。

"没说。但我觉得这也正常。这三个女人遇害时，你们都还小。第一个受害人 Jessica Wong 死亡时，你们两个还都在中国，而且，也只有三五岁吧；那第二个和第三个女人遇害时，梁麦琦应该是刚到英国，廖岩还在国内。所以，他们可能已经基本排除了你们两个的嫌疑。"

"他们查到了！"小瞳从英国警方那里得到了另两个受害人的详细资料，她立即将三张女人的照片投在大屏幕上。

三张女人的照片，包括第一受害人 Jessica Wong，都是东方面孔，失踪时也都是25岁左右。

"都是东方人？"贾丁吃惊地看着。

"他们几个长得好像啊。"蒋子楠不禁感慨。

廖岩转头看向梁麦琦。此时，梁麦琦正站在窗前，看着玻璃反光中的自己，似乎只有廖岩意识到，其实梁麦琦也跟这三个人很像。

梁麦琦将视线从自己玻璃中的镜像移开，回身问小瞳："那她们的身份查明了吗？"

小瞳点头，正要念那信息，梁麦琦却突然又问道："她们的职业或者爱好与文学有关吗？"

小瞳看着电脑，吃惊地抬起头："你怎么知道的？的确是，她们一个是小学语文老师，同时是个业余诗人。而另一个，失踪时是文学专业的学生。"

"Moly 咖啡馆，创意写作小组，与文学创作相关的人，女性……"梁麦琦断断续续地说着这些话。

"而且，是东方女性……"廖岩补充道。

梁麦琦思考了一会儿，又说："创意写作小组，会不会还有一个幕后的组织者？我们的每一次活动，都是他对我们潜意识的训练……于是，有了'双色玫瑰案'，那是他精心设计的杀人盛宴！他当时，应该……就在那个咖啡馆里！"

梁麦琦闭上眼，让自己的记忆再次回到那个咖啡馆里，"那面墙！"她突然说，"如果咖啡馆的那面墙可以封存一具尸体，那它一定可以容纳一个活人。"

"你是说，那墙是空的？"

"对！至少曾经是。"

"案发时，除了我们这几个还活着的人以外，那个咖啡馆里，还藏着一个隐蔽的凶手？"廖岩发现梁麦琦的设想虽然大胆，却也合乎逻辑。

"即使用排除法，也没有别的可能了！我之前让小瞳帮我查过，这个咖啡馆的主人原是一对老夫妇，但两人十几年前退休去了西班牙，这之后，咖啡馆就处在一种无主状态，由 Jerrod 借来无偿使用的确是事实，可使用这个空间的人，可能还不只是我们。时间倒推到二十五年前，也就是干尸被砌于墙内之前，那时正巧咖啡馆也是无主状态。如果有人了解那里的构造，偷偷躲藏在那里，对我们实施整体控制，也是可能的。"

"你是说，当晚，警察到来时，那个人也一直在咖啡馆里？"廖岩虽然使用了疑问的语气，可此时，他似乎已准备接受梁麦琦的假设。

"对。"

梁麦琦踱着步思考，突然站定。

关于双色玫瑰案，梁麦琦整整思考了八年。她一点点拼凑记忆的拼图，一次次否定自己的假设，一遍遍重复着凶手的侧写……却一直无形成一个完整的推理链条。直到现在，面对着屏幕上的三具白骨，所有的逻辑缺陷此时都填满了……

"我想，我已经有了一个'画像'……关于双色玫瑰案的真凶……"梁麦琦缓缓说出这句话。这本应该是她最自信的时刻，可廖岩偏偏在她的眼睛里，看到了悲伤。

这是为什么？廖岩不能理解梁麦琦此刻复杂的表情，可此时，她已走到他的身边："廖岩，能和我一起拟一份英文邮件吗？"

廖岩沉闷地点了点头，走到电脑前，打开邮箱。

"收件人是？"

"苏格兰场……"

所有人的目光都集中在梁麦琦身上，她在会议室中来回踱着步，一边走，一边表达自己的想法。廖岩在电脑上飞快地打着字，他将梁麦琦的话，快速转化为一封英文邮件，一个关于双色玫瑰案的侧写。

"Moly 咖啡馆系列杀人案嫌疑人侧写……来自一位亲历该案的犯罪心理学者。是否采纳，请君斟酌。"

廖岩看着梁麦琦，手却在键盘上飞快地敲打着。

"凶手为男性，年龄在45至55岁之间，擅长使用致幻剂，并具有一定的催眠能力，但该项技能也可能不为人知。"

梁麦琦看着大屏幕上多位受害者的照片。

"凶手所针对的所有被害女性，都具有文学创作能力，或者是有此类兴趣的人。他的早年生活中，可能有受到此类人群伤害或者重大影响的经历……"

梁麦琦走到窗前，在玻璃窗的反光中看着自己的影子，又转过身，继续。

"凶手的生活范围与土耳其风格的 Moly 咖啡馆有紧密联系……"说到这里，

梁麦琦突然停顿了一下。廖岩停下手,等她继续。

"……凶手在停止谋杀七年之后,又突然加紧行动,可能是受到某种意外状况的影响,比如重大疾病,或者家庭变故……"

梁麦琦开始越说越快,廖岩也越写越快。

"值得注意的是,这一系列案件的受害人,可能不仅有已知的三位女性,还可能包括:前韩国专栏作者林英熙,她在英国时使用的名字为 Lim;中国籍悬疑小说作者乔真真,笔名'黑鳜'……但是,与双色玫瑰案有关的另三位受害者 Jerrod Scott、Ivy Perrin、Sarah Walker 以及近期死亡的英国人 Leo Taylor……是否可以与以上五案并案处理,本人持保留态度。"

廖岩打字的手停了下来,疑惑地看着梁麦琦:"你刚才不是说,双色玫瑰案和创意写作小组是这个凶手的杀人盛宴吗?可为什么,现在你却觉得这四个人无法并案呢?"

"系列谋杀案的凶手一般会固守着某一类受害人的性别、外貌特征和种族类型,对于 Moly 咖啡馆系列案而言,就是有文学创作能力的东方女性,Ivy、Jerrod 和 Leo 都不符合,Sarah 也很勉强。"

廖岩刚刚的怀疑得到了证实,他走到梁麦琦身边,低声说:"那最符合受害人特征的人……"

廖岩欲言又止。

"是我!"梁麦琦看向那三个受害人的照片,"最符合受害人特征的人,是我,可为什么我没有死?我才是双色玫瑰案最理想的被害人!"

"是你?"贾丁回过头,顺着梁麦琦的视线向大屏幕看去。那三个东方女性的照片很相似,现在再仔细看梁麦琦,除了发型差异较大以外,她与这三个女人的确惊人地相似,可是刚才,他却没有发现。

廖岩走回电脑前,看着未完的邮件问梁麦琦:"还有吗?"

梁麦琦犹豫了很久,又说道:"再加上一句……请求英国警方查找中国籍女性乔真真在英国期间密切接触的人,特别是心理专家。"

廖岩立即将这一句加在邮件的最后一段。

"可以了……"梁麦琦低声说,却不见她平日里完成某个推理时的那种兴奋。

廖岩按下了"发送"键。

"他们会听你的吗？"小瞳试探着问梁麦琦。

梁麦琦摇了摇头："不知道……"她疲惫地坐回到椅子上。

这一篇长长的侧写，似乎耗尽了她的力气。可是，没有人知道，这封长长的邮件中，她最想得到的答复，其实是刚刚加上的那最后一句。乔真真在英国接触的人，一定与双色玫瑰案有关。或许，这个人与梁麦琦自己也有关系。

梁麦琦坐在角落里，不再出声。廖岩走过去，坐在她身旁。他明显感觉到了梁麦琦的焦虑。

"你是不是有事瞒着我？"廖岩低声问。

"我……只是还不能确定。"

"怎么才能确定？"

"等待英国关于乔真真的消息。"

廖岩不再说话，可当他抬头时，却发现所有人都在看着他们两个。

"你们嘀咕什么呢？"贾丁着急地问。

"我……"廖岩一时语塞，他与梁麦琦的对话的确无任何实质性的内容。

此时，梁麦琦却突然站起身："队长，我们可以申请国际警务合作吗？"

"我们已经在合作了。"

"不是英国……是韩国！"

贾丁不解，直接问："你要什么？"

"一段监控……"说到这儿，梁麦琦突然又犹豫了，直到几秒后才又下定决心，"我想要一段很重要的监控……"

梁麦琦所要的监控片段，是关于 Lim 林英熙的。如果，足够幸运的话，通过韩国警方的道路监控，他们应该可以知道 Lim 车祸死亡时，她手中的那枝白色的玫瑰从何而来。

国际警务合作的效率果然高。中方发出请求一个多小时后，韩国警方就找到了贾丁需要的视频。

贾丁快速走进办公室："小瞳，把韩国发来的那段视频给我们放一下。"

小瞳一边准备视频一边介绍韩国的情况："按照麦琦的要求，韩国找到了林英熙，也就是创意写作小组那个 Lim 车祸之后的一段视频，我还真发现了一个奇怪的人，虽然不是很清楚……"

大屏幕上开始播放这段视频。

那是 Lim 车祸后道路监控拍下的一段视频。一个男人走到车门那里，将自己手里的一样东西放在死者 Lim 的手中。

老人的侧影在视频中定格。小瞳尽力放大并锐化了视频截图，但效果却依然不理想："只能看出是一个西方中老年男性，但他手中的东西……那个白色的……"

梁麦琦看着镜头中的人影发呆，她的面色变得十分苍白。廖岩走过去，轻声问她："这个人，你认识？"

廖岩感觉到梁麦琦在努力稳定自己的情绪，她似乎有些害怕。"可能，但还不确定……"

"你觉得他是谁？你害怕……他是谁？你要告诉我，我可以保护你！"廖岩急切地问。

"他是……"梁麦琦终于决定要说出一个人的名字，却突然被小瞳电脑中的视频铃声打断了。英国警方对梁麦琦的请求此时也有了反馈。

"队长，英国警察请求连线。"小瞳说。

"接进来。"贾丁焦急地站在大屏幕前。

大屏幕上，出现了一位英国警官。"你们好，我是之前一直与你们联系的警官 Tom Lee。"这位警官的语速很快，廖岩快速帮贾丁翻译着。

"我们收到了 Dr. Liang 的侧写建议，我们会充分考虑，或许，会部分采纳，当然，她本人还必须洗脱部分嫌疑……另外，你们请求调查的受害人乔真真，在英国的确频繁接受过一位心理医生的治疗。他叫 Michael……"

这一个名字还没说完，视频的信号却突然中断了，大家都在等待视频重新连接，梁麦琦却突然平静地说："他叫……Michael Cooper。"

所有人都吃惊地看着梁麦琦。

"你说的是谁？"贾丁不解地问。

梁麦琦沉默了许久，才缓缓说道："他是，我的继父。"

所有人都震惊了，但却一时理不清这里面复杂的逻辑关系。

"你早就猜到了？"廖岩走近问她，梁麦琦阴沉地点了点头。

"英国不止你继父一个人是心理医生，也不止你继父一个人叫Michael……"最先想清这一切的是廖岩，但他却在努力证明梁麦琦是错的。

"不，他可能已经来了……"梁麦琦的语气突然变得不容置疑。

"他已经来了……"小瞳从电脑上突然抬起头。

"谁来了？"贾丁快步走到小瞳跟前。

"他来了……Michael Cooper来了，在一周之前，他已进入中国境内。"

当梁麦琦说出Michael Cooper的名字时，小瞳已经在查有关这个名字的相关信息。小瞳的电脑中是机场海关的入境监控，一个叫Michael Cooper的英国男人对着镜头诡异一笑。

Michael Cooper的诡异笑容在视频中定格。小瞳将电脑转过来，给梁麦琦看："是他吗？"

梁麦琦闭上了眼睛，点了点头。

英国的远程视频重新连上了。警官Tom Lee再次出现在视频中，他继续说道："乔真真心理医生的名字叫Michael Cooper，而Dr. Cooper已于一周前进入中国境内，目的地暂不清楚。还有一点很奇怪，Dr. Cooper近期被诊断患有严重的脑血管瘤，我们也不明白，他为什么会在这种情况下选择出境？"

梁麦琦凄惨地笑了，她轻轻地说："他是来找我的……"

廖岩站在他办公室的窗口前喝咖啡，他的目光一直注视着梁麦琦的办公室。他不能让梁麦琦离开他的视线。

这个下午，梁麦琦偷偷跟他说了一句话，她说："许多人，其实都是因我而死。"这之后，梁麦琦就把自己关在了办公室里，不见任何人。那扇百叶窗也只留下了一条小小的缝隙。透过那缝隙，廖岩看到梁麦琦呆呆地坐了一个下午，廖岩也在自己的窗口前，看了她一个下午。

这时，那百叶窗缝隙里的人影闪动了一下，梁麦琦办公室的门终于开了。

梁麦琦走出办公室，向廖岩这里走来。

"也许她想通了……"廖岩终于有几分欣慰。

那熟悉的高跟鞋声，从走廊一路敲击过来，终于，她打开了廖岩的门。廖岩并未转身，微笑着等待她的到来。

梁麦琦走近廖岩，从身后抱住了他。廖岩能感受到梁麦琦的温暖，梁麦琦也能听到廖岩剧烈的心跳。廖岩被这强烈的幸福感包围着，却努力装出冷静。

"你不要抱我，你一抱我，就会出事。你也不要问我的意见，或者是来跟我告别，我不允许你去。"

廖岩感到梁麦琦有一刻屏住了呼吸，但她却并未将手松开，却温柔地问廖岩："去哪儿？"

"去引你的继父 Michael Cooper 上钩。我告诉你，在中国抓住他易如反掌，轮不到你这样的戏精非要冒死来一场独角戏。"

梁麦琦松开拥抱廖岩的手："你知道吗？你特别不会聊天。"

廖岩放下咖啡，转过身，将梁麦琦揽在怀里。

"你的命是我从箭下、火里救出来的，从现在开始，你的每一次冒险，我都有权赞成或者反对。"

梁麦琦感动地抬头看，随后将头靠在廖岩的胸口上。廖岩轻轻摸着梁麦琦的头发，他必须保护好她。

"从今晚开始，我要和你在一起……"廖岩的话还没有说完，却突然感到右腿传来一阵刺痛，他想站直身体，可一种麻木却突然从右腿快速传到了全身，他的身体软软地坐进了椅子里。他知道发生了什么。

廖岩低下头，看到自己的右腿上刺着一根极细的麻醉针管，他疲惫地看向梁麦琦，可梁麦琦的脸却渐渐模糊起来……

"对不起，这一切的灾难都是因我而来，我必须亲自收场……"

廖岩用尽力气摇着头。

"我了解他，他永远不会伤害我，他把我视为他的作品，不见到我，他不会留下任何证据……"

"不可以……"廖岩使出浑身的力气，却只发出了微弱的声音，"我可以和你……一起……"

梁麦琦摇着头，廖岩的眼睛努力睁着，却越来越无力，最终沉沉地睡去。

梁麦琦愧疚地看着沉睡的廖岩，缓缓倾诉："我的生父对我说过一句话，他说，一切生死，皆有痕迹。"梁麦琦望向廖岩法医室的方向，"你寻找的，是死亡在躯体留下的痕迹，而我探究的，是生活在心中留下的痕迹……这些痕迹，抹不平、清不掉，只能面对，包括我自己。"

梁麦琦俯身轻轻亲吻了廖岩，她声音极轻，却坚定无比："你寻你的痕，我逐我的迹，这是我们的宿命……"

梁麦琦转身离开……

华灯初上，很多人都在回家的路上。

梁麦琦并不知道自己要去哪儿。她曾无数次设想过与继父重逢的场景，却从未想过会是这样一种奇特的方式。

从梁麦琦在英国第一次见到 Michael Cooper 开始，她就把他当成一种阴暗的存在。她害怕过，抵抗过，无视过，可梁麦琦从未想过他会是一个连环杀手。

直到英国警方宣布那具干尸的名字叫 Jessica Wong，直到她开始怀疑乔真真是他的患者，她才开始重新给双色玫瑰案的凶手画像，而她惊奇地发现，Michael Cooper 竟符合全部的特征。

Cooper 可能正在某个角落窥视着她，或者等待着她。他得了绝症，却冒死来到中国，他一定是为她而来的。Cooper 喜欢凡事圆满，他一定会将他的全部罪恶"炫耀"给她听。

她了解连环杀手，更了解她的继父。

梁麦琦出了刑警队，就一直在夜色中寻找着 Cooper 的身影，可是这一路，什么都没有发生。

梁麦琦想不出还能去哪里，她只有回家。就在打开家门的那一刻，梁麦琦看到那间特殊房间的门缝里，透出了隐隐的灯光。Cooper 应该就在那里了。

梁麦琦一步步走近那个房间，她以为自己早已做好了准备，可没想到，她还是怕了。Michael Cooper 依然是这个世界上最让她恐惧的人。

可是她不能逃，为了所有死去的人，她要面对。

梁麦琦终于打开了那扇门。

昏黄的灯光下，Cooper 坐在土耳其地毯上，安静地吸着土耳其水烟，在看到梁麦琦时，悠闲地吐出一个烟圈。

一个小型摄像机放在他的对面，却并没有运转。他看着梁麦琦，突然欣慰地笑了。那笑容，就像一个慈父看到了自己女儿的成功。

Cooper 手指四周，赞叹不已："不愧是我的女儿，这一切……做得如此精致漂亮，与当年的我相比，也毫不逊色。"

梁麦琦试着让自己的心平静下来。这么多年，她努力成长，为的就是这一刻能毫无惧色地坐在 Cooper 的面前。

梁麦琦席地而坐，与她的继父面对面。

Cooper 继续吸着烟，依然目光慈祥地看着梁麦琦："下了这么大功夫，只用来回忆吗？太可惜了。它应该是舞台，用来制造漂亮的生死游戏，不是吗？我最满意的作品，我的女儿……"

"我不是你的作品，我是我自己。"虽已多年未见，可梁麦琦还是让 Cooper 重温了她少年时的倔强。

"是吗？可是，我了解你。我了解你内心的躁动。我用20年观察你，不会错的……还有，我为你所设计的舞台剧，你喜欢吗？"Cooper 的脸终于从一个伪装的慈父变回到一个变态杀人狂的样子。

"所有这一切，只因为我长得像一个人，对吗？你的第一个受害者……那个叫 Jessica 的女孩。你视她为初恋情人，却将她保存在咖啡馆的内墙里二十几年，等待她一点点风干、枯萎……"

Cooper 得意地笑着："哈哈，我喜欢她那个样子……"他似乎突然沉浸在一段关于青春的回忆中。梁麦琦决定打断他，她有很多问题要得到答案，她要为所有死去的人要一个答案。

"我才是你的猎物，对吗？双色玫瑰案为什么死的不是我？那一天，我应该才是你的受害人，不是吗？"

Cooper 竟有些兴奋，他喜欢说起双色玫瑰案，即使梁麦琦不问，他也会说。"是的，所有人都是配角，只有你才是真正的主角。我本来是要下手的，可是我没想到，那个中国小子，他竟然提前醒了，他无意间竟救了你……"Cooper自嘲地笑了，"真是可笑，我不得不催眠了他两次……可是，我很感激他，因为他给了我时间，让我明白，我其实根本无法对你下手……"

"于是，你杀了Ivy和Jerrod？"梁麦琦压制着自己的怒火。

"哈哈，谁说配角就不会死呢？他们的死，是他们自己早就设定好的……"

"不，是你把他们引向死亡，是你，控制了他们的意识。"

"是潜意识，一半归功于我，另一半，归功于他们自己。"

"你用纸条催眠法引导了我们的思维，制造了我们的故事……"

Cooper露出吃惊的表情："天啊，你比我想象的还棒，连这么古老神奇的方法，你竟然都知道……是的，纸条催眠法，可是只有你，不在那纸上写字，你的故事，只属于你自己……那些故事太美了。我突然舍不得对你下手。一个小女孩，就这样在我眼中成长为如此睿智、洒脱、美丽的女人。如果换作是你，你会怎么做呢……当你的祭品比你要祭祀的人还要珍贵，你怎么舍得双手奉上？这一念的退缩，让我看到了你更加精彩的八年。"

Cooper闭上眼，享受着自己的回忆，渐渐地，他似乎有些疲惫，深吸了几口气，才继续说道："几年后，我看到你开始研究罪恶……我经常忍不住去想象，想象着你一次次为'双色玫瑰案'的凶手画像。你一步步地接近真相的核心，却发现，这个人你好熟啊……是的，是我，都是我做的……只可惜你太讨厌我，才会如此粗心，忽略了我一次次向你传达的信息……"

梁麦琦冷冷地看着他："你送我的生日礼物，那本Jessica Wong的小说，是吗？还有，你让乔真真偷偷放在我娃娃屋里的缩微玫瑰……还有，每当我破了一个与父子关系有关的案件，都会收到你的祝贺短信！我的一切，都在你的掌控之下，对吗？"

Cooper再一次陷入自我陶醉之中："那些案子真好啊……眼形文身案……流浪熊猫案……面膜女孩案……"看到梁麦琦恐怖的表情，Cooper笑了，"你别误会，那些案件不是我制造的……我只是兴奋，那些案子一定会让你想起我……你的父亲，你的塑造者……"

"我不是你的作品！"梁麦琦几乎是在呐喊。

"是的，你不是我的作品，可是，你——是——我！"

Cooper 得意地笑着，笑着……可此刻，他的笑容却突然停止了，他用手捂住额头，声音也变得微弱了许多。

"时间真的不多了，Maggie，你得收下我最后的礼物。"

Cooper 用微微颤抖的手按下了他面前的遥控器，那架小型录像机开始运转。

他努力让自己坐得端正，开始了一段相当长的自白。虽然声音疲惫，却思路清晰。这段自白，竟十分流畅，像是经历过无数次的演练。

"我叫 Michael Bill Cooper，是个成功的心理专家，同时，也是一个任务导向型连环杀手。"他似乎对自己的总结十分满意，在看向梁麦琦时，眼里闪着自豪的光。

"成为连环杀手，其实是一种宿命。我的一生中，总是有一种声音告诉我，拥有超常想象力和文学创作力的女人，该与现实世界永远脱离。从19××年至今，在将近30年的时间里，我利用致幻剂和心理诱导，先后以勒颈、注射、制造车祸等方式杀害了 Jessica Wong、Lily King、Zoe Lu、Lim Yong-See、Sarah Walker 以及大学创意写作组的 Ivy Perrin、Jerrod Scott，还有 Leo Taylor……"

说出这长长的名字，消耗了 Cooper 很多体力，他大口地喘了几口气，才得以继续讲述："……虽然，这最后三位并不属于我的爱好，但那个写作小组是我最成功的舞台作品，我得让它圆满谢幕……"

Cooper 的声音越来越微弱，呼吸也开始急促起来，他的身体已无法直立，渐渐瘫倒在地毯上。

梁麦琦快步走到他的身旁，她想将他扶起，可是，面对如此虚弱的老继父，她竟仍然恐惧。

Cooper 用尽了最后的力气，几乎是在对着梁麦琦耳语："你们要的证据，都在我伦敦公寓的地板下面……"他的声音小到再也听不到了。

梁麦琦突然想起什么，她大声问 Cooper："那乔真真呢？你为什么没有提到乔真真？她的死与你无关吗？"老 Cooper 平静地看着梁麦琦，轻轻地摇着头。

Cooper 突然面目扭曲，他的手伸向梁麦琦，却终于无力地垂下。他倒在梁麦琦的脚下，一丝诡异的微笑固定在他的脸上。

梁麦琦呆呆地站在那里，不知站了多久……直到，门开了，廖岩冲了进来。

廖岩看着 Cooper 的尸体，终于将失魂落魄的梁麦琦紧紧抱在怀里。

"都结束了。"廖岩轻声对梁麦琦说。

"都结束了……"梁麦琦木然地重复着这句话。

记录着 Michael Cooper 最后遗言的录像机依然在运转着。

那里有凶手最后的自白。

Cooper 伦敦公寓的地板下，存放着所有他杀人的证据。

这一切，让梁麦琦想起了土耳其咖啡馆中 Jerrod 的遗书。

拱手相送的真相真的可信吗？还是，所有这一切，只不过陷入了另一种死循环？

Cooper 的尸体安静地躺在地板上。

他的眼睛半睁着，目光仿佛依然在这对情侣身上。

一个未开灯的房间里，一双涂着指甲油的纤细双手，熟练地敲击着键盘。

一行行字迹流畅地出现在电脑屏幕上。

"看似最合理的结局，却常常预示着最深的危机……这一切，远没有结束……"

那洁白纤细的手指轻轻按下了回车。然后，又缓缓打出两个字：黑鳜

写作的女人，对着电脑屏幕，露出诡异的微笑……